A NOITE DO CRIME

A noite do crime

KATHLEEN GLASGOW & LIZ LAWSON

Tradução
João Rodrigues

PLATAFORMA 21

TÍTULO ORIGINAL *The Night in Question*

Text copyright © 2023 by Kathleen Glasgow and Elizabeth Lawson

A VR Editora S.A. detém a licença para publicar esta tradução na língua portuguesa exclusivamente no Brasil e não exclusivamente no mundo inteiro, exceto Portugal, Angola e Moçambique.
© 2024 VR Editora S.A.

Plataforma21 é o selo jovem da VR Editora

DIREÇÃO EDITORIAL Marco Garcia
EDIÇÃO Thaíse Costa Macêdo
ASSISTÊNCIA EDITORIAL Andréia Fernandes
PREPARAÇÃO Marina Constantino
REVISÃO Raquel Nakasone
DIAGRAMAÇÃO Gabrielly Alice da Silva e Pamella Destefi
ARTE DE CAPA © 2023 Spiros Halaris
ILUSTRAÇÕES sacada © Viacheslav Lopatin / Shutterstock.com;
          garota caindo © Simple Line / Shutterstock.com
ADAPTAÇÃO DE CAPA Gabrielly Alice da Silva
MAPA © 2022 Mike Hall

Dados Internacionais de Catalogação na Publicação (CIP)
(Câmara Brasileira do Livro, SP, Brasil)

Glasgow, Kathleen
A noite do crime / Kathleen Glasgow, Liz Lawson ; tradução João Rodrigues. – Cotia, SP : Plataforma21, 2023. – (Agathas ; 2)

Título original: The night in question.
ISBN 978-65-88343-67-8

1. Ficção norte-americana I. Lawson, Liz. II. Título. III. Série.

23-181388   CDD-813

Índices para catálogo sistemático:
1. Ficção: Literatura norte-americana   813
Tábata Alves da Silva – Bibliotecária – CRB-8/9253

Todos os direitos desta edição reservados à
VR EDITORA S.A.
Via das Magnólias, 327 – Sala 01 | Jardim Colibri
CEP 06713-270 | Cotia | SP
Tel.| Fax: (+55 11) 4702-9148
plataforma21.com.br | plataforma21@vreditoras.com.br

Para todas as melhores amigas, em todos os cantos:
nunca parem de ir em busca da verdade.

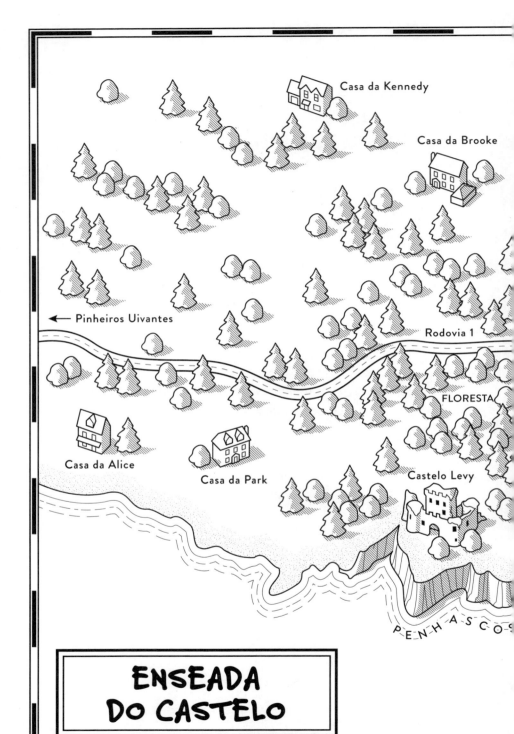

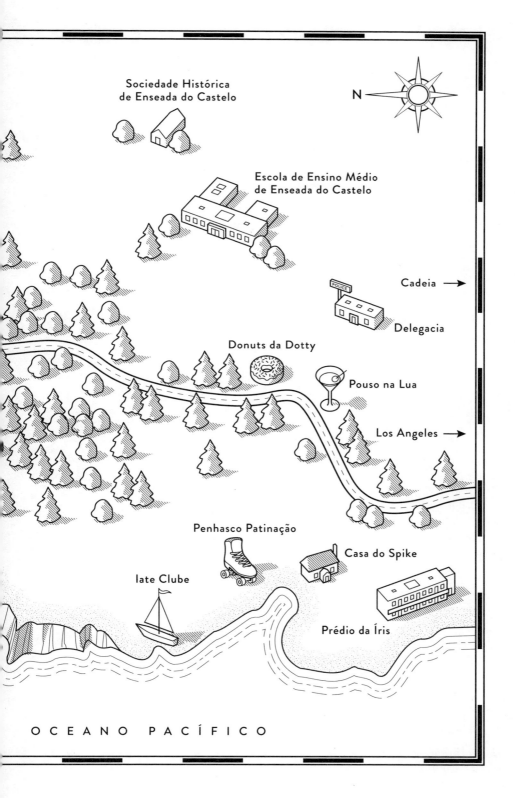

CAPÍTULO UM

ALICE OGILVIE
11 DE FEVEREIRO
21:02

*"– Não costumo me entediar com frequência – garanti a ela.
– A vida não é longa o bastante para isso."*
AGATHA CHRISTIE, *Morte na Mesopotâmia*

A BROOKE DONOVAN ESTÁ me encarando do outro lado do salão.

Está usando o vestido que compramos em Los Angeles no primeiro ano, quando a mãe dela levou a gente até lá para fazer compras para o baile de formatura. Naquele ano, para o grande desgosto da nossa amiga em comum, a Rebecca Kennedy, nós duas fomos as únicas calouras a serem convidadas.

Ela tá com uma cara ótima, a Brooke, renovada e feliz, sorridente e leve.

Na minha mão, amasso um guardanapo numa bolinha apertada. Quem foi que decidiu pendurar uma foto enorme dela bem aqui deveria ser apunhalado.

Ao desviar os olhos da imagem da Brooke, dou uma analisada no salão de festas, lotado com meus colegas de turma da Escola de Ensino Médio de Enseada do Castelo em diferentes estágios de celebração, todos aqui para o baile anual Sadie Hawkins. À esquerda, um grupo de caras do time de basquete se amontoa numa rodinha, passando entre si, de-um-jeito-não-tão-discreto, um cantil prateado. À direita, os casais estão se roçando na pista de dança.

Franzo o cenho, desgostosa.

Pelo amor de Deus, a gente está no Castelo Levy. As pessoas deveriam demonstrar algum respeito ao passado do lugar, que foi cenário de bailes elegantíssimos por quase um século, local aonde a Velha Hollywood vinha se divertir. Charles W. Levy estaria se revirando no caixão se soubesse para o que este lugar está sendo usado agora.

Sendo melhor amiga da Brooke, cresci ouvindo todo tipo de história sobre o bisavô dela. O velho gastou milhões de dólares construindo o Castelo Levy, que tem cinco andares e cinco mil e quinhentos metros quadrados de opulência. Além disso, com dezoito quartos, três piscinas, duas cozinhas e passagens secretas por toda sua extensão, a construção basicamente colocou no mapa a cidadezinha de Enseada do Castelo. Também foi aqui que a estrela do cinema Mona Moody morou por alguns poucos anos, até sua morte prematura, aos vinte anos, dentro da propriedade.

Mona Moody, com seu cabelo loiro platinado, olhos azuis-bebê e sua voz rouca e sexy que a tornaram famosa. Depois de muitos anos estrelando filmes para o povão, ela estava pronta para atuar em seu primeiro papel sério como a protagonista de *Jane Eyre*, mas então, tragicamente, caiu da sacada lateral do castelo pouco antes de as gravações começarem.

De acordo com a internet, ela e Charles Levy tiveram um caso amoroso breve, mas superintenso, e ele ficou tão arrasado com a morte da Mona que sua própria vida acabou colapsando: quando foi preso por peculato, o homem perdeu tudo pelo que tinha trabalhado tanto no decorrer dos anos e passou o restante de seus dias na cadeia.

Sou fascinada pela vida e morte da Mona Moody desde que era criança, e esta noite é a minha chance de me esgueirar lá para cima e conhecer os aposentos privados dela.

Me viro tentando encontrar a Íris, quando vozes acaloradas chamam a minha atenção para a cabine de DJ gigante que o pai da Rebecca Kennedy construiu para o baile. De acordo com ela, era o único jeito de o DJ Porcini aceitar tocar hoje à noite.

Fico na ponta dos pés para enxergar melhor, e não poderia ficar menos surpresa ao avistar a mesmíssima Kennedy batendo boca com a minha outra ex-amiga Helen Park. As duas estão usando um vestido Natasha Matte dessa estação, no modelo ombro a ombro de cetim azul; a única diferença é o colar tão caro que chega a ser irritante no pescoço da Kennedy.

Solto um suspiro. Isso não vai acabar bem. Desde que a Brooke morreu no outono passado, parece que essas duas não conseguem se manter unidas nem em uma questão de vida ou morte. Tá na cara que elas se esqueceram de se consultar a respeito do que iriam vestir hoje. O que é, tipo, o básico do básico no manual de etiqueta dos bailes.

Em meio à multidão, avisto a Ashley Henderson, que as está observando, provavelmente tentando encontrar uma forma de se enfiar no meio do drama. Ela ama esse tipo de coisa; diz que faz bem para a sua arte, já que quer ser atriz a qualquer custo. No entanto, na maior parte das vezes, eu só acho que ela é intrometida. Meu santo nunca bateu com o da Henderson, então é um alívio não ter mais que fingir ser amiga dela. E, se é para ser sincera, isso serve para todas as minhas antigas amigas.

— O que tá pegando lá? — pergunta Íris, se aproximando de mim. — Quer?

Ela está segurando um copo de plástico com sidra, o qual aceito, notando o Spike às costas dela.

A Íris está com um vestido de festa vintage dos anos 1950, um blazer preto e tênis All Star. Eu amo o vestido, já o blazer e os calçados... até são legais e tal, mas não diria que são propícios para um baile formal. Inspiro o ar para me acalmar, me lembrando de que não sou mais esse tipo de pessoa. Do tipo que julga todo mundo pela marca que veste. Eu *evoluí*.

— A Park e a Kennedy tão tretando de novo — comento, dando um golinho na bebida.

Então o Cole Fielding surge na minha frente.

— O que tá pegando lá? — pergunta, ecoando a Íris.

Em algum lugar do lado de fora do castelo, há um estrondo alto de trovão.

No mesmo instante, o Spike olha para a Íris e, quando vê que ela está cochichando algo no ouvido do Cole, seu rosto murcha.

— A Park e a Kennedy — repito, bem alto. — Elas tão tretando; nada novo sob o sol.

— É, depois que mataram... a Brooke... — O Spike mira meu rosto ao perceber o que está dizendo. — Sem a Brooke por perto, elas tão mesmo se distanciando, né? — termina.

Dou de ombros. Depois que eu e a Íris desvendamos quem foi a responsável pelo assassinato da Brooke, a Kennedy tentou me botar de volta na panelinha delas, mas tive que recusar. Tenho zero interesse em me envolver no drama de sempre típico do ensino médio, sem falar que tenho a Íris. E isso basta. Pelo menos, por agora.

— Você acha que elas tão brigando pelo... — Spike está dizendo, mas uma voz conhecida o interrompe, fazendo meu estômago, o mais traíra dos meus órgãos, se remexer um pouco.

— Blini com caviar?

Dou meia-volta.

— Oi, Raf.

— Oi, Alice. — Ele sorri.

— E aí, Raf? — diz Íris, pegando um dos blinis da bandeja e o analisando. — Hum, que treco é esse?

Ele dá de ombros.

— E você acha que eu sei? Só ofereço o que eles mandam. Não fico fazendo perguntas. — Ele semicerra os olhos na direção da bandeja. — Eu acho que é, tipo... ovos pequenininhos e estranhos, ou algo assim.

Solto um suspiro.

A NOITE DO CRIME

— É basicamente uma panqueca com caviar. — Pego um e a enfio na boca. — São uma delícia.

A Íris dá uma mordiscada.

— Ah, esse negócio é bom mesmo — comenta, e então cutuca o Cole. — Pega um.

O garoto faz o que ela diz e, assim que a Íris lhe dá as costas, ele envolve o petisco no guardanapo e o enfia no bolso de trás da calça.

— Como tá o trabalho? — pergunta Íris ao Raf.

Desde que o Raf ajudou a mim e à Íris no caso da Brooke ano passado, nós todos nos tornamos... Bem, acho que a melhor palavra nesse caso é *amigos*. É estranho: eu nunca tive amigos homens antes, não de verdade, então não sei muito como agir com ele, embora esse problema não pareça se aplicar à Íris. Eles conversam o tempo todo, ou pelo menos é essa a impressão que tenho. Não que isso importe para mim.

O que de fato me importa, e talvez um tiquinho mais do que deveria, é que ele agora tem uma *namorada*, que por acaso é a irmã mais velha do Cole. Ela trabalha meio período no Esplendoroso Serviço de Bufê e (de acordo com o informante da Íris) conseguiu esse trampo para o Raf para que ele pudesse fazer uma graninha extra para a faculdade, já que o Departamento de Polícia de Enseada do Castelo mal paga os estagiários.

Ele dá um sorriso pretensioso.

— De boa. Sou praticamente invisível pra maioria da galera que tá aqui. O que pra mim tá ótimo. Não tô a fim de ser lembrado pela minha época de ensino médio, sabe?

— Vamos lá, se afastem — grita alguém, talvez um professor, diante da cabine do Porcini.

Mais uma vez, suspiro. Talvez eu devesse ir lá ajudar a acalmar os ânimos daquelas duas. Afinal, é o que a Brooke gostaria que eu fizesse.

— Já volto — digo, passando pela Reed Gerber e pelo Mason Jefferson ao abrir caminho em meio à multidão.

Quando chego à aglomeração, acabo ficando ao lado da Henderson e do meu ex-namorado, Steve Anderson, que estão assistindo à ceninha. A boca dela está curvada num sorriso, mas, ao reparar em mim, ela logo fecha a cara. É tão nítido que chega a dar vontade de rir.

O Steve, por outro lado, parece paralisado.

— Alice, você precisa fazer alguma coisa — diz ele quando me nota. — Elas estão causando de novo.

Faz dois meses que não o vejo. Depois que eu e a Íris descobrimos quem tinha de fato matado a Brooke, permitindo que ele saísse da cadeia, todos os holofotes da mídia recaíram sobre o Steve, o que o levou a sair da escola e se mudar para Los Angeles, para tentar entrar na indústria do entretenimento. Só está de volta aqui hoje para colocar a conversa em dia com os antigos amigos dele. Aposto que a essa altura já se arrependeu de ter vindo.

— Tá, né — digo, irritada por essa ser a primeira coisa que ele me diz a noite toda.

Dou um passo adiante no mesmo momento em que a Park pula na Kennedy, pegando um chumaço de cabelo da amiga e o puxando para trás com força.

— Ai! — berra a Kennedy, tentando se desvencilhar da outra. — Me solta, sua vaca.

A sra. Hollister, uma das professoras que está supervisionando o baile, paira do outro lado das duas com uma expressão de horror estampada no rosto. Desde que todo o bafafá sobre o treinador Donovan e suas companheiras foi jogado no ventilador, a Hollister e algumas outras professoras têm feito tudo e mais um pouco para lamber as botas do diretor Brown.

Alguém fecha a mão ao redor do meu braço. É a Íris.

— Eu te ajudo, Alice.

Dou uma olhada na Park e na Kennedy, agora num arranca-rabo no chão.

— Eu adoraria a ajuda.

E assim, juntas, nós abrimos caminho até minhas ex-amigas (as Tops).

CAPÍTULO DOIS

ÍRIS ADAMS
11 DE FEVEREIRO
21:14

"Tudo o que uma garota quer é botar um vestido e dançar por algumas horas. Será que isso é pedir demais?"
MONA MOODY, *Uma combinação do acaso*, 1947

EU E A ALICE damos um jeito de separar a Park e a Kennedy, embora não sem dificuldade. A Park é muito flexível e consegue se soltar várias vezes, até que enfim a domino ao envolvê-la num abraço de urso no mesmo momento em que a Alice consegue arrastar a Kennedy para longe.

Assim que a briga acaba, surge uma indignação em uníssono vinda da multidão:

— Ah, poxa, elas iam se beijar!

Como esperado, a fala parte dos meninos, já que quando garotas brigam tudo o que eles fazem é ficar torcendo para que em algum momento a cena acabe tomando um rumo *sexual*; o que é a cara deles (e também um saco).

A Alice ajeita o cabelo e olha para a Park e para a Kennedy, que está observando as próprias unhas.

— Nossa senhora, Park. Eu gastei mil e quinhentos dólares nesse vestido — exclama Kennedy, fazendo beicinho. — Aliás, o que você tem na cabeça?

A Park bufa enquanto tenta tirar o cabelo desgrenhado da frente do rosto e ajustar o decote do vestido. Ela está usando um sutiã de renda rosa sem alça com coraçõezinhos bordados, o que acho estranhamente encantador.

— Eu te disse com todas as letras que ia usar esse vestido! Eu te mandei fotos! E mesmo assim você foi lá e me *copiou*! Meu Deus, às vezes eu torço pra você ter uma morte horrível — diz a Park.

A Kennedy revira os olhos e brinca com a multidão. Mais uma vez, os celulares estão erguidos, filmando. Em coisa de três minutos ela vai estar em centenas de *stories*. Esse momento é dela.

— Isso não tá parecendo um problema *meu*, meu amor. Tá com invejinha?

A Park se joga em cima da Kennedy de novo, quase arrancando seu colar com os dedos. A joia parece ser extremamente cara, com pedras em formato de gotas. Mas então a Kennedy solta uma gargalhada e escapa, fazendo a outra sair dali furiosa.

A Alice meneia a cabeça e olha para mim, os olhos indo do meu vestido verde-água até meus tênis.

— Uma menina linda, num vestido lindo e ainda assim... de blazer e tênis — comenta, suspirando.

Passo o dedo pelas lapelas do blazer de veludo preto. É só que eu gosto de me sentir protegida. Sem falar que já estava nervosa com relação a outras coisas relacionadas ao baile, como o Cole Fielding. Sem fazer alarde, eu tinha perguntado se ele iria ao baile Sadie Hawkins, fazendo questão de enfatizar o fato de que se tratava de um lance em *galera*. Depois de toda a história da Brooke e a investigação, e, sabe, desde que eu, sem querer, o acusei de assassinato, a gente tem saído. *Nada* sério. Patinamos uma ou duas vezes durante o intervalo dele no Penhasco Patinação. Às vezes, tomamos café juntos no Donuts da Dotty. Às vezes, ficamos conversando por mensagens. Mas não contei nada disso para a Alice, porque os sentimentos dela a respeito do Cole estão bem na cara. De vez em quando ela me vê conversando com o garoto na escola e já é o suficiente para me lançar olhares atravessados. Minha mãe também não sabe nada além dos detalhes mais superficiais, porque ela surtaria, ainda mais se soubesse que percorri a Rodovia 1 na garupa da moto dele. Não sei como explicar para ninguém, nem mesmo para a Alice, o que está acontecendo nas minhas entranhas. É como se algo tivesse se soltado. Não consigo parar de pensar no corpo da Brooke na base do penhasco. Ainda sinto o punho do meu pai no meu rosto. No entanto, quando estou na garupa da moto do Cole, eu me sinto... livre. Como se nada pudesse me afetar.

A Brooke morreu, mas continua aqui. O Coisa está atrás das grades, mas por quanto tempo?

A única outra situação em que me sinto assim é quando estou lendo um dos muitos romances da Agatha Christie que peguei emprestado da Alice, numa tentativa vã de equiparar o meu conhecimento ao dela acerca da Rainha do Crime, me perdendo nas espirais da farsa e da mentira. Ou quando eu e o Raf conversamos sobre o caso Remy Jackson, lendo com toda a atenção do mundo os escassos documentos a respeito da prima dele, que foi encontrada numa lixeira no centro de Enseada do Castelo, embrulhada num saco de lixo fechado com *silver tape*. Queria só ver como a Miss Marple iria solucionar *isso*.

A Alice também não está gostando de eu dar rolês com o Raf. Não sei dizer se está com ciúme ou se só... não quer se meter tanto assim com um caso envolvendo morte de novo; não depois da Brooke. Todo esse lance da Mona Moody que ela vem ladeando... trata-se de um mistério, é claro, mas é um de que talvez Alice goste porque está bem no passado e, por isso, não pode afetá-la. Vai saber? Enquanto eu viver, é bem provável que nunca entenda a Alice Ogilvie.

Ela estala os dedos na minha frente.

— Oiê. Terra chamando.

— Foi mal — digo. — Viajei.

Respiro fundo para me centrar e olho ao redor do gigantesco salão de festas do Castelo Levy.

Na verdade, eu curto isso aqui. Não pensei que iria gostar. Do baile, no caso. Mas todo mundo está lindo, até eu e meus amigos molambentos, os Pés-Rapados: o Neil está de terno com cotoveleira, a Zora, de smoking de lamê dourado e brilhante. É como se fôssemos grã-finos, adultos, até mesmo o Spike, que está admirando o candelabro reluzindo acima de nós, hipnotizado pelo que parecem ser centenas de luzinhas brilhantes. Normalmente a gente fica à margem do que acontece na escola, só entre nosso grupinho, mas hoje à noite somos parte de um todo.

Hoje o Spike parece diferente, de algum jeito mais maduro, com seu terno azul-claro e uma gravata estampada. O cabelo dele cresceu um pouco. E desde o último outono ele tem perguntado como estou com alguma frequência, me mandando mensagens à noite para se certificar de que vou dormir um pouco, sem contestar quando respondo com "Aham".

Me desvencilho do friozinho na barriga. O Spike? *Para*, Íris. De uns tempos para cá, muitas coisas puramente hormonais andam acontecendo comigo. Me forço a olhar para qualquer coisa que não seja ele.

O interior do Castelo Levy, com suas paredes douradas e sua escadaria de mármore polido, é como algo saído de um sonho. E esse candelabro que paira em cima da gente? Uma placa na parede diz que ele pesa quase oitocentos quilos e tem nove mil e quinhentos cristais. Sobre a escadaria grandiosa de azulejos espanhóis que leva ao segundo andar tem uma faixa lustrosa pendurada: *Os filmes de Mona Moody: Uma retrospectiva, de 29 a 30 março de 2023*. Por todo o andar de baixo, pendurados com bastante cuidado nas paredes para os turistas, estão imagens promocionais dos filmes da Mona Moody e plaquetas com informações breves sobre a época em que o castelo foi construído: seis armaduras da Espanha; um zoológico privado para a filha do Levy, a Lilian, com lhamas e lêmures inclusos.

A NOITE DO CRIME

Acabo me distraindo com gritos e risadas vindos do canto do salão. A cabine de fotos está uma loucura de gente querendo atrapalhar; nossos colegas de turma pulando de um lado para o outro para aparecerem na foto das pessoas, fazendo gestos com as mãos e dando o que parecem ser muitos tapinhas na bunda.

De repente a Alice fica intrigada, encarando alguma coisa ao longe. Sigo seu olhar.

Sei que a gente fez a coisa certa. Sei que é ótimo termos encontrado quem matou a Brooke Donovan, mesmo que isso tenha causado um pandemônio.

Mas ter uma foto enorme da Brooke nos olhando do alto e do meio do salão me entristece.

— É medonho — comenta Alice. — E bem bizarro. Sei que o castelo pode fazer o que bem entender, e que eles querem homenageá-la com um retrato permanente. Mas isso... é estranho.

Já se passaram quatro meses desde a morte de Brooke. A Alice não fala muito sobre ela, mas sei que está sofrendo. Estou tentando dar um espaço. Nos últimos tempos ela tem se envolvido em projetos peculiares, como aprender a abrir cadeados. E embora eu ache isso válido e interessante, estou um pouquinho preocupada que ela não esteja dedicando tempo o bastante a outras coisas, como os estudos. Ela nem começou o projeto de ancestralidade para a aula do McAllister, que é para daqui a duas semanas.

— Tô achando que vou dar uma volta — diz ela agora, com muita sutileza. — Aproveitar que estamos aqui. Ver coisas da Mona, sabe?

Em 1949, aos vinte anos, Mona Moody foi encontrada morta no gramado do Castelo Levy. De acordo com a investigação sem segundas intenções que fiz na internet, notícias antigas dizem que a morte foi resultado de uma crise de tuberculose; enfraquecida, a atriz perdeu o equilíbrio, tombando da sacada do segundo andar. Mas, pesquisando um pouco mais a fundo, rumores dizem não ter se tratado de um acidente. Afinal de contas, ela era jovem e linda, com uma pele macia e um sorriso de propaganda de pasta de dente (uma estrela do cinema em formação). Além disso, era a namorada novinha do Charles Levy, e as pessoas amam uma fofoca. O homem era influente e rico e, como a minha antiga babá Ricky Randall me disse uma vez, "Os ricos adoram uma luva, porque estão sempre com as mãos sujas de sangue". Mas ela é advogada, e faz parte de seu trabalho considerar todos os lados da história.

— Alice, isso aqui é pra ser um baile. Sabe, pra se *divertir* — lembro-a.

Ela fixa aqueles olhos de um azul gélido em mim.

— E vai ser divertido. Sem falar que você vai estar ocupada — ela responde, me cutucando. — Com *aquilo*.

Sigo a direção para onde ela está olhando.

Cole Fielding está parado ao lado da fonte (ainda não creio que, dentro dessa mansão, tem uma fonte), as mãos dentro dos bolsos, me olhando.

— Eu não apoio — murmura Alice. — Mas isso não é nenhuma novidade pra você.

De canto de olho, vejo o Spike. Nossos olhos se encontram. Ele sorri e acena para a multidão dançando. Está tocando uma música animada. Estaria ele me convidando para...

Bem nessa hora, uma das Fodonas da Costura, a Tabitha Berrington, surge e engancha o braço no dele, levando-o para a pista de dança. O Spike me dá uma última olhada antes de desaparecer em meio aos corpos se remexendo.

Por que... eu senti um pouquinho de vazio?

Volto a olhar para o Cole, que meneia a cabeça para o lado, como se dizendo "Vamos dar o fora daqui", e não consigo me controlar. É mais forte que eu. Meu corpo inteiro se eletrifica com a visão do sorriso dele, seu cabelo desgrenhado.

Mas também tem uma partezinha bem pequena minha que quer fazer o mesmo que a Alice; o que sei que ela está prestes a fazer. Dar uma bisbilhotada nas coisas da Mona Moody. Não faço ideia do que encontraríamos; não deve haver muita coisa aqui, mas... nunca se sabe.

— Alice — chamo enquanto ela se afasta. — Espera aí...

Mas ela já sumiu de vista, desapareceu em algum lugar da vasta beleza dourada do castelo.

CAPÍTULO TRÊS

ALICE
11 DE FEVEREIRO
21:21

"Quando quero entrar em algum lugar,
normalmente consigo."
AGATHA CHRISTIE, *O segredo de Chimneys*

EM MOLDURAS FLOREADAS, PINTURAS de mulheres seminuas estão enfileiradas nas paredes de ambos os lados à medida que percorro o corredor em direção aos cômodos mais afastados do primeiro andar. De acordo com as lendas do castelo, Charles W. Levy as trouxe de avião da Itália. Provavelmente deveriam estar num museu, mas, como aprendi, quando as pessoas são podres de ricas, elas têm a tendência de só enxergar o próprio nariz.

Continuo andando e passo pelo Salão de Jantar cavernoso onde uma tapeçaria intricada feita à mão por monges espanhóis do século XVI cobre toda a extensão de duas paredes; em seguida passo pelo Salão Aurora, onde o Levy religiosamente tomava o café da manhã todos os dias às sete, não importando que tipo de festa de arromba havia dado na noite anterior. Ao lado, fica a Sala de Bilhar, que é espaçosa o suficiente para comportar três mesas grandes de sinuca.

Já estive em quase todos esses cômodos antes com a Brooke. Na metade dos anos 1950, o castelo passou para as mãos do governo da Califórnia, mas eles permitiram que a avó da Brooke, Lilian Levy, continuasse tendo certo controle. Por motivos que não entendo muito bem, ela nunca se envolveu diretamente, mas, quando a Brooke se mudou para cá, a mãe dela, Victoria, quis saber mais a respeito da história da família e, por isso, se juntou ao conselho administrativo do castelo. Vez ou outra, quando tinha reunião, ela nos trazia aqui, então nós duas podíamos explorar o primeiro andar em particular.

Faço uma curva e enfim chego ao meu destino. A Biblioteca Sul. Brooke e eu costumávamos brincar de esconde-esconde bem aqui. Há muitos esconderijos por aqui; atrás das cortinas pesadas, embaixo dos sofás antigos. Assim como os outros cômodos do castelo, este é gigante, com um teto abobadado e estantes de livros que vão do chão até o teto e requerem o uso de escadas para acessar as prateleiras do topo.

Um dia, quando a gente estava brincando, eu não conseguia achar a Brooke por nada neste mundo. Então, bem quando estava começando a ficar preocupada, uma pequena explosão de riso veio de uma das estantes.

Enquanto procurava um lugar no qual se esconder, a Brooke tinha descoberto uma sala secreta atrás da estante, e para acessá-la era preciso puxar um livro específico. Atrás do móvel, ficava uma escada estreita em formato de caracol. Como era de se esperar, nós surtamos. O que pode ser mais legal do que uma passagem secreta? Praticamente nada, se quer saber.

Antes que conseguíssemos ver onde dava a escada, fomos interrompidas pela Victoria, que estava com uma expressão de pânico no rosto. Naquele momento, ela nos disse que ir aos andares superiores estava fora de cogitação e que não poderíamos pisar lá nem se fôssemos pintadas de ouro.

Sendo assim, nunca fomos. Quando se tratava de obedecer a regras, a Brooke era uma santinha e eu nunca conseguia persuadi-la. Mas agora ela não está mais aqui para me impedir.

Está escuro na biblioteca. Do lado de fora, o céu está coberto por nuvens pesadas e a chuva bate contra as janelas, uma verdadeira tempestade típica do inverno costeiro da Califórnia. Ligo a lanterna do celular e caminho em direção à estante que esconde a passagem secreta descoberta pela Brooke tantos anos atrás.

Isso é a cara da Agatha Christie: uma passagem secreta, uma escada escondida, se esgueirar no escuro com uma tempestade caindo do lado de fora. Sou tomada por um arrepio de empolgação.

Quando chego à estante, passo a lanterna pela fileira de livros velhos até achá-lo.

O segredo de Chimneys, da Agatha Christie. Uma escolha literária que não entendi quando era criança, mas que agora apoio de corpo e alma. Qualquer pessoa que tenha se dado ao trabalho de lê-lo sabe que em *Chimneys* tem uma pista importante escondida em uma passagem secreta.

Puxo o livro na minha direção e *voilà*: o canto da estante emite um estalido, se soltando.

Meu coração dá um solavanco.

Meu Deus do céu. Preciso contar para a Íris. Ela devia estar aqui comigo.

Mando uma mensagem. *Abri a passagem secreta que te falei!! Vem aqui.*

Durante muitos segundos que se arrastam, espero por uma resposta, mas nada chega.

Que grossa. Tipo assim, ela está ocupada nesse nível com o Cole?

Tanto faz. Quem está perdendo é ela. Eu consigo fazer isso sozinha.

Enfio o celular no meu decote e puxo o painel com as duas mãos. Depois de um tempo, a abertura se alarga o suficiente para que eu consiga passar e mergulhar na escuridão adiante.

À minha frente há uma escada estreita que sobe, sobe e sobe mais um pouco. Estou na metade da subida quando ouço um ruído alto vindo de baixo, me fazendo congelar. Pego o celular e miro a luz para baixo, mas através desse breu não consigo enxergar nada.

Jamais admitiria isso em voz alta, mas isso aqui, na real, é um pouco mais assustador do que eu esperava. Talvez devesse ter obrigado a Íris a vir comigo.

Falando nela... Verifico o celular, mas ainda não há nenhuma resposta.

Sigo até o topo da escada e então paro. Em vez de uma saída, minha lanterna ilumina uma parede. Eu deveria saber que uma passagem secreta não iria apenas acabar num outro cômodo; deveria ter pensado nisso antes de começar a subir. Ainda assim, isso aqui não pode ser uma escada que leva para o nada. Dou tapinhas nos cantos da parede à minha frente até que, com os dedos, encontro um botãozinho redondo.

Pressiono-o e fico esperando uma porta se abrir ou alguma luz surgir, mas nada acontece. Com mais força, volto a apertar o botão, mas ainda assim não obtenho nenhum resultado. Por fim, tomada pela frustração e com força suficiente para deixar uma marca, uso a palma da mão para esmagá-lo.

Há um rangido alto à medida que a parede à minha frente se divide em duas, relevando uma passagem pequena demais para mim.

Empurro um dos lados, tentando alargar a abertura com todas as minhas forças. Para mim não existe a opção de descer todos esses degraus, ainda mais depois dos barulhos que ouvi, que podem muito bem terem sido causados por ratos. Sendo assim, depois de muitos outros empurrões intensos, dou um jeito de passar pelo vão.

Sou envolvida por um cheiro de cedro. A luz fraca do meu celular captura brilhos dourados, vermelhos e azuis. Levo um tempo até perceber que estou cercada por vestidos de festa. Passo o dedo pelos tecidos — cetim, seda e crepe. Tantos vestidos. Fico com vontade de tirá-los dos cabides e experimentá-los um por um... e por que não fazer isso? Está na cara que eles estão pendurados nesse armário sem uso por décadas, o que na minha opinião é literalmente um crime.

Eu tiro meu vestido e, de seu cabide, pego um de veludo verde-
-esmeralda que vai até os pés, puxando-o pelo meu corpo e fechando o
zíper nas costas.

Prontinho.

Ficou perfeito.

Agora só preciso de um espelho... e tenho certeza de que tem um do outro lado deste closet.

CAPÍTULO QUATRO

ÍRIS
11 DE FEVEREIRO
21:26

"Jesus Cristinho, garotos são complicados.
A gente praticamente precisa ter um manual!"
MONA MOODY, *Problema em dose dupla*, 1946

É FÁCIL PARA MIM e Cole passarmos pela sra. Gilpin, a nova orientadora escolar. Ela é responsável por vigiar a porta e, uma vez fora, ninguém deveria ser capaz de voltar. Mas esta é uma escola de riquinhos que não poderiam se importar menos com a mulher estressada parada à porta sussurrando:

— Regras são regras. Você não... Ei, pare aí.

Os alunos estão entrando e saindo, correndo pelas portas duplas ornamentadas do castelo. Os pais deles têm helicópteros, iates e massagistas que *moram junto com eles.* Eu e o Cole estamos vestidos do modo mais burguês que conseguimos; como é que ela vai saber quem somos ou de onde viemos? A mulher se recosta na parede quando passamos.

Fico com pena, sério. Parece que ninguém a enxerga. Deve ser difícil assumir o cargo de uma assassina.

Do lado de fora está chovendo, não tão forte quanto antes, e ao pisar na grama notamos que ela está escorregadia. O Cole passa o braço pelo meu. Isso parece meio antiquado e... romântico? Eu estou ficando corada? Talvez.

Um barulho estranho vindo do alto me faz erguer o olhar.

O céu está bem escuro e as nuvens se movem rápido. Ouvi um trovão mais cedo, mas isso aqui parece sinistro. Um calafrio percorre minha espinha.

— Cole — chamo-o, nervosa, assim que um som ameaçador corta o céu.

— Puta merda — exclama ele. — Corre.

E é o que fazemos.

Rodeamos o castelo, a música vibrando no interior. Deste lado da construção, palmeiras, salgueiros e glicínias se amontoam ao redor de uma grande fileira de arbustos densos. Acho que me lembro de ter lido que o Levy havia construído um labirinto dentro da propriedade. Se não estivesse chovendo tanto, talvez fosse divertido procurá-lo e depois entrar nele. Meu cabelo e minhas roupas estão grudando contra a pele. Pétalas do *corsage* de cravo que minha mãe comprou para mim estão caindo pelo chão. Solto-o da lapela e o guardo no bolso do blazer; nunca tive um *corsage* na vida. Quero guardar o que for possível.

— Ali — diz ele, apontando.

Bem no alto de um tronco grosso tem uma... casa na árvore, do tipo que tem janelas e uma porta. Rodeada por uma plataforma cercada. Pregada ao tronco há uma escada de madeira.

A gente corre bem rápido até ela e eu subo a escada. Os degraus são frouxos, mas não tenho tempo para me preocupar com isso. A chuva está chicoteando meu rosto e eu só quero chegar a algum lugar seco.

A madeira da plataforma cercada chega a ser suspeita de tão mole. Será que a gente vai despencar ao pisar ali? Toco o lado de fora da casa na árvore antes de abrir a porta com cautela e entrar. Não é chique. Não foi construída por marceneiros profissionais. Os pregos foram mal colocados e as ferragens estão enferrujadas e tortas. Isso aqui foi feito por alguém que queria construir uma casa na árvore, estava determinado a construir uma para a filha, e talvez seja a única coisa que a pessoa fez com as próprias mãos, em vez de ter contratado alguém para fazer o serviço. Sinto uma pontada breve de algo que não consigo nomear... Charles Levy amava a Lilian de verdade. A cercou com as melhores coisas que o dinheiro podia comprar, e ainda assim construiu sozinho uma casa na árvore para a filha.

Sinto o celular no bolso do meu blazer de veludo. Atrás de mim, o Cole chacoalha o cabelo molhado. A Alice mandou mensagem sobre alguma passagem secreta, mas logo a dispenso. Tenho certeza de que ainda vou receber milhares de outras.

Estou na sua casa da árvore, digito.

Lilian Levy responde no mesmo instante. Desde os acontecimentos do outono passado, a gente troca mensagens a cada poucos dias. Às vezes penso que ela me imagina como se fosse a Brooke, caso a neta ainda estivesse viva: me pergunta a respeito da escola, sobre quais são os meus planos, sobre a minha (tosse, tosse) vida amorosa imaginária. Ela é uma mulher extremamente rica e inteligente gerenciando um império de cosméticos multinacional e ainda assim... está interessada em conversar comigo. Pensei que isso fosse acabar quando ela me pagasse a recompensa por termos descoberto quem assassinou a Brooke, mas não. Eu meio que acho isso legal.

> **Mas que reviravolta interessante. Acredito que tenha a ver com um romance de algum tipo. Se tiver tempo entre o frio na barriga e a ânsia juvenil, talvez você encontre meu esconderijo secreto.**

Não falei para a Alice que ainda tenho contato com a Lilian. Ela já não curte que eu saia com o Raf e o Cole, e não quero colocar mais lenha na fogueira. Pode ser que ela fique um pé no saco.

Esconderijo secreto?, respondo.

Dê uma bisbilhotada. Tenho certeza de que encontrará. No meio-tempo de seja lá qual for o assunto indecoroso de que a senhorita está tratando. Devolvo o celular ao bolso.

Cole liga a lanterna do celular. As madeiras do chão rangem sob seu peso. Videiras e folhas crescem através das ripas de madeiras. Há rachaduras finas nos vidros da janela. Ele assovia.

— Isso aqui é velho pra caramba — diz. — Talvez a gente não devesse estar aqui, né? Será que é perigoso?

— Pra que outro lugar a gente pode ir? — pergunto. — É melhor esperar a tempestade passar.

A música do salão de festas do castelo se infiltra sem força pela casa na árvore. O rosto do Cole parece suave na escuridão quase total. Estou tremendo por baixo das roupas encharcadas.

— Até que aqui é legal — murmura. — Só a gente. A Alice me odeia de verdade, né? E o Spike. O que foi que fiz pra *ele*?

Cole me lança um sorriso tímido. Quero dizer que a Alice provavelmente só está tentando me proteger e que o Spike, bem, com ele o buraco é um pouco mais embaixo, e, para dizer a verdade, também estou confusa quanto a isso. Nos últimos tempos não faço ideia de quem sou, mesmo.

— Bom, eles não estão aqui — digo. — Então a gente não precisa pensar neles.

Ele desliga a lanterna do celular. Sob a luz perolada da lua que atravessa a janela, o Cole parece lindo e fofo.

— Íris, isso continua *sendo* um baile. Quer dançar?

Meu coração dá um pulo. Concordo com a cabeça. Será que ele ouve como meu coração está batendo forte? Eu nunca cheguei a dançar com um garoto. Ele começa a colocar os braços ao meu redor. O tempo parece parar.

E então meu celular toca no bolso do blazer, nos assustando.

A NOITE DO CRIME

Cole recolhe os braços.

— Precisa atender? — pergunta.

— Nem — respondo.

Então ele desliza os braços ao redor da minha cintura.

E bem quando começo a relaxar, um grito de estourar os tímpanos se sobrepõe à música onírica, fazendo nós dois pularmos. Nos soltamos e em seguida nos afastamos um do outro.

— Que porcaria foi essa? — diz Cole, e ao fazê-lo uma tábua range abaixo. Xingando, ele tropeça e prende o paletó num prego errante na parede.

Seu rosto fica vermelho e Cole xinga mais uma vez.

— Puta que pariu. Porra.

Alguma coisa na voz dele faz arrepios de medo subirem pelas minhas costas. É só um paletó, uma fenda, um rasgo, mas ele está tão nervoso, quase em... lágrimas. Então seu rosto se fecha em algo que nunca vi nele antes. Ele lança os braços na minha direção.

O Coisa, o Coisa, o Coisa.

Saio correndo pela porta e então escada abaixo. Preciso me afastar dele. Meu corpo está gelado e quente, tudo ao mesmo tempo. Ele levantou a mão. Houve um grito. Meu celular está tocando sem parar no bolso enquanto corro até o castelo sem enxergar nada em meio à tempestade, escorregando e vacilando pelo gramado molhado.

Onde está a Alice, a Alice, a Alice?

SISTEMA DE ALERTA DE EMERGÊNCIA
11 DE FEVEREIRO
21:32

 O Sistema Meteorológico Nacional identificou uma AMEAÇA CLIMÁTICA GRAVÍSSIMA para o Condado de Manzanita até as 03:00. Há risco de alagamento em Enseada do Castelo, Florada e cidades vizinhas, e possibilidade de deslizamentos de terra ao longo da costa. Evite deslocamentos e encontre abrigo.

CAPÍTULO CINCO

ALICE
11 DE FEVEREIRO
21:36

"Simplesmente aconteceu de eu me encontrar nas proximidades de um assassinato mais vezes do que alguém consideraria normal."
AGATHA CHRISTIE, *Nêmesis*

EU NÃO ESTOU SOZINHA. Tem alguém parado do outro lado do cômodo, iluminado por um luar suave.

Quando aponto a lanterna no rosto da pessoa, ela começa a gritar.

É a Helen Park, caramba. O que é que ela está fazendo aqui em cima, sozinha neste cômodo? E por que está gritando?

Fecho os olhos e então volto a abri-los, mas ela continua ali. A Park, gritando. Vislumbro alguma coisa dourada em sua mão e chego mais perto, apontando o feixe de luz naquela direção. Parece ser...

Pisco os olhos, surpresa.

Parece ser uma faca.

A Park, no escritório, com uma faca. A Park, no escritório, com uma faca, gritando um assassinato sangrento. Minha nossa, esse barulho está fazendo minha cabeça doer. Não consigo raciocinar.

— Park! — rosno, mas ela me ignora, sua atenção direcionada para o chão a seus pés, que está fora da minha vista por conta de uma mesa bem grande. Jesus Cristo. — *Park!* — falo mais alto dessa vez.

Atravesso o cômodo o mais rápido que o vestido esvoaçante permite e a pego pelo cotovelo.

— Park! Cala a boca!

Ela não dá nenhum sinal de que me escuta, o braço esticado segurando a faca. Percebo que está banhada em vermelho.

É então que noto a outra coisa, a coisa no chão à frente dela, que eu não tinha conseguido enxergar.

Aquilo é... uma *pessoa*?

A Park berra ainda mais alto, algo que apenas um segundo atrás eu não imaginaria ser humanamente possível.

— Park, cala a *boca*!

Ela me ignora de novo, e eu já estou por aqui. Então a pego pelos ombros e a chacoalho com força.

O grito morre em sua garganta e a Park pisca atordoada conforme pousa os olhos no meu rosto, como se só agora estivesse notando que estou parada à sua frente.

— Alice? — pergunta.

Ela olha para baixo, para a coisa em sua mão, e seu rosto fica branco. Então abre os dedos e a faca retine contra o carpete próximo à massa no chão. Ela vai parar alguns centímetros longe de nós, e me dou conta de que não é uma faca... é um abridor de cartas dourado com uma ponta afiadíssima.

— Park, você tá bem? O que é que tá acontecendo aqui?

Com a lanterna, ilumino a pessoa no chão, e meu coração quase sai pela boca.

— Meu Deus do céu. Essa é... a *Kennedy*? — pergunto, mesmo não tendo a menor dúvida na minha cabeça de que é, sim, a Kennedy.

É a Kennedy que está no chão, com um líquido vermelho vazando de seu peito, o cabelo emaranhado com sangue. Há sangue *por toda parte*. Cambaleio alguns passos para trás, para longe dela.

Meu cérebro não está processando: a Park com um objeto afiado na mão, propício para desferir golpes; a Kennedy imóvel no chão, sangue escorrendo pela frente de seu vestido.

A briga delas mais cedo no salão de festas, a Park pulando na Kennedy... a Kennedy, a clássica vítima babaca, como algo saído diretamente de um dos romances da Agatha Christie.

Tudo, enfim, toma forma no meu cérebro. E eu ainda me considero uma detetive. Hercule Poirot não ficaria impressionado com as minhas habilidades.

— O que você *fez*? — pergunto, de queixo caído de repulsa.

— Eu nã-não... — balbucia ela, cambaleando para trás, para longe de mim.

Eu a pego pelo braço, tentando fazê-la ficar, fazê-la me responder, mas ela se liberta e corre porta afora.

Merde. Está na cara que a Kennedy precisa de uns cuidados médicos bem sérios, mas, se eu deixar a Park fugir, vai saber se algum dia voltarei a vê-la. O pai dela é tanto protetor ao extremo quando se trata de sua família como bem-sucedido ao extremo em seus empreendimentos. É bastante provável que a Park vá ligar para ele agorinha mesmo, que, por sua vez, provavelmente vai logo levá-la para outro país em seu jatinho particular. Um país que não realize extradições.

Abro a lista de Favoritos no celular e aperto o segundo nome.

— Alice? — diz uma voz ofegante. — Onde você tá? Ouvi um...

— Um grito? — completo para ela. — Eu tô aqui. No cômodo de onde veio o grito. A Kennedy tá... Não faço ideia. Sangrando. Muito. A Park estava aqui. Segurando uma... Era praticamente uma faca. Não sei se ela fez alguma coisa idiota, ou sei lá, mas ela deu o fora daqui. Tenho que ir atrás dela.

Agora que estou com a Íris na linha, corro para o corredor. A Park está quase na outra ponta, segurando a saia do vestido nas mãos, mechas de cabelo preto se soltando do penteado.

Começo a correr.

— *Como assim?* — grita Íris no meu ouvido.

— Não posso explicar agora — arfo. — Tem como você vir aqui? Alguém precisa ajudar a Kennedy... *ai!* — Meus pés já estão me matando. Esses saltos não foram feitos para esse tipo de atividade física. Talvez a Íris esteja por dentro de algo com aqueles All Stars.

— Onde você tá? — pergunta ela.

O corredor não me é familiar. Nunca subi aqui antes.

— Não faço ideia. Em algum lugar do segundo andar. Cheguei aqui através da passagem secreta na estante da biblioteca e... — Eu paro, buscando ar, os pés pegando fogo, e tomo uma decisão de ordem prática.

Que se lasque a moda. Tiro meus sapatos e começo uma corrida descalça muito mais confortável.

— No segundo andar. Tá bom. — Então a Íris murmura algo que não escuto.

— Que foi?

— Nada, não. A gente tá indo. Você ligou pro um, nove, zero?

Caramba. Tem isso. Um, nove, zero. Acabei me esquecendo por conta da preocupação com a Park.

— Não. Pode fazer isso? — A Park faz uma curva à frente, sumindo de vista, e eu solto um grito. — Ela tá fugindo!

— Deixa comigo. Logo a gente chega — diz Íris.

— Top.

Eu desligo. No fim do corredor viro à direita, seguindo a Park, mas então paro com tudo em frente a uma escadaria que vai tanto para cima como para baixo. Que caminho ela pegou? Se está tentando fugir, deve ter ido para baixo.

Começo a descer as escadas, soltando um suspiro aliviado por ter a gravidade a meu favor. Na verdade, estou descendo tão rápido que não noto a pessoa ao pé da escada, parada bem no meu caminho. Só me dou conta quando meu nariz está enterrado no meio de sua axila e as mãos dele me pegam pelos ombros.

CAPÍTULO SEIS

ÍRIS
11 DE FEVEREIRO
21:44

"Henry, acho que a gente tá numa fria."
MONA MOODY, *A casa no fim da rua*, 1946

ESTOU CORRENDO, ABRINDO TODAS as portas do segundo andar e encontrando colegas de turma em diferentes estágios de nudez (que nojo) ou reunidos em rodinhas fumando maconha, meu coração batendo como um pássaro selvagem dentro do peito; o Cole logo atrás. Acabei tropeçando na subida da escadaria principal, e meu joelho está doendo para caramba.

— Íris, *o que* tá acontecendo? — A voz do Cole está assustada.

— Eu não... — Meu Deus, quantos cômodos existem neste castelo maldito? — A Alice... A Kennedy tá machucada. Ah, nossa. A gente tem que ligar pra polícia. Tipo, a Kennedy tá ferida de verdade. Eu sei lá. Meu Jesus.

Quarto, quarto, Sala de Troféus (uma Sala de Troféus? Aquilo são... cabeças de antílopes penduradas nas paredes? Que monstruosidade!)... e então...

Este está escuro, só o luar atravessando a parede de janelas ao fundo, as árvores balançando por conta do vento e da chuva. Tateio em busca de um interruptor. O cômodo floresce em claridade.

— Minha nossa senhora — exclamo, prendendo a respiração.

Um corpo, um belo vestido de baile e um mar de sangue.

A Kennedy.

— Minha bateria foi com Deus — diz Cole num fiapo.

Passo o meu celular para ele.

Sua voz treme enquanto conversa com a polícia.

— É... Nossa, ela tá bem machucada. Vocês precisam vir aqui. Agora. Eu não sei. No Castelo Levy, em algum lugar do segundo andar. *Como é que é?*

À medida que caminho até a Kennedy é como se o tempo parasse, meu coração saindo pela boca. Há tanto sangue. Ela está de olhos fechados. A garganta dela está emitindo um som gorgolejante. Ainda está viva.

Caio de joelhos ao lado dela. Minhas mãos estão tremendo. Não faço ideia do que fazer. Tiro o blazer e o coloco sob a cabeça dela. Não é isso que eu deveria fazer? Elevar a cabeça? Mas a dela está coberta de sangue. Seu corpo está ensanguentado. Há sangue por todo esse carpete que custa o olho da cara.

Cole se ajoelha ao meu lado.

— Eles falaram que vai demorar um pouco. Tá chovendo. Teve um deslizamento de terra. Eu não... ai meu Deus. Íris.

— Seu paletó — falo, com hesitação. — Tira ele. Cobre ela. Eu sei lá. Cole, eu não sei o que fazer. E como assim, *deslizamento de terra*? Não tem *ninguém* a caminho?

Com o paletó, ele tenta limpar a Kennedy, mas acaba desistindo e enfim a cobre. Nós nos olhamos.

— Cole — digo —, a Alice disse que viu a Park aqui com a Kennedy. E que a Park...

Cole estala os dedos.

— Espera aí.

Ele pega meu celular e o leva à orelha.

A NOITE DO CRIME

— Preciso de você. Agora. No segundo andar. Aconteceu algo grave. Tem uma pessoa sangrando bem feio aqui, Candy. O sangue tá em tudo quanto é canto. Eu sei lá! Tipo, na sexta porta descendo o corredor, do lado esquerdo. A porta tá aberta.

Ele meneia a cabeça para mim. Sua voz vacila:

— Minha irmã. Ela tá vindo. Ela tá aqui, trabalhando no bufê. É o outro serviço dela. Pra pagar os estudos. Ela vai saber o que fazer. Ela vai...

Ele perde o fio da meada. Ah, é mesmo. Agora eu lembro. A irmã dele, Candy, também conhecida como a namorada do Raf. Ela está estudando para ser higienista bucal.

Pressiono dois dedos contra o pescoço da Kennedy. Sob eles, sinto uma pulsação lenta, mas contínua. Isso é bom.

— A gente tem que estancar o sangramento — digo.

— Como? Onde? Tem tanto...

Cole se vira para o outro lado e vomita.

De canto de olho, localizo algo. Algo dourado reluzindo em meio ao sangue. Uma faca? Estico a mão para pegá-la, mas então me detenho, me inclinando à frente. Não é uma faca. É um abridor de cartas à moda antiga. E está coberto de sangue.

Alice disse que a Park estava aqui com a Kennedy. Será que a Park...?

— Kennedy — sussurro. — Aguenta aí.

Um barulho suave e engasgado vem de sua garganta. As pálpebras fechadas estremecem. Isso só pode ser bom, né?

Atrás da gente há uma movimentação apressada e, de repente, ali está o Spike, o pai dele, o sr. Flick, e a Candy, irmã do Cole, segurando um kit de primeiros socorros e me tirando da frente. O sr. Flick se ajoelha, afastando os cabelos da Kennedy da frente dos olhos e abrindo as pálpebras dela com os dedos.

— O que aconteceu? — pergunta Candy, toda profissional. Ela checa os batimentos da Kennedy. — Meu pai amado.

— Eu não...

— Você ligou pra polícia? — berra o sr. Flick, sua voz perfurando meus ouvidos.

— É a Kennedy? — sussurra Spike. — Meu Deus.

— Eu liguei — diz Cole, rouco. — Mas eles falaram... falaram que...

Bem nesse momento, os celulares começam a fazer barulho.

O rosto do Spike fica branco e ele mostra o celular.

— Alerta de emergência. A tempestade. Houve um deslizamento de terra. Evitar desloc...

— Não tem ninguém a caminho — exclamo.

O sr. Flick joga o celular no chão.

— Meu Deus — murmura, e então solta uma série de palavrões.

Candy está tirando bandagens, gazes, qualquer coisa que tenha no kit de primeiros socorros.

— A gente não tem nada pra esse tipo de ferimento — diz ela, baixo. — Tenho quatro anos de treinamento de salva-vidas e aprendi algumas coisas no curso sobre perda de sangue e ferimentos, mas... não sei nem por onde começar. Preciso de toalhas. Acho que preciso de uma fita. Será que *silver tape* dá? Não faço ideia.

Com delicadeza, o sr. Flick está analisando a cabeça da Kennedy com a mão.

— As pupilas dela estão dilatadas — diz. — Isso não é só... Acho que houve traumatismo craniano. Eu não consigo... Isso aí...

Traumatismo craniano? Então ela não foi apunhalada?

A Candy está perscrutando a barriga da Kennedy. Acho que está à procura de ferimentos naquela região.

Os ferimentos.

Volto a olhar para o abridor de cartas ensanguentado. Ferimentos. A Park. A briga de antes. Isso não faz sentido. Será que a Park atacou a Kennedy por conta de uma droga de vestido? As palavras que ela disse durante a briga lá embaixo ecoam na minha mente. *Meu Deus, às vezes eu torço pra ter uma morte horrível.*

Olho ao redor. A gente está em uma espécie de escritório. Uma longa mesa de mogno antiga, uma lareira gigante que vai do chão ao teto numa parede, um piano caro e elegante, um amontoado de janelas, retratos antigos de burgueses empoeirados nas paredes, numa outra há uma estante de livros e lá, próximo à lareira, no quarto ao lado, há uma porta escancarada e o que parece ser uma coleção de vestidos de festa velhos. *Onde* a gente está? Onde a *Alice* está? Será que ela encontrou a Park?

É só então que me dou conta de que algumas gavetas da mesa foram abertas, e que tem papéis espalhados por todo o chão. O tampo do móvel está atulhado com canetas e lápis, seus recipientes derrubados. Analiso o cômodo de novo. Um quadro na parede está torto. Alguns livros da estante parecem ter sido jogados no chão. Há três caixas de papelão destampadas e coisas espalhadas sobre o carpete.

Alguém esteve aqui. E esteve à procura de algo.

De esguelha, vejo o Spike caminhar lentamente até o abridor de cartas, esticando a mão cada vez mais para baixo...

— Para! — grito.

Todo mundo congela.

— Não rela nisso — digo, com firmeza. — A gente tem que manter tudo no lugar para seja lá quando a... polícia chegar aqui, acho.

Eu fraquejo. Todo mundo está olhando para mim.

— Spike — chamo. — Desce lá na cozinha, pega mais toalhas e o que mais conseguir encontrar, fita, qualquer coisa. A gente precisar estancar esse sangramento de algum jeito.

— Deixa comigo — diz ele, se apressando pela porta corredor afora.

Todo mundo continua me olhando. Minutos antes, eu estava numa casa da árvore precária, usando um vestido lindo, dançando com um garoto enquanto chovia do lado de fora, e agora estou presa num quarto, um deslizamento de terra sufocando a Enseada do Castelo além das paredes dessa construção chique, uma garota ensanguentada no carpete à minha frente e tudo nesse cômodo está apontando para a pessoa responsável por isso, quem quer que seja.

— A gente tem que proteger toda e qualquer prova — digo a eles, apontando para o abridor de cartas. — Isso é uma *arma*. Tem digitais nela. A partir de agora todo este cômodo é uma cena de crime. Não relem em nada.

ANÚNCIO FEITO NO SISTEMA SONORO
DO CASTELO LEVY
21:52

Atenção, alunos da EEMEC. Por favor, estejam cientes de que o Sistema Meteorológico Nacional emitiu um alerta a respeito de um deslizamento de terra que acabou bloqueando a Rodovia 1. No momento, ninguém consegue entrar ou sair dos terrenos do castelo. Por favor, permaneçam na parte interna, longe das janelas e não tentem… eu repito… não tentem ir para o lado de fora… [burburinho] Como é que é? Não, Astor, você não pode pedir para o seu pai mandar o helicóptero vir te buscar. [burburinho] Bem, para começo de conversa, é perigoso demais, as autoridades orientaram todo mundo a se abrigar onde está. Até mesmo os veículos emergenciais foram… Astor Jansen, basta. [burburinho, um pigarro] Com licença, onde é que eu estava? Ah, sim, todo mundo deve permanecer do lado de dentro e ficar o mais confortável possível. Talvez a gente fique aqui por um tempo.

CAPÍTULO SETE

ALICE
11 DE FEVEREIRO
21:57

"Moças, eles têm um gênio para se envolverem com os mais variados tipos de problema e dificuldade."
AGATHA CHRISTIE, *A terceira moça*

— ALICE, VOCÊ TÁ bem? — pergunta Raf, me estabilizando com as mãos. — Pra onde você tá indo? Você só estava... — Ele olha escada acima e depois para mim. — Você só estava... correndo?

— Você viu a Park? — pergunto, ofegante, tentando ignorar o calor da palma das mãos dele nos meus ombros.

Atrás dele, num vestíbulo enorme está um amontoado dos meus colegas de turma segurando copos vermelhos enquanto nos observam discutir com curiosidade.

— A Park? — Raf parece confuso.

— A Helen Park? Ela é da minha turma. Mais ou menos desse tamanho. — Levo uma mão até meu queixo. — Cabelo preto liso que, a essa altura, deve estar todo armado porque estava correndo...

— Eu sei quem a Helen Park é — interrompe Raf, se afastando de mim, as mãos pendendo ao lado do corpo. — Não cheguei a ver ela. Por quê?

— Você tá procurando a Park? — pergunta um rapaz do grupinho no vestíbulo.

— Aham. Você viu ela?

— A gente viu ela passar correndo um minuto atrás. Veio pelas escadas pouco antes de você e depois sumiu de vista por ali. — Ele aponta para o lance de escadas que leva ao porão do castelo.

— Valeu — diz Raf.

— Valeu — repito.

Estou prestes a sair correndo quando Raf me segura pelo cotovelo.

— Alice, o que tá acontecendo?

Olho para a turma reunida, depois me inclino na direção dele, baixando a voz até virar um sussurro:

— A Kennedy... é, a Rebecca Kennedy, sabe? — Procuro em seu rosto um sinal de compreensão, e ele assente. — Enfim, eu decidi ir até o andar de cima usando uma passagem secreta... deixa pra lá, isso não é importante agora... A questão é que entrei num quarto com uma *pessoa* lá, Raf, segurando um maldito objeto pontiagudo, e essa pessoa era a Helen Park... E havia uma segunda pessoa no chão, sangrando, e *essa* pessoa era a Rebecca Kennedy, e daí a Park saiu correndo do cômodo e eu a persegui até aqui e agora ela desapareceu lá pra baixo, pro porão, e preciso ir lá porque acho que ela fez alguma coisa ruim e...

Raf levanta as mãos.

— Opa, nossa. Você tá me dizendo que a Kennedy tá lá em cima, sangrando? A gente tem que ligar pra polícia...

— A Íris tá cuidando disso — respondo, me soltando do aperto dele. — Preciso ir.

Me afasto e desço as escadas de dois em dois degraus até chegar a um lugar em que não enxergo um palmo à frente e que fede a mofo. A lanterna do meu celular mal penetra a escuridão espessa. Estou quase procurando por um interruptor quando alguma coisa pesada atinge as minhas costas.

— *Uff.* — O ar é expulso dos meus pulmões. Dou meia-volta, apontando a luz para... os olhos do Raf. Ele me seguiu. — Raf, que merda foi essa?

— Foi mal, eu não achei que você fosse parar logo depois do último degrau.

— Por que você veio atrás de mim?

— Hum, pra te ajudar? — ele responde, como se fosse a coisa mais óbvia do mundo.

— Eu dou conta — digo, e então acrescento: — Mas você pode procurar o interruptor.

Ele se afasta e um segundo depois as luzes se acendem, pontinhos pretos dançam no meu campo de visão enquanto meus olhos sofrem para se ajustarem à claridade repentina. Estamos no que parece ser um depósito (está cheio de caixas de papelão enormes, caixotes de madeira e, no canto, há uma estátua gigante de elefante cor-de-rosa). Charles Levy tinha mesmo um gostinho duvidoso. Meus olhos são atraídos para um movimento do outro lado do elefante.

— A Park! — grito pro Raf. — Atrás do elefante!

— Eu cuido disso — diz ele, a boca se afinando num sorriso sombrio enquanto parte naquela direção.

Ele é rápido. Eu tinha esquecido que, quando jogava basquete para a EEMEC, ele era um dos melhores do time.

A Park salta de trás da estátua e corre para longe dele. Os dois desaparecem atrás de um amontoado de caixotes de transporte.

Antes que eu consiga segui-los, os dois reaparecem, o Raf bem no encalço da Park, a cercando entre dois caixotes.

— Park, para só por um minuto. — Escuto-o dizer. — Tenho certeza de que existe uma explicação que faça perfeito sentido para...

Antes que ele consiga terminar a frase, a Park dá um olé nele, correndo bem na minha direção. Estico os braços para pegá-la, mas ela desvia para longe e desaparece através da porta próxima à base da escada. *Merde*. Dou meia-volta para segui-la e, à medida que alcanço a porta, um grito de frustração soa lá de dentro.

A NOITE DO CRIME

A Park está parada no centro de um quartinho com teto baixo e curvado. Ela respira pesado e está com uma expressão de pânico no rosto.

Eu e o Raf estamos bloqueando a única saída do cômodo.

— Helen, só fala com a gente — pede Raf. — Temos uma galera cuidando da Kennedy e só queremos te ajudar. O que foi que aconteceu?

Ela fecha a boca, cruzando os braços com força contra o próprio corpo, e balança a cabeça para a frente e para trás, enfática.

— Se você não falar com a gente, nós não temos como te ajudar — diz Raf.

— Meu pai sempre fala que, se eu me meter numa furada, não devo dar um pio até conversar com nossos advogados — comenta ela.

O Raf olha para mim, e eu dou de ombros. Ele suspira.

— Ave Maria, viver uma vida em que você não tem só um advogado, mas vários. O que fazemos agora, Ogilvie?

— Bem, não temos como confiar que ela não vai tentar fugir, e ainda por cima está se recusando a falar, então acho que só nos resta uma escolha.

Eu fecho a porta, trancando a Park naquele quartinho.

CAPÍTULO OITO

ÍRIS
11 DE FEVEREIRO
22:11

"Não faço ideia do que aconteceu, mas sei que,
seja lá o que foi, não é nem um pouco bom."
MONA MOODY, *As garotas do 3B*, 1947

EM TODO CANTO, vejo uma prova em potencial: fios de cabelo no carpete, agarrados à beirada da mesa de mogno. Eles podem ser da Kennedy ou da pessoa que a atacou; talvez seja da Park? As gavetas da mesa abertas. O abridor de cartas. Os papéis. Essas coisas podem conter digitais. Sei que a gente devia deixar isso pra polícia, mas meio que estou preocupada com a possibilidade de outras pessoas entrarem aqui e destruírem as possíveis provas. Já tem um amontado de alunos reunido na entrada do cômodo. Eles tiraram as camisas de dentro da calça e as meninas não estão mais de salto. Alguns parecem meio... bêbados? Ah, caramba. Eles devem ter entrado com alguma coisa escondida, mas provavelmente também havia álcool na área da cozinha. Essa noite está virando uma bagunça danada.

O sr. Flick parece prestes a vomitar.

A Candy está tentando, um tanto metódica, estancar o sangramento na barriga da Kennedy com os panos que o Spike trouxe da cozinha. Eles colocaram ataduras e tiras de toalhas dobradas em quadrados nos ferimentos da cabeça, atados sem cerimônia com *silver tape* contra o couro cabeludo dela para permanecerem no lugar.

— Ela vai morrer? — pergunta um aluno. — Vocês não podem deixar ela morrer!

— Isso aqui não é um episódio de *Grey's Anatomy* — grita o sr. Flick em resposta. — Eu não sou a Izzie Stevens numa balsa usando uma furadeira manual pra abrir a cabeça de alguém!

— *Grey's* o quê? — murmura outra pessoa.

— Meu Deus, você é um fóssil, Flick — diz alguém, rindo.

— Você acha que foi a Park, Íris? Tipo assim, sério mesmo? — pergunta Spike, baixinho, procurando uma resposta no meu rosto.

— Spike, eu não vou tirar conclusões precipitadas — respondo, calma.

— Pode ter sido a Helen Park que fez isso? — É a Zora, passando pela muvuca e me olhando com uma expressão severa. — Acho que todos nós nos lembramos do que aconteceu da última vez que alguém foi acusado de assassinato por engano aqui em Enseada do Castelo, não? Talvez dessa vez a gente devesse tomar mais cuidado. Neil!

O Neil se espreme para fora da aglomeração.

— Tô aqui — ele anuncia, ofegante. — Ahh, não, Kennedy. Eu acabei de ajudar ela a tirar 8 em espanhol. *Pobre chica.*

A Zora observa o cômodo. Nossos olhares se encontram. Eu assinto com a cabeça. Ela e o Neil precisam entrar em ação. Me abaixo para pegar a Tupperware grande cheia de luvas de látex, toalhas e itens de primeiros socorros que o Spike pegou da cozinha e jogo algumas luvas para Zora, do outro lado da mesa, que passa um par para o Neil e depois pega um para si.

— Neil — diz ela. — Bora nessa. Esse quarto pode não ser o único com provas. Isso aqui tá uma bagunça. A gente tem que dar uma geral nos outros quartos desse andar pra ver se também foram remexidos.

— Tem razão — digo. — Mas não peguem nem relem em nada. Só deem uma olhada e anotem o que parecer suspeito.

— Certo.

Neil coloca o par de luvas e deixa o cômodo com a Zora, abrindo espaço pela multidão e saindo corredor afora.

Cole olha para mim, com o meu celular na orelha.

— Tão falando que pelo menos trinta...

— Trate de dizer pra eles fazerem algo agora mesmo! — grita Candy, de repente. — Deve haver algum helicóptero de evacuação médica, alguma coisa, qualquer coisa, ou essa garota vai morrer. E eu não quero que isso aconteça.

O cômodo fica em silêncio e então um barulho de choro surge dos alunos reunidos. Ashley Henderson emerge do grupo. Seu cabelo está despenteado; o vestido, amarrotado.

— Rebecca! — grita. Ela se joga no chão, ao lado da Kennedy, deixando a bolsa cair com um baque pesado sobre o carpete. Pelo jeito essa garota com certeza sabe o que trazer para um baile. — Ai, meu Deus. O que aconteceu? — choraminga.

Ela acaricia o braço com respingos de sangue da Kennedy. Está usando belíssimas luvas cor-de-rosa de ópera. Há respingos de lama na bainha de seu vestido e seu cabelo está úmido.

— Henderson, por que você tá tão molhada? — pergunto.

— Eu estava lá fora curtindo um drinque, e aí caiu um pé-d'água. Precisei esperar no gazebo até poder correr de volta aqui pra dentro. Não que isso seja da sua conta, Abby.

— Íris — corrijo-a, brava. — E você pode enfiar essa atitude bem...

O Spike me interrompe:

— Alguém atacou a Kenn... a Rebecca — conta ele à Ashley.

A garota semicerra os olhos.

— Como assim, atacou? *Quem* fez isso?

Eu hesito antes de responder, mas acabo falando:

— A Alice encontrou a Park aqui, que acabou fugindo.

A NOITE DO CRIME

Ashley para de acariciar o braço da Kennedy e fecha a cara.

— *Do que* é que você tá falando? A *Park*? Por causa de um *vestido*?

O Cole estende o celular para mim. Eu o pego e o seguro contra a orelha. O atendente parece de saco cheio.

— Aguenta firme. O helicóptero e a polícia estão a caminho. Me deixa conversar com a pessoa que está cuidando da vítima, por favor.

Dou a volta na mesa e coloco o celular no viva-voz, posicionando-o próximo ao sr. Flick. Graças a Deus alguém está a caminho.

— Spike — chamo-o. — Manda uma mensagem pra Alice dizendo que a ajuda tá vindo. E diz pra ela não fazer nada idiota.

Ele pega o celular.

— Deixa comigo.

Henderson está fungando. Faço menção de colocar uma mão sobre seu ombro descoberto, talvez para confortá-la, mesmo isso parecendo um gesto estranho para se fazer com a pessoa que abaixou minha calça no primeiro ano durante a aula de Educação Física, mas, de novo, trata-se de um momento nada comum, quando então o Spike diz, de repente:

— O que aconteceu com o *seu* vestido, Íris?

Abaixo os olhos. Somado ao sangue da Kennedy tem um rasgo enorme no tecido, além de lama e fiapos de grama.

Desci a escada da casa na árvore com tanta pressa que nem me lembro de ter caído, mas deve ter sido isso o que aconteceu.

— Íris. — É o Cole, sussurrando e me puxando para longe da Kennedy, da Candy, do sr. Flick e da Ashley. — Íris, foi mal. Eu não sei por que fiz... Por favor, me desculpa por ter ficado tão bravo.

Meu coração palpita. Agora ele parece tranquilo e gentil, como sempre, mas na casa da árvore estava diferente.

— Eu...

— Espera. — O Spike dá a volta na mesa e para ao nosso lado. — Você *bateu* nela? Eu vou...

O rosto dele é tomado pela raiva. É exatamente disso que eu... que nós *não* precisamos neste exato momento.

Me enfio no meio dos dois.

E bem então o mar de adolescentes se divide ao meio e paramédicos usando capa de chuva, carregando uma maca enrolada em plástico, entram correndo. Eles começam a gritar perguntas ao sr. Flick e à Candy e formam um círculo ao redor da Kennedy, nos afastando. Eles enfiam um colar cervical almofadado no pescoço dela, apoiam sua cabeça e começam a contar, levantando-a até a maca no *três*. Conforme fazem isso, coisas se amontoam debaixo do corpo dela. Um *corsage* rosa amassado e... folhas de papel destroçadas. Eu as reúno e dou uma olhadinha mais de perto. O papel está manchado de rosa por conta do sangue. Identifico trechos de escrita, mas, antes que consiga decifrar o que dizem, uma voz conhecida e nada feliz soa da porta e, sem pensar, fecho o punho ao redor dos papéis rasgados.

KWB, CANAL 10

BOLETIM URGENTE
11 DE FEVEREIRO
22:12

Ben Perez: Pedimos desculpas por interromper a programação, mas Tessa Hopkins tem um furo ao vivo, direto do local do deslocamento de terra que bloqueou por completo trechos da Rodovia 1. Tessa, passo a palavra para você. Minha nossa, pelo visto a coisa está feia, não?

Tessa Hopkins: Bom, Ben, como você pode ver, a situação aqui está perigosa e imprevisível. Devemos esperar que a tempestade diminua por volta da próxima hora, e as equipes estão trabalhando pesado para liberar a rodovia. Todos devem permanecer em segurança e abrigados onde estão até que a tarefa possa ser concluída. Mas não é só isso, pois temos uma segunda emergência.

Ben Perez: O que você tem para nós, Tessa? Ah, cuidado, isso atrás de você são galhos de árvores balançando?

Tessa Hopkins: Infelizmente, sim. Ben, outra emergência está se desenrolando no Castelo Levy. De acordo com várias postagens feitas pelos estudantes que estão na propriedade por conta do baile anual Sadie Hawkins, uma aluna foi atacada e está em estado grave. Nós não vamos divulgar o nome da aluna, devido à família ainda não ter sido notificada, mas pelo jeito a situação está feia.

Ben Perez: Atacada? Tessa, você tem mais alguma informação quanto a isso?

Tessa Hopkins: Não tenho, Ben. Pedi aos alunos que estão postando no Twitter para que entrem em contato comigo com mais informações a respeito do que está acontecendo. O que posso dizer, no entanto, é que, na esteira do caso Brooke Donovan, isso é muitíssimo preocupante. A polícia de Enseada do Castelo está trabalhando de perto com os serviços emergenciais para levar ajuda o mais rápido possível para o castelo. Pelo que parece, um funcionário da escola está prestando ajuda médica para a vítima. Os professores também estão tentando manter os outros alunos em segurança e sob seus cuidados.

Ben Perez: Isso, sim, parece um ambiente imprevisível, Tessa. Uma possível agressão e crianças presas pelo que podem ser horas a fio.

Tessa Hopkins: Pois é, Ben. É uma situação que pode sair do controle num piscar de olhos.

CAPÍTULO NOVE

ALICE
11 DE FEVEREIRO
22:13

*"– O que você acha que Cust vai dizer?
Hercule Poirot sorriu.
– Uma mentira – respondeu. – E, por meio dela,
descobrirei a verdade!"*
AGATHA CHRISTIE, *Os crimes ABC*

COM A ORELHA PRESSIONADA contra a porta, consigo ouvir o murmúrio baixo da voz da Park, que suponho estar conversando com alguém pelo telefone. Conhecendo-a bem, é com o pai que está falando, o que não é lá muito bom. O pai dela não é alguém com quem se possa mexer.

Consigo entender algumas palavras murmuradas – "me trancafiou... não *fiz*" – e alguns soluços abafados. Depois de alguns minutos, ela para de falar e há um breve momento de silêncio até que uma batida repentina contra a porta me faz virar a cabeça. Acaricio a orelha.

— Meu pai disse que você vai pagar por isso! — berra Park.

Raf estremece.

— Não sei se manter ela aí é uma ideia boa, Alice. É prisão ilegal. Isso não é exatamente permitido pela lei.

Dou de ombros.

— Você tem alguma sugestão melhor? Se a gente deixar ela sair, a Park só vai dar no pé de novo. Não é como se ela pudesse ir pra algum lugar, mas eu não tô a fim de passar o resto da noite correndo atrás dela por todo o castelo, você tá?

Meu telefone toca e uma sequência de mensagens do Spike aparece, uma seguida da outra.

> **Os paramédicos levaram a Kennedy.**
> **Tão cuidando do deslizamento.**
> **A polícia vai chegar a qualquer segundo.**
> **Achou a Park??**

Uma pausa e então: *A Íris tá falando pra você não fazer nada* IDIOTA*, Alice.*

Idiota? Eu jamais faria algo assim. Estou elaborando mentalmente uma resposta quando outra batida violenta contra a porta me assusta, fazendo meu celular parar no chão.

— Me! Tira! *Daqui!*

Raf passa a mão pelo cabelo preto e grosso.

— Alice, a gente não pode mesmo manter ela lá dentro.

Ele está me olhando como se pensasse que estou sendo completamente irracional, o que só é grosseiro. Não é como se ele tivesse pensado num plano melhor.

— O que você sugere, então? — pergunto.

— Sugiro que a gente tente conversar com ela.

— Eu já tentei! Ela se negou. Não importa quanto eu queria fazer isso, você sabe que não posso forçá-la a falar. Isso, *sim*, seria ilegal.

Ele meneia a cabeça.

— Eu não tô falando pra você usar tortura pra conseguir respostas, Ogilvie. Nós não somos espiões da Guerra Fria. Só tô falando que, se tentar conversar com ela num ambiente tranquilo, é possível que a Park esteja mais disposta a falar.

Ele tem um ponto.

— Tá. Mas a gente não pode deixar ela sair de lá. Eu conheço ela. Vai acabar fugindo, e já estou com as pernas cansadas. Se ela estiver em fuga quando a polícia chegar aqui, eu nunca vou me perdoar. Acho que a gente devia amarrá-la. Só assim vou conseguir interrogar ela cara a cara sem ficar preocupada.

— Como é que é? *Amarrá-la*? — indaga Raf. — Alice, com certeza não...

— Sim! Com, sei lá, corda ou algo do tipo. — Olho ao redor do espaço. — O que acha disso? — Ando até uma caixa grande e arranco um bom pedaço de fita adesiva da lateral.

— Essa ideia é péssima.

— Você tem uma melhor? Se tiver, sou toda ouvidos. — Faço uma careta, metade da fita já puxada da caixa. Meu Deus, como ele é mandão.

— Tenho. Acho que a gente deveria conversar com ela. Com calma. Sem tentar amarrá-la.

— Ela vai fugir! — Volto até ele segurando o pedaço de fita.

Raf suspira.

— O que você acha de entrar lá e falar com ela? Eu fico de guarda na porta e mando mensagem pra Íris e pros outros pra que saibam onde a gente tá. Se a Park tentar fugir, eu a impeço. Simples.

Eu analiso a sugestão.

— Tá bom. Beleza — digo, grudando a fita na parede perto de mim, só para o caso de precisarmos dela mais tarde. — Vamos fazer do seu jeito.

Então abro a porta e entro.

A Park está agachada de cócoras no canto mais distante do quartinho. Ela faz uma carranca ao nos ver, se colocando de pé e segurando o celular como se fosse uma arma.

No centro do cômodo tem um sofá de camurça azul e, em frente, uma daquelas televisões de tubo de mil anos atrás. Além disso, tem uma cozinha bem pequena com uma prateleira exposta, entulhada com centenas de latas de comida. E, embutido na parede do fundo, há um conjunto de beliches.

— *Merde*. Que porcaria de lugar é esse? — pergunto.

— Eu chutaria que é um abrigo nuclear — diz Raf. — Provavelmente foi construído no início dos anos 1950, por conta da tensão crescente entre os Estados Unidos e a União Soviética.

— Meu pai sabe o que você fez, Alice — diz Park, nos interrompendo. — Ele vai vir pra cá assim que conseguir, e pode apostar que você vai estar atolada de merda até *aqui* quando ele...

— Conta o que aconteceu lá em cima — corto-a.

— Hum, e *por que* eu faria isso? — rebate ela. — Você sabe que eu poderia só sair daqui correndo e...

Raf suspira atrás de mim.

— Por favor, não faça isso. Eu não quero mesmo ter que te impedir.

A boca da Park fica repuxada para baixo.

— Tá bom. Eu fico aqui. Mas não vou falar nada sem a presença dos meus advogados. — Então ela cruza os braços contra o corpo.

— Park, você estava lá em cima parada diante do corpo da Kennedy segurando um abridor de cartas. Você vai ter que contar pra alguém o que aconteceu — afirmo, tentando manter a voz calma. Ela balança a cabeça, pressionando os lábios com força. — Vem aqui comigo.

Eu caminho até o sofá e me sento; um tempo depois a Park faz o mesmo, se sentando na almofada mais distante de onde estou.

— Eu vou gravar isso.

Em seguida, desbloqueio o celular, abro o gravador de voz, aciono a função e posiciono o aparelho entre a gente.

— Pra onde você foi depois de discutir com a Kennedy na pista de dança?

Mais uma vez, a Park cerra os lábios.

— Park. Quando eu te encontrei você estava pairando sobre a Kennedy, literalmente segurando um abridor de cartas cheio de sangue. Todo mundo viu vocês discutindo mais cedo. Nada disso me soa bem. Se você é inocente, o que estava fazendo lá?

— Eu não... — Ela leva a mão até a boca com força.
Suspiro.
— Fala logo.
Ela balança a cabeça com força.
— Não sem a presença dos meus advogados.
— Alice? — diz uma voz ao longe.

Meu coração dá um solavanco. Só tenho mais uma miséria de tempo sozinha com ela.

Raf anda até a porta e grita:

— Aqui embaixo! A gente tá no porão!

— Park, por favor, me diz que... — No entanto, antes que consiga terminar a frase, há uma comoção do lado de fora do quartinho e o Spike e a Íris aparecem na porta, rodeados por policiais.

— Olá, Alice — diz uma voz que infelizmente me é familiar, vinda do amontoado de gente.

E de lá surge ninguém mais, ninguém menos que meu detetive menos amado de todos os tempos.

— Detetive Thompson — digo, sem o mínimo de esforço para tentar esconder meu descontentamento.

CAPÍTULO DEZ

ÍRIS
11 DE FEVEREIRO
22:35

"Desde que era uma garota bem pequenininha,
eu sonhava em ser atriz.
Quem não iria querer fingir ser uma pessoa
diferente, mesmo que só por um tempinho?"
MONA MOODY, entrevista para a revista *Cinelândia*, 1948

O DETETIVE THOMPSON COMPRIME os lábios e analisa a cena no porão bizarro em que estamos. A Alice está sentada num sofá azul — usando um vestido que não é o de quando chegou ao baile —, onde a Park também está, com os braços cruzados ao redor do corpo. E o Raf está do outro lado com uma expressão encabulada no rosto.

— Alice Ogilvie. — O detetive Thompson coça os olhos como se de repente tivesse ficado cansado. — Não faço ideia do que você acha que está fazendo, mas, se o passado serve de aprendizado, imagino que a essa altura você já tenha infringido várias leis.

— Você está errado, detetive Thompson. Eu só estou garantindo que uma possível suspeita de agressão não...

Thompson levanta a mão.

— Nem começa, Ogilvie. Não tenho tempo para as suas histórias para boi dormir. Tenho uma garota sendo transportada de helicóptero até o hospital, centenas de adolescentes despirocando lá em cima, e a última coisa de que preciso é você interferindo e *aquela* ali...

Ele aponta para mim, e eu o encaro de volta.

— ... lá em cima pensando que está em algum tipo de série de tevê e bagunçando as possíveis provas.

— Eu estava *tentando* manter tudo no lugar — retruco.

— Calada — ordena Thompson. — Você quer que eu te leve por ter alterado uma cena de crime? Eu ficaria feliz pra...

— O deslizamento — intervém Raf. — A gente não tinha certeza de quando vocês chegariam aqui. Só estávamos tentando ajudar.

Thompson lança um olhar demorado para ele.

— Você não trabalha pra mim? O que está fazendo aqui? E por que está usando esse paletó?

O Raf ia responder, mas a Alice o corta:

— Com licença, detetive Thompson. Me deixa recapitular pro senhor. Mais cedo esta noite, no baile, houve uma briga entre a Helen Park, que está bem aqui, e a Rebecca Kennedy, que está a caminho do hospital. Eu encontrei a Helen no escritório lá de cima, segurando um abridor de cartas ensanguentado, com a Rebecca caída a seus pés sangrando sem parar. A Helen correu. Não estou afirmando nada, porque isso não seria nada inteligente, mas só queria fazer algumas perguntas sobre como ela terminou diante de uma pessoa ferida enquanto tinha *em mãos* o que parecia ser a arma usada no ataque.

A Alice parece orgulhosa. No sofá, a Park continua imóvel.

Olho ao redor. Esse quartinho é estranho. Estamos num abrigo nuclear? Tudo aqui parece pré-histórico, saído diretamente dos anos 1950. Analiso as fileiras de comida enlatada nas prateleiras. Isso aí *não* tem como estar dentro da validade. Certeza que tem colônias de bactérias escondidas dentro das latas de vagem e de presunto em cubos. Por que ninguém jogou essas coisas fora?

— Acredito que sou eu quem tomará a decisão quanto a quem vou interrogar, Alice. Você vem comigo — disse, apontando para a Park. — A festa aqui embaixo acabou.

— *Obrigada* — diz Park, se levantando do sofá devagar. Então se vira para a Alice e acrescenta, debochada: — Haha. E meu pai vai meter um processo bem no meio da sua cara por prisão ilegal.

— Opa, calminha aí, mocinha — diz Thompson para a Park. — A gente ainda *não* terminou, não estamos nem perto disso. Só estou te levando para um outro lugar para termos uma conversinha.

— Mocinha? — pergunto. — Isso é meio condescendente.

Thompson gira a cabeça na minha direção.

— Me desculpe, acabei ofendendo suas fragilidades feministas, Íris? Falta isso pra eu decidir aplicar uma multa em você por ter contaminado uma possível cena de crime.

— *Já* te falei, eu não relei em nada — digo, entre dentes.

No entanto, meus dedos, ainda revestidos com a luva de látex, formigam nervosos com a sensação dos pedaços de papel triturado que enfiei no bolso do meu blazer lá em cima, quando ele não estava prestando atenção. Não posso contar para o detetive; não quero parar na *cadeia*. E provavelmente não é nada de mais.

O Spike explode numa risada.

— Mocinha? Fragilidades feministas? Meu Deus, cara. Você é bem do *século passado*.

Raf cobre a boca para abafar a risada.

— Já chega! — berra o detetive Thompson, com as mãos para cima. — Agora os peritos estão aqui e as *crianças* vão lá para cima, onde vão esperar para serem interrogadas. Em cerca de uma hora, as estradas devem estar liberadas para o tráfego geral e vocês terão autorização para sair. Nesse meio-tempo, porém, todo mundo, e estou falando de todo mundo *mesmo*, vai subir e ficar por lá. Agora, levem ela.

Ele assente e dois policiais parados à porta acenam para a Park, que joga o cabelo para trás e passa desfilando pela Alice, trombando nela sem muita gentileza.

— Ah, não, me diz que você *não* fez isso — diz Alice para ela.

— Detetive Thompson — insisto. Não consigo me controlar. — Tem vários alunos lá em cima. Todos eles são tanto uma testemunha em potencial quanto um possível suspeito. Você vai mesmo deixar todos irem embora em uma hora? Não consigo ver como isso é tempo suficiente para…

— Íris Adams, mais uma palavra e você vai passar o resto da noite com esse seu vestido lindo atrás das grades de uma cela imunda — ameaça, se aproximando tanto que vejo cada poro em seu nariz seco e escamoso. — Estamos entendidos? Nem. Mais. Um. Pio.

Antes que eu consiga pensar numa resposta rápida, meu telefone vibra.

Íris, o que tá acontecendo? Você tá bem?

Suspiro. *Sim, mãe. Tô bem. Falo depois.*

O que tá acontecendo aí? Tô ouvindo umas coisas horríveis. Alguém se machucou?

Complicado. Polícia aqui. Tô ocupada. Mando mensagem dps.

Quero que você venha pra casa.

Vou dormir na Alice, lembra?

Quero que você...

Abaixo a mão junto ao corpo e ignoro minha mãe. Ao meu lado, a boca da Alice está retesada numa linha fina e seus olhos estão duros feito aço.

MENSAGENS TROCADAS ENTRE
ASHLEY HENDERSON E HELEN PARK

11 DE FEVEREIRO

23:59

AH: q merda tá acontecendo aí? Tô no hospital. Vim com os paramédicos. Tá uma coisa de loco isso aqui

HP: Aquela aberração da Ogilvie acha q machuquei a Kennedy. Os policiais me encheram de perguntas

AH: Ela tá em cirurgia. O pai daquele nerd da banda diz q ela tá com inchaço cerebral

AH: Os policiais já terminaram? O q perguntaram p vc

HP: NÃO FUI EU

HP: Eu entrei naquela droga de quarto e ela tava caída! Vi algo brilhando no chão e resolvi pegar

HP: Eu não sabia o q tava rolando!!! Vc acredita em mim né??

HP: Vai todo mundo achar q fui eu por causa da briga

AH: Bem

HP: Eu NÃO FIZ NADA COM ELA

HP: Ela vai ficar bem

HP: Henderson?

HP: Tá aí?

AH: Não faço ideia. Tô meio q preocupada

AH: Não dá p entender o q tão falando

AH: Acho que ouvi alguém falando em coma

HP: ahhhh não

HP: Não foi eu!! Vc sabe disso, né? Eu nunca faria isso.

HP: Henderson??? Você sabe disso né????

CAPÍTULO ONZE

ALICE
12 DE FEVEREIRO
01:38

"Apenas gatos e bruxas andam no escuro."
AGATHA CHRISTIE, *A mão misteriosa*

— MEU PAI AMADO, da próxima vez que a gente ficar presa num castelo enquanto o mundo se desfaz em chuva, temos que estar num lugar com estradas melhores — digo para Íris quando por fim estacionamos na minha garagem. — Ou, no mínimo, com *mais* estradas. O trânsito estava pavoroso.

Sair do estacionamento do castelo e voltar pela Rodovia 1 levou, aproximadamente, uma eternidade, mesmo o percurso tendo menos de um quilômetro.

Paro o carro junto à casa e me alongo antes de soltar o cinto, aliviada por enfim estar em casa. Do meu lado, a Íris está quieta.

— Cansada? — pergunto.

— Quê? — Ela pisca como se tivesse esquecido quem sou. — Ah, não. Só tô pensando. Tô com uma sensação estranha quanto a tudo isso.

— Quanto à Park?

— A Park, é — confirma ela. — A coisa tá bem feia pro lado dela, e você conhece o Thompson. Seu *modus operandi*. Você contou pra ele que a Park estava segurando o abridor de cartas e parada diante da Kennedy, e daí tem a briga delas, que, tipo, foi filmada por umas cem pessoas. Tudo isso pinta um quadro bem feio pra ela.

— Você acha que ela é inocente?

— Não tenho certeza. Mas temos que tomar cuidado. Não esqueça o que aconteceu com o treinador ano passado.

Emito um som de descontentamento.

— Também não é como se o treinador fosse totalmente inocente...

— Mas ele não matou a Brooke, sabe? Acho que gente tem que aprender com esse erro.

Suspiro.

— Tá bom. A gente pode discutir. Mas lá dentro, beleza? A Brenda já me mandou umas sessenta e quatro mensagens na última hora perguntando se tá tudo bem, então preciso aparecer lá em carne e osso.

Fora do carro, vindo da Rodovia 1, escuto um fluxo de carros pesado nada comum para esta hora da noite, à medida que todo mundo vai saindo do castelo para voltar para casa. Em algum lugar à distância, o gemido de uma sirene atravessa a noite. Um arrepio desce pela minha coluna. Me pergunto se os policiais prenderam a Park, se isso que estou ouvindo são eles levando-a para a cadeia.

Íris tem razão. A gente precisa conversar a respeito disso.

Estou prestes a dizer isso quando um barulho de farfalhar surge das fileiras de árvores mais próximas dos penhascos. Meu coração quase sai pela boca. Que porcaria é essa?

Olho para Íris para garantir que não estou ouvindo coisas. Ela está congelada ao meu lado, os olhos grudados nas árvores.

— Ouviu isso? — sussurra ela.

— Uhum. Aquilo foi...

— Alto — completa ela. — Será que a gente devia ir olhar...?

Nego com a cabeça.

A NOITE DO CRIME

— Provavelmente foi só um esquilo.
— Pois é.
— Um esquilo dos grandes e bem barulhento.
— Então a gente deveria... — diz Íris, assentindo.

Nós duas damos uma corridinha até a porta da frente. Enquanto estou me embananando com as chaves, um outro som, dessa vez mais baixo, soa às nossas costas.

— Anda logo — sibila Íris.
— Tô tentando... — Enfim consigo enfiar a chave na fechadura e estou prestes a abrir a porta com tudo quando noto um movimento pelo canto do olho.

E então começo a dar risada.

— Que foi? — pergunta Íris.
— Aquele barulho... você viu de onde tá vindo?
— Não...? — Para enfatizar a pergunta, ela arqueia a sobrancelha.
— Olha ali.
— Aquilo é... um gato? — Ela espia através da escuridão. — Ai, meu Deus, Alice! Olha só pra ele, que pequenininho!

Um gatinho rasteja pela grama entre a garagem e a casa.

— Aham. Ele é muito... pequeno.
— Vamos pegar? Ele parece perdido.
— *Credo*, não, obrigada. — Eu abro a porta da frente. — Tenho certeza de que ele tem uma vida perfeitamente tranquila aqui fora.

Íris volta a olhar para o gato, hesitando por um segundo antes de me seguir para dentro.

— Alice. — O som da voz da Brenda flutua saguão adentro. — É você?
— Aham!

Com uma caneca na mão, ela vem da sala de jantar vestindo seu pijama.

— Alice. Íris. Ah, meu Deus. Você não acreditaria nas notícias que chegaram do castelo... Estão falando que alguém foi esfaqueado, mas não disseram quem foi, e eu estava morrendo de preocupação.

Brenda coloca a caneca sobre a mesa do saguão e me envolve num abraço de urso esmagador. Me sinto um tanto mortificada, mas não tem como dizer não para os abraços dela. Sendo assim, acabo cedendo depois de um tempo.

— Estou tão feliz que você tá bem. E você também, Íris — diz, o rosto enfiado no meu cabelo.

Sinto um nó na garganta. Pigarreando algumas vezes antes de falar, afasto a Brenda.

— Tá vendo? Tô ótima. — Faço uma breve mesura, mas ela está olhando para a Íris, tomada por horror.

— *Dios mío*, Íris — suspira Brenda. — Isso é *sangue*? O que aconteceu?

Porcaria, eu nem tinha notado o sangue no vestido dela. Devia ter feito a Íris trocar de roupa no carro.

Íris olha para baixo, para o sangue.

— Então, é um tanto complicado...

— O sangue não é dela — digo, me intrometendo.

— Ué, então de quem é? — Brenda semicerra os olhos na minha direção. — Alice, esse aí não é o vestido que você estava usando quando saiu de casa para o baile. O que aconteceu? Você se enfiou em outra confusão...

Finjo um bocejão.

— Brenda, eu te amo, mas, por favorzinho, será que a gente pode deixar para de manhã toda essa parte de *eu me preocupo tanto com você, para de se meter em coisas que não são da sua conta*? Eu juro, esse sangue não é da Íris. A gente tá aqui, inteirinhas. Estamos no meio da madrugada e eu tô *tão* cansada. — Bocejo de novo, mas dessa vez de verdade.

Ela comprime os lábios e, para meu tremendo alívio, assente.

— Belezateamoboanoite — digo.

A NOITE DO CRIME

Assim, com o tecido da saia reunido numa mão, corro escada acima antes que ela mude de ideia. Íris vem logo atrás.

Chegando no meu quarto, me jogo na cama. Mortinha da Silva.

— Bem... essa noite foi diferente — murmuro, com o rosto enfiado no travesseiro.

Sinto a Íris se sentar ao meu lado.

— Infelizmente, não foi tão diferente assim — diz.

— Pois é — digo, me virando de costas e olhando para o teto por um bom tempo antes de me sentar. — Aquilo foi bem doido. E a Park não abriu a boca. Não sei o que fazer.

— Deixa eu ver se tenho alguma novidade — sugere Íris.

Ela tira o celular do bolso do blazer e alguns pedacinhos de papel flutuam até o colchão.

— Você deixou cair um pouco de sujeira — digo, apontando.

Íris os reúne.

— Não! Não é sujeira! — diz. — Quando o pessoal levantou a Kennedy até a maca, eu vi esses papeizinhos no lugar que ela estava deitada, mergulhados em todo aquele sangue. Queria ver se eles...

Ela espalha os pedaços sobre meu edredom e começa a examiná-los.

— Olha! Eles se encaixam.

Então segura no alto dois fragmentos com coisas escritas e, em seguida, os coloca um ao lado do outro sobre a cama.

Dou uma olhada.

— Esses aqui se completam! — digo, me mexendo para abrir espaço na cama.

Rapidamente, encaixamos o restante dos fragmentos, formando o pedacinho de uma folha.

— Tem mais? — pergunto.

Íris nega com a cabeça e lê o que temos:

— Alguns devem ter acabado sumido. Nós temos as palavras

me Encontra... veja só esses és, escritos como o número três ao contrário... e essa parte diz *21:30*. Talvez seja o horário que ela devia encontrar a pessoa? — Íris olha pra mim. — Isso faria sentido, levando em consideração o horário em que as coisas degringolaram hoje à noite. Daí tem um pedaço faltando, mas... aqui seria *escritório*?

— Você acha que alguém mandou esse bilhete pra Kennedy dizendo pra que se encontrassem no escritório do Levy? Meu pai amado. Será que isso significa que... — Encaro a Íris com olhos arregalados.

— Poderia ser da pessoa que atacou a Kennedy, mas talvez não seja. Pode ser de qualquer um que esteve naquele cômodo a qualquer hora, por qualquer motivo. Mas por que alguém o picou em pedaços? E quando? A gente devia...

Ela salta da cama.

— Onde estão seus anuários escolares? — pergunta Íris.

Faço uma careta.

— Hum, você acha mesmo que agora é hora de fuçar esse buraco chamado passado?

Ela meneia a cabeça.

— Nem... A Park assinou o anuário do ano passado?

— Sim, por quê? Eu... Ah! — Finalmente ligo os pontos quanto ao que ela está querendo dizer. — A gente pode comparar as letras.

— Issoooo — confirma ela. — Até que demorou pra você entender.

— A noite foi longa. — Coço os olhos. — Eles tão aqui.

Então aponto para a estante de livros enorme que toma toda uma parede. A maior parte é ocupada pela minha coleção de livros da Agatha Christie, incluindo os de contos, e um bocado de outros romances de mistério que tenho lido nos últimos meses.

— Os anuários tão na parte de baixo.

Íris encontra o que quer e os leva para a cama. Então começa a folheá-los.

— Onde você acha que a Park assinou?

A NOITE DO CRIME

— Vê na parte da frente. — É onde a gente sempre assinou nossos nomes: eu e a Brooke, a Kennedy, a Park e a Henderson.

Íris vira as páginas até chegar ao começo.

— Henderson... Kennedy... Steve... aqui! — Ela pousa o dedo num rabisco. — *Ogilvie, vc é 1 piranha maluca* — diz, fazendo uma careta depois de ler. — Essa veio do coração.

— Eu não diria que a Park é uma poetisa.

Íris aponta para o bilhete remendado.

— Então, esses εs, vê a maneira como estão em maiúscula, são meio que uma letra de mão desleixada...

— Sim?

— E vê como a Park escreveu aqui? — pergunta, apontando para o texto. — A letra é diferente.

Fico comparando as duas caligrafias.

— Você acha mesmo que isso é o suficiente pra provar que foi outra pessoa? Não tô falando que não concordo, só...

— Eu acho que esse é um bom ponto de partida. Você conhece a Park. Acha que ela faz o tipo de pessoa que poderia apunhalar alguém?

Penso a respeito disso e depois balanço a cabeça em negativa.

— Não consigo imaginar ela apunhalando uma pessoa, não. Drogando? Com certeza. Mas não acho que ela tem coragem o bastante pra machucar alguém olhando a pessoa cara a cara. Mas, de novo, às vezes as pessoas mais quietinhas podem nos surpreender. Você leu *E não sobrou nenhum*, né?

Íris assente.

— Pensa na Vera Claythorne, a professora. Como no começo ela parece fofa e inocente, mas então a gente descobre que...

— Realmente... — diz Íris, pensativa.

— Isso sem falar que a Park fugiu. Por que ela faria isso se é inocente?

— Bem, você a encontrou segurando o abridor de cartas. Eu acho que é completamente possível que ela tenha entrado em pânico e corrido por conta do medo, não por ser culpada. — Ela pega o celular. — Como é aquela frase da Agatha Christie? Vou procurar... Ah, sim. "Mas, meu amigo, eu conheço a natureza humana e lhe digo que, quando subitamente confrontada com a possibilidade de ser julgada por homicídio, a mais inocente das pessoas vai perder a cabeça e fazer as coisas mais absurdas." Entende o que estou querendo dizer? — ela pergunta, me observando de perto.

Fico pensando por um tempo. É como se meu cérebro tivesse sido mergulhado em melaço, mas depois de um longo intervalo o que ela está dizendo faz sentido. Assinto.

— Entendo — digo. — A Park pode ter fugido não por ser culpada, mas porque estava com medo. Beleza. Mas você *sabe* bem que o Thompson e os comparsas dele não vão enxergar a situação dessa maneira. A Park tá atolada em *merde*.

Bocejo e olho para as horas no celular. Já são quase três da manhã.

— Tô cansada demais pra pensar. Toda aquela correria pelo castelo... — Bocejo mais uma vez. Quero ficar acordada, quero trabalhar mais a fundo nisso, mas mal consigo raciocinar direito. — Preciso apagar por algumas horas pra poder enfrentar isso com a mente renovada.

Caio na cama e me enfio nas cobertas sem esperar uma resposta. Segundos depois, mergulho num sono profundo.

CAPÍTULO DOZE

ÍRIS
12 DE FEVEREIRO
03:45

"Sem dúvida minha cabeça está girando, Henry!
E uma coisa é certa: não podemos confiar em ninguém."
MONA MOODY, *A casa no fim da rua*, 1946

FICO SURPRESA POR ALICE conseguir pegar no sono com tanta facilidade, embora não devesse me surpreender. Ela é boa em se desligar das coisas. Ou pelo menos é o que parece. Já eu, não.

Estou deitada ao lado dela em sua cama gigantesca, olhando para o vestido deslumbrante que ela roubou do castelo, estendido sobre uma poltrona de pelúcia. Será que era da Mona Moody? Alice colocou o vestido de uma mulher morta sem nem pestanejar? Ao lado dele está meu próprio blazer de veludo, encrustado em sangue por ter sido colocado sob a cabeça da Kennedy.

Esta casa é silenciosa. Bem diferente do meu apartamento, onde as pessoas andam pelo prédio a todo instante: se arrumando para os turnos noturnos; chegando do trabalho; o zumbido de aparelhos de tevê; cachorros ganindo para irem passear.

Dou uma olhada no celular. No caminho do castelo até a casa da Alice, liguei para a minha mãe, que ficou aliviada ao ouvir minha voz e acabou cedendo quanto a eu passar a noite aqui.

Pensei que o Cole fosse mandar mensagem, mas não há nada. Talvez eu pudesse mandar algo, mas o que diria? *Desculpa por ter surtado. Você ficou tão bravo que pensei que fosse bater em mim, como meu pai teria feito.* Eu sei que ele sabe o que meu pai fez comigo no outono passado; afinal, ele viu meu rosto no dia em que pegamos a Westmacott; no dia em que pensei, por mais ou menos uma hora, que o Cole talvez fosse o assassino da Brooke. Mas nunca tocamos no assunto.

Queria conseguir parar de pensar no Coisa. Queria que ele evaporasse do meu cérebro, que parasse de me fazer ficar com medo de qualquer barulho súbito, mesmo dos silêncios repentinos. Fiquei bem assustada quando, mais cedo, eu e a Alice ouvimos aquele ruído lá fora. Sei que ele está na cadeia, mas também sei que logo vai sair. É como se eu nunca conseguisse relaxar de verdade. Estou sempre esperando.

Ainda olhando para o celular, suspiro, praticamente desejando que ele se acenda.

E então isso acontece. Mas não é o Cole quem está ligando. É a Lilian. Lilian Levy.

Saio da cama e, para não acordar a Alice, vou até um canto distante do quarto.

— Oi — digo, baixinho.

No mesmo instante, a voz de Lilian soa familiar: suave, calma e quase confusa.

— Será que vocês, meninas, não conseguem ter uma única noite de paz? Estou começando a achar que vocês duas são tão amaldiçoadas quanto o castelo.

— Você já ficou sabendo, então.

— Claro que já fiquei sabendo. Estou preocupada com vocês! Fiquei acordada na esperança de que estivessem bem! E aquela coitadinha. O gerente de relações públicas do castelo me incomodou a noite toda. A essa altura já devo ter falado com ele umas catorze vezes. Uma linda estrela de cinema morrendo no castelo? *Isso*, sim, é um mistério que atrai as pessoas. Uma garota local sendo apunhalada? Nada bom para a imagem, querida.

— Talvez tenha sido uma das antigas amigas da Brooke. Não temos certeza.

— Sou toda ouvidos. Me conte.

Suspiro. Isso vai parecer sem pé nem cabeça.

— A Alice subiu a escada de uma passagem secreta e chegou no escritório, onde encontrou as meninas. Ela estava experimentando um vestido meio que, tipo, em um armário de madeira...

— Ah, sim. — Lilian puxa o ar. — Provavelmente era da Mona. Os pertences dela ficaram na propriedade do castelo durante o processo de peculato. Às vezes eles o pegam para usar em exposições. E a escada secreta! Há tantos segredos no castelo. A sra. Pinsky, que trabalhava na cozinha, adorava se aventurar comigo em busca deles. Ela era bastante nova e não tinha filhos... Acho que não podia ter... E, ah, eu a amava. Depois que a Mona morreu e eu fui mandada para longe, acho que ela e o marido deixaram o castelo. Nunca mais voltei a vê...

— *Enfim* — digo, interrompendo-a, antes que a Lilian nunca mais pare de falar do passado. — Alice as encontrou, a Park e a Kennedy. A Kennedy estava inconsciente no chão e a Park estava diante dela segurando um abridor de cartas sujo de sangue. Daí a Park fugiu. E, como você provavelmente pode imaginar, agora eu e a Alice estamos bem interessadas em tudo isso.

Há uma pausa.

— Kennedy? Tipo, Rebecca Kennedy? — A voz da Lilian sai rígida. — Ainda não divulgaram o nome dela.

— Uhum.

— Interessante.

— Por quê?

Estou passando os dedos pela coleção de livros da Alice. Há tantos mistérios, e agora a gente tem mais um para chamar de nosso. Mas autores têm sorte: eles sabem como tudo vai acabar antes mesmo de começarem, certo? Na vida real, o buraco é mais embaixo.

— Por anos e anos, a família Kennedy tem se empenhado em desbaratinar Enseada do Castelo. Talvez agora o feitiço esteja se voltando contra o feiticeiro.

Feitiço?

— Como assim?

— Preciso ir. Agora estou morrendo de cansaço. Sou uma velha divagando que esteve acordada a noite toda, não me leve a sério. Ah, só uma última coisinha.

— Hum?

— Tome cuidado. Você e a srta. Ogilvie fizeram muitos inimigos em Enseada do Castelo, e podem nem saber da existência de alguns deles.

E então ela desliga.

Sinto um calafrio. Inimigos? No outono passado a gente solucionou o assassinato da neta da Lilian, pelo amor de Deus. Será que isso não é algo bom?

Bem, tem o treinador e todo o lance de *a gente, acidentalmente, o fazer ser preso pelo assassinado da Brooke e ao mesmo tempo revelar que* talvez ele estivesse envolvido na morte de sua primeira esposa; então, sem dúvida, é provável que ele nos odeie. Faz sentido. Minha mãe fala que às vezes ele vai no bar e só fica sentado bebendo em silêncio, sem falar com ninguém. Me pergunto o que ele tem feito da vida agora que não trabalha mais na escola e todo mundo da cidade tem quase certeza de que ele é responsável por pelo menos *um* assassinato. O treinador pode ser rico, mas a vida dele acabou.

Penso no barulho que ouvimos lá fora mais cedo. E se não fosse só um gatinho?

Olho para a Alice na cama. Seu rosto adormecido é perfeito e lindo. Tranquilo. Vai ser uma pena acordá-la e dizer que precisamos voltar para o Castelo, com a desculpa de que temos que pegar o vestido dela e devolver o da Mona, para podermos dar uma bisbilhotada. Mas quando? Agora aquilo é uma cena de crime, certo? Só pode estar fechado. Temos tanta coisa para resolver. Claro, a Kennedy não foi apenas apunhalada, ela foi atingida na cabeça. Mas *o quê*? E *por quê*? O cômodo estava revirado; alguém estava procurando por algo. E como a Kennedy *está*? Meu cérebro está borbulhando com perguntas. A caligrafia da Park não é a mesma dos pedaços de papel picotado, mas o bilhete poderia ser de *qualquer pessoa*. Com quem a Kennedy estava na festa? Ao ser levantada até a maca, um *corsage* caiu de baixo dela. A polícia o pegou? Será que era dela? Quem o deu para ela? Será que teria digitais nos talos das flores? Em algum lugar? Vamos precisar do Raf e seu jeitinho sorrateiro lá na delegacia para verificar essas coisas. Por *garantia*, a gente precisa saber se a polícia está considerando todas as possibilidades. E por que a Lilian diria aquele negócio confuso sobre a família Kennedy, Enseada do Castelo e o feitiço se voltar contra o feiticeiro? Meu cérebro está fervilhando.

Caminho até a cama monumental da Alice.

— Alice! — grito. — Alice, levanta. Agora mesmo.

Debaixo de uma camada de cabelo sedoso, ela pisca, cansada.

— Que grosseria, Íris. Eu tô tentando *dormir* — resmunga.

— Você vai poder dormir quando estiver no caixão — rebato enquanto meus olhos pousam sobre um quadro branco dando bobeira no canto desse quarto enorme.

Ela deve tê-lo trazido do jardim de inverno, que foi onde a gente fez a pesquisa para o caso da Brooke Donovan. Nele está escrito "Mona Moody e Charles Levy, mistério de verdade ou tragédia sem sentido?". Também há um monte de datas (o que parece ser uma linha do tempo aproximada). Pelo jeito, ela tem passado o tempo sozinha pensando na Mona Moody, o que com certeza é algo que me interessa, mas agora temos coisas mais imediatas em que pensar.

Me agacho e viro o quadro branco até a parte limpa, para não estragar o trabalho investigativo da Alice sobre a Mona Moody, e pego um canetão preto.

— Íris, você tá... desenhando um *bruxo*? — pergunta Alice.

— Aham — confirmo. — Presta atenção, Alice. A gente tem um bilhete que pode ou não ser da pessoa que atacou a Kennedy. Eu acabei de ter uma conversa bem enigmática com a Lilian. E temos a Park parada diante do corpo da Kennedy com um abridor de cartas na mão, sendo você, Alice Ogilvie, a única testemunha. O que significa que seu relato pode colocá-la atrás das grades. E a gente precisa garantir que dessa vez não vamos cometer erros. Então, sim, eu tô desenhando um bruxo, porque o feitiço pode ter se voltado contra o feiticeiro, e as coisas vão ficar um pouquinho bagunçadas.

KWB, CANAL 10

BOLETIM URGENTE
12 DE FEVEREIRO
06:00

Ben Perez: Conforme o dia amanhece em Enseada do Castelo, a cidade ainda está se recuperando da tempestade da noite passada.

Valerie Metz: Foi uma noite sombria e tempestuosa em mais de um sentido, Ben. As equipes rodoviárias saíram antes da meia-noite, liberando o deslizamento de terra que bloqueou a Rodovia 1, e metade da cidade ainda está sem energia. No entanto, a coisa mais perturbadora que aconteceu não foi relacionada ao clima, mas sim a um ato violento contra uma aluna da Escola de Ensino Médio de Enseada do Castelo. E temos uma atualização sobre este assunto.

Ben Perez: Isso mesmo, Valerie. Já que o assunto envolve menores de idade, desta vez não divulgaremos os nomes dos envolvidos, mas podemos dizer que uma das partes foi transportada por meio de evacuação médica do Castelo Levy direto para o Hospital Mercy. A vítima passou por cirurgia e atualmente está em coma induzido, pela gravidade dos ferimentos da suposta agressão. A parte sob suspeita está sendo interrogada. Fomos informados de que a outra parte também estuda na EEMEC.

Valerie Metz: As crianças não estão nada bem, pelo visto.

Ben Perez: Falou e disse, Valerie.

MENSAGENS TROCADAS ENTRE ALICE OGILVIE E RAFAEL RAMIREZ

12 DE FEVEREIRO

15:32

AO: Alguma notícia?

RR: Oi pra você também, Alice

AO: Nossa. OI. Alguma notícia?

RR: Vou chutar que você não ligou as notícias, né?

AO: Não

RR: Bom, parece que você tá mandando uma pessoa pra cadeia. De novo

AO: Como é que é?

RR: Os policiais acusaram a Park formalmente… e odeio ter que dizer isso, mas você é a única testemunha que viu ela naquele cômodo com a arma do crime

AO: Eles já tão prendendo ela?

RR: Aham, mas amanhã cedo ela sai por pagar fiança. Os advogados dela não tão pra brincadeira

RR: A coisa não tá boa pro lado dela. Você alegou que ela estava na cena com a arma. Os policiais encontraram pedaços de um bilhete que apontam pra ela. Estão falando disso como se fosse uma enterrada no basquete.

AO: Pedaços de um bilhete? O que diziam?

RR: Você sabe que não posso falar

AO: Bom, NÓS temos um bom motivo pra suspeitar que alguém que não é a Park atraiu a Kennedy até aquele quarto

RR: O que você quer dizer com ter motivo pra suspeitar?

RR: Qual é o motivo?

RR: Alice, se você sabe de alguma coisa tem que contar pra polícia. Tipo agora

AO: Tenho que ir

CAPÍTULO TREZE

ALICE
13 DE FEVEREIRO
06:39

"Nenhuma pessoa inocente tem um álibi."
AGATHA CHRISTIE, *Um corpo na biblioteca*

ESTOU QUASE TERMINANDO DE me arrumar na segunda-feira de manhã quando meu celular vibra com uma mensagem da Íris.

O encontro no Podrão antes da aula ainda tá de pé?

Ontem, a Íris trabalhou no Pouso na Lua e eu passei a maior parte da manhã no meu quarto, pensando a respeito do que tinha acontecido naquela noite e como poderíamos ajudar a Park. Lá pelo meio-dia, a Brenda bateu na minha porta e disse que havia detetives lá embaixo querendo falar comigo a respeito do que aconteceu. Na nossa sala de estar, encontrei o Thompson e o parceiro dele à minha espera.

Os dois me perguntaram, mais uma vez, se eu tinha encontrado a Park naquele cômodo segurando o abridor de cartas na mão. Como esperado, tive que dizer que sim e, depois disso, eles não ouviram mais nada do que saiu da minha boca, nem mesmo quando falei que Agatha Christie falou que uma "prova de verdade costuma ser vaga e insatisfatória".

Na verdade, quando a citei, os dois caíram na risada.

Está na cara que eles enxergam uma solução fácil e estão tentando encerrar o caso quanto antes, sem levar em consideração outros possíveis agressores.

E é aí que eu e a Íris entramos.

Te vejo lá, respondo.

Caminho até a cozinha perdida em pensamentos, compilando uma lista mental de todas as coisas sobre as quais precisamos conversar, e não noto as vozes vindo de lá até que estou no meio da sala de jantar.

Que maravilha. Minha mãe deve estar em casa. Ela esteve falando que algum desses dias iria dar as caras por aqui, e acho que honrou a ameaça. Talvez eu possa escapar sem ser vista e ir para a escola antes que...

— Alice, é você? — chama Brenda, acabando com minha fuga.

— Aham — digo, suspirando, e vou até a cozinha, me preparando mentalmente para encontrar minha mãe.

Mas, quando chego à porta, me dou conta de que infelizmente subestimei a situação em que me encontro. Como esperado, a Brenda e a minha mãe estão sentadas lá... e o meu pai também.

O cabelo loiro platinado da minha mãe está muito bem penteado; ela também exibe sua maquiagem discreta, mas de bom gosto; sua gola alta de cachemira da Jil Sander, minimalista de um jeito caro. Ela tem meio que essa beleza atemporal que só a genética boa, produtos caros para cuidar da pele e um cirurgião de nível global podem comprar.

Metade do rosto do meu pai está escondido atrás do *Wall Street Journal*, seu cabelo grisalho surgindo por cima do jornal. Ele é uma das únicas pessoas restantes no mundo que ainda preferem ler o bom e velho jornal matinal impresso. Quando me vê, abaixa o papel e empurra os óculos no nariz.

— Bom dia, Alice — diz Brenda, a Traíra.

Ela poderia pelo menos ter me mandado uma mensagem para que eu soubesse o que estava rolando na nossa cozinha. Olho para ela, que chacoalha os ombros num pedido de desculpa.

A NOITE DO CRIME

— Alice — diz minha mãe, se levantando e vindo até mim com os braços esticados.

Quando se aproxima, ela acaricia meus ombros e beija minhas bochechas no ar. Nada de abraços. Óbvio.

Meu pai se levanta de leve do banquinho, a mão erguida num cumprimento, mas eu não saio do lugar e ele volta a se sentar.

— Olá, Alice. Muito bom te ver.

Forço os cantos da boca a se levantarem.

— Pai. Mãe. Que surpresa agradável. — É uma mentira descarada, mas, de novo, nosso relacionamento é basicamente calcado nisso, então...

Ando até o armário sobre a pia, tiro uma caneca térmica e despejo nela um pouco de café da jarra conforme eles dão continuidade à conversa de antes, como se eu nem sequer estivesse aqui.

Brenda surge ao meu lado, tirando a jarra de café da minha mão.

— Você está bem? — pergunta, sussurrando.

Está na cara de que lado ela está, levando em conta que não recebi absolutamente nenhum aviso quanto a esse desenrolar horroroso.

— Tô *ótima*.

— Alice — diz, me lançando um olhar.

— Brenda — respondo, imitando seu tom.

— Me desculpa por não ter contado que eles estavam vindo. Eu não tive certeza até hoje de manhã quando eles chegaram, e você estava dormindo...

Exibo meu sorriso mais lindo e mais falso.

— Não tem problema. Agora preciso ir, ou então vou me atrasar pra escola.

— Já está de partida? — pergunta meu pai, numa voz calorosa, enquanto refaço meus passos para sair da cozinha.

Essa costuma ser a voz que ele usa com estranhos, o que para mim parece apropriado, considerando que nos últimos quatro meses a gente se falou três vezes.

— Aham. — Tento manter a voz o mais neutra possível. Eles não merecem minha energia. Nem mesmo se deram ao trabalho de me dizer que estavam vindo.

— Querida, por que você não tira a manhã de folga? A gente iria amar botar o papo em dia com você — sugere minha mãe. — Eu trouxe uma primeira edição de *Um mistério no Caribe* pra você, que encontrei mês passado em Vancouver. Além disso, a Brenda nos contou que você fez alguns novos amiguinhos, e fiquei muito feliz em saber disso, depois de toda aquela *monstruosidade* do outono passado...

— Já ouviu falar na existência do celular? — interrompo-a, ignorando o comentário sobre *Um mistério no Caribe*.

Claro, pode até parecer legal ela ter trazido para mim a primeira edição de um romance da Agatha Christie, mas é aí que está: ela tem dinheiro. Gastá-lo com coisas é fácil. Aparecer em carne e osso quando preciso dela que é difícil, e também é algo que ela não faz.

Minha mãe para de falar, apertando os lábios numa linha fina e branca antes de responder:

— Já, Alice. Já ouvi.

— Então, se você estivesse tão interessada em botar o papo em dia comigo assim, poderia ter usado um.

Nunca falei com eles assim antes, mas estou pouco me importando se vão ficar bravos. Desde o verão passado nós três não ficávamos no mesmo cômodo. Meu pai nem ao menos se deu ao trabalho de ligar para perguntar se eu estava bem depois de tudo o que aconteceu com a Brooke. Passei anos fingindo que a falta de interesse deles por mim não me incomodava, mas já cheguei ao meu limite.

Minha mãe está visivelmente irritada.

— Alice, por favor. Sei que recentemente a gente tem estado longe, mas...

— Só recentemente? — pergunto, debochada.

A NOITE DO CRIME

— Alice, maneire no tom. É com a sua mãe que você está falando — repreende meu pai, a voz afiada, me lembrando de que não quero nada além do que estar o mais longe possível desses dois.

— Deixa pra lá. Eu nem tinha notado que vocês não estavam aqui — digo. — Enfim, tenho que ir pra escola. Até depois.

E, com isso, saio da cozinha.

Como prometido, encontro a Íris à minha espera no banheiro conhecido por todos como o Podrão, empoleirada sobre um balcãozinho debaixo da única janela que tem ali. Está escrevendo num caderno.

Ela ergue os olhos e sorri quando entro. É bom ter a companhia da alguém que fica feliz em me ver, em vez da de quem só está ali por causa de laços sanguíneos. No momento, toda a nossa turma de Biologia está fazendo um projeto idiota de árvore genealógica, e é por isso que o empurrei com a barriga por tanto tempo (por que deveria gastar meu tempo rastreando parentes, quando já sei bem como uma família pode ser decepcionante?). O outro motivo é que o McAllister escolheu a Ashley Henderson como minha dupla, o que apenas comprova como ele é um homem cruel.

— Meus pais tão em casa — comento enquanto lanço minha mochila no balcão.

— Os *dois*? — pergunta ela, os olhos arregalados.

— Os dois — confirmo, levantando minha caneca térmica para dar uma bebericada, mas descubro que está vazia.

Droga. Devia ter passado na Dotty no caminho até a escola, mas estava atrasada por conta da aparição repentina dos meus pais. O que é só mais uma coisa pela qual eles são culpados.

— Você tá... bem? — pergunta Íris, a voz hesitante.

— Tudo certo. — Aceno com a mão. — Vamos direto ao assunto.

— Alice... — diz ela, mas eu a corto.

— Será que a gente pode não fazer isso? — digo, mordaz, ao que ela assente.

A essa altura, a gente se conhece bem o bastante para saber quando não devemos forçar a barra. (As tretas com o pai dela, como ela tem estado assustadiça desde que ele foi preso, minha relação com meus pais ausentes. O Raf. O Spike e o Cole. A lista é grande.)

— Com certeza. Vamos nessa — diz, dando espaço para que eu possa mexer na mochila.

Enquanto vasculho, começo a falar:

— Antes de mais nada, o Raf me disse que os policiais estão com uma parte do bilhete, o que suponho ser a outra metade do que você achou.

— Estão?

Enfim encontro meu caderno e o puxo para fora.

— Aham. Ele não quis falar o que dizia, exatamente, mas disse que deu aos policiais a prova de que precisavam para prender a Park.

— Mas a letra na parte do bilhete que temos não bate com a da Park!

— Eu sei. Estava pensando que, de algum jeito, a gente precisa conseguir esses outros...

— Nem pensar. De jeito nenhum — interrompe Íris. — Na noite do baile o Thompson me disse que iria me prender se descobrisse que eu adulterei a cena do crime. Não consigo nem imaginar o que faria se descobrisse que roubei provas.

Penso por um momento.

— A gente poderia entregar os papéis pra eles de modo anônimo?

Íris faz que não com a cabeça.

— A gente juntou os pedaços. Nossas digitais estão por toda parte. Estaríamos bem encrencadas; talvez eles até pensassem que *nós* fizemos alguma coisa com a Kennedy. A minha mãe... acabaria com a minha raça. — Sua voz vacila. — Eu fiz merda, Alice — acrescenta, jogando as costas contra a parede.

A NOITE DO CRIME

Ela tem razão. Não temos como colocar esse bilhete diante dos policiais agora. Mas a Íris parece tão borocoxô que só quero reconfortá-la.

— Não tem problema! — Um pouco sem graça, acaricio seu joelho. — Tem outras formas de a gente mostrar pra polícia que eles deveriam estar considerando outras pessoas além da Park. Outras formas que não vão acabar com você sendo presa.

Íris respira fundo e se afasta da parede. Um pouco de cor voltou às bochechas dela, e sinto uma ondinha de orgulho por ter conseguido ajudá-la.

— Verdade. Temos que identificar quem mais tinha motivos e os meios para fazer aquilo com a Kennedy. Durante aquela hora, ninguém podia entrar ou sair do castelo por conta do deslizamento de terra. Sendo assim, a lista de suspeitos estaria limitada ao castelo.

— Um mistério a portas fechadas — murmuro.

— Um o quê? — pergunta Íris.

— É como é chamado: quando há um número limitado de suspeitos por conta da ambientação do crime... neste caso, porque uma tempestade bloqueou o acesso ao castelo. Como você disse, as únicas pessoas que poderiam ter feito isso estavam lá dentro. Agatha Christie escreveu muitos mistérios a portas fechadas... *Assassinato no Expresso do Oriente* e *E não sobrou nenhum* são dois dos exemplos mais conhecidos, e...

— Então isso ajuda, certo? — diz Íris, cortando meu resumo das obras da Rainha do Crime. Acho que ela já o ouviu antes.

— Ajuda — confirmo, organizando o raciocínio. — Mas a gente ainda tem que levar em consideração todos os nossos colegas de turma, os professores que estavam lá e todo mundo trabalhando no castelo e no baile.

— Verdade... mas você não acha que a agressão pareceu pessoal? Tipo, seja lá quem foi, a pessoa apunhalou *e*, julgando pelo ferimento na cabeça, bateu na Kennedy. Isso parece um pouco demais pra uma briguinha normal de ensino médio que ela pode ter tido com um dos nossos colegas. E aí tem o que a Lilian disse sobre pessoas que têm sede de vingança contra a família Kennedy como um todo. Será que alguém a atacou por causa de algo que a família dela fez?

Assimilo todas essas coisas.

— São todas ótimas perguntas.

Íris anota algo no caderno do caso.

— Tá bom. Acho que as perguntas que ficam são: *por que* a Kennedy fez o que o bilhete pedia? Ela estava esperando encontrar alguém em especial quando entrou naquele cômodo? Verifiquei com cuidado na noite passada e, de acordo com os vídeos postados, a Kennedy e a Park brigaram às 21:14, e você foi lá pra cima… a que horas?

— Eram 21:36.

— Beleza. — Ela anota a informação. — Além disso, a gente deveria descobrir se ela tinha um acompanhante. E, talvez antes de qualquer outra coisa, a gente precisa tentar falar com a Park. O Raf disse que ela iria sair da cadeia hoje, né?

— Aham, depois de pagar a fiança. Ela deve chegar em casa logo mais. — Suspiro, lembrando como a Park estava relutante naquela noite. — No baile, ela não queria me falar nada. Nem mesmo conversava comigo. Mas talvez, agora que está com problemas até o pescoço, ela esteja mais aberta.

— Certo. É um bom começo — comenta Íris, reunindo seus pertences. — Tenho que ir nessa. Tenho uma prova de genealogia na aula do McAllister no segundo período, mas a gente pode dar o fora antes do almoço e ir até a casa da Park. Você também vai fazer a prova dele?

— Aham — digo, marcando meu descontentamento.

Nesse momento, a ideia de ir para a aula é ainda mais desagradável do que o normal. Nós temos um caso para resolver.

A Íris parece desconfiar.

— Alice, você vai assistir à aula, né? Você sabe o que o diretor Brown disse sobre sua frequência. Você tem que ir pra aula…

A NOITE DO CRIME

— É, eu sei. Tô indo. — Então pego a mochila e a sigo para fora do banheiro. Não adiciono que, quando disse "tô indo", não necessariamente quis dizer para a *aula*.

Íris para no corredor, puxando a mochila bem acima dos ombros.

— Beleza, a gente se vê de novo no almoço? — pergunta. — Daí podemos ir pra casa da Park?

— Claro — respondo.

Em seguida aceno em despedida e finjo ir na direção oposta. Espero até que ela tenha desaparecido pelo corredor e me enfio na sala de aula vazia mais próxima.

Estou cagando e andando para o que o Brown ou qualquer outra pessoa tenha a dizer. Ficar sentada na sala de Geometria, aprendendo sobre os ângulos retos, não vai evitar que pessoas sejam assassinadas.

Me sento à mesa vazia do professor e tiro meu computador de dentro da mochila.

PÁGINA INICIAL DO HEAVY.COM
13 DE FEVEREIRO

OS KENNEDY: TRÊS FATOS ENXUTOS QUE VOCÊ PRECISA SABER SOBRE A REALEZA DE ENSEADA DO CASTELO, NA CALIFÓRNIA

Os ricos e moderadamente famosos de Enseada do Castelo, na Califórnia, estão causando mais uma vez. Tarde da noite de 11 de fevereiro, foi divulgada a notícia de que Rebecca Kennedy, ex-colega de turma da falecida herdeira estadunidense Brooke Donovan (neta da fundadora da Levy Cosméticos, Lilian Levy, bisneta do hoteleiro e produtor de cinema Charles W. Levy), está em situação crítica de saúde após um ataque que teve como cenário nada mais, nada menos do que o Castelo Levy.

Aqui estão os três fatos enxutos que você deveria saber a respeito da família Kennedy e a conexão deles com a família Levy:

Assim como a antiga colega de turma Brooke Donovan, Rebecca Kennedy vem de uma família que foi fundamental para a fundação de Enseada do Castelo, na Califórnia, e que está por lá há gerações.

Sua família ganhou prominência em meados dos anos 1950, uma ascensão inversamente proporcional à da família Levy, já que, na mesma época, Charles W. Levy foi preso por peculato.

Seu pai, Robert Kennedy, incorporador imobiliário e ex-produtor musical, é bastante envolvido na política local e estadual, sendo um dos impulsionadores dos planos para construir condomínios de alto padrão ao longo de boa parte da costa central da Califórnia. Os planos, defendidos por oficiais estatais como algo positivo para as economias locais vizinhas, estão preocupando tanto ambientalistas como donos de empresas de pequeno porte, que acreditam que a estrutura vai servir para levá-los à falência, bem como os proprietários de casas mais humildes que, em breve, podem acabar vendo suas moradias demolidas como forma de abrir espaço para mais condomínios de luxo e resorts majestosos.

CAPÍTULO CATORZE

ÍRIS
13 DE FEVEREIRO
09:45

"Há pistas demais para seguirmos, Henry!
Esse caso perdeu todo o senso do ridículo."
MONA MOODY, *A casa no fim da rua*, 1946

DEVERIA TER ESTUDADO MAIS para essa prova, mas estava cansada quando cheguei em casa ontem à noite. Ao redor, todo mundo está cutucando iPads. O McAllister gosta de aplicar provas usando um aplicativo um pouquinho instável e que às vezes acaba deslogando no meio da atividade e aí é preciso acessar a conta de novo. Foi isso o que aconteceu comigo. Olho para a mensagem de erro na tela. Do outro lado da sala, um aluno geme de frustração e caminha até a mesa do professor. Ótimo. Ele vai estar ocupado por alguns minutos.

Duas fileiras à frente, o lugar da Rebecca Kennedy está completamente vazio. Ela foi minha parceira de laboratório o ano todo. McAllister ainda não me juntou com outra pessoa.

Mando uma mensagem para o Raf. *Notícias?* Decido não mencionar que a Alice me contou a respeito de a polícia ter outras partes do bilhete, ou que os pedaços de que talvez eles precisem estão *comigo*.

Ele responde logo de cara. *Castelo fechado. Tem uma equipe forense e investigadores por lá. Aliás, o pai da Park conseguiu uma advogada que é uma verdadeira lenda.*

Não duvido. Esse povo praticamente nada em dinheiro, respondo. *A polícia tá investigando alguém além da Park? Tinha muita gente lá no castelo.*

> Botando a Helen naquele cômodo, a Alice acabou
> fazendo ela ser acusada, mas hoje eles estão
> colhendo mais depoimentos. Não sei quão longe
> chegaram, mas e o acompanhante da Kennedy?
> Ela tinha um?
>> Vamos descobrir.
> A Alice te falou do bilhete?

Sinto um aperto no estômago. Droga. *Sim.*

> A polícia acha que a Helen deu aquele bilhete pra
> Rebecca pra fazer com que ela subisse e aí atacar.
> Isso é bem condenatório, ainda mais depois da briga.

Agora meu estômago está em chamas. Não sei o que fazer. A letra no bilhete *não* é da Park, e isso poderia ajudá-la, mas...
Engulo em seco. *Raf*, digito. *Por favor, não me odeie.*

> Qqqqqq? O que foi?
>> Estou com uma parte desse bilhete. Eu peguei
>> naquela noite. Mas, por favor, você precisa saber
>> que a letra nos fragmentos que tenho não bate
>> com a da Park! A gente viu no anuário da Alice!
>> Ela não escreveu aquele bilhete

Observo uma sucessão sem fim das reticências que indicam que ele está digitando aparecer e desaparecer.

Íris, manda o Raf, enfim. *Se é uma prova, tem que ser entregue para a polícia. AGORA.*

Não dá. Você ouviu o Thompson, ele vai me prender.
Esses fragmentos podem conter digitais, Íris. Se não da Helen, então de outra pessoa. É uma pista.

Lágrimas começam a surgir nos meus olhos. Se eu me metesse numa enrascada dessas, minha mãe morreria.

Não posso devolver. Eu e a Alice vamos fazer o que pudermos pela Park, mas isso não dá, não posso devolver. Não me obrigue, Raf. Por favor.
Tá bom. Vou pensar um pouco. Talvez tenha algo que eu possa fazer. Mas agora as suas digitais também estão no bilhete, e as da Alice. Íris, pensei que você fosse mais esperta em relação a essas coisas.

Me eriço um pouco. *Foi um erro.*
Decido mudar de assunto.
Então, as pessoas no castelo, digito. *Suspeitos em potencial. Havia muitas pessoas. Alunos, professores responsáveis, funcionários do castelo, garçons.*
Por que seria um dos garçons? Isso significa que também sou um suspeito, certo? Não vamos nos precipitar. Ele insere um emoji de carinha sorridente com a língua para fora.

BELEZA.
Não surta. Só tô falando!

Um barulho alto de algo sendo sugado à minha esquerda atrai o meu olhar. É a Tabitha Berrington, a Fodona da Costura que tirou o Spike para dançar no castelo, tomando um iogurte de cereja, mesmo que não seja permitido comer na sala de aula. Ela está debruçada sobre a mesa e o iPad. Uma gota de iogurte cai em sua camisa. Ela tenta limpar. Que nojo. Será que o Spike sabe que a parceira de dança dele é uma porca?

Pisco os olhos, observando à medida que a mancha rosada se espalha pela camisa.

Raf, digito, com pressa, *estava tudo coberto de sangue, a Kennedy e o escritório.*

    Aff, imagino. Traumatismo craniano. Os ferimentos das punhaladas.

        Então... seja lá quem a atacou... Teria sangue nas roupas, certo?

    E lá se vai o meu almoço, Íris. Valeu. Mas, sim, bem provável. Dependendo do ângulo e da força do objeto. Não dá pra fazer aquilo sem acabar com sangue no próprio corpo. Eu acho que não.

        Certo. Então... sangue nas roupas, certo?

    Vou chutar um sim bem lindo nessa.

        A roupa da Park tinha sangue? Não lembro. Você notou? No porão?

    Meio que tava uma loucura. Agora que você mencionou, não me lembro.

        Consegue descobrir? Tipo, é algo que estaria nas anotações da investigação? Eles pegaram as roupas da Park como evidência? Os sapatos?

    Você consegue me ouvir suspirando daí, Íris?

        Aham.

Então estou sendo arrastado de volta ao mundinho da Alice e da Íris, é isso? Vocês vão fazer isso? De novo?

Estamos apenas analisando as coisas, Raf. É claro que botamos fé na polícia de Enseada do Castelo.

Quero que você imagine o suspiro que está saindo de mim bem agora, Íris, manda Raf. *Então tá, eu e a Alice vamos descobrir por conta própria,* respondo.

Deixa comigo.

A propósito, digita ele, *mudando de assunto, tenho algumas coisas sobre o caso Remy Jackson. Tem um depoimento da Veronica Chavez. Ela é dona de uma lavanderia em Guadalupe e...*

— Srta. Adams?

É o McAllister, se assomando sobre mim. A sala está vazia. Enfio o celular debaixo do moletom.

— Mas que diazinho pra você — comenta ele, sarcástico. — Sua primeira nota vermelha na minha disciplina. *Como* você vai comemorar?

Meu rosto pega fogo conforme enfio o iPad na mochila. Me levanto e saio correndo. Por que ele estava parado tão perto da minha carteira? Que pervertido. Ele era um dos professores que estavam no baile. Para começo de conversa, se a pessoa não gosta de adolescentes, por que se tornaria professor? Ou por que ficaria de vigia em um baile idiota?

Enquanto saio da sala, faço uma nota mental para adicionar o McAllister na lista de suspeitos que eu e a Alice vamos ter que compilar. Às vezes o rancor é um sentimento maravilhoso.

CAPÍTULO QUINZE

ALICE
13 DE FEVEREIRO
11:43

"– Ah, mais c'est Anglais ça – murmurou ele. – Tudo preto no branco, tudo claro e bem definido. Mas a vida não é assim, madame. Tem coisas que ainda não existem, mas que já lançaram suas sombras de antemão."
AGATHA CHRISTIE, *O mistério do trem azul*

MEUS COLEGAS PASSAM POR mim enquanto permaneço do lado de fora do refeitório, junto à entrada. Estão conversando como se fosse só mais um dia normal em Enseada do Castelo, na Califórnia. O anúncio sem entusiasmo do Brown durante o segundo período foi cheio de pensamentos positivos e orações para Kennedy, mas deixou a desejar nos quesitos informação ou atualizações. O consenso por aqui parece ser que foi a Park quem a agrediu e que todos nós podemos voltar para nossa rotina. Juro por Deus, alguns dos meus colegas de turma são tão desatentos que é completamente possível que já tenham esquecido tudo o que aconteceu no baile.

Em meio à multidão, do outro lado do corredor, vislumbro a Henderson parada perto do armário com o celular pressionado contra a orelha. Está encostada em um cartaz de divulgação do baile Sadie Hawkings, franzindo o cenho como se estivesse decepcionada para valer com seja lá quem está do outro lado da linha.

Em geral, tento fazer de tudo para evitar a Henderson, ainda mais nos últimos tempos, mas eu apostaria uma grana que ela sabe as últimas notícias a respeito da saúde da Kennedy. O pai dela trabalha como técnico de iluminação de filmes lá em Los Angeles, e sua família nunca chegou a ter tanto dinheiro quanto o restante de nós. E, para suprir essa diferença, ela sempre usou informação como moeda de troca.

Aceno para ela, que não me nota (ou, no mínimo, finge não notar), e por isso marcho até onde está e dou uma tapinha forte em seu ombro.

— Aii! Espera... — diz ela para a pessoa do outro lado da linha. Então se vira, me notando às suas costas. — Ah, pelo amor de Deus... preciso ir. — Em seguida encerra a ligação, olhando para mim com as narinas dilatadas.

— Que foi, Ogilvie? Aliás, onde você estava durante a aula de Biologia hoje? O McAllister ficou puto... você precisa aparecer e fazer seu trabalho, porque isso vai afetar a minha nota também, sabe?

— Quem era? — pergunto, ignorando o que ela disse. Não é *minha* culpa que o McAllister nos forçou a fazer dupla no projeto de genealogia para a aula dele. — Você tem notícias da Kennedy? Ela já acordou? Ou contou pra alguém o que aconteceu?

Henderson dá uma fungada.

— Tantas perguntas. Não. De acordo com a irmãzinha da Kennedy, a Rayne...

— Eu sei quem é a Rayne — murmuro.

Meu Deus, a Herderson é um porre.

— É, pois então, eu pensei que você pudesse ter esquecido, desde que decidiu que andar com aquela garota estranha da Íris era mais importante do que suas antigas amigas — alfineta. — Enfim, de acordo com a Rayne, a Kennedy está num coma induzido pra tentar controlar o inchaço do cérebro. Além disso, a gente já *sabe* o que aconteceu. A Park macetou a cabeça da Kennedy e depois a apunhalou. Quem diria que a quietinha da Park seria capaz disso, hein? No fim das contas, a garota é uma maluca de verdade.

— Eu não acho que... — digo, franzindo o cenho.

— O que você não acha, Alice? — pergunta ela, me cortando. — Foi você quem encontrou ela no sábado à noite naquele quarto, parada diante do corpo com uma *arma* na mão. Tá mudando a narrativa agora? Não esquece que se trata da mesma pessoa que drogou o Steve no semestre passado. Ela praticamente levou a Brooke pra mor...

— Só estou considerando todos os ângulos — interrompo-a.

— Ceeeerto — diz Henderson. — Tá falando igualzinho à Rayne. Pra uma adolescente de treze anos, ela até que tem muitas opiniões.

Ela me dá as costas e começa a cavoucar alguma coisa no armário aberto. Estou tentada a dar um tapão nela, mas me forço a me controlar. Não vou conseguir fazê-la abrir a boca se a machucar.

— Ela acha que não foi a Park? — pergunto, surpresa.

Há seis meses, a irmãzinha da Kennedy foi para um colégio interno, então faz um tempo que não a vejo. Ela sempre foi precoce, para não dizer outra coisa. A Kennedy costumava dizer que a Rayne a lembrava de mim, o que na minha opinião é um super elogio, mas nunca soava assim ao sair de sua boca.

— Ela tem treze anos — diz Henderson, de dentro do armário. — Eu não daria muita trela pra opinião dela. O que eu acho — acrescenta, fechando a porta do armário com força e então se virando de frente para mim — é que, só porque você acertou uma vez, sobre o Steve, não quer dizer que você esteja certa na outra. Lembra como você acabou com a reputação do treinador? Quer mesmo fazer isso de novo?

Solto um chiado. Estou prestes a falar umas poucas e boas, mas, antes que consiga, a Íris chega correndo, ofegante, e pega a Henderson pelo braço.

— Mas que... — Henderson se solta da Íris, fazendo uma careta.

— Ah, socorro, foi mal, de costas eu achei que você fosse a Alice — diz ela, olhando em choque para nós duas. — O cabelo de vocês é exatamente da mesma cor...

— Que nojo. — Henderson assume uma expressão grosseira. — Tenho que ir. Te vejo depois, Ogilvie.

— Não se eu vir você primeiro — murmuro para as costas dela à medida que se afasta.

Não consigo acreditar que o McAllistar está me forçando a fazer um trabalho em dupla com aquela... aquela escrota.

Íris sente um calafrio.

— Nem acredito que relei nela. O que foi aquilo?

— Nada, não. A Henderson é uma otária — digo, afastando as palavras dela da cabeça.

— Pronta? — pergunta Íris.

Assinto, e nós duas saímos da escola.

Dirigimos pela Rodovia 1 e tomamos a direção da casa da Park, parando em frente ao enorme portão de ferro forjado da entrada. Abaixo o vidro e pressiono o interfone do sistema de segurança.

— Olá — diz uma voz baixa. — Por gentileza, quem está falando? — É a babá da Park.

— Frances, sou eu. Alice Ogilvie — respondo. — Tô aqui pra ver a Helen. Abre aí.

Há uma pausa demorada.

— No momento a Helen está ocupada, senhorita Ogilvie. Talvez você queira...

— Eu sei que ela tá aí — interrompo. — Ela não tem pra onde ir. E, se a senhora não me deixar entrar, vou fazer a Brenda te cortar do clube de babás de Enseada do Castelo. Não vai ter mais fofo...

— Cai fora, Alice. — Agora é a voz da Park, vacilante. — Me deixa em paz.

Suspiro.

— Park, você precisa da nossa ajuda. Eu sei que você tá sendo acusada por agressão e lesão corporal. Nós podemos ajudar. Deixa a gente entrar.

Silêncio.

Íris se inclina à minha frente.

— Helen — ela diz, com firmeza. — É a Íris Adams. A gente acredita que não foi você e achamos que podemos provar isso. E, pra ser sincera, neste momento somos suas únicas amigas.

— Arrasou — sussurro.

Há uma pausa demorada, e conseguimos ouvir a respiração suave e ansiosa da Park através do interfone.

Então, com um rangido elegante, os portões à nossa frente começam a se abrir.

— Não sei nem por que deixei vocês entrarem — diz Park enquanto caminha de um lado para o outro em frente à lareira gigante de sua sala de estar. — Meu pai me mataria... — Suas bochechas ficam vermelhas ao dizer isso. — Quero dizer, ficaria bravo se descobrisse. O que vai acontecer, porque ele sabe de tudo o que acontece nessa casa.

Íris olha para mim, provavelmente se perguntando se o pai da Park é tão terrível quanto ela o faz parecer.

Ele é, mas mantenho o rosto sereno.

— Park, a gente tá aqui pra te ajudar. Para de surtar.

Ela se vira para mim.

— Ah, me desculpa se eu não compro essa historinha, *Alice*. Na última vez que te vi, você me prendeu num quartinho naquele porão úmido e sujo pra que a polícia pudesse me prender. E agora tá achando o quê? Que eu tenho que acreditar na sua mudança repentina pro meu lado?

— Pra começo de conversa, *Helen* — digo —, você estava parada diante do corpo ensanguentado da Kennedy segurando uma arma. Às vezes a resposta mais óbvia é a correta. Tipo, oi, você nunca ouviu falar na navalha de Ockham?

— Estou surpresa que você tenha — rebate Park, um tanto rancorosa.

— Quer saber... — Começo a me levantar, mas a Íris me pega pelo braço.

— Será que a gente pode mudar de assunto, por favor? — diz ela. — Park, você precisa nos ouvir. Eu e a Alice não achamos que foi você.

— Então por que ela disse todas aquelas coisas pra polícia? — indaga Park, erguendo a voz. — Ela que fez isso comigo!

— Eu disse a verdade pra eles! — grito de volta. — Não tenho culpa se a *verdade* não te favorece.

A Park guincha e a Íris me repreende com o olhar.

— Acho que o que a Alice quer dizer é que a gente sabe que essa situação não é... ideal, e nós não queremos ser o motivo de você se ferrar por algo que não fez — diz Íris, apontando para mim, e, depois de um tempo, concordo com a cabeça. — Então, mais uma vez, nós estamos aqui pra ajudar.

A Park afunda no sofá, segurando a cabeça nas mãos. Um momento se passa e depois outro. É um silêncio ensurdecedor. Estou prestes a quebrá-lo, mas a Íris percebe e me impede, colando um dedo sobre os lábios.

Depois de um minuto demorado, a Park enfim nos encara.

— Preciso falar com meu pai. — Então pega o celular sobre a mesa de centro e sai da sala.

— Qual é a do pai dela? — sussurra Íris para mim. Dou de ombros, fingindo não estar preocupada.

E não estou mesmo... pelo menos, não de verdade. Claro, o pai da Park é intimidador para caramba e, claro, eu sempre evitei ao máximo ficar no mesmo lugar que ele, mas... estou certa de que vai dar tudo certo. A gente tá aqui para ajudar a Park e, se tem uma coisa que esse homem ama, é a filha.

Park volta para a sala parecendo desanimada.

A NOITE DO CRIME

— Ele disse que virá em dois minutos e que eu não devo abrir a boca até lá.

Solto um grunhido de irritação. Ela está agindo como se a gente fosse o inimigo (ou a *polícia*), quando tudo que estamos tentando fazer é ajudá-la. Não quero me meter em mais uma situação na qual a vida de uma pessoa vira de ponta-cabeça por conta de algo que falei.

Não importa o que a Henderson diga, o treinador não era inocente de tudo. No fim das contas, tenho quase certeza de que todo mundo concordaria que é provável que a morte da primeira esposa dele não foi cem por cento idônea. Mas ainda assim reconheço que o modo como tudo foi ladeira abaixo não foi dos melhores.

— Park, você sabe que a gente só tá tentando ajudar. Talvez você pudesse... — Paro de falar ao ouvir a porta da frente se abrir. O pai dela. A ansiedade dá as caras na minha barriga.

— Pai! — grita Park, saltando do sofá e correndo até o saguão.

Eu e a Íris trocamos olhares, e seco as mãos no tecido da calça.

— Vai dar tudo certo — digo, sem convicção.

— Certo. Beleza — responde Íris.

Um tempo depois a Park retorna acompanhada pelo pai, que está usando óculos de sol mesmo a gente estando do lado de dentro, o cabelo preto penteado para trás. Não é um homem alto, mas tem algo de imponente nele que comunica a qualquer um que ele está acostumado a conseguir o que quer.

— Alice Ogilvie?

Me surpreende o fato de ele lembrar meu nome. Mesmo eu tendo passado horas nessa casa no decorrer dos anos, o pai da Park nunca prestou muita atenção nas amigas dela. Talvez ela o tenha lembrado no corredor agorinha mesmo.

— Oi, sr. Park — digo, me levantando para cumprimentá-lo.

— E esta, quem seria? — pergunta, apontando para a Íris.

— Íris Adams. — Ela se levanta, estendendo a mão para ele.

O sr. Park olha para a cena com desdém, e então se vira de volta para mim. Um momento depois, a Íris acaba desistindo.

— Estou sabendo que você quer falar com a Helen a respeito do que viu no último fim de semana. Não tenho certeza do que está querendo aqui, mas eu já tenho uma equipe que conta com os melhores advogados do estado trabalhando no caso.

Limpo a garganta, lembrando a mim mesma que o sr. Park não é o primeiro homem intimidador com quem lidei e com certeza não será o último.

— Até pode ser, sr. Park — digo —, mas a gente sabe o que eles têm contra a Park... quero dizer, a Helen. A gente sabe que a polícia pensa se tratar de um caso fácil, que eles têm uma testemunha ocular que a coloca na cena do crime...

— Pois é, essa seria *você* — intervém Park, amarga.

— É, beleza, sou eu. Mas eu e a Íris também encontramos provas que nos fazem acreditar que, na verdade, você é inocente. E — adiciono, me virando para me referir ao sr. Park — nós descobrimos quem era a culpada no caso da Brooke Donovan no outono passado. Queremos ajudar a sua filha.

CAPÍTULO DEZESSEIS

ÍRIS
13 DE FEVEREIRO
12:15

"É uma tremenda bagunça, mas de algum modo a gente vai dar um jeito de sair dessa, independentemente do que aconteça."
MONA MOODY, *A verdade oculta*, 1948

O PAI DA PARK nos observa, de rosto impassível. Ele tirou os elegantes óculos de sol e colocou um de grau com aros grossos pretos, do tipo que faria qualquer um parecer um idiota dos anos 1950, não fosse pelo fato de ser sofisticado e reluzente, com a quantidade certa de contraste nas pontas para sinalizar algo *caro* e *valioso*. Está na cara que é o tipo de óculos que alguém usa para dizer "Sou mais inteligente e também mais rico do que vocês jamais poderiam sonhar".

Minha mão, a que ele não quis apertar, coça ao lado do meu corpo à medida que ele olha para a gente.

— O que vocês duas têm na cabeça para acharem que poderiam fazer algo pela minha filha que a advogada que cobra mil e duzentos dólares por hora não seria capaz? — perguntou ele, com calma. — Estou realmente morrendo de curiosidade para saber.

Ao meu lado, a Alice abre a boca, mas dou uma cotovelada nela antes que possa falar. Não é como se eu *quisesse* mencionar o bilhete picotado agora, já que o pegar foi algo que passou longe da lei e eu não quero, como o Thompson ameaçou com tanta grosseria, terminar atrás das grades de uma cela imunda.

— É tudo bem parecido com Detetive, né? — digo para o pai da Park. — A Helen foi encontrada no escritório junto ao corpo, com o abridor de cartas na mão. Tudo que nos resta agora é uma aparição do Coronel Mostarda.

O pai da Park espera com o rosto inexpressivo.

Eu sigo em frente. Está bastante óbvio que este homem não está de brincadeira.

— Neste momento existem duas provas contra a Helen — afirmo. — A primeira, que é a que acabei de mencionar, é... bem ruim. E a segunda é que ela foi filmada brigando com a Kennedy mais cedo naquela noite, quando disse, e aqui a cito diretamente, "às vezes eu torço pra você ter uma morte horrível". Isso não parece... bom, certo?

Park faz uma careta para mim e olha para o pai.

— Mas existem três coisas a favor dela — digo, devagar. — Pelo menos, é o que esperamos. Primeiro, e, por favor, responda com sinceridade, Park, as suas roupas estavam sujas de sangue?

Ela pestaneja para mim. E mais uma vez olha para o pai.

Com bastante sutileza, ele assente para a filha.

— Não — responde, baixinho. — Claro que não. Eu nem relei nela. Eu te *falei*. A polícia levou minhas roupas e sapatos e, tipo, analisou meu cabelo, unhas e coisas assim. Nos meus sapatos, nas solas, havia um pouco de sangue, porque pisei em cima, mas não no vestido, ou no meu cabelo, porque nunca nem *relei* nela.

— Certo — digo. — Com base na minha pesquisa, acho que é bastante improvável que, seja lá quem fez isso com a Rebecca Kennedy, tenha saído de lá sem algum respingo de sangue na roupa. Você não concorda, Alice?

— Aham — responde ela, de prontidão. — Não dá pra apunhalar e apagar alguém...

A NOITE DO CRIME

— Segundo — falo, cortando-a. — Temos uma coisa sobre a qual não vamos falar, porque a obtivemos por meio de circunstâncias que não vêm ao caso. Mas nós achamos que é importante e que pode ajudar a limpar seu nome. E, terceiro — emendo, porque os olhos do sr. Park estão ficando cada mais rígidos por trás dos óculos —, é possível que o que aconteceu com a Rebecca esteja conectado à posição da família dela em Enseada do Castelo.

— No sentido de ser uma vingança — adiciona Alice.

— É uma possibilidade — acrescento, com rapidez. — Independentemente disso, é muito importante que a Helen converse com a gente, porque nós queremos ajudar. Não achamos que foi ela. A conta não bate. E a polícia ainda pode decidir mudar a acusação para tentativa de homicídio, não? E se a Rebecca morrer... passa a ser assassinato.

A sala cai num silêncio assustador. A Park choraminga e chega mais perto do pai.

— Deixa eu contar pra elas — sussurra para ele. — Por favor. Elas... elas descobriram mesmo quem matou a Brooke. E sinto que aquela advogada que você contratou não acredita em mim.

Silêncio.

— Sr. Park, você não tem nada a perder e tudo a ganhar confiando na gente — argumenta Alice, com calma. — Você tem advogados chiques e provavelmente um investigador particular. Mas a gente pode conseguir informações a que eles não têm acesso.

— Papai — suplica Helen.

Ele assente.

Helen engole em seco.

— Quando eu fui lá pra cima, estava *mesmo* procurando por ela. E, não, não era pra me desculpar, porque ela roubou meu look pro baile na cara dura. Eu só queria brigar mais um pouco, admito. Estava um pouquinho ale...

Ela se cala quando o pai franze o cenho, mas então continua:

— Fui de porta em porta no segundo andar, sabe, procurando por ela. Encontrei a galera se pegando e tal. Mas a questão é, quando cheguei àquela porta em específico... Antes de abri-la... Eu ouvi uma gritaria. E então, tipo, sei lá, um piano?

— Gritaria? — pergunto. — A Rebecca estava gritando com alguém?

Helen faz que não.

— Não ouvi a voz dela. Era...

Mordendo o lábio, ela espia o pai e depois volta a olhar para a gente.

— Pareciam ser duas pessoas diferentes, com raiva, mas também tudo estava meio abafado porque a porta estava fechada e a música da festa tornava ainda mais difícil entender alguma coisa. E aí teve o som do piano, que era, tipo, sei lá, não era uma música, sério, mas algo sendo batido contra as teclas, só que não foi por muito tempo. Foi rápido. Depois ficou um silêncio, e foi quando eu entrei.

Piano? Tento imaginar o escritório. Havia um piano encostado à parede, mas por que alguém o tocaria?

— Duas pessoas? — pergunta Alice, curiosa. — Mas Pa... Helen. Isso é... loucura.

— Eu sabia que você não iria acreditar em mim! — gritou.

— Calma — digo, tentando pensar. — Você ouviu duas pessoas brigando e nenhuma das vozes era da Kennedy, certo? Então havia duas vozes e elas eram diferentes. Mas quando você entrou no escritório, só a Kennedy estava lá, caída no chão. Helen, os únicos jeitos de entrar e sair de lá são a porta do corredor e a porta pela qual a Alice entrou. Não tem como *duas* pessoas terem passado despercebidas por você *e* pela Alice. Tem *certeza* de que uma das vozes não era da Kennedy?

— Eu teria reconhecido. Escuto ela gritar comigo há anos. — Lágrimas surgem em seu rosto. — Eu sabia que vocês não acreditariam em mim — afirma. — A sra. Mystal, a advogada principal, foi bem grossa. Ela me perguntou se eles subiram pela chaminé da lareira e depois riu da minha cara.

A NOITE DO CRIME

O sr. Park lança um olhar irritado para a filha.

— Ela fez isso? Vou ter uma conversinha com ela.

— Atrás da mesa tem aquelas janelas — comenta Alice, devagar. — Mas acho que elas não abrem. Helen, você tem certeza absoluta de que ouviu *duas* vozes no escritório e que nenhuma delas era da Kennedy?

— *Tenho* — diz Helen, a voz suplicante. — *Não* tô mentindo.

E, sem pressa alguma, o sr. Park diz:

— E o que vocês acham que podem *fazer* com isso, Alice e Íris, que os meus advogados e o Departamento de Polícia de Enseada do Castelo não conseguem?

Eu e a Alice nos olhamos. De fato, parece um pouco estranho. Não tem como alguém ter conseguido sair de lá sem ter esbarrado na Alice ou na Park. É praticamente impossível.

A ideia de que uma pessoa, que dirá *duas*, poderia ter escapado da Park e da Alice parece pouco provável, mas será que a Helen mentiria sobre algo assim, sabendo como tudo soaria estranho e improvável?

Olho para Park. Observo seu rosto e seus braços. Nenhum arranhão. Sem dúvida alguma a Kennedy a teria arranhado, mordido, resistido de alguma forma. Certo?

Volto a pensar no outono, quando a Park batizou a bebida da Brooke com remédio para dormir na festa de Halloween. Aquilo foi sorrateiro e não exigiu nenhuma proeza física. Foi diabólico. E, se eu e a Alice não tivéssemos enganado a Helen, a fazendo confessar, ninguém teria ficado sabendo.

A Park está pressionando o corpo contra o do pai. Parece exausta e assustada.

Talvez eu esteja errada, mas tenho quase certeza de que quando está tentando cometer um crime, os métodos de Helen Park estão mais para uma execução por baixo dos panos do que para ataques físicos. E a maioria dos criminosos tende a se ater aos mesmos métodos de novo e de novo.

— Bem — digo, enfim, respirando fundo. — Antes de mais nada, eu... a gente... confia nela. E, se esse não for o fator mais importante para ajudá-la, não sei o que seria. O papel do advogado não é acreditar na inocência do cliente. E, sim, ganhar o caso. São duas coisas diferentes. O que você prefere ter? A Helen pode até não ir parar na cadeia com seus advogados pomposos, mas o nome dela vai ficar sujo pra sempre.

Porque, mesmo que a Helen Park tenha tentado drogar a Brooke e acabado drogando o Steve Anderson por acidente, desencadeando uma série de eventos caóticos e surpreendentes, eu realmente não acho que ela tentou matar a Rebecca Kennedy no baile por conta de um vestido.

O sr. Park levanta o queixo.

— Que comentário astuto, Íris. Vocês têm permissão para passar uma hora com minha filha, na qual ela lhes contará tudo, em detalhes explícitos. Façam o que conseguirem com isso. Estarei de olhos abertos para ver o que vocês vão fazer com essas informações. Sempre admirei arrivistas que não têm medo de um desafio. Mas, não se esqueçam, a vida da minha filha está em suas mãos. Não ferrem com tudo.

E, assim, ele dá um beijo na cabeça da Helen e sai da sala.

CAPÍTULO DEZESSETE

ALICE
13 DE FEVEREIRO
13:38

*"– Poirot – chamei. – Estive pensando.
– Que exercício admirável, meu camarada. Continue."*
AGATHA CHRISTIE, *A casa do penhasco*

QUANDO A GENTE ESTACIONA do lado de fora dos portões da Escola de Ensino Médio de Enseada do Castelo, uma hora mais tarde, a Zora, o Neil e o Spike estão à nossa espera, meio escondidos atrás de um arbusto grande. Nós mandamos uma mensagem para eles assim que saímos da casa da Park, dizendo que tínhamos informações e que precisávamos nos encontrar assim que possível, e todos eles concordaram em matar as últimas aulas do dia. Abro o porta-malas e todos jogam as mochilas lá antes de entrarem no carro.

— Vocês demoraram pra chegar — resmunga Neil. — Nossa sorte foi que ninguém viu a gente esperando.

— Foi mal, ficamos presas atrás de um caminhão — explica Íris. — A gente chegou aqui o mais rápido que conseguiu.

Pelo retrovisor, vejo o Spike dar uma cotovelada no Neil.

— Não tem problema — diz Spike enquanto o outro garoto o encara.

— Todos de cinto? — pergunto.

Eles assentem em resposta e eu piso no acelerador, nos levando pela estrada de volta para minha casa e ignorando as reclamações dos passageiros.

Uma vez que chegamos lá, damos um jeito de evitar com sucesso todos os adultos ao entrarmos sorrateiramente por uma porta lateral, então pegamos algumas coisas para comer e vamos direto para o jardim de inverno. Depois que nos acomodamos, puxo o quadro branco até o meio da sala e me viro de frente para todos.

A Zora, o Neil e o Spike estão sentados no sofá comprido que fica no meio do cômodo, todos sugados pelos celulares. A Íris está ao meu lado, o canetão em mãos.

— Hum, hum — digo, severa, para os outros três. — Será que vocês poderiam, por gentileza, sair do celular?

— Somos todos ouvidos, Ogilvie — diz Neil, deixando o celular cair sobre o colo. — Vamos pegar quem cometeu esse crime.

CAPÍTULO DEZOITO

ÍRIS
13 DE FEVEREIRO
16:06

"A coisa mais importante a se lembrar, Megs,
é que todo mundo mente."
MONA MOODY, *A verdade oculta*, 1948

NO QUADRO, ESCREVO EM maiúscula "o que sabemos".

Todo mundo olha para mim. Eu respiro fundo.

— Prestem atenção — digo. — Sei que foi errado e não quero ouvir nada a respeito disso, mas roubei provas do escritório na noite em que a Rebecca foi atacada, e estou arrependida, mas a vida é assim mesmo.

Me viro para o quadro branco e escrevo, "o bilhete: *És* estranhos, me encontra" e então volto a olhar para o grupo. Neil está com o queixo escorado nas mãos, o que significa que algo está se passando em sua cabeça. Decido não perguntar agora, porque ele trabalha melhor quando é deixado em paz maturando os pensamentos.

— Naquela noite, encontrei pedaços de um bilhete rasgado. Meio que caíram das costas do vestido da Rebecca quando a levantaram até a maca. Ele diz "me encontra"... ou pelo menos é o que *a gente acha*, porque foi preciso remendar o bilhete.... E as letras *és* estavam escritas numa letra cursiva desleixada, como se fossem um três invertido, mas nenhuma outra...

— A gente comparou com a letra da Helen no meu anuário e elas não são a mesma — adiciona Alice, mastigando uma bolacha.

— Vocês tiraram alguma foto? — pergunta Spike.

Pego a foto no meu celular e a mostro para o grupo. A Zora se inclina para a frente.

— Interessante — comenta. — Isso aí é... disgrafia? Tipo, às vezes a pessoa escreve letras invertidas ou mistura minúsculas e maiúsculas.

— Sério? — pergunto. — Eu não sabia que isso era um lance.

— Se você conseguir corresponder essa caligrafia com a de outra pessoa, com a de alguém que estava no castelo naquela noite, talvez, ainda mais uma letra estranha dessa, é possível que... — O Spike perde o fio da meada.

— Seja uma pista — termino por ele.

Nós nos olhamos.

— *Top* — murmura ele, acariciando o queixo com a mão.

De repente, alguma coisa parece diferente em seu rosto. Seus olhos parecem... mais azuis? Seria possível?

— Íris! — Alice estala os dedos.

Me desvencilho do meu momento com Spike e pigarreio.

— Seguindo — digo.

— Havia uma porrada de gente na festa — aponta Zora, mordiscando uma fatia de queijo. — Quero dizer, pelo menos umas cem. Alunos, funcionários, garçons, a galera da cozinha, professores. A gente vai sair caçando a letra de todo mundo? Talvez haja digitais nos pedaços de papel que vocês conseguiram, embora nem todo mundo tenha a digital cadastrada, é claro.

— Queria saber onde estão os outros pedaços — diz Neil. — Seria útil.

Olho para a Alice, que assente.

— Está com a polícia — conto. — Não sei o que a parte deles diz, mas não posso dar esses fragmentos pra eles.

O Spike franze o cenho.

— Íris, é o que você deveria fazer.

A NOITE DO CRIME

Ao lado, Zora discorda com a cabeça.

— Mas de jeito nenhum. O Thompson tá pistola com ela. Você ouviu o que ele disse na noite do baile.

Neil coça o queixo.

— Verdade. E também não faço ideia de como a gente poderia passar a mão nos fragmentos deles sem levantar suspeitas.

— A polícia acha que o bilhete era pra atrair a Kennedy pra cima — diz Alice. — Eles acham que foi a Helen quem escreveu, óbvio, e ainda tem todo o negócio de que *eu a encontrei no escritório diante do corpo da Rebecca* e, *voilà*, ela é a principal suspeita no momento.

— Pois é — digo. — Mas...

Viro para o quadro e escrevo: "Duas vozes, piano".

— Hoje, quando a gente falou com a Helen, ela jurou de pés juntos que ouviu uma discussão do lado de dentro do escritório antes de entrar, e que havia duas vozes, mas nenhuma delas era da Kennedy. Ela também nos contou que ouviu uma batida no piano.

— Como ela pode ter certeza de que uma delas não era da Kennedy? — pergunta Spike.

— Ela tem bastante certeza, já que escuta essa voz há anos — aponto.

— Um piano? — pergunta Zora. — Por que alguém estaria tocando piano num momento daqueles?

— Não estava tocando — corrijo. — Era mais pra batendo. Ela disse que não durou muito e que então tudo ficou quieto.

Neil chacoalha a cabeça.

— Hum, não. Essa conta não fecha. Eu estive no escritório naquela noite. Havia duas portas. Uma dava pro corredor e uma era a porta do armário, onde estavam os vestidos, e...

— Exatamente — diz Alice. — Como uma pessoa, ou até mesmo duas, poderiam ter saído de lá sem esbarrar com a Park ou comigo? Porque eu subi pela escada secreta e entrei pela porta do armário.

— Havia janelas naquele quarto — comenta Spike.

— Eu não acho que elas abrem e, além disso, caso alguém saísse por elas, como a pessoa iria fechá-las estando do lado de fora do castelo? Daquele lado não tem nenhuma sacada; é uma queda direto pro chão — digo.

— A gente precisa voltar lá — afirma Neil. — No castelo. Para dar uma olhada.

— Até parece — zomba Zora. — A essa altura aquele lugar provavelmente está com seguranças até no teto.

— De qualquer maneira — digo —, se a Park tá mentindo sobre ter ouvido duas pessoas, seria uma mentira e tanto, porque, é claro, como elas conseguiram sair do escritório? Quero dizer, nem os policiais não acreditam nela. Ela poderia só dizer que entrou lá e encontrou a Kennedy, mas está se agarrando a essa narrativa.

O Spike se levanta e começa a caminhar de um lado para o outro, devagar.

— Estou inclinado a acreditar nisso. A Helen *poderia* ter falado que duas pessoas passaram por ela com pressa, inventado umas descrições que despistassem os policiais, *et cetera*. Isso que ela tá dizendo é tão absurdo que deve ser verdade.

Me volto para o quadro. "Provas", escrevo. "Nada de sangue nas roupas e no cabelo da Park. Nenhum arranhão no corpo."

— Nenhum? — pergunta Zora.

— Nenhum — confirma Alice. — E se alguém briga, apunhala ou acerta alguém com tanta força daquele jeito na cabeça, a pessoa deveria acabar com um pouco de sangue em si, certo?

— A Park é meio pequena — digo. — Só estou tendo dificuldade pra acreditar que ela poderia apunhalar a Kennedy *e ainda* a acertar a cabeça dela com... bom, seja lá com o que a Kennedy foi atingida, sem acabar com sangue ou algum arranhão no corpo.

— A Kennedy adora arranhar — concorda Zora. — Ela é uma peste quando a gente joga futebol na Educação Física. Teria resistido.

— Beleza — digo. — Vamos seguir em frente.

No quadro, escrevo "Suspeitos". Então me viro e volto a encarar o grupo.

— Bom — diz Zora. — Tipo, todo mundo. Naquela noite havia mais de cem pessoas no castelo.

Escrevo:

Garçons
Alunos
Professores
Funcionários do castelo

— Talvez seja bom limitar um pouco isso aí — sugere Spike. — Tá um tanto geral demais.

— Sejam específicos — digo. — Quem iria querer machucar a Rebecca Kennedy?

— *Todo mundo* — responde Zora. — Rica, linda, maldosa. A lista é longa. A garota não é famosa por fazer a boazinha. Talvez tenha irritado alguém e a pessoa bolou um plano pra confrontá-la? E aí a coisa desandou? Alguns dos quartos pelos quais eu e o Neil passamos estavam meio que bagunçados, como se alguém estivesse procurando alguma coisa.

— Isso pode ter sido só a galera sendo idiota — sugere Spike.

— Realmente — concordo. — Mas também fuçaram todas aquelas caixas no escritório. A gente não teve chance de dar uma olhada. Talvez alguém estivesse procurando algo específico e a Kennedy entrou no quarto?

— Um roubo, talvez — diz Neil, baixinho.

— Sabe — começa Spike, devagar, me olhando —, ainda assim, a Park poderia estar mentindo. Eu sei que vocês acham que não, mas... talvez ela estivesse de conluio com mais alguém, e de algum jeito essa pessoa fugiu, e a Park não teve tempo de fazer isso antes que a Alice entrasse no escritório.

Ele tem um ponto. A Park é minúscula, então seria difícil que fizesse por conta própria o que fizeram com a Kennedy, mas...

— Mas e quanto ao fato de que não tinha uma gota de sangue nela? — reitero.

— Então a outra pessoa fez o trabalho sujo e a Park fez a parte de atrair a Kennedy — responde Spike.

Eu e a Alice trocamos um olhar.

— Só tô jogando ideias — defende-se Spike. — A gente não pode descartar isso por completo, certo?

Alice assente.

— Certo — digo.

A Park parecia estar sendo sincera quando conversamos com ela, mas, de novo... talvez a gente devesse ouvir a gravação da conversa que tivemos com ela.

Neil se levanta e vem até o quadro branco.

— Eu não contesto a linha de pensamento do Spike. Quero dizer, a gente achou que o treinador e a Westmacott fossem maneiros, e vejam só o que a gente descobriu sobre *eles*.

— Me desculpa, mas eu nunca achei que a Westmacott fosse maneira — pontua Alice.

Neil pega o canetão da minha mão e fica parado diante do quadro, pensando.

— Foi mal — diz ele e em seguida escreve "Helen Park" sob "Suspeitos".

— Gerber — diz Alice, de repente, um tanto alto. — Escreve aí: Reed Gerber. A Park disse que ele estava com a Kennedy no baile. Só deixe-me ver...

Ela pega o celular e começa a rolar a tela.

— A janela de tempo pro ataque à Kennedy foi de vinte e dois minutos, entre 21:14 e 21:36. O Gerber não postou nada entre 21:01 e 23:14. Hum. Ele postou a foto de uma garrafa de bebida às 21 horas e depois, às 23:14, estava no Discord... por que não me tiraram desse grupo idiota?... e disse...

Ela olha para a gente.

— *Puta merda, uma cagada descomunal.*

— *Quê?* — pressiona Zora. — O que ele postou?

Todos nós trocamos olhares.

— Não — diz Alice. — Foi isso que ele postou. "Puta merda, uma cagada descomunal."

Fico intrigada.

— Talvez ele queira dizer... que fez alguma coisa que não deveria? Hum...

— E o motivo? Além de ele ser um babaca completo? — diz Spike. — Eles estavam se pegando? Os dois chegaram a *brigar* no baile?

Alice balança a cabeça.

— Não sei dizer. Mas a gente vai ter que falar com ele.

Pego mais um canetão e escrevo embaixo de "o QUE SABEMOS: Gerber — possível motivação? Não estava on-line durante o ataque, postou mensagem enigmática depois do ocorrido".

— Mas só porque ele não postou nada não significa que não estava no salão de festas — aponta Spike. — Ele pode só ter... deixado de postar.

— Ele sempre tá on-line — diz Alice. — A gente ainda vai ter que falar com ele.

Spike fica em pé e vai até o quadro.

— Então, basicamente, o que temos que fazer agora é descobrir quem pode ter escrito o bilhete; o que o Gerber estava fazendo e o que quis dizer com aquela última postagem; e a gente precisa descobrir, ah, nossa, tipo, o que *todo mundo* naquela porcaria de baile estava fazendo aquela noite. Íris! Isso é impossível! Tinha muita gente.

— Spike — começo a falar, mas a Zora entra no meio.

— Bom — diz ela. — Talvez a minha namorada possa ajudar. Ela estava tirando fotos pro anuário aquela noite e o *Cidade das Pumas*...

— Ótimo — digo. Angelik é a editora do jornal da escola, o *Cidade das Pumas*, e, sim, o nome é infeliz. — Se a gente conseguisse ver as fotos que ela tirou da galera no salão de festas durante esse intervalo de tempo, daria para eliminar algumas pessoas.

— Perfeito — diz Alice. — Zora, marca um horário com a Angelik pra amanhã.

Zora a encara.

— Eu não sou sua empregada.

Alice revira os olhos.

— Me desculpa por ser direta e reta no meio de uma investigação, *Zora*.

— Parem com isso — digo para as duas. — A gente é a porcaria de uma equipe. Parem de ficar se alfinetando.

— E a gente precisa ir até a Sociedade Histórica de Enseada do Castelo — diz Neil, determinado, se afastando do que desenhou no quadro. — Quero ver as plantas do castelo. Quero dizer, vai saber, talvez tenha um vão em que dê para se rastejar em cima do escritório. Talvez tenha um embaixo. Porque, se a Helen está dizendo a verdade, então como as duas pessoas *saíram* de lá?

Volto a olhar para o quadro.

Neil desenhou um esboço bastante impressionante do escritório, com o armário de cedro e a lareira no lado direito do cômodo, as janelas enormes atrás da mesa de mogno, a porta que dá para o corredor principal (por onde a Park e a Kennedy entraram) e a parede do lado esquerdo, que tem o piano e as estantes de livros. Ele até incluiu algumas das pinturas nas paredes. Rabisco mais algumas coisas no quadro e depois me viro.

— Arrasou demais, Neil — elogia Alice. — Um trabalho incrível.

Abaixo de "O QUE SABEMOS", temos:

A NOITE DO CRIME

*Gerber — possível motivação? Não estava on-line
durante o ataque, postou mensagem enigmática depois do ocorrido
Nada de sangue na Park
A arma foi um abridor de cartas e* DESCONHECIDO *(ferimento na cabeça)
Bilhete — És maiúsculo desleixado, mε εncontra... 21:30*

A sala está quieta.
Sob "SUSPEITOS":

*Helen Park
Gerber
Garçons
Alunos
Professores
Funcionários do castelo*
DESCONHECIDO

— Desconhecido? — pergunta Spike, parado bem pertinho de mim junto do quadro branco.

É um tanto desconcertante, mas ao mesmo tempo é meio reconfortante.

— A família da Rebecca Kennedy é rica e influente — explico. — Não se vive assim ser ter inimigos, por isso há a possibilidade de ser um desconhecido.

— *Merde* — murmura Alice.

CAPÍTULO DEZENOVE

ALICE
14 DE FEVEREIRO
07:22

"– A gente vê tanta coisa ruim numa aldeia – murmurou
Miss Marple, em uma voz explanatória."
AGATHA CHRISTIE, *Um corpo na biblioteca*

SIGO A ÍRIS POR um corredor, e juro que nunca tinha visto esse lugar no segundo andar do prédio principal da EEMEC. Na noite passada, antes que nossa sessão de ideias terminasse, todo mundo concordou em se encontrar aqui hoje de manhã antes da aula para dar uma olhada nas fotos que a Angelik tirou na noite do baile, segundo a Zora. A gente precisa descobrir quem estava no salão de festas quando a Kennedy foi atacada.

Nunca na minha vida cheguei na escola tão cedo assim, e o prédio está um silêncio só. É assustador, o eco dos nossos passos sendo o único barulho que escuto. Pelo menos meus pais ficaram felizes quando saí ao nascer do dia para pegar a Íris; meu pai estava todo *manda ver, filhota*, como se pensasse estar falando com alguém de onze anos, e não com a filha de quase dezoito.

No meio do corredor, Íris abre a porta que dá numa salinha. O lugar está abarrotado de mesas compridas agrupadas no meio do cômodo. Nelas estão alguns computadores de mesa gigantes que parecem saídos da virada do século. Arrasou no investimento em educação, Enseada do Castelo.

A NOITE DO CRIME

Uma garota com cabelo preto e curto está sentada de costas para a porta, digitando furiosamente num notebook. A Zora está parada ao lado, se curvando sobre o ombro dela para enxergar a tela. Enquanto observamos, a outra garota explode em risada por conta de algo que Zora acabou de dizer. Elas parecem felizes. Sinto uma pontada no estômago, algo que é um pouco triste e um pouco doloroso, então dispenso a sensação e pigarreio.

As duas se viram.

— E aí?! — diz Íris, caminhando até elas. — Angelik, muito obrigada por nos ajudar. Isso é ótimo.

— De boa — diz a garota, afastando a cadeira para trás para conseguir abraçar a Íris com um dos braços. — É ótimo ver você. Como estão as coisas? Não te vi na noite do baile, mas, pelo que fiquei sabendo, você estava ocupada de outra forma...

As bochechas da Íris pegam fogo.

— ... com a Kennedy — completa Angelik, e Íris suspira.

Tenho quase certeza de que ela achou que a Angelik estava falando do Cole, e faço uma nota mental para perguntar à Íris sobre todo esse lance. Ela não tocou no assunto, apesar de que andamos mesmo ocupadas com questões mais importantes.

Deixo minha mochila na mesa.

— Eu sou a Alice — me apresento. A gente precisa acelerar isso aqui, se a intenção é conseguir fazer alguma coisa antes da primeira aula. — Muito obrigada pela ajuda. A Zora te repassou as coisas, imagino? A gente tá interessada em dar uma olhada em todas as fotos que você tirou na noite do baile, em particular entre...

— Cheguei primeiro! — O Spike aparece à porta. Está um pouco sem fôlego, e vejo o Neil logo atrás.

Eles se empurram um pouco, tentando passar pela porta ao mesmo tempo, e então entram na sala.

O Neil está segurando uma caixa de café para viagem, que coloca ao lado da minha bolsa e então, da própria mochila, tira um punhado de copos.

— Alguém quer café?

— Você é um anjo — geme Zora. — Café, por favor.

— Para responder à sua pergunta, Alice, eu tenho os arquivos dessa noite a um clique no computador — informa Angelik, em pé, pegando o notebook. Ela vai até uma das mesas compridas no centro da sala e o coloca ali. — Fico feliz em ajudar vocês todos a darem uma olhadinha nas fotos e descobrir quem foi que atacou a Kennedy...

Bato as mãos, feliz por ela estar levando isso a sério.

— Maravilha — digo. — Eu e a Íris vamos fazer isso com vocês duas, e o Neil e o Spike podem começar a olhar as redes sociais de todo mundo, verificando as fotos que as outras pessoas tiraram naquela noite.

— E se forem contas privadas? — pergunta Spike, e o Neil bufa.

— Você não confia em mim? Eu consigo contornar isso — afirma Neil, com um acenar de mão.

— Como... — Spike começa a dizer, e então chacoalha a cabeça. — Nem quero saber.

— Não, não quer mesmo — responde Neil, arrastando uma cadeira para o outro lado da mesa.

O Spike se senta ao lado dele, e eu, a Zora e a Íris nos amontoamos ao lado da Angelik.

— A gente tá querendo ver as fotos de uma janela de tempo específica — explica Íris. — Fotos tiradas entre 21:15, quando a Park saiu do salão de festas depois de brigar com a Kennedy, até por volta das 21:45. A Alice foi lá pra cima às 21:36, pouco depois de a Kennedy ser atacada, então seja lá quem fez isso não poderia estar no salão de festas durante esse intervalo. A gente tem que ver quem não está lá.

— Parece ótimo. Estão prontas?

A NOITE DO CRIME

Todas nós assentimos, e a Angelik clica num arquivo e uma foto aparece na tela. São duas garotas sorrindo ao lado de seus acompanhantes.

A Íris anota algo no caderno do caso e, quando dou uma olhada, vejo quatro nomes numa página intitulada "DESCARTADOS".

Ryan Wheeler
Sydney Sinclair
Bradley Wong
Emma Billingsley

— Pelo jeito eu tenho... dez fotos e dois vídeos desse espaço de tempo de meia hora. — Angelik franze o cenho. — Foi mal, galera. Pensei que estava tirando fotos a torto e a direito, mas pelo jeito acabei me distraindo.

Zora sorri.

À medida que a Angelik passa pelos arquivos, a Íris adiciona nomes à lista.

— Estamos avançando para cada vez mais tarde na noite... essa daqui é das 21:48... — Angelik se vira na cadeira para olhar para Íris. — Quer continuar vendo?

Íris nega com a cabeça.

— Tenho que ir pra aula, mas você pode mandar todas elas pra gente dar uma olhada mais tarde?

— Claro. Tipo, as fotos dessa janela de tempo ou...?

— Pode mandar pra gente tudo que você tirou naquela noite. Outra hora nós podemos passar por todas, só por garantia.

— De boa.

Suspiro. A lista da Íris só tem vinte nomes e na nossa turma há umas cento e dez pessoas, sendo que vez ou outra a Kennedy irritou todas elas.

— Nas fotos aparecem algumas pessoas que não reconheci — diz Íris, me cutucando. — Na maioria garçons.

Assinto e começo a digitar uma mensagem no celular enquanto a Íris lê a lista.

— Tô mandando uma mensagem pro Raf pra ver se ele vai estar por aqui mais tarde e se pode identificar o povo pra gente.

— Você notou quem *não* deu as caras nessas fotos? — pergunta ela, batendo a caneta contra o caderno.

— Quem?

— Nosso amigo Reed Gerber. Parece que a gente vai ter que fazer uma visitinha.

CAPÍTULO VINTE

ÍRIS
14 DE FEVEREIRO
12:21

"– Sentiu minha falta, Jimmy? Porque eu com certeza não senti a sua. Você é um mentiroso, um trapaceiro, um ladrão e um canalha incorrigível."
MONA MOODY, *Boom Shakalaka*, 1949

— ELE TÁ NO refeitório — diz Alice assim que a encontro do lado de fora da sala de aula. — Bora lá.

— Não tá, não — digo, me desviando dos outros alunos no corredor.

— E como você sabe? Aquele garoto é uma máquina de comer. Não perde um almoço — diz Alice, se apressando para acompanhar meu passo.

— Simplesmente sei. É terça-feira. E, por ser atleta, nas terças ele tem aulas particulares com a Tabitha Berrington na biblioteca durante o almoço, mas ele começou a piscar aqueles olhinhos azuis pra ela, então agora a Tabitha basicamente faz as lições de casa dele. Pra ser sincera, é meio revoltante.

Abro a porta da biblioteca, e a Íris me segue.

— Bom, se ele a convenceu a fazer as lições de casa, como você sabe que ele tá aqui?

Uns alunos sentados às mesas olham para a gente.

A bibliotecária repreende a Alice mandando-a manter a voz baixa.

— Por que estou sempre sendo repreendida por simplesmente ser eu mesma? — sussurra Alice.

— Eu sei que ele tá aqui — digo, passando pela mesa em que Tabitha, a julgar pelas anotações sobre *Orgulho e preconceito*, está fazendo a lição de literatura do Gerber com toda a paciência.

Ela ergue a cabeça e semicerra os olhos para a Alice.

— Credo — diz Alice. — Que grossa.

— Eu sei que ele tá aqui — repito, virando a esquina de um corredor no extremo oposto da biblioteca, onde os livros estão um tanto empoeirados pela falta de uso. — Porque ele fica na minha seção favorita. É aonde venho pra dar uma relaxada e, pode acreditar, eu não gosto de ter ele na minha seção favorita. Ele acabou com as minhas terças.

— Ah. Então é aqui que você fica quando não aparece pra almoçar? — pergunta Alice. — Eu meio que andei me perguntando isso.

Ela está logo atrás de mim, então não consigo ver seu rosto, mas consigo ouvir a preocupação em sua voz. Sim. É para cá que venho quando não consigo pensar direito, ou quando estou cansada. Ou quando tudo que preciso é ficar sozinha. Muitas coisas.

Viro no canto e ali está Reed Gerber, no fim do corredor, esticado no chão com seus tênis gigantes cruzados sobre o tornozelo e o moletom da equipe de basquete sobre o rosto, tirando um cochilo.

Eu e a Alice paramos diante dele, que não se mexe.

— Por favor, me deixa fazer as honras — pediu Alice.

— Com todo o prazer — digo.

Alice o chuta na coxa.

— Ei, mas que... — O Gerber levanta a cabeça, o moletom escorregando de seu rosto. Ele acaricia a coxa. — Ogilvie, que merda foi essa? Tô tentando dormir aqui.

— Que legal que você convenceu a coitada da Tabitha a fazer todas as suas lições de casa, Gerber, mas tá na hora do neném acordar pra realidade — digo a ele. Minha voz tem uma irritação inesperada.

O Gerber sempre foi meio que um babaca, e eu nunca fui muito com a cara dele.

— E por acaso eu *te conheço*? — pergunta ele, cansado, e se senta esfregando os olhos.

— Gerber — diz Alice, afiada —, você era o acompanhante da Kennedy no baile. E, durante aquele período, você desapareceu das redes sociais e não está nas fotos. Se importa de explicar?

No mesmo instante, seu rosto se anuvia.

— Opa, opa, opa, calminha aí, Ogilvie, nem começa...

— Responde à pergunta, Reed Gerber — ordeno. — Onde você estava? Você e a Kennedy tretaram?

Ele olha de mim para a Alice.

— Pra começo de conversa, quem você pensa que é? Eu não tenho nada a ver com o que aconteceu com ela. E eu não era o acompanhante da Kennedy, a gente só foi junto, como amigos. Com uma pitada de diversão.

Ele olha para a Alice com ar de conhecimento e pisca para mim. Meu estômago se embrulha. Dou um chute na sola do tênis dele.

— Que porra...

— Então você pode dizer pra gente onde esteve entre 21:14 e 21:36, o horário aproximado da agressão? — digo. — E até depois disso, já que você não se deu ao trabalho de postar nada até depois das onze da noite, estou errada, Alice?

— Está corretíssima — diz ela. — Onde você estava, Gerber?

Bem devagar, ele olha da Alice para mim e depois volta a encarar a Alice.

— O que deu na sua cabeça, Ogilvie? Antes você era da hora, sabia? Depois veio todo o lance da Brooke e, tipo, eu entendo, toda essa coisa de garotas se apunhalando pelas costas, você teve que tirar um tempo pra si mesma ou sei lá o quê, e você real *ajudou* o Anderson ao provar que não foi ele... mas, de qualquer forma, quem é *você* agora?

— Como é que é? — pergunta ela, mas sua voz vacila um pouco.

— Tipo, andando com essa... — Ele aponta para mim. — Coisa. Você não é assim. A gente continua mandando mensagem pra você e tal. Pra voltar pra gente. Essa coisa de esquecer o passado ou sei lá... Pra ser sincero, você tá virando uma esquisita.

Com o passar dos anos, acabei ganhando imunidade aos insultos das Tops, ou pelo menos finjo não me importar, mas ao meu lado consigo sentir o corpo da Alice se retesar. Me pergunto se às vezes ela *sente* saudade dos amigos de antes.

E ele me chamou de Coisa. Sou afetada de alguma maneira, me lembrando do meu pai. Como ele costumava agir. O modo como tratava a minha mãe. Como fazia parecer que ela estava errada. Como virava a situação para *ela*, para tirar o foco de si mesmo, como o Gerber está fazendo agora.

— Gerber — digo, com a garganta apertada. — A coisa mais simples no mundo que você pode fazer agora é responder a nossa pergunta e, ainda assim, você tá enrolando. Nem mesmo tá tentando inventar uma mentira. O que me faz pensar que tá escondendo alguma coisa. Por que você postou no Discord *"uma cagada descomunal"*?

O rosto dele perde a cor.

— Vocês não são a porra da polícia. Não tenho que responder a *nada*. Vocês querem saber o que aconteceu? Pergunta pra Park. Certo, Ogilvie? Afinal de contas, foi você quem encontrou ela.

Ele prende aqueles olhos azuis vívidos nos dela.

— Só nos conta a verdade, Reed — diz ela, mudando a voz para uma entonação gentil. — A Rebecca se machucou feio. No baile, ela brigou com outra pessoa além da Park? Fora da escola, tinha alguém puto com ela?

A NOITE DO CRIME

Onde você estava? Você viu alguma coisa estranha? Diga qualquer coisa que possa nos ajudar. A polícia já te interrogou? Se mentiu pra eles, não vai ser nada bom pra você se a gente descobrir... algo.

Por um breve momento, o rosto do Gerber se suaviza. Meus nervos ficam tensos. Ele vai contar alguma coisa?

Mas, tão rápido quanto se suavizou, seu rosto volta a ficar rígido.

— Vocês não são policiais. Eu já falei com eles e minha barra tá limpa. A culpa é toda da Park.

— A Park diz que havia duas pessoas no escritório, Gerber. Discutindo. Antes de ela entrar. A não ser que você possa afirmar o contrário, a gente vai assumir que uma delas pode ser você — digo.

Ele meneia a cabeça e dá uma risadinha.

— Beleza, Sherlock Holmes. *Tanto faz*. Fica aí com essa brincadeirinha sua.

— O que você disse pra eles que era seu álibi, Gerber? — Falo com a voz fria. — Acho que tá esquecendo que a gente tem uma informação contra você.

O rosto dele se franze.

— Vocês não têm nada — diz, cabreiro.

— Ah, eu vou te dizer o que eu tenho... uma garota lá na frente fazendo sua tarefa — digo —, o que é uma violação do código dos atletas. Posso te denunciar e você vai levar um pé na bunda de todos os seus times preciosos.

— Você... — Ele começa a se levantar, seu rosto pegando fogo, mas a Alice avança e o empurra de volta para o chão.

— Reed — diz ela, com gentileza. — Eu também sei muita coisa a seu respeito. Ainda mais sobre aquela coisinha. Lembra? Daquela noite em particular?

Minhas orelhas ficam atentas. Uma informação secreta da Alice?

O rosto do Reed fica branco.

—Você não faria isso.

—Ah, faria, sim. E ainda tenho fotos pra provar. Só aquela noite em específico provavelmente faria com que você fosse expulso da escola. Ou, no mínimo, causaria muita humilhação social.

Reed olha da Alice para mim. Parece que vai vomitar.

—Beleza, eu conto. Mas vocês não podem contar pra ninguém.

—Onde você estava, Gerber? — digo.

Ele retorce as mãos.

—Eu... precisei ir ao banheiro. Estava caindo de bêbado. E não conseguia achar onde ficava. Daí fiquei preso numa despensa, ou sei lá, e não conseguia sair. Eu...

Ele olha para o carpete da biblioteca, o rosto ficando vermelho.

—Meu Deus — digo, meu cérebro desenhando uma imagem que eu preferiria não ter. *Ah.* Foi isso que ele quis dizer com a postagem no Discord. *Uma cagada descomunal.* Ele não estava falando de nada relacionado à Kennedy, e sim que...

—O quê? O que foi? — diz Alice.

Respiro fundo.

—Ele cagou na calça.

A Alice emite um barulho de nojo. O Reed aponta o dedo para mim.

—*Não.* Conta. Isso. Pra. Ninguém. Eu já contei pra polícia. E meu álibi é a nova orientadora escolar. Ela me ouviu batendo na porta e chamou alguém pra abrir. Eu passei uma hora com ela na lavanderia ao lado da cozinha enrolado numa toalha lavando minhas roupas. Então aí está. E eu vou *matar*...

—Esse segredo em particular está seguro com a gente, Gerber, sem problema — digo logo.

Ele olha para a Alice.

—Tá feliz agora, Ogilvie? Aliás, a gente tá aqui pra você, quando quiser voltar a andar com pessoas normais.

— Tô bem, obrigada — diz ela, com educação. — Prefiro comer cocô de gato, acompanhado de vidro quebrado e um drinque de querosene.

Ela dá meia-volta e caminha corredor afora.

— Alice — chamo-a, correndo atrás dela. — Que informação secreta você tem dele?

Ela dá uma risadinha.

— Não se preocupa com isso, Íris. Talvez um dia eu precise usar essa informação.

CAPÍTULO VINTE E UM

ALICE
14 DE FEVEREIRO
14:54

"Se quer chegar a algum lugar é preciso se arriscar."
AGATHA CHRISTIE, *A maldição do espelho*

A ÍRIS MASTIGA UMA batata frita, fazendo bastante barulho. Estamos na lanchonete esperando o Raf, que está dez minutos atrasado. Já estou planejando dizer umas verdades quando ele chegar; sei que ele é ocupado, mas a gente também é.

— Íris — repreendo-a quando ela coloca outra batata na boca e mastiga fazendo barulho.

Ela está com o celular e o caderno do caso diante de si, pronta para vomitar perguntas para o Raf quando ele enfim chegar.

— Que foi? — pergunta ela, inocente.

Beleza, talvez ela não esteja fazendo de propósito, mas *ainda assim*.

Balanço a cabeça.

— Deixa pra lá. Me dá uma aí. — Roubo uma batata do prato dela e dou uma mordida, a gordura quente revestindo o interior da minha boca. Devo dizer que são uma delícia.

O sino em cima da porta da lanchonete badala, anunciando a chegada do Raf. Ele caminha todo tranquilo até a gente, como se não estivesse completamente atrasado.

A NOITE DO CRIME

— Nossa senhora, Raf. Onde você estava? — digo, sem tentar esconder a irritação.

— É muito bom ver você também, Ogilvie. — Ao meu lado, ele desliza pelo banco. — Foi mal. Tô atrasado porque a Candy tem que trabalhar na boate essa noite, então a gente celebrou o Dia de São Valentim durante o almoço.

Afasto o olhar, tentando não pensar no fato de que o Raf está sentado a apenas alguns centímetros de mim, ou no fato de que agora ele tem uma namorada, ou nos dois celebrando o Dia de São Valentim, ou em qualquer coisa parecida. Nós temos um mistério para resolver; não posso me permitir ficar distraída com coisas idiotas.

— E aí, Raf?! — diz Íris. — Quer uma batata?

— Ô se quero. — Ele estica o braço e pega uma, se inclinando para a frente em seguida. — Valeu. Então, vocês estão nessa de novo, hein? Eu sabia que estavam... mas estava torcendo pra que talvez, sei lá, dessa vez vocês deixassem pra...

— Pra polícia? — termino por ele, com uma bufada. — Aham, senta lá. A gente sabe como eles são bons em pensar fora da caixinha. Se deixássemos isso pra polícia, a Park passaria o resto da vida atrás das grades. Me deixa te atualizar sobre as coisas.

Dou um breve resumo do que a gente descobriu até o momento, contando sobre nossa visitinha ao Gerber.

— Alice — diz Raf quando termino. — Você é incrivelmente...

— A gente tem fotos — interrompe Íris, deslizando o celular sobre a mesa.

Olho para o Raf, mas não consigo dizer por sua expressão se ele estava prestes a me elogiar ou insultar.

No celular estão os arquivos que a Angelik mandou para a gente das fotos que tirou na noite do baile.

— Nós estamos delimitando a lista de suspeitos. A Kennedy não é muito benquista na nossa escola e, infelizmente, isso significa que talvez quase todo mundo da turma tenha algum tipo de motivação.

— Ah, tô ligado — diz Raf, com um ar sombrio, e por um momento me pergunto o que a Kennedy fez pra ele.

— A editora do jornal da escola tirou essas fotos e, além disso, estamos peneirando as redes sociais de todo mundo. Começamos a excluir pessoas que claramente estavam no salão de festas durante a janela de tempo em que a agressão ocorreu…

— Mas tem algumas pessoas que a gente não reconhece… garçons, em sua maioria — termino para ela.

Pego mais uma batata do prato da Íris, que me lança um olhar sorrateiro. Mostro a língua e ela diz "que adulta" apenas com os lábios.

— Ah. Vocês precisam que eu diga quem eles são? — pergunta Raf.

— Sim, por favor. — Confirmo com a cabeça. — Além disso, você sabe quantas pessoas do bufê estavam trabalhando no evento? A gente precisa do nome de todo mundo que estava lá.

Ele para, avaliando o que eu disse.

— Beleza… mas qual seria o motivo? Por que um dos garçons iria querer machucar a Kennedy? Não é como se eles soubessem quem ela é.

— A gente ainda não tem certeza, mas temos que considerar todas as possibilidades. Vai saber, ela pode ter comparecido a outro evento em que alguém trabalhou e arrumado dor de cabeça pra pessoa. Quando o assunto é a *Kennedy*, tudo é possível — lembro a ele.

— Justo.

Íris se vira para o Raf.

— Vamos começar com o número de garçons trabalhando naquela noite?

Ele semicerra os olhos, pensando.

— Além de mim e da Candy — minha barriga gela à menção do nome, mas me forço a ignorar —, tinha nosso supervisor, então… oito? Não, nove. Outras nove pessoas. Então, no todo, hum… éramos onze.

A NOITE DO CRIME

— Você sabe o nome de todo mundo? — pergunto.

— Claro que sei — diz ele. — Eu, a Candy e o nosso supervisor, Evan Perez. Aí tinha a Shannon Sheedy, a Kristin Fernandez, a Jess McFarlane, a Terry Eckles, o Alex Schaefer, o Justin Grumman... — Ele coça a testa com a parte inferior da palma da mão. — Tô tentando lembrar os últimos dois nomes, me dá um segundo...

— Olha as fotos — sugere Íris, empurrando o celular para mais perto dele.

Raf concorda e pega o aparelho para examinar a tela.

— Nada de garçons nessa foto. Ah, aqui tá a Kristin. — Ele vira o celular na nossa direção e aponta para a garota com cabelo castanho curto vestindo um uniforme preto e branco.

Íris risca o nome dela na lista que fez no caderno.

— A Sheedy tá nessa aqui, e a Eckles também. Elas tão namorando, então praticamente passaram a noite toda grudadas. O Evan estava ficando bravo porque as duas ficavam dando comida uma na boca da outra...

— Raf, se concentra — digo.

— Calma aí, Ogilvie. — Ele me cutuca no braço e meu estômago dá uma mexidinha.

Volta a olhar para o celular.

— Ah, aqui está uma das pessoas de que me esqueci... o Kiran Patel. O outro era... preciso pensar... o Jimmy Benone, mas ainda não o vi em nenhuma das fotos. Claramente não fui nem eu nem a Candy. Eu estava com ela na cozinha naquela hora, pegando novas bandejas, prontos pra voltarmos pro salão. Na verdade, agora que tô pensando nisso, o Evan também esteve lá atrás esse tempo todo, então pode riscar o nome dele também. Quem sobrou?

Íris lê os nomes no caderno.

— A Jess McFarlane, o Alex Schaefer, o Justin Grumman. Você se lembra de ter visto algum deles nessa hora lá na cozinha?

— Não. — Ele nega com a cabeça, voltando a se concentrar no celular da Íris. — E também não os vejo nessas fotos, mas poderiam estar no salão ou no intervalo.

Ajeito as pernas sob mim no banco, trombando com o Raf no processo. Ele pigarreia.

— Bom, isso ajudou. Um pouco — digo.

— De nada, Alice. — Ele revira os olhos.

Íris me chuta por debaixo da mesa.

— Valeu, Raf, a gente agradece — digo, com doçura. E faço uma careta.

— Sem problema, meninas — diz Raf, assentindo. — Tenho que ir nessa. Tenho um turno na delegacia daqui a pouco.

— Falando nisso — digo, pegando-o pelo braço antes que consiga se levantar e o arrasto de volta ao banco. — Você conseguiu tirar alguma informação deles sobre tudo isso? Entreouviu alguma coisa? Deu uma olhada em...

Ele nega com a cabeça, tirando meus dedos de seu antebraço.

— Infelizmente, dessa vez não. Eles tão mantendo tudo em sigilo. Acho que estão dando o melhor de si para evitar... bom, vocês sabem o que aconteceu da última vez.

— Bom, mas se você ouvir...

— Eu sei, eu sei. Ligo pra vocês.

— Uma mensagem seria o suficiente, mas essa é a ideia.

Ele se levanta e pega uma última batata.

— Foi ótimo falar com vocês, meninas. Não se metam em furadas, tá bem? — Ele diz isso em grande parte para mim, que encaro as costas dele com uma carranca enquanto ele sai da lanchonete.

Ele não é a minha mãe.

Uma questão passa pela minha cabeça. Me viro para a Íris.

— De que boate ele estava falando?

Ela meneia a cabeça.

A NOITE DO CRIME

— Foi mal, mas do que você tá falando?

— Quando chegou aqui, o Raf disse algo sobre a Candy ter que trabalhar na boate esta noite. Que boate?

Por um momento, a Íris fica imóvel, então solta um suspiro demorado e ruidoso.

— Alice...

— Íris, *que* boate?

— Sabe, as pessoas precisam trabalhar.

— O que você quer dizer com isso?

— Tá. — Íris fecha o caderno com certa força. — Ele estava falando do Sereias Sedutoras.

Fico boquiaberta.

— A boate de *strip*?

— Alice, para de julgar. Você é melhor que isso. É assim que a Candy paga a faculdade. Trabalhando como garçonete e no Sereias. Ela tem o trabalho dela e a gente tem o nosso, então vamos focar nisso.

CAPÍTULO VINTE E DOIS

ALICE
14 DE FEVEREIRO
16:45

"É possível morar em uma casona
e ainda assim não ter conforto nenhum."
AGATHA CHRISTIE, *O misterioso caso de Styles*

DEPOIS QUE SAÍMOS DA lanchonete, deixo a Íris no Pouso na Lua e vou para casa, muito embora eu preferisse ir a outro lugar (*qualquer* lugar) neste momento. Até considero entrar no bar e ficar por lá, azucrinando a Íris e batendo papo com a mãe dela, de quem passei a gostar de verdade nos últimos meses, mas às vezes o estabelecimento fica um pouco barra-pesada com o passar da noite.

Pior, às vezes o *treinador* dá as caras, e posso passar bem sem vê-lo. A última vez que nos esbarramos foi no centro de Enseada do Castelo, ao lado da pista de patinação, e foi muitíssimo desagradável. Muita gritaria por parte dele. E prefiro fazer de tudo para que isso não se repita.

Os carros dos meus pais continuam na garagem — o Tesla de um terrível vermelho brilhante que sinaliza de longe uma crise de meia-idade e está conectado à tomada, carregando como se ele pensasse que talvez precise dar uma escapadinha repentina.

Que maravilha. Parte de mim estava torcendo para que eles simplesmente tivessem... desaparecido até a hora que eu chegasse em casa, mas está na cara que o universo está contra mim hoje e agora meu humor foi para o *saco*. Primeiro teve o encontrão com a Henderson ontem, depois ter que imaginar Raf celebrando o Dia de São Valentim com a namorada idiota dele e agora... isso.

De repente, as pessoas no Pouso na Lua, inclusive o treinador, não parecem tão ruins. Estou prestes a dar ré na garagem quando algo pula para fora das moitas na direção do carro. Piso com tudo no freio e encontro o maldito gato da noite do baile parado no meio do caminho. Meu pai amado. Eu posso até não me importar muito com animais, mas isso não significa que quero matá-los. O que é que essa coisa está fazendo? Porque claramente tem um desejo de morte.

Estaciono o carro e salto para fora. O dia está entardecendo e os galhos das sequoias imensas no limiar da nossa propriedade lançam sombras extensas na passagem de carros.

Alguma coisa macia se esfrega nas minhas pernas e dou um salto gigante no ar, o coração palpitando, antes de perceber o que é: o gato, é claro, roçando entre as minhas pernas, o rabo fazendo cócegas contra minha pele, ronronando para mim como se fôssemos amigos ou algo assim. Ele é abusado.

— Chispa — digo, afastando-o com a mão.

O bichano me ignora e seu ronronado fica mais alto. Aff.

Claramente eu não vou a lugar nenhum, porque, embora esse gato seja superirritante, ainda assim me sentiria mal se o atropelasse. Então volto para o carro e pego as chaves lá dentro, deixando o bichano sentado ao acaso no meio da garagem.

Sinto um novo esfregar suave contra o tornozelo quando pego a mochila no porta-malas.

— Vai *embora*, gato — digo, tentando de novo, enquanto chacoalho a perna para afastá-lo.

O bicho não entende a deixa. Na verdade, ele tem a audácia de me seguir conforme caminho até a casa.

Enquanto abro a porta da frente, ele olha para mim com expectativa. Se está achando que vai entrar, está muitíssimo enganado.

Ele mia quando seu narizinho úmido beija minha panturrilha. O que, devo admitir, é meio que fofo, acho, se eu fosse uma pessoa que curte esse tipo de coisa.

— O que você tá fazendo? — pergunto, e então me dou conta de que estou falando com a droga de um gato. Preciso ser pulso firme. — Tenho que ir nessa.

Assim, entro na casa e começo a fechar a porta. O gato solta um ronronar de dar dó e de repente estou com lágrimas nos olhos.

Pisco, tentando afastá-las. Esse gato é tão malcriado. O que ele *quer*? Provavelmente comida, percebo.

— Beleza, se isso for te fazer me deixar em paz, vou pegar comida pra você. Espera aí. Já volto.

Entro na cozinha, que graças a Deus está livre da presença de outros seres humanos, e pego uma lata de sardinha na despensa e um abridor na gaveta.

— Prontinho — digo assim que volto para a porta da frente.

Coloco uma tigela com sardinha no primeiro degrau e o gato mia. Eu juro por Deus que, enquanto fecho a porta, o bicho sorri para mim.

Quando estou na metade da escada, minha mãe me nota.

— Alice, é você?

Congelo e, então, bem devagar, dou meia-volta. Ela está parada no saguão; como sempre, impecável. O cabelo loiro tem a medida certa de ondas, como se tivesse acabado de fazer uma escova, e ela está vestindo uma calça de seda bem passada, de cintura alta, e uma blusa que reconheço ser da última coleção da Valentino.

— Não, mãe, não sou eu.

Ela ignora meu comentário.

A NOITE DO CRIME

— Volta aqui embaixo, por favor. Eu e seu pai gostaríamos de ter uma conversinha com você.

— Na verdade, eu meio que tô...

Ela me dá um sorrisinho fino.

— Me desculpe, eu fiz soar como se fosse um pedido? Porque posso te garantir que não foi.

Dilato as narinas, mas obedeço, aos poucos descendo a escada e a seguindo em silêncio até a sala de estar.

— Não *temos* outra escolha, Alice — diz minha mãe pela oitava vez nos últimos cinco minutos, se inclinando para colocar a xícara de chá sobre a mesinha de centro diante dela. — Você sabe que a gente tem conhecimento das vezes que a senhorita mata aula, certo? Toda vez que você decide não comparecer a alguma aula, nós recebemos um e-mail automático do portal on-line da escola.

— Pois é. Eu *sei*.

Mantenho os braços cruzados com força contra o peito. Juro que a pressão deles contra minha barriga é a única coisa me impedindo de soltar um grito de perfurar os tímpanos.

É bem a cara dos meus pais aparecerem aqui e tentarem me dizer o que fazer depois de, basicamente, ignorar suas responsabilidades parentais por, vamos ver, ah, é mesmo... *a minha vida inteira*. Tudo bem, minha mãe deu as caras no Natal, mas e o meu pai? Não, claro que não veio. Ele se desculpou porque estava no meio de alguma coisa gigante relacionada a uma fusão, e aí a minha mãe deu no pé menos de dois dias depois para ir até Atlanta trabalhar no novo filme dela, e eu fiquei com a Brenda. É de se pensar que depois do Dia de Ação de Graças em que quase morri, eles fossem reavaliar as prioridades, mas não foi o que aconteceu. A prioridade deles sempre foi, e sempre será, a vida profissional.

— Eu sei que você acha que tudo isso — meu pai balança o braço com grandiosidade ao redor da sala, apontando para o quadro da porra do Jasper Johns sobre a lareira, para o candelabro de vidro do Chihuly pendurado no teto — deu em árvore, Alice, mas eu... *nós*... trabalhamos para ter essas coisas. Trabalhamos *muito*. E esperamos que a senhorita faça o mesmo. Você está acostumada a ter tudo mastigadinho, servido em uma bandeja de prata, mas quando eu tinha a sua idade...

Juro que eu apago. Já ouvi esse discursinho um bilhão de vezes: como o meu pai cresceu não tendo nada, como se graduou com um MBA na Wharton aos vinte e um anos, blá-blá-blá, prodígio, preguiça.

— ... e a faculdade — continua ele, e, sem minha permissão, meu cérebro volta a prestar atenção no que está dizendo — foi uma parte importante desse processo. Se o que o diretor está dizendo for verdade... que você mal tem feito os trabalhos desse semestre... você vai passar por maus bocados...

É como ouvir um roteiro bem mal escrito das falas de um pai que se preocupa. Por outro lado, essa é uma das primeiras e únicas vezes que ele age como se se preocupasse comigo, então acho que ainda não pegou o jeito.

Minha mãe se estica e coloca a mão no meu joelho por um breve momento.

— Estamos preocupados — diz, caminhando para o (não tão) grande final do discurso deles de *Alice, nós só queremos o melhor para você.*

— Entendi. Tenho certeza disso — digo, com uma cara séria, e os dois se olham, provavelmente tentando entender se estou sendo sarcástica. E estou, mas isso não é da conta deles. — Vou me esforçar mais. Fazer minhas lições de casa e tal. Beleza? É isso?

Eles trocam um olhar.

— Se você nos prometer que vai frequentar as aulas de agora em diante, então acredito que seja isso — diz meu pai.

A NOITE DO CRIME

Com o indicador, ele empurra os óculos pela ponte do nariz.
— Perfeito — respondo.
E então me levanto e marcho sala afora.

MENSAGENS TROCADAS ENTRE RAFAEL RAMIREZ E ALICE OGILVIE
14 DE FEVEREIRO
19:05

RR: Alice vc tá aí?
AO: Depende
RR: Ei… então, falei com meu supervisor da noite do baile
AO: E…?
RR: A Jess McFarlane, o Jimmy Benone e o Justin Grumman… eles estavam na cozinha, ajudando a arrumar as coisas. Era o intervalo do Alex Schaefer.
AO: Ok
RR: Tudo bem aí? Achei que você ficaria mais empolgada em riscar nomes da lista
AO: De boa. Tô bem
RR: Certeza?
RR: Eu sei que… talvez as coisas possam estar estranhas agora, Alice, mas você pode sempre falar cmg
AO: Eu sei

KWB, CANAL 10

BOLETIM URGENTE
14 DE FEVEREIRO
19:30

Ben Perez: Boa noite, Enseada do Castelo. Estamos prestes a falar ao vivo com a nossa queridíssima Tessa Hopkins, que está no Departamento de Polícia de Enseada do Castelo para uma coletiva de imprensa sobre as atualizações do caso Rebecca Kennedy. Tessa, o que você tem pra gente?

Tessa Hopkins: Ben, no último sábado, Enseada do Castelo foi acometida não apenas por uma tempestade intensa e um deslizamento de terra, mas pela notícia de que uma adolescente foi atacada durante o baile Sadie Hawkins, que acontecia no Castelo Levy. Rebecca Kennedy foi levada de helicóptero para o Hospital Mercy, onde atualmente se encontra em coma induzido devido ao traumatismo craniano que sofreu. Ela também foi apunhalada diversas vezes. A polícia prendeu uma pessoa da mesma faixa etária pela agressão, que já está livre por ter pagado a fiança e aguarda o julgamento em liberdade. O chefe da polícia local, Mark Thompson, vai dar uma atualização a qualquer momento.

Ben Perez: Tessa, que situação terrível. A polícia já descobriu uma motivação para o ataque?

Tessa Hopkins: Aguenta aí, Ben. Estamos prestes a começar.

Detetive Mark Thompson: Olá a todos. Primeiramente, gostaria de agradecer a todo o Departamento de Polícia de Enseada do Castelo por seu trabalho diligente neste caso. Quando uma criança está em perigo, é sempre difícil para todo mundo, mas este caso em particular nos tocou muito, porque filhos de alguns de nossos policiais estavam no baile. Como podem imaginar, com um evento dessa proporção, a nossa investigação vai levar algum tempo. No recinto estavam presentes cento e cinquenta pessoas, e ainda estamos colhendo depoimentos. Uma delas foi acusada de ter ligação com o ataque, uma menor de idade que também frequenta a Escola de Ensino Médio de Enseada do Castelo. Segundo o depoimento de uma testemunha, a pessoa em questão foi vista no cômodo junto com a vítima. Duas armas foram usadas na agressão. Uma delas foi um abridor de cartas antigo, usado para apunhalar a vítima diversas vezes no abdome. Quanto à segunda arma… fizemos um inventário do cômodo em que aconteceu o ataque, e há um item desaparecido. A análise, a perícia e as dimensões dos ferimentos da vítima nos levam a acreditar que este item provavelmente foi a segunda arma usada no ataque. E estamos procurando ativamente por ela.

Repórter: O senhor pode ser mais específico sobre a segunda arma? Como…

Detetive Mark Thompson: Neste momento, não posso.

A NOITE DO CRIME

Tessa Hopkins: O senhor pode nos dizer qual foi a possível motivação do ataque? Há rumores de que a senhorita Kennedy brigou com uma colega antes do ocorrido. É essa que está sendo acusada? Vocês têm provas que apontam para ela?

Detetive Mark Thomson: Temos a posse de um fragmento de prova que nos leva a acreditar que a senhorita Kennedy pode ter sido atraída até o cômodo em questão. Antes do ataque, houve uma briga entre a senhorita Kennedy e uma outra adolescente. O estado em que se encontrava o cômodo onde aconteceu o ataque também nos leva a acreditar que roubo é uma possível motivação, mas, reitero, não posso entrar em detalhes.

Repórter: Vocês têm provas que ligam a pessoa acusada com as armas usadas no ataque?

Detetive Mark Thompson: Identificamos, sim, suas digitais no abridor de cartas.

Tessa Hopkins: Mas qual foi a motivação do ataque?

Detetive Mark Thompson: Estamos nos concentrando no fato de que, no baile, a suspeita esteve envolvida em uma briga bastante pública com a vítima. A briga foi filmada e compartilhada nas redes sociais.

Tessa Hopkins: Se foram usadas duas armas no ataque e uma está desaparecida, a polícia de Enseada do Castelo está trabalhando com a possibilidade de que pode haver outros envolvidos nesse ataque?

Detetive Mark Thompson: Estamos investigando todas as possibilidades.

Repórter: A suspeita foi acusada de agressão e lesão corporal. O senhor disse que a vítima pode ter sido atraída até o cômodo, o que significaria que o ataque foi premeditado. Se isso for verdade, isso quer dizer…

Detetive Mark Thompson: Sim, isso aumentaria a gravidade das acusações devido à probabilidade da premeditação. Vejam, a essa altura, temos um caso de duas adolescentes que tiveram uma rixa sobre penteados e vestidos no baile. A situação saiu do controle ou tem mais coisa por trás da relação das duas? É isso que estamos tentando determinar.

Tessa Hopkins: Então a agressora da senhorita Kennedy era uma menina?

Detective Mark Thompson: Uma colega de turma, isso.

Repórter: O senhor pode nos dizer quais outros itens, além da segunda arma, podem ter desaparecido do cômodo? O que tinha no escritório que poderia ser do interesse da pessoa que atacou a senhorita Kennedy? E o senhor acha que isso aponta para a possibilidade de múltiplas pessoas envolvidas no ataque?

A NOITE DO CRIME

Detective Mark Thompson: Como eu disse, foram remexidos alguns itens daquele cômodo, e de outros cômodos do mesmo andar, o que pode apontar para uma possível tentativa de roubo, mas, mais uma vez, não posso dar detalhes.

Tessa Hopkins: Detetive, tinha mais alguém no baile que pode ter tido uma motivação? Rebecca Kennedy estava saindo com alguém? O senhor interrogou…

Detective Mark Thompson: No momento, ainda estamos conduzindo a coleta de depoimentos.

Repórter: O senhor pode nos dizer em que condições está Rebecca Kennedy?

Detective Mark Thompson: Esta é a dra. Felicia Ramos, que atualmente está cuidando da senhorita Kennedy.

Dra. Ramos: Boa noite. A senhorita Kennedy sofreu um traumatismo craniano gravíssimo, o que causou inchaço no cérebro, além de muita perda de sangue e danos nos órgãos. Ela está em coma induzido para que seu corpo tenha tempo de se curar e para que possamos monitorar o inchaço no cérebro. Nosso plano é começar o processo de tirá-la do coma nos próximos quatro ou cinco dias.

Repórter: Ela terá danos cerebrais permanentes? Qual é o prognóstico?

Dra. Ramos: Trata-se de um trauma neurológico significativo. Fora isso, a senhorita Kennedy é uma adolescente de dezessete anos saudável. No entanto, não saberemos qual é a extensão dos danos até que ela esteja consciente.

Tessa Hopkins: Existe a possibilidade de as acusações contra a suspeita aumentarem, se algo acontecer? Com isso, quero dizer que, se o quadro da senhorita Kennedy viesse a piorar…

Detective Mark Thompson: Vamos apenas nos concentrar na melhora da garota, tudo bem? Tenho certeza de que a família apreciaria se mantivéssemos a positividade.

Repórter: Detetive, a vítima é de uma família proeminente de Enseada do Castelo, e dizem que isso também se aplica à suspeita. Existe alguma chance de que a animosidade entre as famílias possa ser parte…

Detective Mark Thompson: Meu filho, isso aqui não é uma série de tevê. Este é um caso bastante real e em andamento envolvendo um crime horrível entre duas adolescentes. Se quer bancar o detetive de sofá, fique à vontade, mas eu gostaria de lembrar a *todos* os presentes e a *qualquer um* que possa estar nos assistindo em casa que nós somos a unidade investigando o caso. Interferências externas não serão toleradas e serão processadas em toda a extensão da lei. Ficar especulando não ajuda. Só vai atrasar as coisas. Só há uma pessoa que pode nos dizer de verdade o que aconteceu naquele cômodo naquela noite: a senhorita Kennedy. Se Deus quiser, ela acordará em breve e poderá nos dizer tudo o que precisamos. Obrigado e tenham uma boa noite.

Tessa Hopkins: Bom, aí está, Ben.

Ben Perez: É simplesmente um caso muito triste, Tessa. Adolescentes brigando por conta de penteados e vestidos, e agora uma delas está lutando pela vida. Obrigado, Tessa. Gente, hoje é Dia de São Valentim e nós vamos salvar sua pele com presentes de última hora para a pessoa amada. Basta vocês irem até…

Tessa Hopkins: Está na cara que você nunca foi uma adolescente, Ben.

Ben Perez: Me desculpe, o que disse, Tessa?

Tessa Hopkins: Eu disse: Tessa Hopkins, ao vivo do Departamento de Polícia de Enseada do Castelo. Tenha uma ótima noite.

CAPÍTULO VINTE E TRÊS

ÍRIS
14 DE FEVEREIRO
19:52

"Ah, Linda. Tudo o que eu queria era um cartão bacana, um pouco de chocolate e talvez um beijo; em vez disso consegui um belo coração partido."
MONA MOODY, *Problema em dose dupla*, 1946

POR UM MINUTO, TODOS no bar ficam em silêncio, assistindo enquanto o Ben Perez e a Tessa Hopkins passam com tranquilidade para a matéria sobre o Dia de São Valentim. Minha mãe muda a tevê do bar de canal e faz um gesto para o prato no qual ainda não relei.

— Você precisa comer — ela insiste.

Estou sentada ao balcão durante a minha pausa, mas agora não tem como eu me concentrar no hambúrguer e na salada de repolho. Espero até que minha mãe se afaste para atender um cliente e pego o celular para mandar uma mensagem para o Raf.

Me conta o que é, digito. *A outra arma. Sei que você sabe.*

Oi pra você também, Íris. Um candelabro.

Pauso. *Peraí, falando sério? Isso é tão ultrapassado.*

> E pesado. Havia um par sobre a cornija da lareira do escritório. Tenho que ir.

Mando uma mensagem para Alice. *Viu o noticiário? O Raf disse que a outra arma é um candelabro.*

> A Brenda acabou de colocar pra eu ver. Sério? Aqueles antigões são superpesados. A Brooke tinha uns na casa dela. Uma vez, a gente tava brincando com um, que caiu e quebrou dois dedos do pé dela.
>
> Então, um sumiu. Provavelmente uma das pessoas que a Park ouviu pegou.

Uhum, responde Alice.

E aí descartou em algum canto ou ainda está com ele. Deve ter indícios nele. Sangue, pele, lascas, mando.

Nojento. Mordo o lábio inferior e adiciono: *Será que foi um roubo que deu muito errado? O detetive disse que outras coisas foram levadas. Talvez daquelas caixas que estavam abertas no escritório? E a Kennedy entrou lá de supetão e eles entraram em pânico, como a gente falou mais cedo?*

Pois é, manda Alice. *Mas se foi um roubo, que porcaria eles estavam procurando?*

Estou prestes a responder quando alguém diz meu nome baixinho. Levanto os olhos.

É o Spike.

— Bem que pensei que te acharia aqui — ele diz, deslizando no banco ao meu lado. Seu cabelo está úmido.

— Tá chovendo? — pergunto.

Ele coloca alguns cachos molhados atrás da orelha.

— Nem, eu tomei banho. Queria ficar bonitinho.

Olho ao redor do bar, onde no momento estamos cercados por humanos em diferentes estágios de crise existencial e desgrenhamento.

— Bonitinho pro Pouso na Lua?

— É Dia de São Valentim, Íris. — O rosto dele fica corado. Ele tira uma caixa do bolso do casaco e a coloca à minha frente no balcão.

É uma caixinha de chocolates, vermelha e em formato de coração. Do tipo que alguém compra na farmácia quando não tem muito dinheiro.

— Spike — digo, devagar.

Ao mesmo tempo, meu coração fica apertado e incha. Como isso é possível? Ninguém nunca me deu nada no Dia de São Valentim. Quero dizer, tirando a minha mãe, e no geral é só um cartão.

— Não precisa ficar toda estranha por conta disso. Só estava de bobeira, sentindo falta da minha mãe, sabe? Ela costumava me dar chocolate no Dia de São Valentim.

A mãe do Spike. Não penso nela há um bom tempo. Nós estávamos no quarto ano quando ela faleceu. Por um bom tempo depois disso o Spike ficou diferente. Acho que seria estranho se continuasse o mesmo. Mas isso foi na mesma época que o Neil se mudou para Enseada do Castelo e, de algum jeito, aquele palhaço grudou no Spike, que voltou a ser o Spike. Ou, pelo menos, o mais próximo do Spike de antes que ele pudesse ser.

— Enfim — diz ele, me olhando no olho —, eu queria um pouco de chocolate e queria compartilhar, e quem melhor pra isso do que você? As coisas entre a gente parecem meio estranhas, e eu não quero isso. Tá bom?

— Tá bom.

— Íris, o que aconteceu com o Cole na noite do baile? — pergunta ele.

Mantenho os olhos no meu prato de comida. Com o garfo, cutuco a salada de repolho.

— Ele rasgou o paletó. Num prego da casa na árvore. E ficou nervoso pra caramba e eu... me apavorei.

— Ah, Íris. — A voz do Spike é suave. — Eu entendo. E sinto muito.

— Pois é.

Mordo o lábio mais uma vez, desfaço o laço vermelho que envolve a caixa e a abro. Dentro só tem seis chocolates. Passo um para o Spike e pego um para mim. Ficamos sentados em silêncio, deixando o chocolate derreter na língua.

Meu telefone vibra e olho para baixo. Alice.

— Você vai ignorar ela? — pergunta Spike.

— Responde você — digo, a boca ainda cheia de chocolate. — Diz pra ela que nós todos deveríamos ir até a Sociedade Histórica amanhã com o Neil pra encontrar com a mãe dele e dar uma olhada naquelas plantas.

O Spike pega meu celular e digita a mensagem.

— Feito — diz ele, mas não chega a devolver meu celular ao balcão. Em vez disso, semicerra os olhos para as nossas mensagens. — Um candelabro?

— Uhum — confirmo. — Vou te contar essa parte.

CAPÍTULO VINTE E QUATRO

ALICE
15 DE FEVEREIRO
15:32

"– Mas eu acredito em sorte... em destino, se você preferir. É o seu destino estar ao meu lado e me impedir de cometer um erro imperdoável.
– O que você chama de erro imperdoável?
– Ignorar o óbvio!"
AGATHA CHRISTIE, *Os crimes ABC*

DURANTE TODOS OS MEUS dezessete anos neste planeta, morei em Enseada do Castelo, na Califórnia, e posso dizer com certeza que *nunca* pisei dentro da Sociedade Histórica.

A única vez que cheguei perto disso foi no primeiro ano do ensino médio, durante uma excursão (uso o termo de modo vago, pois o lugar fica a dois quarteirões da nossa escola) para um módulo sobre a história local, mas pulei fora e, em vez disso, fui para a praia com o Steve, a Brooke e o Gerber.

O museu é pequeno, localizado no centro da cidade, em um prédio térreo degradado revestido de tábuas vermelhas horizontais.

Depois da aula, enquanto o Neil nos conduz até a porta do museu, o vento gelado do inverno acerta meu cabelo, transformando-o em um ciclone em miniatura. Aqui, na costa central da Califórnia, é uma época desagradável, cheia de dias cinza, frios e úmidos, e neste momento eu passaria muito bem sem isso, muitíssimo obrigada. E isso também serve para o meu cabelo.

Seguimos o Neil até uma salinha pouco iluminada preenchida com expositores de vidro. Paro em frente a um que contém duas rodas quebradas de madeira. Uma placa me diz que foram de uma carroça que viajava para a Califórnia por meio da Oregon Trail, o que meio que é maneiro; talvez eu devesse ter vindo naquela excursão, em vez de ter ido para a praia.

— A minha mãe provavelmente está no escritório dela — diz Neil. — Por aqui. — Então indica que a gente o siga para os fundos do museu.

— Espera aí. — A Íris me pega pelo braço quando passo por ela. Está inclinada diante do vidro de outro expositor, olhando para uma foto lá dentro. — Viu isso? — Ela aponta para a foto granulada de um prédio alto em construção.

Semicerro os olhos.

— Isso aí é...

— O Castelo Levy — completa Íris. — A plaquinha diz que levou mais de vinte anos para ser construído. Uma arquiteta incrível desenhou tudo, o que, na época, era praticamente raridade. Na verdade, o Levy se mudou enquanto o lugar ainda estava em obras.

— Sério?

— Aham, e... — Íris continuaria a falar, mas o Neil coloca a cabeça para fora da porta pela qual ele, o Spike e a Zora desapareceram, e acena para a gente.

— Vocês vêm?

— Vamos, sim, foi mal — diz Íris, e eu a sigo até o escritório dos fundos.

A gente mal cabe na sala, que está abarrotada de coisas velhas: barcos em miniatura, animais taxidermizados, molduras repletas de partituras. Vários vestidos vintage pendurados em um cabideiro. No meio do cômodo há uma mesa redonda com pilhas bagunçadas de papéis. Ao lado dela, está uma mulher de óculos conversando com o Neil e a Zora. Está usando um elegante conjunto de três peças parecido com um que a minha mãe tem.

— *Aquela* é a mãe do Neil? — pergunto à Íris, num sussurro baixo. Ela é... estilosa, uma palavra que nunca pensei que relacionaria ao Neil.

— Ela? Uhum.

— Sério *mesmo*? — Pareço tão surpresa que a Íris solta um suspiro.

— Sério, Alice.

— Você tá me zoando, né?

— Eu, sem dúvida alguma, não estou te zoando.

— Eu... — Hum. Pestanejo, olhando da sra. Neil para o filho dela, aos poucos me dando conta não apenas de que a mãe do Neil é um ícone da moda, mas que também não faço ideia de qual seja o sobrenome dele.

Como é possível ter passado tanto tempo com ele nos últimos meses sem saber seu sobrenome? Uma sensação estranha cresce em minha barriga.

— Humm, qual é o sobrenome dele? — sussurro para Íris, que morde o lábio inferior, claramente tentando não rir.

— É Cetas.

— O sobrenome dele?

— Aham. Você sabe que deveria...

— É, eu sei. Eu deveria me esforçar mais.

— É você quem está falando — rebate ela, dando de ombros.

Comprimo os lábios, mas não discuto.

A sra. Cetas se aproxima da gente.

— Você deve ser a Alice Ogilvie — diz ela, estendendo a mão. Seu aperto é firme e seus óculos são um modelo vintage da Chanel. Essa mulher realmente é um acontecimento. — Eu sou a sra. Cetas. Meu filho fala muito de você.

— Mã-*ãe* — ralha Neil atrás dela, a voz falhando.

— Desculpe, acho que o estou constrangendo — diz a sra. Cetas, sorrindo. Gosto dessa mulher. — Mas, então, o Neil me inteirou um pouco.

Vocês estão interessados em dar uma olhada nas plantas do Castelo Levy? É isso?

Íris assente.

— Se estiverem disponíveis, queremos as originais. A construção do castelo terminou em... o quê, 1938? Então queremos as plantas de antes disso, por favor.

— Que bom ver você, Íris – diz a sra. Cetas, pegando sobre a mesa um par de luvas de algodão e colocando-as. Então caminha até um arquivo. — Deixe-me ver o que consigo fazer.

Ela abre uma gaveta e começa a vasculhá-la.

— Que engraçado. Ultimamente houve um verdadeiro fluxo de pessoas interessadas no castelo. Estão organizando uma megarretrospectiva sobre a carreira da Mona Moody. Na semana passada, mandei um número enorme de caixas cheias de artefatos que coletamos sobre a vida dela ao longo dos anos. Papelada antiga, diários, recortes de jornais a respeito dela, itens que o público nunca viu. Infelizmente, acho que agora a polícia está com essas coisas, já que estavam no mesmo cômodo onde aquele incidente horrível aconteceu.

— Acho que vi essas caixas na noite do baile da escola, quando subi pra ajudar a Kennedy – comenta Íris.

— Você ainda tem alguma coisa aqui? – pergunto. Eu literalmente morreria pela oportunidade de dar uma olhada nos pertences da Mona Moody, mesmo que fosse em apenas uma das caixas. – Sou muito fã dela — adiciono. – E iria *amar* ver qualquer coisa que você tiver.

Ela franze o cenho, chateada.

— Infelizmente, estava tudo no castelo na noite do baile. – Ela se vira, tomando cuidado ao pegar um rolo de papéis azulados, e o leva até a mesa redonda enquanto continua a falar: – A gente pode se sentar aqui. Sabe, é engraçado, até bem recentemente eu não imaginava que Moody tem tantos fãs na geração de vocês.

— Como assim? — pergunto enquanto nós todos nos amontoamos ao redor dela.

— Tenham cuidado com isso, por favor. Elas são bem antigas e *muito* frágeis. Nada de tocá-las diretamente. Neil, você sabe o que fazer — diz a sra. Cetas enquanto abre as plantas. — Ah, é só que recentemente teve um outro garoto, quase da idade de vocês, pedindo por essas plantas.

— Um outro garoto da nossa idade esteve aqui? — Meus batimentos se aceleram. — Quando foi isso?

— Hummmm — murmura ela. — Deve ter sido uma semana atrás, talvez?

Olho para Íris, que está com os olhos arregalados. Alguém da nossa idade esteve aqui pouca coisa antes do baile, pedindo pelas plantas do castelo? Essa poderia ser a pista pela qual estivemos procurando.

— Você pegou o nome dele?

Ela faz que não.

— Eu não me lembro de cabeça, mas peço a todo mundo que assine uma lista de antemão, então provavelmente está lá. A gente pode dar uma olhada na saída, não?

— Isso seria ótimo. — Mal consigo conter a empolgação, mas me forço a continuar calma. Uma coisa de cada vez. As plantas.

Neil já está curvado sobre elas, examinando as folhas com cuidado. O rosto dele é a imagem da concentração.

— Esta é a ala em que aconteceu o baile... O salão de festas é aqui. — Ele aponta para um retângulo extenso na parte inferior de um fino papel azul.

— Então, descendo o corredor do salão de festas... aqui — digo, indicando um quadrado. — Esta deve ser a biblioteca. Tá vendo aqui atrás? Deve ser...

— Uma das escadas secretas! — exclama a sra. Cetas do outro lado da mesa. — Todas as passagens secretas que o Levy construiu são tão divertidas. Parece algo saído de um mistério que a Agatha Christie escreveria.

Levanto a cabeça com tudo por conta da menção à Agatha Christie.

A NOITE DO CRIME

— Você é fã da Agatha?

— Se *eu* sou... — começa a falar ela, mas o Neil geme.

— Mãe, *licença*. Será que vocês duas podem fazer esse lance de Agatha Christie depois, por favor? Estamos tentando nos concentrar.

— Desculpe — ela diz para ele, e então revira os olhos para que só eu possa ver.

Nos conhecemos há dez minutos, e já sinto que tenho mais em comum com ela do que com a minha própria mãe.

— O escritório fica aqui, acima da biblioteca — diz Neil, com uma expressão curiosa. — Espera aí. Esse aqui é aquele armariozinho em que você estava aquela noite, Alice, mas que cômodo é esse? É bem do lado do escritório, mas eu não me lembro de ter reparado nele quando estávamos lá. Olha, aqui. — Ele aponta para um pequeno retângulo próximo ao escritório.

— Tem certeza de que não viu isso quando estava investigando naquela noite? — pergunta Íris.

— Investigando? — pergunta a mãe dele com o cenho franzido.

— Sra. Cetas, isso é bastante aleatório, mas eu estava olhando para aquela partitura ali — intervém Zora, apontando para um pequeno expositor de vidro sobre a mesa na parede mais distante — e queria saber se a senhora poderia responder a algumas perguntas sobre ela para mim?

A sra. Cetas olha dela para o Neil, claramente consciente de que tem alguma coisa rolando, mas assente depois de um momento demorado.

— Tudo bem. Mas, Neil, tenha *cuidado* com essas coisas.

Ele revira os olhos.

— Sem dúvida alguma, eu não vi — responde ele, baixinho, depois que as duas se afastam um pouco. — Só tinha uma porta no escritório além da entrada secreta por meio do armário: aquela que dava no corredor. E, falando nisso, nós verificamos todos os cômodos, e eu com certeza não vi esse aqui.

— Interessante — murmura Íris.

— A gente precisa voltar lá. Pra dar uma olhada — digo. — Cômodos não desaparecem do nada. Tem várias passagens secretas no castelo; talvez exista alguma outra ali. Talvez seja assim que os agressores da Kennedy fugiram sem serem vistos.

— Você ainda está com aquele vestido que roubou? Aquele com o qual foi embora? — pergunta Íris.

— Aham, por quê?

— Ótimo. Essa pode ser a nossa desculpa, caso alguém nos veja. Você precisa devolvê-lo. Afinal de contas, é propriedade do Estado. — Ela me lança um olhar, que ignoro. — E a gente vai estar junto como apoio moral.

Neil nos interrompe, pigarreando. A mãe dele está voltando com a Zora logo atrás.

— Desculpe apressar vocês, mas preciso me preparar para uma chamada no Zoom. Vocês conseguiram o que precisavam das plantas? Tem mais alguma coisa que eu possa fazer pra ajudá-los?

— Não, isso já foi ótimo — agradece Íris, com um sorriso. — Muito obrigada por ter tirado um tempo pra nos mostrá-las.

Nós todos pegamos nossas mochilas do chão e depois seguimos a sra. Cetas até a entrada do prédio.

— Então, você tinha falado de uma lista? — pergunto a ela, tentando manter minha voz normal. Não há necessidade de levantar suspeitas.

— Ah, é mesmo, obrigada por me lembrar, Alice. — Ela vai para trás da mesa da entrada e pega uma prancheta, que entrega para Íris. — Prontinho. Por aqui, infelizmente a gente não tem tanto público. Na maior parte do tempo é só um tiquinho de gente mais velha interessada em aprender mais a respeito de seus ancestrais...

— Alice — sussurra Íris para mim enquanto a mãe do Neil continua a falar. — Alice. *Olha.* — Ela aponta para a lista de nomes, e então me encara com olhos arregalados. — Ali.

A NOITE DO CRIME

Seu dedo está próximo a um nome no fim da lista.

Alεx SchaΣfεr.

Meu coração dá um solavanco.
— Os *és*! São iguais aos...
— Eu sei. *E* reconheci esse nome da lista que o Raf fez dos garçons que estavam lá aquela noite.

Íris escreve nossos nomes na lista e depois a entrega para a sra. Cetas.
— Por acaso a senhora se lembra se essa foi a pessoa que mencionou mais cedo, que estava procurando pelas plantas? — A Íris aponta para o nome.

A sra. Cetas pega a prancheta e meneia a cabeça.
— Alex Schaefer?
— Pois é, ele é minha dupla de projeto — diz Spike, entrando na conversa. — Ele tem vacilado muito. Se estiver trabalhando nela, eu ficaria aliviado pra caramba.

A sra. Cetas sorri para o Spike.
— Ah, eu entendo. Trabalhos em grupo são tão frustrantes. Me lembro da época da escola quando, em um trabalho, fiz par com um garoto que achava bonitinho, o Bobby Engelman. Achei que a gente trabalharia bem junto, mas...

— Você lembra se foi esse o cara, mãe? — pergunta Neil, interrompendo o devaneio da mãe com as bochechas vermelhas.

— Foi, sim. Tenho a satisfação de informar que foi ele. — Ela devolve a prancheta à mesa. — Espero que isso tenha sido útil pra vocês.

— Com certeza foi. Valeu, mãe. — Neil envolve a mãe com um braço e desvia quando ela tenta beijar sua cabeça. — Te vejo na janta.

Ao deixar a Sociedade Histórica, vemos que o sol saiu de trás das nuvens. O frio no ar começou a esmaecer. Um carro passa pela rua, atulhado de alunos de Enseada do Castelo, suas risadas servindo como um lembrete de que a Kennedy pode estar em coma, mas, para a maioria dos alunos da nossa escola, a vida está seguindo como de costume.

— Hum, o que foi aquilo? Quem é esse Alex Schaefer? — pergunta Zora enquanto descemos o caminho do museu.

— Ele era um dos garçons do baile. Não sabemos seu paradeiro durante o ataque da Kennedy. O nome dele tá na lista de entrada e tem os *és* escritos do mesmo jeito estranho dos que estão nos pedaços de papel que encontramos — explica Íris, empolgada. Na calçada, viramos à esquerda, voltando na direção da escola. — O fato de ele ter aparecido na Sociedade Histórica logo antes da noite do baile procurando pelas plantas do castelo... Pra mim parece que ele estava sondando o lugar.

Neil franze o cenho.

— Mas o que ele estava procurando? Qual é a conexão dele com a Kennedy? Qual é a motivação?

Balanço a cabeça.

— Não tenho certeza. Poderia só ser uma coincidência estranha. Mas a Agatha Christie disse "É o mesmo motivo três vezes seguidas. Isso não pode ser uma coincidência". E agora nós temos três coisas... Alex Schaefer sumiu do mapa durante o período do ataque, sua letra na lista de entrada bate com a do bilhete que você encontrou e o ele esteve na Sociedade Histórica pra olhar as plantas do castelo.

Os olhos da Íris brilham de empolgação.

— O único jeito de a gente saber é se formos atrás do Alex Schaefer — diz ela.

CAPÍTULO VINTE E CINCO

ÍRIS
15 DE FEVEREIRO
16:45

"Algumas pessoas são levadas a serem más.
Outras já nascem assim."
MONA MOODY, *A verdade oculta*, 1948

OLHO PELO RETROVISOR. O Neil, o Spike e a Zora estão espremidos no banco de trás do carro da Alice, com o Spike esmagado ao meio.

— A van do Neil era mais espaçosa — comenta ele, se mexendo com desconforto.

— Obrigada, mas vou passar — rebate Alice. — Eu já vi a van e, pelo que tudo indica, provavelmente tem coisas nojentas vivendo lá dentro.

— Tá, mas é uma van perfeita pra ficar de guarda — argumenta Neil. — Tem bastante espaço pra colocar equipamentos e coisas pra gravar, um isopor cheio de comida, e isso me faz lembrar que estou morrendo de fome.

— Tá bom, Neil, a gente ama a sua van, mas me diz quando você *não* está morrendo de fome? — pergunto.

— Eu queimo bastante energia — rebateu Neil.

— Fazendo *o quê*? — pergunta Alice, irritada. — Você passa as vinte e quatro horas do dia com a cara enfiada numa tela.

— Enquanto estou *pensando*, Alice. E isso exige energia. — Neil estica o pescoço. — Para aqui. Entra aí nesse *drive-thru*. Pera, alguém tem dinheiro?

Há uma movimentação sísmica enquanto todo mundo se remexe em busca de carteiras e dinheiro.

— Eu pago — oferece Alice, suspirando fundo. — Como é que essas coisas funcionam, pra ser exata? Oi! Oi!

Dou uma risadinha enquanto a Alice continua berrando com a tela do *drive-thru* e a galera no banco de trás grita os pedidos. O meu celular se ilumina. É o Cole. Dou uma olhadinha rápida no Spike.

Ei, diz a mensagem.

Ei, respondo.

Aquela noite na casa da árvore. Aquilo foi estranho. Não quis te assustar.

Eu entendo. É meu jeito. A culpa é minha, respondo.

Nem vem, Íris, talvez a gente devesse conversar, tem umas paradas que eu provavelmente devia te contar.

Consigo sentir a Alice me encarando, então digito rapidinho.

Não posso falar agora. Foi mal.

Enfio o celular de volta na mochila.

A Alice está franzindo o cenho para mim enquanto distribui os pacotes para o banco de trás, o cheiro de hambúrgueres e batatas fritas tomando conta do carro. Apenas movendo a boca, ela pergunta "Cole?". E eu assinto.

Com cuidado, ela coloca dois copos de café nos porta-copos do carro entre a gente e olha pelo espelho retrovisor.

A NOITE DO CRIME

— Se algum de vocês derrubar uma batata, um guardanapo amassado ou deixar uma mancha de ketchup que for no meu carro, vocês vão limpar com *a língua*.

Sem tempo a perder, ela se vira para mim.

— Qual é o plano pra quando chegarmos lá?

— Não faço ideia — respondo. — Vou saber o que fazer quando a gente encontrar ele. Tipo assim, nós encontramos a caligrafia correspondente. E a mãe do Neil disse que aquelas caixas que a gente viu no escritório, as que pareciam ter sido vasculhadas, são da Mona Moody, certo? E isso me faz pensar que o Schaefer estava planejando roubar o castelo, talvez? E que a Rebecca era uma tarefa paralela, não?

Ao meu lado, Alice está com as sobrancelhas arqueadas.

— Mas ele escreveu aquele bilhete pra fazer com que ela subisse ao segundo andar. Então não pode ter sido um acidente.

Suspiro.

— Neil, você cumpriu sua parte da investigação?

Do banco de trás vem uma voz entrecortada:

— Ele mora no motel As Ondas, lá na Rodovia 1. E foi pra lá agorinha mesmo.

— E como você sabe? — indaga Alice, comprimindo os lábios.

Neil está de boca cheia, então estende o celular.

— Eu dei um Google. Aí surgiu o endereço e o Twitter dele. E ele tuitou que está saindo do trabalho e indo pra casa. Tá vendo? — Mas soa mais como *Dei um gugou e urgiu o endreço e tuinter inu pa casa tá venu*.

Volto a olhar para o celular. Observo a foto do perfil do Alex Schaefer no Twitter. Está meio embaçada, mas consigo reparar em seu cabelo loiro, longo e cacheado, nos olhos azul-escuros.

Sinto um leve aperto na barriga.

— As Ondas — digo. — Esse lugar... não é lá muito bom.

Faz um bom tempo que não penso no As Ondas.

— Talvez seja hora de procurarmos a polícia? — sugere Spike. — A gente pode contar pra eles sobre a caligrafia. Sobre os fragmentos do bilhete e a ida do Alex até a Sociedade Histórica pra, talvez, se planejar para um roubo. Isso parece ser o *suficiente*.

— Aham, até parece que iriam acreditar na gente. — A Alice bufa e toma um gole do café.

O Spike balança o gelo de seu refrigerante.

— Um tempo atrás teve um tiroteio lá no As Ondas, não teve? Pra mim isso não parece ser um bom sinal. Não é por nada.

— Eu não tô com medo — diz Zora. — Vocês estão, Alice? Íris?

Tomo um gole do meu café com determinação.

— Nem um pouco. A gente só está passeando, dando uma olhadinha no Alex Schaefer. Em total segurança. Sério. Só estamos verificando a situação, Spike.

— Tá, né – diz ele, cabreiro. — Mas tenho que estar em casa às oito. Tô cheio de tarefa.

— Não existe um limite de tempo pra tocaias, Spike! — diz Alice.

No momento estamos na Rodovia 1, viajando a uma boa velocidade. Abaixo as janelas, a maresia carregando um pouco do fedor quente, salgado e gorduroso de dentro do carro.

Naquela primeira vez que nos deixou, o Coisa se hospedou no As Ondas durante alguns meses. Me lembro de visitá-lo lá. Um quartinho com uma banheira manchada, os sanduíches empapados da máquina que fica na passarela do motel servido como jantar.

Do lado da janela do passageiro, o oceano está agitado: ondas escuras e cristalinas cheias de espumas. Do outro lado, há um loteamento de casinhas fechadas com tábuas e motéis térreos velhos e abandonados. O lugar é cercado e tem placas dizendo *Empreendimentos Berayne: Em Breve, Um Novo Estilo de Vida*.

— Qual é pira disso aí? — pergunta Spike. — Faz um tempo que não venho pra esses lados, mas aquilo ali é… bizarro.

A NOITE DO CRIME

A cerca parece não ter fim, abrangendo o matagal e partes florestadas vizinhas da rodovia.

— Bom, uma hora ou outra alguém viria pra cá e colocaria esse lugar pra andar — diz Alice, como alguém que sabe do que está falando. — Acho que chegou o momento.

— Berayne — debocha Zora. — Parece o nome de um laxante ou algo do tipo.

— Estamos quase chegando — anuncia Alice.

O carro cai num silêncio total. Meu estômago dá uma reviradinha, mas não dou atenção. Na verdade, até gosto da sensação, o que sei que *não* é muito bom. Eu não devia ficar empolgada para confrontar um possível... não diria assassino, porque a Kennedy não morreu... mas obviamente uma pessoa que pode ser perigosa. Isso poderia nos deixar perto de livrar a barra da Park e de fazer justiça pela Kennedy.

A Alice para o carro no canto mais distante de um estacionamento mirrado e esburacado. A área delimitada do empreendimento acaba bem de bunda com o terreno cheio de ervas daninhas do motel As Ondas.

Junto das portas, há pessoas sentadas em cadeiras de praia, fumando. E, mesmo o tempo estando gelado demais para isso, criancinhas vestindo apenas short andam de motoca na grama em frente ao motel.

— Beleza, chegamos — diz Alice. — Qual é o plano, Íris? Ficar de vigia?

Uma explosão furiosa de adrenalina me atravessa e eu agarro a maçaneta da porta.

— Que se lasque o plano — digo, saindo do carro. — Vou bater em cada uma das portas e descobrir se ele tá por aqui. É isso. Nada de ficar à espreita. Vamos direto ao ponto.

Fecho a porta e começo a atravessar o estacionamento. Às minhas costas, ouço uma mistura de portas de carro sendo abertas e fechadas. A Alice me alcança, junto do Spike.

— Será que é uma boa ideia? — pergunta ele.

— A Zora e o Neil ficaram no carro — diz Alice. — Provavelmente não iria pegar legal todos nós... xeretando por aqui. Acho.

As pessoas nas cadeiras de praia estão nos observando com interesse. Há uma pitada de nervosismo na voz da Alice.

— O que foi? — pergunto ao Spike. — Quer ficar sentado no carro, esperando até ele aparecer? E daí a gente faz o quê? Fica observando? Nós poderíamos seguir o carro dele o dia todo, mas qual seria a utilidade disso? Não é isso aqui o que os detetives *fazem*? Analisam a situação? Só... conversam com as pessoas e, tipo, ficam de olho se elas soltam alguma coisa?

Devagar, o Spike assente. Está estampado na cara dele que está um pouco preocupado, e tudo bem. Esta é uma terra de ninguém.

— A gente só vai dar uma olhadinha nele — digo. — Nós estamos em cinco. Vai dar tudo certo.

No entanto, minha voz vacila um pouco. Espero que ninguém tenha notado.

O As Ondas conta com catorze quartos, sete de cada lado do estacionamento, sendo que o escritório da gerência fica no meio. Abro a porta do escritório e o sino soa no alto, mandando pela minha coluna uma breve lembrança do meu pai me dando dinheiro e me mandando vir aqui pagar o aluguel da semana. Atrás da escrivaninha, um homem está curvado sobre uma revista, o topo de sua careca brilhando sobre a luz do teto. Para chamar a sua atenção, bato os nós dos dedos contra o móvel. Sem pressa, ele levanta a cabeça.

— Posso ajudar? — pergunta, indiferente.

— Estou procurando por Alex Schaefer. Qual é o quarto dele, por favor?

O homem se levanta e meu coração (e posso jurar que o da Alice e o do Spike fazem o mesmo) parece que vai sair para fora. O cara é grande, grande, grande e, quando nos olha de cima, seus olhos ficam mais sombrios.

A NOITE DO CRIME

Meu cérebro dá uma colapsada de leve ao observá-lo. Faz anos, e o cara já perdeu todo o cabelo, mas ele estava aqui. No dia que tive que vir, coloquei o dinheiro no balcão e o observei contar as notas.

Será que ele sabe que sou eu? Será que se lembra das pessoas?

"Segura esse rojão, Íris", digo a mim mesma.

— Quem quer saber? — indaga.

— Eu mesma — digo. — É uma pergunta. Você pode decidir me falar ou não, mas, se não me responder, vou sair batendo em todas as portas, então seria melhor se você me ajudasse.

Ele semicerra os olhos.

— Você vai me arrumar dor de cabeça? Não gosto desse tipo de coisa aqui. Do tipo que envolvem meninas.

— Credo, *não* — diz Alice.

— A gente trabalhou junto num bufê e ele nunca pegou o pagamento. Tá aqui comigo — explico, pensando rápido.

Na parede atrás dele há um alvará de funcionamento. *Nicholas Schaefer.* Ele é *pai* do Alex?

De repente, o rosto do homem cede e ele irrompe em risadas.

— Aham. Claro. Ele tá no doze. Se arrumarem um barraco, vão se ver comigo. Estão entendendo?

— Sim, claro, nada de confusão, sério — diz Spike, nos empurrando pelos cotovelos porta afora.

Assim que saímos, ele diz:

— Aquilo lá foi horrível e eu estava quase me mijando nas calças.

Libero meu braço dos dedos dele e, sem perder tempo, atravesso o terreno, indo em direção ao quarto doze com a Alice logo atrás de mim.

Bato três vezes, com o coração martelando. Não sei o que vou dizer. O que vou dizer? "Oi, por acaso você apunhalou a garota no Castelo Levy e, já que tocamos no assunto, havia outra pessoa com você? Era a Helen Park?"

A porta se abre. Somos atingidas por um bafo de cerveja e cigarro de canela. A Alice tosse de leve.

O jovem barbado à porta olha para a gente de cima a baixo.

— O Trey não tá — diz. — Voltem mais tarde.

Então começa a fechar a porta, mas enfio o pé no meio do caminho.

— Nossa, calminha aí, garota — diz. — Não precisa disso. Ele vai voltar mais tarde!

Há uma risada vinda dos fundos do cômodo.

— Não tô procurando o Trey. Onde tá o Alex? Ele tá aí?

O cara se vira para o cômodo.

— Ei, alguém viu o Alex? Alex, cara, tá aí, mano?

Uma pessoa deitada na cama em meio à escuridão fala, imitando uma voz falsa e afetada de garota:

— Não tá aqui, não, volta amanhãããããããã.

Eles estão mais loucos que o Batman.

Empurro a porta e tiro o cara do meu caminho, dando uma boa olhada no quarto.

Lá dentro tem quatro pessoas e nenhuma delas parece ser o Alex Schaefer da foto do Twitter. O lugar está uma zona, tem latas e roupa suja para tudo quanto é canto, e embalagens de comida sobre uma mesa bamba.

— Assim, fiquem à vontade pra ficar e esperar — diz o cara à porta. — Você e ela. Ele, não — acrescenta, apontando para o Spike, e então sorri de um jeito que não gosto nem um pouco.

— Ei, cara, isso aí tá errado... — A voz do Spike sai tremida mas firme.

O cara da porta dá um passo para fora, em direção ao Spike, e corro para ficar em frente a ele de novo.

— Acredito que nós vamos ter que recusar o convite — diz Alice, com firmeza, tirando o Spike do caminho.

— Diz pra ele que a Íris Adams passou aqui — digo. — E que eu vou voltar.

A NOITE DO CRIME

— Pode deixar — responde ele. — Faça isso.

Ele fecha a porta e o Spike explode:

— Você deu o seu *nome* pra ele?

— Tanto faz — digo. — Não tenho nada a temer. Ele vai vir atrás de mim. Da gente.

A Alice está me arrastando pelo estacionamento e eu solto minha mão da dela. Não sou uma *criança*.

— Isso não deu em nada — diz Spike, abrindo a porta do carro. — Na verdade, foi tenebroso. A gente devia ir logo procurar o Thompson. Esse lugar não tem uma energia muito boa.

Entro no carro, o Spike passando por cima da Zora e do Neil para se enfiar no meio.

— Não tô legal — diz ele, baixinho. — Preciso ir pra casa.

— *O que* foi que aconteceu? — pergunta Zora. — Parece que você viu um fantasma, Spike.

O Spike começa a contar e volto a beber meu café gelado quando há uma batida surda na janela do meu lado, o que me faz dar um pulo.

Um cara alto e esbelto me encara. O cabelo cacheado cor de areia está preso atrás das orelhas. Ele está usando uma camiseta do Lanches EC e tem argolinhas prateadas nas orelhas.

— Ai, Deus — suspira Alice.

Sem pressa, abaixo o vidro, o sangue zunindo nas minhas orelhas.

— Não sei o que querem comigo, mas podem ter certeza de que vou fazer vocês se arrependerem — ameaça Alex Schaefer.

Acho que às vezes não há nada a ser dito a não ser o que precisa ser colocado para fora. Talvez a Miss Marple fosse mais delicada, ou agradável, e gentilmente conduzisse o suspeito para uma emboscada, mas não tenho nem ideia de como fazer isso, então eu só... vou direto ao ponto.

— Por que você apunhalou a Rebecca Kennedy no Castelo Levy durante o baile Sadie Hawkins?

Há um vislumbre de escuridão no rosto do Alex Schaefer antes de sua expressão mudar para algo que parece... divertimento.

Não sei o que é mais perigoso, a escuridão ou o divertimento.

— Escuta aqui, *Íris Adams*, eu não sei quem você é, mas você não faz ideia do que tá falando. *Eu* não faço ideia do que você tá falando.

— Você atacou uma garota chamada Rebecca Kennedy no segundo andar do Castelo Levy. E a atingiu na cabeça. Você teve ajuda?

Ele apoia as mãos no contorno da porta do carro e se alonga para trás, como um gato, enxuto e relaxado.

— Você não sabe de *nada* — diz ele, baixinho, os olhos fixos nos meus. — E seja lá o que acha que sabe, você tá bem enganada.

O carro fica num silêncio sombrio. Sinto que estamos todos sem respirar há anos, mas agora já é tarde demais para recuar.

— Por que você deu um bilhete pra Kennedy? — digo, pressionando-o ainda mais. — A gente sabe que a letra é sua. O seu plano era roubar o lugar e a Kenne...

De repente, ele enfia o rosto dentro do carro, ficando bem perto de mim, e é então que os noto.

Três arranhões feios de um lado do pescoço, fáceis de disfarçar com o seu cabelão.

É o tipo de arranhão que uma pessoa pode conseguir numa luta, quando outra pessoa está tentando fugir.

A Alice dá partida no carro, que começa a ronronar.

— Acho que você devia perguntar pra sua amiguinha Helen — diz ele. — Talvez ela não seja exatamente quem você pensou. O que é que você tem a ver com isso?

Tento não recuar... seu rosto está tão perto. Não posso interromper o contato visual. Não posso parecer assustada.

— Por que você foi procurar pelas plantas na Sociedade História, Alex? — digo. — Você ia roubar o castelo? Por que mexeu nas caixas da Mona...

A NOITE DO CRIME

— Escuta aqui. — Sinto o calor de seu hálito na minha bochecha. Cebola, fritura, pimenta. Cheiro do almoço do Lanches EC, onde ele trabalha, e alguma coisa doce para fazer tudo descer, tipo Sprite.

No banco de trás, a Zora dá uma guinchadinha.

— Quando as pessoas pegam o que é seu, trata de pegar de volta — diz Alex. — E, se não der, faça o que tiver que ser feito.

— Alice — grita Zora. — *Mete o pé.*

Ela não precisa ouvir duas vezes. Pisa no acelerador e o Alex pula para trás, as mãos por pouco não se prendendo à porta.

— Puta que pariu, puta que pariu — diz Spike várias vezes. — Isso não foi legal, Íris, não foi.

— Pode até não ter sido — digo. — Mas o Alex não falou que *não* foi ele, né? E vocês viram aquilo no pescoço dele? Eram arranhões.

— Eu vi — diz Alice, de cara fechada, recuperando o fôlego.

— Eu queria apagar o rosto dele da minha mente, muito obrigado — diz Spike.

O rosto dele. Tenho um estalo. Pego o celular de dentro da mochila e abro as fotos que a Angelik tirou do salão de festas, passando por elas rapidamente e dando zoom em cada uma, me xingando por não as ter estudado com mais atenção quando as recebemos, mas é que estive trabalhando para caramba no Pouso na Lua. A foto do Twitter do Alex Schaefer era pequena e um tanto desfocada, mas essa daqui...

— Alice — digo, com urgência. — Alice!

— Quê? O que foi?

— Olha.

Seguro o celular e ela olha rapidinho. Seus olhos se arregalam.

— Puta... — Ela inala o ar com força.

— O que foi? — pergunta em uníssono a galera no banco de trás.

Viro o celular na direção deles para que possam ver a foto de Alex Schaefer, com seu cabelo cacheado e um tanto borrado, enfiado no meio da pista do salão de festas, cercado pelos alunos da Escola de Ensino Médio de Enseada do Castelo, às 21:54, sem o paletó do Esplendoroso Serviço de Bufê.

Porque estaria sujo de sangue.

E agora nós temos duas missões: achar o paletó e encontrar o cômodo secreto do castelo.

PAINEL DOS SUSPEITOS

Gerber
Professores (McAllister, rancor)
Alex Schaefer
    — *arranhões no pescoço*
    — *letra bate com a do bilhete*
    — *violento*
    — *viu as plantas do castelo no museu*
    — *não estava usando o paletó de garçom logo depois do ataque*
    — *motivação: roubo?? "quando as pessoas pegam o que é seu, trate de pegar de volta"*

Funcionários
Park
    — *sem sangue nas roupas*

Desconhecido

CAPÍTULO VINTE E SEIS

ALICE
16 DE FEVEREIRO
06:42

"Nunca faça com as próprias mãos
o que outra pessoa pode fazer por você."
AGATHA CHRISTIE, *Os trabalhos de Hércules*

Onde foi que você se meteu ontem, ALICE?

MEU DESPERTADOR AINDA NEM disparou hoje de manhã e a Ashley Henderson já está me mandando mensagem perguntando sobre o nosso trabalho de Biologia. A vibração incessante de suas mensagens chegando sem parar me acordou. Essa garota precisa mesmo dar uma relaxada. Não estou nem aí para genealogia ou para a porcaria do DNA. Tudo que sei até agora é que meu bisavô era um fazendeiro do sul da Califórnia, uma informação que eu poderia ter passado a vida toda sem saber e sendo muitíssimo feliz.

É MELHOR VOCÊ APARECER HOJE. SUA NOTA
AFETA A MINHA E EU NÃO VOU ME FERRAR

Jogo o celular sobre a pilha de livros da Agatha Christie que está ao lado da minha mesa de cabeceira e me viro para o outro lado, meus olhos se acostumando com o quarto ainda escuro. Não é culpa *minha* que o McAllister decidiu dar notas conjuntas nesse projeto. Claro, eu matei aula uma ou duas vezes (ou até três), mas foi a *Henderson* quem fez aquele comentariozinho alfinetando a gravata-borboleta com temática biológica do McAllister e o deixou emputecido a ponto de nos forçar a trabalhar juntas como forma de punição.

E é a pior de todas, porque a Henderson é uma aberração quando se trata da escola e de notas, e agora ela está descontando toda essa intensidade em cima de mim. Sem falar que nos últimos dias acabei me dando conta de que talvez eu precise de fato começar a me empenhar para não acabar reprovando em Biologia. Porque, se isso acontecer, é capaz de os meus pais nunca mais irem embora.

Suspiro e rolo para o outro lado de novo para pegar o celular.

> Tenha santa paciência, será que você pode relaxar, ainda não são nem sete horas

Não me testa, Alice

> Tá bom. Estarei lá. Agora vê se me deixa em paz.

Há uma pausa, três pontinhos aparecem e desaparecem na tela.

É bom que esteja mesmo

Meu Deus, como ela é um pé no saco.

Biologia é minha última aula do dia, então, quando chega a hora, estou exausta por ter que passar o dia inteiro fingindo que dou a mínima para a escola. Eu deveria estar investigando o Alex Schaefer (tentando entender sua conexão com a Kennedy e descobrir o que ele estava procurando naquele cômodo) e não sentada aqui, na *aula*. Mas, graças a meus pais, não me resta escolha.

E, para tornar tudo ainda mais irritante, o McAllister faz um rude barulho de surpresa quando entro na sala, como se não conseguisse acreditar no que está vendo. Mato algumas aulas e de repente sou um tipo de desocupada? Esse cara precisa dar uma maneirada.

— Alice *Ogilvie*? — Ele esfrega os olhos como se estivesse vendo uma miragem. — A que devemos essa honra?

Preciso de toda a minha força de vontade, mas dou um jeito de segurar a língua em vez de responder alguma coisa que com certeza me faria ir para a diretoria. Se o único jeito de fazer meus pais irem embora é sendo uma aluna exemplar e fazendo minhas tarefas, então pode apostar que é isso o que vou fazer. Pelo menos por um tempinho.

— Ótimo, você veio — sibila Henderson, entre dentes, quando me sento ao seu lado.

Ela está batendo os dedos sem parar contra o tampo da mesa.

— Será que dá pra você parar com isso, *por favor*? — digo, empertigada, apontando para a mão dela. — Tô com dor de cabeça. Ou, se for mais fácil — pego o bisturi da lata de equipamentos do laboratório que fica no meio da mesa —, posso cortar eles pra você.

Bato meus cílios para ela, que me encara, mas então recolhe a mão, escondendo-a sobre o colo.

— Eu deveria te denunciar por essa ameaça — murmura. — E até faria isso se não precisasse de você pra esse projeto idiota. Não posso reprovar nessa matéria. Preciso de uma nota ótima pra conseguir uma bolsa de estudos pra faculdade ano que vem.

Antes que eu consiga responder, o McAllister dá início à aula. Durante os quarenta e cinco minutos seguintes, tento não cair no sono. Ele fica tagarelando sobre DNA e genealogia e *blá-blá-blá*, quem se importa, como isso vai ser relevante para a minha vida no futuro?

A NOITE DO CRIME

Do meu lado, a Henderson digita anotação atrás de anotação, basicamente copiando no notebook tudo que o McAllister diz de modo literal, como se ela fosse a maldita da estenógrafa da turma. Depois do que parece uma vida toda, o McAllister termina contando uma piada sobre uma fita de DNA que pergunta para uma fita de RNA se ela ainda está sozinha, ao que o RNA responde com um "Sempre". Eu não pego a piada, mas não estou nem aí. Pelo menos a aula acabou.

Ashley digita mais algumas coisas no computador e em seguida se vira para mim.

— Acha que anotou tudo? — pergunto com doçura, mas ela ignora.

— Sobre o nosso projeto. Eu já fiz a minha parte, como você bem sabe. Mas, e aí, você fez a sua? *Não.* Você ao menos chegou a *começar?* — A garota semicerra os olhos. — Mais uma vez a resposta é não. A não ser que você não tenha me contado algo...

— Foi mal, mas toda essa coisa de ancestralidade é um porre. Vou acabar fazendo no fim. *Acho* — acrescento, porque sei que vai deixá-la irritada.

Dito e feito.

— *Caramba*, Alice! Dá seus pulos. É bem a sua cara mesmo, atrapalhar algo que é importante pra mim. Eu sei que você vai de mal a pior, andando com aqueles maconheiros bizarros, mas *não* vou deixar você me arrastar junto pro fundo do poço. Esse projeto pode não significar nada pra você, mas pra mim é importante. Não vou permitir que você seja o motivo de eu tirar uma nota ruim nessa matéria!

Ela fecha o notebook, batendo-o com tanta força que dou um pulo, e em seguida se inclina na minha direção.

— Faça a sua parte até o prazo limite, porque, senão, você vai se arrepender, e *não* vai ser pouca coisa.

Depois disso, pega as coisas e irrompe sala afora.

Meu pai, o que é que está pegando com a galera ultimamente? Primeiro foi a Íris, ontem, agindo toda barra-pesada com aquele tal do Alex, como se não lhe preocupasse a possibilidade de ele ter *apunhalado* alguém, e agora a Henderson, me ameaçando por causa de um projeto de Biologia nada a ver? Sei que ela se preocupa com as notas, mas essa garota está precisando demais de um calmante.

Do lado de fora da sala, encontro a Íris me esperando. É a primeira vez que a vejo hoje, e ela está com bolsões escuros no rosto, como se mal tivesse pregado os olhos a noite passada.

— Você tá bem? — pergunto enquanto descemos pelo corredor.

Vamos encontrar a turma do lado de fora e ir até o castelo para ver se conseguimos achar uma entrada para o cômodo vizinho do escritório e entender se foi assim que as pessoas que a Park jura ter ouvido escaparam. Temos uma desculpinha até que decente para nossa presença, caso nos façam perguntas... como a Íris falou, eu preciso devolver o vestido que... peguei emprestado. Além disso, o meu próprio vestido continua lá, em algum lugar, e seria bom pegá-lo de volta.

— Tudo certo — responde Íris, sem me olhar.

Fico à espera de que ela diga mais alguma coisa, qualquer coisa, mas ela permanece quieta à medida que saímos do prédio e damos de cara com o sol forte da tarde.

— Ficou acordada até tarde falando com o Cole?

— Quê? — As bochechas dela ficam coradas. — Não, Alice. Minha nossa, nem tudo gira em torno de relacionamentos. — Ela cospe a última palavra como se o gosto não fosse nada bom.

— Calma aí, grossinha. — Mas decido não forçar.

Encontramos a Zora e a Angelik sentadas num banco de madeira em frente ao prédio principal, as cabeças inclinadas próximas, rindo de algo no celular.

Quando nos aproximamos, a Zora ergue os olhos com um sorriso feliz no rosto. Nunca a vi tão contente. Chega a ser estranho.

— Onde estão o Spike e o Neil? — pergunta Íris.

— Ainda nem vi eles — responde Zora. Ela beija a bochecha da Angelik e se levanta. — Te vejo mais tarde, tudo bem?

A namorada faz que sim, acenando para mim e para Íris enquanto saímos à procura dos rapazes.

— Você mandou mensagem pra eles? — pergunta Zora.

Íris nega com a cabeça.

— Pera lá... — Zora digita algo no celular. — Feito. Falei pra eles nos encontrarem no carro. Não podemos enrolar... tenho que estar em casa às cinco pra ficar de babá da minha irmãzinha.

— Que ótimo — digo, puxando minha mochila para mais perto dos ombros. — Vamos lá.

Encontramos o Spike e o Neil esperando perto do carro e, dez minutos depois, entramos pelo caminho de acesso ao castelo, estacionando num espaço apertado entre as moitas e as árvores onde meu carro vai ficar fora das vistas de todo mundo que possa passar por ali.

— Não esqueçam — digo. — Se alguém perguntar, sou uma estudante tapada — Zora bufa no banco de trás e dou uma encarada — que esqueceu o vestido aqui na noite do baile. Eu não fazia ideia de que o castelo estava fechado pro público e arrastei vocês pra cá porque estava amedrontada demais pra vir sozinha.

Saímos do carro. Prendo a pochete que contém meu kit forense na cintura, e então pego uma bolsinha no porta-malas, na qual está o vestido da Mona Moody. Passo para o Neil sua mochila do clube de ciência forense, que a pega, tirando dela três pares de luva. Ele entrega um par para Zora e outro para o Spike. A garota aceita e já as calça, mas o Spike só fica olhando para a mão do Neil.

— O que foi? — pergunta Neil. — Você tá bem?

O Spike balança a cabeça devagar.

— Acabei de me dar conta de que... vocês não acham que o castelo tem um sistema de segurança? Como a gente vai conseguir contornar isso?

O Neil sorri.

— Relaxa. Pra começar, é possível que esteja desligado no momento, levando em conta o tanto de polícia que tem andado pelo castelo nos últimos dias, mas, mesmo se não estiver, eu já dei um jeito. — Ele dá um tapinha na mochila que colocou nos ombros.

— Hum, o que isso quer dizer exatamente? — pergunto.

Eu topo muitas e muitas coisas, mas não tenho certeza se derrubar o sistema de uma propriedade estatal está nessa lista.

— Quanto menos você souber, melhor — responde Neil. Ele faz sombra nos olhos usando a mão e observa o céu azul-claro. — Porém, com ou sem sistema de alarme, vai ser difícil entrar lá sem sermos vistos, já que o dia ainda está claro. Eu sei que a gente tinha que vir agora porque a Zora precisa cuidar da irmã e a Íris tem que trabalhar, mas isso de fato deixa tudo um pouquinho mais complicado, então a gente não pode dar bobeira. Fiquem perto da fileira de árvores pra que não nos vejam.

— Concordo — digo, assentindo. — A gente devia ir até a entrada de serviço, no lado de trás da propriedade, onde termina o caminho dos carros. Todo mundo pronto?

Olho ao redor, para os outros quatro, e me lembro do outono passado, da primeira vez que nós cinco nos reunimos para desvendar um mistério, quando fizemos uma busca nos arredores da Rodovia 1 para entender o que tinha acontecido com a Brooke. Estar fazendo isso de novo com essas pessoas lança um arrepiozinho de empolgação pela minha coluna. Um por vez, todos assentem, e eu faço o mesmo em resposta.

— Beleza, vamos lá — digo.

Cortamos caminho por entre as árvores e moitas enormes até que chegamos à rotatória em que a vegetação termina. Agora não há nenhuma cobertura entre a gente e o castelo, só o céu aberto.

— Cacete — diz Zora, quando a ficha cai para todos nós ao mesmo tempo.

A NOITE DO CRIME

Vamos ter que percorrer o resto do trajeto expostos.

— Acho... Acho que nossa única opção é ir até lá o mais rápido que conseguirmos. — sugere Íris, me olhando.

Concordo.

— Pois é, parece ser nossa única opção.

Então começamos a correr.

Paramos diante da porta dos fundos e o Neil começa a fazer alguma coisa no celular. Logo depois, ouvimos um *bip* suave enquanto a tranca da porta abre.

CAPÍTULO VINTE E SETE

ÍRIS
16 DE FEVEREIRO
16:10

"Ai, meu deus. Eu sou uma garota muito sortuda, sabe? Não nasci em berço de ouro e agora tenho uma vida incrível em meio a tanto conforto. É como se fosse um sonho."
MONA MOODY, entrevista para a revista
De olho nas telonas, 1948

— ALGUÉM VAI TER que ficar pra trás — sussurro enquanto a Alice pega na maçaneta da porta. — Só pro caso de os seguranças aparecerem por aqui ou algo do tipo. Pra mandar uma mensagem avisando a gente.

— Deixa comigo — diz Spike e, antes que qualquer um possa concordar ou contestar, ele desaparece pela lateral do castelo.

A Alice escancara a porta enquanto nos amontoamos atrás dela. Há um saguão que dá num extenso corredor com piso de azulejos intrincado.

— Por aqui — sussurra Alice. — A cozinha fica à esquerda, o salão de festas é logo ali e aqui...

Nós a seguimos em silêncio pelo saguão quando ela para de repente. A Zora tromba com as minhas costas. A Alice se vira para a gente e coloca o dedo sobre os lábios, meneando a cabeça. Olho para a esquerda. Pelo vão de uma porta entreaberta, vejo um homem e uma mulher, os dois vestindo ternos, sentados a uma mesa comprida com sacolas de *fast-food* e cercados por documentos espalhados.

A NOITE DO CRIME

De súbito, a Alice vira à direita e a gente se enfia numa biblioteca escura, com as persianas abaixadas e centenas de livros desgastados nas estantes. Há, porém, um espaço entre as prateleiras fechado com fita amarela de cena de crime.

— Essa é a escada — sussurra.

— Caramba, estantes que se abrem — sussurra Zora. — Isso aqui é real oficial algo saído de um mistério antigo.

A Alice passa por baixo da fita e atravessa a abertura. Quando liga a lanterna do celular, nós fazemos o mesmo.

— *Voilà* — diz, triunfante.

À nossa frente, iluminada pela lanterna do celular, está uma escada estreita.

O ambiente tem cheiro de mofo e está repleto de teias de aranha. Os degraus de madeira rangem de leve enquanto nós quatro subimos, tentando não tropeçar. Ela é bem espiralada. Quando chegamos ao topo, a Alice para diante de outra abertura bloqueada por uma fita amarela.

— Aqui dá no armário de cedro — informa, sussurrando.

Através da abertura, consigo ver vários vestidos antigos.

— Era aqui que eu estava quando ouvi barulhos na noite do baile — conta —, e então, quando saí, vi a Park diante da Kennedy.

Um por vez, passamos abaixados sob as fitas e entramos no armário. Me aproximo dos vestidos e toco alguns deles. Seda, veludo, tule. A Lilian disse que eram da Mona Moody. Se eram mesmo, então ela era até menor do que aparenta nas fotos. Acho que faz sentido os vestidos continuarem aqui. Para onde os levariam depois que ela morreu? A Mona era uma órfã que morava em lar temporário; ela não tinha família. A parede atrás dos vestidos à minha frente é coberta por espelhos. Encontro meus próprios olhos entre os vestidos e então dou um pulo ao notar uma sombra atrás de mim. Quando me viro, porém, percebo que é só um manequim usando uma elegante capa de gala feita de pele.

A porta que divide o armário de cedro e o escritório está aberta. A Alice desliza para lá, seguida pelo Neil e pela Zora.

Espio o escritório pela abertura, meus dedos ainda percorrendo a maciez inacreditável de um vestido. E então me dou conta de uma coisa. Ligo a lanterna do celular, iluminando o entorno.

— Alice — sussurro.

Através da porta, ela olha para mim.

— O seu vestido não tá aqui.

Ela franze o cenho.

— Bom, a gente não pode se preocupar com isso agora.

Ela me atira a bolsa com o vestido da Mona Moody e, com cuidado, eu o pego, alisando-o, e o penduro em um dos cabides acolchoados.

Entro no escritório e dou uma olhada ao redor. Por todo o tampão da mesa de mogno, a cornija da lareira e o carpete há marcadores de evidências numerados. No local em que estava o corpo da Kennedy, está faltando uma boa parte do carpete.

— Precisamos ser eficientes e rápidos — diz Alice. — Estamos procurando o paletó do Alex e precisamos descobrir como ele, ou *eles*, saíram desse lugar.

— E pra *onde* eles foram — adiciona Zora. — O que talvez nos leve até o paletó ou algum outro lugar.

O Neil está olhando para as janelas, tocando-as com as mãos enluvadas.

— Elas não abrem — sussurra. — Não há maçanetas nem nada.

A Alice vai até a parte apainelada da parede esquerda do cômodo, onde, segundo as plantas, deveria ficar a porta para o quarto do outro lado. Perto dali, fica um piano preto.

Nós três encaramos a parede, pensando. O Neil passa as mãos em vários lugares.

— Beleza — sussurro. — A Park disse que ouviu vozes altas, de briga, e então batidas no piano, depois disso... nada. Sendo assim, se aqui havia duas outras pessoas além da Kennedy, e elas com certeza a deixaram agonizando no chão. Sobre o que estavam discutindo e como...

— Estavam discutindo sobre como sair daqui — sugere Alice. — Certo? Porque...

— Porque o Alex viu as plantas e disse que eles podiam usar esse quarto, mas então eles estão aqui e... — diz Zora.

— E ele colocou tudo a perder — diz Neil. — Então eles estão bravos. As janelas não abrem. Não há nenhuma porta aqui, eles provavelmente estão surtando e pensando que tem alguém vindo e aí os dois estão... brigando? E... tocando o piano?

— Tá, mas quem é que toca piano no meio de uma briga depois de ter atacado uma garota qualquer? — pergunta Zora, frustrada.

— Mas eles não estavam tocando — sibilo. — Já falei isso pra vocês. A Park diz que houve uma batida...

Bem naquele momento, o Neil avança em direção à Alice.

— Sua idiota! Você disse que tinha uma porta aqui...

— Dá licença! — sussurra Alice, brava. — Neil, o que você tá fazendo? Eca, sai do meu espaço pessoal, por favor!

Ela tenta se desvencilhar, se livrar dele, mas o Neil a está encurralando contra o piano. A Alice tropeça e joga as mãos para trás em busca de apoio, acertando as teclas do piano.

Com um rangido estranho e lento, a parede se abre.

— Simples assim — diz Neil, triunfante. — Eles discutiram, talvez a coisa tenha ficado um tanto física, um deles acerta o piano e *voilà*. De algum jeito o Levy deve ter manipulado o piano. Impressionante.

Damos uma olhada na abertura da parede. É uma porta de correr.

— Pois é, mas agora você fez barulho pra *caramba* — aponta Alice, nervosa.

— Então bora entrar lá e sermos rápidos — digo.

Dentro do quarto, há uma cama de dossel, um papel de parede florido e um retrato imenso do Charles Levy, que, por algum motivo que ainda não entendemos, sentiu necessidade de emparedar a porta desse quarto, então não tem um jeito de entrar ou sair que não seja por meio do piano. Um homem ou uma esfinge?

— Se eu sou o Alex e meu paletó está manchado de sangue — digo —, mas preciso sair daqui e voltar pra festa, pra trabalhar, pra que tudo pareça normal, certo? Onde eu o descarto e como saio daqui?

No lado direito do quarto, há uma porta. Caminho até lá e a abro, revelando um banheiro pequeno com uma janela sobre a pia. Olho de volta para Alice.

A Zora começa a abrir uma das gavetas de uma cômoda gigante, bisbilhotando. O Neil mergulha debaixo da cama, apenas os tênis ficando para fora.

Eu e a Alice olhamos ao redor do quarto e então uma para a outra. Não sei dizer se estamos pensando na mesma coisa.

— Se o Alex viu as plantas, ele viu esse quarto e também pensou que tinha um jeito de entrar e sair, porque aquelas plantas eram as originais. A planta desse quarto ainda não tinha sido alterada e bem ali... ele veria uma porta pro corredor, o que pensava ser uma saída... mas, veja, ela foi emparedada. Então agora ele está aqui e não tem como sair, porque não pode voltar pro escritório, onde a Park está — diz Alice. — Então sua única opção é...

Assim que diz isso, a porta de correr, a porta secreta, começa a se fechar. A Zora e eu partimos na direção dela, mas está fechando rápido demais, e Zora começa a tatear a parede.

— Bom — diz, devagar. — Isso não me cheira bem. Sem falar que, se tem um jeito secreto de entrar aqui, humm, então por que não tem um jeito de *sair*? Isso aqui é bizarro em todos os sentidos.

Debaixo da cama, o Neil olha para fora.

— Ah, isso aqui é complicado demais — murmura. E então volta a se enfiar debaixo da cama.

Eu e a Alice trocamos um olhar. Dou de ombros. Não há nada que possamos fazer agora a não ser seguir com nosso objetivo. Entro no banheiro. Tem uma banheira avulsa, uma pia, o vaso, uma prateleira na parede e uma janela sobre a pia, que está só um pouquinho aberta.

Ele lavou as mãos, tenho certeza, ou, em seu tempo limitado, pelo menos tentou fazer isso.

— Alice, supostamente é pra ter digitais dele aqui, certo? Talvez por ter lavado as mãos? Não é algo que ele faria? Você trouxe alguma coisa cara pra checar se tem digitais?

Ela abre sua pochete forense e então pausa.

— Olha isso.

Na pia, há leves rastros de um rosa seco.

— Bingo — digo.

Neil aparece à porta do banheiro.

— Olha o que eu achei enfiado nas molas debaixo da cama. O que parece ser um lugar estranho pra se guardar uma foto, vocês não acham? Ninguém sai por aí enfiando…

A Alice pega a fotografia em preto e branco amassada e dá uma olhada.

— Meu Deus, o que é isso? — sussurra. Então a mostra para mim.

Há quatro pessoas. A Mona Moody, com uma expressão reluzente e usando um vestido lindo, o pescoço adornado com um colar de joias, espremida entre o Charles Levy e dois outros homens, uma marquise de teatro sobre eles anunciando o filme *Anjo em exílio*, uma multidão de fãs gritando, segurando canetas e caderninhos de autógrafos.

O colar dela me parece familiar, mas não consigo determinar por quê.

— Guarda — digo para Alice, que a coloca dentro da pochete forense.

Olho para trás, para a janela acima da pia.

— Ali. É a única saída.

Do lado de fora, há uma árvore alta e robusta.

— Saindo pela janela e descendo pela árvore — concorda Alice. — Mas e o paletó?

A Zora se enfia no banheiro, olhando ao redor. Ela abre a tampa da privada.

— Nada de paletó. Ele pode ter escondido em qualquer lugar, sério. Talvez em algum canto lá embaixo, quando voltou pra dentro? Estava chovendo. Ele pode ter descartado e pensado que poderia pedir um outro, dizendo que ficou molhado durante o intervalo? Sem falar que, de novo, como é que a gente vai sair daqui? Não é como se houvesse um piano *desse* lado da parede. A gente vai passar por aquela janela, Íris? É isso que você está querendo me dizer?

— Talvez eu consiga dar um jeito daqui — diz Neil, começando a zanzar perto da parede fechada.

O celular da Zora vibra.

Giro a maçaneta da janela, que se abre mais, em um movimento lento.

— Ele iria precisar usar as mãos pra passar por isso aqui — digo. — Não daria pra ele segurar o paletó e...

Subo na beirada da pia, tentando não pisar nos vestígios de sangue esmaecido na louça, com a Alice apoiando as minhas costas. Meu celular está tocando no bolso, mas ignoro. Estou tentando me firmar sobre a pia. Sou bem mais baixinha que o Alex, que é alto o bastante para talvez não precisar subir na pia para chegar à janela. Ele poderia só ter mirado, deslizado pela abertura e se segurado na árvore? Quando a gente entrou, a janela estava parcialmente fechada. Uma vez na árvore, ele poderia ter empurrado o caixilho do lado de fora, já que ela fica tão perto da janela. Andando do lado de fora do castelo durante a investigação, a polícia não iria necessariamente notar uma janela semiaberta porque... bom, porque eles não acreditaram quando a Park disse que duas pessoas desapareceram desse quarto, do qual, por sinal, eles nem conhecem a existência. Então eles não estavam procurando por pistas.

Estou com metade do corpo para fora, as folhas da árvore no meu cabelo.

A NOITE DO CRIME

— Ah, nossa — exclama Zora, a voz firme. — Ah, não.

Olho para baixo.

E o que vejo é o Spike, de rosto pálido, dois policiais carrancudos às costas, olhando para mim.

Há uma algazarra de ruídos e vozes vinda do corredor além da parede do quarto, e a Alice está me puxando de volta à pia, mas não sem antes eu enxergar, nas moitas abaixo da janela, em frente ao Spike, o vislumbre de um tecido.

— Abram isso... seja o que for esse treco. Abram agora mesmo. Aqui é o Departamento de Polícia de Enseada do Castelo.

Ao ouvir o som da voz do detetive Thompson, parece que levei um soco no estômago. Ele começa a bater na parede secreta entre o quarto e o escritório. Aos poucos, o Neil se afasta e olha para mim.

— A minha mãe vai acabar com a minha raça — sussurra Zora.

— Eu voltei aqui pra pegar meu vestido — grita Alice. — Acabei deixando aqui na noite do baile. E então, porque a nossa amiga tá numa furada, a gente decidiu investigar um pouquinho. Isso é tão errado assim?

Parece que o Thompson está empurrando a parede. Ele está dando ordens para as pessoas ao redor. Batidas, toque e murros soam contra a parede.

— Você precisa verificar as moitas embaixo da janela! — grito. — Alex Schaefer. Um dos garçons que estava trabalhando aqui na noite do baile. Eu acho que lá embaixo você vai encontrar o paletó do uniforme dele com o sangue da Rebecca Kennedy...

— Não quero ouvir nem um pio de você que não seja sobre como abrir essa porta, Íris Adams. Seja lá como vocês entraram aí, vai todo mundo sair, e agora eu estou falando sério.

Quando olho para Zora, Alice e Neil, está todo mundo com o rosto pálido. Sinto meu estômago se embrulhar. Então assinto para Zora.

Aos poucos, ela se aproxima da parede e se inclina bem perto. Quando fala, sua voz sai tremida:

— É preciso bater no piano.

Silêncio.

— Foi assim que a gente entrou — continua Zora. — Só, tipo, bata em alguma tecla. Tente o dó central.

Do outro lado da parede, o Thompson brada:

— Quem é que sabe qual é a porra do dó central?

— Nove anos tocando piano, senhor — diz uma vozinha.

— Mão na massa, então! — diz Thompson.

— O Alex Schaefer estava estudando o castelo — grita Alice. — Ele visitou a Sociedade Histórica pra ver as plan...

Com muito cuidado, alguém está pressionando as teclas. *Plink, plank, plunk*, igual o livro sobre ursos e mirtilo de quando eu era criancinha.

— Não! Tem que ser mais *forte*! — berra Zora.

— Não foi a Helen Park! — grito. — Ela não tinha sangue nas roupas, certo? Pelo menos duas pessoas devem estar envolvidas, mas não achamos que...

E então, do nada e fazendo bastante barulho, há uma saraivada de notas ensurdecedoras, como se alguém tivesse batido o punho contra as teclas.

A porta de correr se abre, revelando o detetive Thompson e três policiais confusos.

Ele olha para a gente.

— Vocês parecem gostar de joguinhos, hein, crianças? — diz ele. — Eu tenho um ótimo. Vamos brincar um pouco, que tal? Minha mãe mandou eu escolher este daqui, mas como eu sou teimoso escolhi este... daqui!

Com isso, ele aponta o dedo na minha direção.

— Adivinha quem vai parar na cadeia? — pergunta o detetive Thompson.

— Você mesma, Íris Adams.

MENSAGENS TROCADAS ENTRE ALICE OGILVIE E PATSY ADAMS

16 DE FEVEREIRO

17:54

AO: Sra. Adams?

PA: Sim. Quem é?

AO: A Alice, amiga da Íris

MA: Ah, claro, oi, Alice

AO: Oi, eu não sei como te contar isso mas a Íris e eu estávamos procurando uma coisa no castelo… juro por Deus que foi isso… mas aí a polícia apareceu e agora ela foi levada pra delegacia e acho que ela pode estar em maus lençóis

MA: Espera aí, Alice. Do que você tá falando?

AO: …

AO: …

AO: A Íris foi presa

MENSAGENS TROCADAS ENTRE
RAFAEL RAMIREZ E ALICE OGILVIE
16 DE FEVEREIRO
18:39

RR: Pq eu acabei de ver a Íris na delegacia???

RR: Alice????

AO: Raf, não surta comigo

RR: Alice.

AO: A gente tava no castelo e talvez tenhamos invadido e talvez o Thompson tenha pegado a gnt lá e talvez ele tenha decidido fazer a Íris de bode expiatório pq ele é um tonto

RR: Vocês talvez invadiram o castelo?

AO: Tá. A gente TAVA invadindo o castelo. Tá feliz?

RR: Na real, não

AO: A gente encontrou uma coisa! Tudo que conseguimos ver foi um tecido, mas talvez seja um paletó da empresa de bufê pra qual vc trabalha

RR: Pera lá

AO: Tá

AO: Raf kd você kct

AO: Raf?

18:52

RR: Foi mal, tô trabalhando

AO: Humm

RR: Então, é. Era um paletó do bufê

A NOITE DO CRIME

AO: Eu sabia. Tão falando disso aí na delegacia?

RR: Pra falar a verdade não sei se deveria te contar nada. A Íris tá na CADEIA

AO: A gente tá tentando ajudar a Park! Se toca, Raf. Você não é meu pai

RR: Pode confiar que eu sei disso

RR: Tá bom. Já que você não vai desistir, não importa o que eu fale. Eles estavam falando sobre um diário encontrado dentro do paletó

AO: Humm. Que tipo de diário?

RR: Não cheguei a ver

AO: De quem era? Da Kennedy? Do Alex? Da pessoa misteriosa que tava no cômodo com eles aquela noite?

RR: Eu não sei, Alice. Eles parecem achar que não é importante pra investigação então fique com essa

AO: Tô nem aí pro que eles acham. Eu preciso saber o que tem nele. Preciso que você me ajude a conseguir esse diário

AO: RAF?

RR: Eu sei que vou acabar me arrependendo, mas beleza.

RR: O que eu não faço por você, Alice Ogilvie.

CAPÍTULO VINTE E OITO

ÍRIS
16 DE FEVEREIRO
21:45

"Conheça a adorável Mona Moody, uma jovem estrela valente em ascensão! Esta donzela atrevida é cheia de vida – do orfanato para as telonas, ela nunca desiste, com papéis em seis filmes só este ano! Continue lendo para saber a receita de seu bolo de chocolate predileto, conselhos amorosos e dicas de beleza."
"Conheça Mona Moody", *Cinelândia*, 1947

O JOGUINHO DO DETETIVE Thompson não foi muito legal.

A Alice gritou e fez beicinho, mas ele não deu ouvidos. Eu sabia que algemas eram apertadas, mas não achei que seriam *nesse nível*.

Ainda tenho marcas vermelhas nos pulsos e estive sentada nesse mesmo cômodo cinza pelo que me pareceram horas. Eles pegaram minhas digitais e tiraram fotos minhas ("agora pra esquerda") e então me enfiaram aqui. Tive um vislumbre do Raf num corredor, me olhando horrorizado. Eles me deram um refrigerante de laranja e então tiraram as algemas.

Minha mãe vai me matar.

E quando enfim penso que vou derramar as lágrimas que estive segurando, a porta cinza daquela sala é aberta com um estrondo. O Thompson entra, um copo de papel com café na mão, puxa uma cadeira e se senta à minha frente.

— Você precisa parar com esses joguinhos, Íris — diz ele, calmo. — Não tem graça. É perigoso. Não é um bom caminho pra seguir na vida, entende? Você vai se machucar. Pense na coitada da sua mãe.

Nunca que eu vou deixar o Thompson me ver chorar. Empurro tudo goela abaixo, depositando na barriga, como se fosse uma bolinha dolorosa.

A única coisa que digo é:

— Você encontrou o paletó do Alex Schaefer, não foi? Nós estávamos certas.

O detetive Thompson suspira e dá um gole no café, mas seus olhos brilham, e sei que estou certa.

— As digitais dele vão estar por todo aquele banheiro — digo. — Você viu o sangue na pia? Sabe que foi ele. Talvez ele tenha feito isso com mais alguém, mas não foi a Helen Park. Ela é baixinha demais, muito tímida pra ser violenta daquele jeito. Ela entrou lá, pegou o abridor de cartas e, quando a Alice chegou, entrou em pânico e fugiu.

— Não vou discutir com você os detalhes de uma investigação em andamento, Íris.

— Você devia trazer ele pra cá. O Alex tá com arranhões no pescoço.

Ele me olha por um bom tempo.

— Você sabe que tô certa — digo. — Eu e a Alice estamos.

— Se um cidadão acha que tem informações sobre um crime, é bem-vindo a compartilhá-las com o Departamento de Polícia — diz ele para mim. — Nós vamos seguir todas as pistas. Mas você e a Alice Ogilvie não fizeram isso. Assim como da outra vez, vocês partiram pro ataque por conta própria, e veja onde você veio parar.

— Você não teria acreditado na gente, assim como no outono passado — disse. — E também estou certa quanto a isso.

— E por que eu iria acreditar em vocês? — A voz dele está calma.

— O que quero dizer é que você nos vê como adolescentes bobinhas, acha que não passamos de garotas idiotas — respondo, tomando meu tempo e esfregando os punhos doloridos. — Mas, pra ser sincera, acho que isso é só porque você não é... curioso o bastante. Você segue o manual. Não abre margem pra interpretação. E acho que tem muito mais coisa por trás desse caso, mas também sei que você não acreditaria em mim se eu dissesse isso.

— Mais coisa por trás? Então me diga, Íris. — Ele entrelaça as mãos.

— Por que as caixas da Sociedade Histórica que estavam no escritório foram reviradas? Aquelas coisas são da Mona Moody. Quem iria querer aqueles itens? Certamente não um adolescente tipo o Alex Schaefer. Se ele queria roubar o castelo, provavelmente tinha coisa pra caramba lá embaixo, não? Por que ir pro segundo andar? E por que atacar a Rebecca Kennedy? Tem uma série de coisas interessantes nele e mesmo que eu não consiga ligar os pontos agora...

A sala é tomada pelo som da risada dele.

— Tá vendo? — digo, tranquila. — Seguindo o manual. Você não tem um pingo de imaginação.

Ele está balançando a cabeça, ainda rindo, quando uma policial abre a porta e a Ricky Randall entra, o cabelo preso num rabo de cavalo desgrenhado, o paletó de seu terno desabotoado, o rosto queimado pelo sol.

— Ahh, Mark — diz ela, feliz. — Está interrogando a minha cliente sem a presença da advogada dela?

— Não — diz ele, ficando de pé. — Apenas uma conversa amigável. Agora ela é toda sua, Ricky.

À porta, ele olha para mim.

— Não esqueça o que eu falei, Íris. Você pode acabar bem machucada, e isso não é algo que eu queira. Falo de coração.

Ele fecha a porta ao sair. Ricky se senta na cadeira que o Thompson acabou de deixar e meneia a cabeça para mim.

— É isso que encontro ao voltar pra casa? — pergunta. — Depois das minhas tão merecidas férias? Sair do avião com o celular cheio de mensagens de voz da sua mãe?

Sinto a boca tremer.

— Desculpa.

— Eu até te abraçaria, mas não é permitido — diz ela, com carinho. — O que está acontecendo? Apunhaladas? Ferimentos na cabeça? Um coma? O castelo? Mal posso esperar pra ouvir tudinho, menina.

— Eu acho que foi um garçom chamado Alex Schaefer. Certo? Eles encontraram o paletó dele, que estava desaparecido? Vão prendê-lo?

Ricky suspira, dando um gole no meu refrigerante de laranja. A essa altura deve estar sem gás.

— Ainda não tô sabendo. Pressionei alguns dos meus contatinhos aqui pra pegar informações. O garoto tem uma ficha juvenil, que deve estar sob sigilo. Não sei muita coisa.

Ela faz uma pausa.

— Você e a Ogilvie não conseguem se controlar, né?

— Acho que não — digo. — Mas a Kennedy tá em coma, e a gente acha que não foi a Park. Pra mim, não parece errado se importar com essas coisas.

— Pode ser — diz Ricky, correndo os dedos pela borda da lata de refrigerante.

— Eu vou pro reformatório? — pergunto, baixinho.

Eles não podem me colocar numa cela daqui porque esta é uma cadeia para adultos. É por isso que estou nesta sala.

— Provavelmente você vai querer isso quando a sua mãe te der o sermão dela — diz Ricky. — Consegui dar uma acalmada no Thompson. Você vai ter que pagar uma multa e cumprir serviço comunitário por conta da invasão. Mas ele tá *espumando* de raiva, não vou negar.

Não consigo segurar o sorriso.

— Agora você é a minha advogada. Eu oficialmente tenho uma advogada. Isso até que é legal...

— Não é, não — diz Ricky. — A sua mãe tá *desconsolada*. Isso aqui é... Me desculpa, Íris, mas isso a está lembrando do seu pai, de todas as vezes que ela precisou pagar fiança pra ele por conta de alguma coisa, ou ligar pra polícia por causa dele, e...

Olho para baixo, para a mesa, aquele nó quente em meu estômago se revirando.

— Você não pode fazer isso com ela. Sério, não dá — diz Ricky.

Não falo nada, mas na minha cabeça uma vozinha está sussurrando: "E se eu for igual a ele?".

— Aliás, o Thompson também tá com o seu celular. Ele me mostrou rapidinho. Vocês duas realmente se meteram numas poucas e boas, não? Vi algumas das suas mensagens, e o que é que você está fazendo andando com aquele tal do Cole Fielding? A família dele...

— O que tem? — pergunto. — O que tem a famí...

Ela balança a cabeça.

— Agora não. Mas, no futuro, não entregue seu celular tão fácil assim. Espera até eles terem um mandado para revistá-lo. A Califórnia é sorrateira: se você dá consentimento, eles podem vasculhar. Mas, se não dá, eles não podem fazer nada.

— Entendido.

Ricky suspira.

— Tenho que ir lá lidar com a papelada e com um juiz que não está nem um pouco feliz em ter que trabalhar a essa hora da noite.

— Então eu vou sair daqui logo, logo? — pergunto, acanhada.

Ela fica em pé, me olhando de cima.

— Ah, nossa, não. O Thompson teria te soltado uma hora atrás, mas a sua mãe disse que você deveria ficar sentadinha aqui, remoendo tudo até amanhã cedo. Garota, uma coisa é irritar o chefe de polícia... mas uma completamente diferente é irritar a sua *mãe*.

CAPÍTULO VINTE E NOVE

ALICE
17 DE FEVEREIRO
07:32

"No entanto, certamente há um preço a se pagar
por tudo que se ama."
AGATHA CHRISTIE, *Uma autobiografia*

CEDINHO NA MANHÃ SEGUINTE, bato na porta do apartamento da Íris, carregando Donuts da Dotty e café como uma oferta de paz para a mãe dela. O dia está cinza, com nuvens baixas pairando sobre o oceano atrás do prédio, e a umidade fresca penetra meu suéter, me fazendo tremer.

A mãe da Íris abre a porta.

— Eu trouxe donuts — digo, estendendo a caixa de papelão. — E café.

Ela para por um momento, então acena para que eu entre. Está usando um jeans azul e uma camisa de flanela; é o completo oposto da minha mãe, que vi vestindo um terno da Chanel quando saí pela porta de casa. Pelo jeito, ela tem que estar toda emperiquitada para aquelas reuniões no Zoom.

Coloco tudo sobre a mesa da cozinha, exceto meu próprio café, que continuo a beber como se a minha vida dependesse disso.

A sra. Adams olha para a caixa de donuts, mas não se mexe para abri-la. No entanto, acaba pegando o café.

— Alice — diz ela. — O que você está fazendo aqui?

— Eu... — Perco o rumo.

Se é para ser honesta, pensei em talvez aparecer e agir como intermediária entre ela e a Íris. Eu sei que a sra. Adams está brava, e achei que talvez eu conseguisse apaziguar a situação antes que elas se encontrassem. Em retrospecto, esse plano foi meio idiota.

— Eu queria ter certeza de que a Íris está bem — digo, enfim, o que é verdade.

Não dormi direito. Me sinto responsável pela Íris ter entrado numa vida criminosa. Todo mundo sabe quem o Thompson *deveria* ter levado para a delegacia na noite passada.

Eu.

A boca da mãe dela se contrai numa linha fina.

— Vocês, crianças… vocês precisam entrar na linha, tá me ouvindo? Eu sei que pra você é fácil, Alice, com os contatos dos seus pais e o dinheiro da sua família. Você não vai ter problema independentemente do que aconteça. Mas a Íris? — diz, apontando para o apartamento. — É daqui que ela vem. Eu queria poder dizer que, se ela se enfiasse numa encrenca danada, eu poderia ajeitar tudo, mas isso simplesmente não é verdade. E acho que, bem no fundo, você sabe disso. Vocês duas podem fingir que são farinha do mesmo saco quanto quiserem, mas a verdade é que não são. Não mesmo.

Ela se afunda na cadeira e esfrega a testa. Não sei o que falar. Nunca cheguei a pensar nisso de fato, acho, na questão de que talvez eu e a Íris não sejamos iguais de verdade, de que coisas desse tipo seriam mais difíceis para ela do que para mim. E, assim, a culpa que ficou me incomodando a noite toda me toma em cheio. Mordo o lábio inferior.

Eu não deveria ter deixado o Thompson levá-la.

— Sinto muito — digo, depois do que parece ser uma eternidade.

A mãe da Íris ainda não se mexeu, mas assente ao me ouvir.

— Tenho certeza de que sim. E sei que a Íris também sente. Mas, às vezes, sentir muito não é o suficiente.

Odeio ter que admitir, mas sei que ela está certa.

A NOITE DO CRIME

—

Nós vamos até a delegacia no carro da sra. Adams, um Chevrolet Impala até que novo que a Íris comprou para ela com o dinheiro da recompensa da Lilian. Por um breve momento, pensei em oferecer para irmos na minha BMW, mas então pensei melhor. Aquele discurso que ela deu lá na cozinha me abalou para valer. Eu tinha um plano para quando chegássemos à delegacia, que eu e o Raf discutimos na noite passada, mas ele envolve a Íris... e agora eu não tenho mais tanta certeza de que é uma boa ideia. Pego o celular, mando uma mensagem e então vejo a cidade passando pela janela.

— Tô feliz que ela vai ser solta — digo quando já não consigo mais suportar o silêncio.

A sra. Adams morde o donut que pegou antes de a gente deixar o apartamento, e um pouco de açúcar fica caindo de seu queixo. Então engole e diz:

— Vou te deixar por dentro de um segredinho. O Thompson queria soltar ela ontem. Eu que pedi pra eles a manterem lá pela noite.

— Por que...

— Pensei que um pouquinho de choque de realidade faria bem — explica ela. — Como eu disse lá em casa, vocês duas precisam mesmo perceber que não estão numa série de tevê ou num livro da Agatha Christie. Vocês estão zanzando como uma dupla de detetivezinhas adolescentes, mas esse não é o dever de vocês duas. O dever de vocês é ir para escola, *se formar*, conquistar oportunidades. A minha filha merece isso.

— Eu sei que merece — digo, baixinho, fechando as mãos em punhos sobre o colo.

Um momento depois chegamos à delegacia, e a sra. Adams estaciona atrás de uma fileira de viaturas.

— Tenho que ir lá dentro pegar ela — diz, tirando o cinto de segurança. — Espera aqui.

— Eu vou junto — digo. Tenho que ir. O Raf tá me esperando.
— Alice... — começa ela.
— Por favor — peço. E nem preciso fingir um tremor na voz.
Ela solta um suspiro longo e cansado e então assente.
— Tá bom. Vem.
Lá dentro, a sala de espera está fervilhando. Um homem usando um agasalho esportivo, que penso reconhecer do motel As Ondas, está batendo boca com a policial na mesa da recepção. Ele estapeia a palma da mão contra o balcão e grita algo sobre *direitos constitucionais*.
A mãe da Íris aponta para uma fileira de cadeiras de metal preto e assentos dobráveis posicionadas contra a parede mais ao fundo e diz:
— Espere ali.
Sem esperar por uma resposta, ela começa a andar, e eu faço como ela manda.
Espero um momentinho e então mando uma mensagem, *Tô aqui*.
Tudo pronto?, responde o Raf no mesmo instante.

Uhum.

Me levanto da cadeira e vou até o balcão da entrada, onde a mãe da Íris está atrás do cara de agasalho. Ela me vê chegando perto e sua boca se curva para baixo em descontentamento. Me retraio por dentro (eu gosto da mãe da Íris, mas, em questão de minutos, ela não vai gostar muito de mim).
— Alice, o que você...
Passo por ela e pelo homem e vou até o balcão.
— Com licença... — começa a dizer o homem, mas eu falo mais alto do que ele:
— Com quem eu tenho que falar por aqui pra ser atendida?
A mulher atrás do balcão me encara.

— O que você acha que está fazendo? — Ela se levanta da cadeira, e percebo que é bem mais alta do que parecia quando estava sentada. Deve ter pelo menos um metro e oitenta.

"Se concentra, Alice."

— Eu acho que estou tentando pegar o vestido de volta... o meu vestido... que vocês pegaram como evidência no castelo. Um vestido que, só pra você saber, custa mais de mil dólares! Quero saber exatamente por que vocês estão com ele. É alguma prova? Eu acho que não. O que eu acho...

— Senhorita, vou ter que pedir para que se acalme. — A policial está ficando cada vez mais brava enquanto tagarelo, seu rosto ficando de um tom vermelho-escuro.

Às minhas costas, a sra. Adam diz em voz baixa:

— Alice, pelo amor de Deus, o que você tá fazendo?

Eu a ignoro.

— Que me acalmar que nada. Meu vestido! Onde ele tá? Eu exijo falar com o detetive Thompson agorinha mesmo...

— Alice Ogilvie. — A porta que leva aos fundos da delegacia se abre e ninguém mais ninguém menos do que o Thompson aparece, seguido por um policial fardado e então (graças a Deus) o Raf, seus olhos fixos no chão.

Vou precisar falar com ele sobre essa cara de sonso, porque neste momento ele está parecendo culpado para caramba.

— A que devo essa infelicidade? Veio buscar sua amiguinha, presumo? — pergunta Thompson.

— Isso mesmo, mas também gostaria de pegar o meu vestido de volta — digo. — Aquele que você pegou sem motivo algum lá no castelo e que custa o olho da cara. Minha mãe vai me escorraçar se eu não o pegar de volta. Eu tive que ir até onde Judas perdeu as botas naquele castelo pra encontrá-lo, mas você o roubou...

— Me desculpe, mas com quem você pensa que está falando, senhorita Ogilvie? — pergunta Thompson, seu rosto ficando sombrio.

— Detetive Thompson — interrompe a mãe da Íris, ficando entre nós dois. — Vim aqui buscar minha filha.

O olhar de Thompson oscila entre nós duas.

— Vocês estão juntas?

— Pode-se dizer que sim — admite a mãe da Íris, com relutância.

— E o meu vestido? — pergunto, de novo.

Thompson revira os olhos.

— Sim, nós estamos com o seu vestido, senhorita Ogilvie. Fique à vontade para pegá-lo. Nós não precisamos de mais nenhum entulho lá na sala de evidências.

— Eu posso pegar — oferece Raf. — Quero dizer, se estiver tudo bem para o senhor.

Thompson dá de ombros.

— Se você quer, por mim tudo bem.

Ele assente para o outro policial, que entrega o cartão de acesso para o Raf. O rapaz, por sua vez, desaparece nas profundezas da delegacia.

— Agora, o policial O'Hair vai liberar a Íris assim que ela terminar de... — diz Thompson, se virando para a sra. Adams, mas então franze o cenho ao ver o homem de agasalho. — Sr. Lasanha. Vejo que está por aqui. De novo.

— Você se chama Lasanha? — pergunto, sem nem pensar.

O homem se vira para mim parecendo descontente e eu dou um passo para trás, vacilando.

— Aham. O que é que tem?

— Nada, não. — Eu preciso mesmo aprender a manter minha boca de sacola fechada.

O homem volta a se virar para o Thompson.

— Essa sua subalternazinha aqui está me dizendo que eu não tenho motivos pra prestar uma queixa, mas eu conheço os meus direitos!

— Soler, será que você pode... lidar com ele, por favor? — pergunta o detetive, se dirigindo ao policial a seu lado.

A NOITE DO CRIME

Soler geme, mas acata o pedido, pegando o sr. Lasanha pelo braço e levando-o para longe da recepção.

A sra. Adams preenche a papelada necessária e a policial O'Hair lhe entrega o saco transparente abarrotado com os pertences da Íris.

— Devemos liberá-la em alguns minutos. Esperem aqui — diz ela, e então aponta para a fileira de cadeiras de metal.

Nós nos sentamos e a mãe da Íris se inclina na minha direção.

— Mas o que foi aquilo que você estava fazendo, Alice, causando um barraco daqueles? Por conta de um vestido idiota? Acha que aquilo pegou bem pra você? Ou pra Íris?

Ranjo os dentes. Enfrentar a raiva e a decepção da sra. Adam é ainda pior do que pensei que seria.

— Desculpa — digo, enfiando as unhas na pele macia da palma da minha mão. — Não foi mi…

— Estou com o vestido — anuncia Raf ao aparecer de trás do balcão, entregando tanto o cartão de acesso quanto o saco plástico enorme para a policial parada ali. — Você só precisa preencher o formulário para pegá-lo, Alice.

— Beleza — digo, pulando da cadeira e indo até o balcão.

Estou quase terminando de preencher as coisas quando o Thompson aparece dos fundos da delegacia. Atrás dele está Íris, escoltada por um policial uniformizado.

— Íris! — A mãe corre até ela e joga os braços ao redor da filha, demonstrando amor mesmo em meio à raiva.

A agitação horrorosa que sinto na barriga aumenta. Penso em ir até lá e abraçar a Íris também, mas não consigo reunir a coragem necessária. E se ela me culpar por tudo isso?

— Oi, Alice — diz Íris quando sua mãe enfim a solta. — O que é isso aí?

Aperto o vestido em minhas mãos, sentindo a parte firme no centro, e dou de ombros.

— Nada de mais — minto.

—

Assim que saímos da delegacia, a sra. Adams e a Íris voltam para o apartamento e eu começo a andar até a escola, segurando o vestido agarrado. Vou pegar meu carro mais tarde, depois da aula, porque já estou prestes a me atrasar.

No meio do caminho, paro e me abaixo atrás de um amontoado de arbustos próximo à Biblioteca Pública de Enseada do Castelo. Fora das vistas dos transeuntes, tiro o vestido do saco plástico e o desdobro devagar. Um momento depois, sorrio pela primeira vez no dia.

Porque enfiado no meio de todo o tule e tecido está um diário de couro antigo.

CAPÍTULO TRINTA

ÍRIS
17 DE FEVEREIRO
08:04

"Acredito que a gente tem que tirar o melhor proveito de uma situação ruim. Esse mundo não é nada fácil, e nós, garotas, precisamos ter muita coragem e audácia."
MONA MOODY, entrevista para a revista
De olho nas telonas, 1947

O TOM DE VOZ da minha mãe não é o de uma pessoa brava. Mas sim triste. O que é muito pior do que a primeira opção.

— Espero que ter passado a noite na cadeia tenha te dado tempo pra refletir, Íris. Não queria ter que fazer isso, mas precisei.

Com os dedos, reviro a bainha do meu moletom.

Ela fica com os olhos fixos na estrada.

— Não sei o que tá acontecendo com você — continua —, mas eu queria que você conversasse comigo. Sei que o que aconteceu com o seu pai é horrível, e que isso foi um baque, mas você precisa acreditar em mim quando digo que ele não vai voltar a nos perturbar.

— Você não sabe — digo com frieza, olhando para o oceano do lado de fora do carro. — E a questão nem é essa.

— Então qual é? Você fica acordada até tarde da noite, está cansada e arisca, suas notas estão piorando e agora *isso*? O detetive Thompson poderia ter prestado queixas contra você. Se não fosse a Ricky...

— Bom, ele não prestou — interrompo-a. — E a gente só tá tentando ajudar a Park e a Kennedy.

Consigo sentir os olhos da minha mãe me encarando de lado, mas não me viro para encontrá-los.

— Achei que talvez depois da Brooke, no outono passado... que aquilo não tinha passado de uma brincadeira pra você e pra Alice. Isso que vocês duas estão fazendo é perigoso. E eu... olhei seu guarda-roupa.

Agora, sim, eu me viro para encará-la.

— Você mexeu no meu espaço privado? A senhora sempre disse que o meu quarto era *meu*.

— Quando a Alice me mandou mensagem e tive que ligar pra Ricky, eu não sabia o que fazer. Era droga? Alguma outra coisa? Só estava procurando um motivo que faria você se colocar em perigo por vontade própria, que te faria invadir um lugar de propósito. O que mais eu deveria fazer? E por quê, Íris, *por que* você tem todas aquelas fotos daquela coitada da Remy Jackson?

De repente as lágrimas que me esforcei tanto para conter enquanto estava na cadeia irrompem. Não sei como explicar para ela o porquê de a Remy ser importante para mim, o porquê de a Brooke ter sido, o porquê de a Park e a Kennedy, duas garotas que, ao longo dos anos, só souberam pegar no meu pé, de repente importam. Mas eu me *importo*.

— Eu... — Seco o rosto com vigor. — Eu só... Isso não é certo. Não sei como explicar. Só não é certo... garotas sendo feridas. E parece que ninguém se importa.

— Íris, querida — apela minha mãe. — Não é sua responsabilidade resolver isso. Isso é coisa da polícia. Você tem dezessete anos. Deveria estar estudando e patinando e se preocupando com namoros ou com a escola ou...

— Minha vida nunca foi tão simples — digo, sem emoção.

— Eu acho que talvez você e a Alice precisem passar um tempo longe uma da outra — diz minha mãe, baixo.

A NOITE DO CRIME

— Como é que é? O que você... Isso aí é idiotice. Não. — Balanço a cabeça. Passar um tempo longe da Alice? Isso é ridículo. — Você não pode afastar ela de mim. Ela é minha *amiga*.

Eu tenho os Pés-Rapados, o Spike em especial, mas... a Alice é diferente. Eu nunca tive uma *amiga* próxima. Até ela aparecer.

— Íris...

À frente está o Hospital Mercy. A Kennedy. Numa cama de hospital, vagando por algum sonho induzido, seu corpo tentando curar os ferimentos que sofreu.

— A gente pode parar ali? — pergunto, de repente. — Não posso ir pra escola hoje. Não dá. Mas podemos ir lá? Por favor. Pra ver a Kennedy. Eu só preciso ver ela.

Minha voz sai tremida, e talvez isso faça minha mãe amolecer, porque, quem sabe por estar aliviada, ela diz delicadamente:

— Sim, Íris, podemos.

Minha mãe está no refeitório lá embaixo. Disse que eu tenho quinze minutos e que depois vai me levar com ela para o Pouso na Lua. Não quer que eu fique em casa sozinha.

Do lado de fora do quarto da Kennedy tem um segurança, que parece um troglodita, encarando resolutamente o espaço. Belisco meu antebraço com força suficiente para lágrimas surgirem em meus olhos.

— Nada de visitas — diz ele, com rispidez.

— Por favor — digo. — Ela é minha amiga. Só quero ver como ela tá. *Por favor*.

Há lágrimas caindo em minha camisa. Talvez agora elas sejam uma mistura da dor com o cansaço da noite passada, mas são também pelo comentário da minha mãe sobre me afastar da Alice.

— Por favor — sussurro, sentindo como se eu estivesse em *Oliver Twist* ou algo assim. — Por favor, moço. Minha amiga, sabe, a Brooke Donovan, ela foi assassinada no outono passado. Lembra disso? E eu só... não quero perder mais ninguém.

Ele suspira e olha de um lado para o outro no corredor.

— Tudo bem. Cinco minutinhos.

Abro a porta do quarto. Não sei o que esperava. Quero dizer, a Kennedy está *mesmo* em coma. Há esparadrapos ao redor da cabeça e seu rosto está superinchado, os olhos rodeados por hematomas escuros. Seriam por conta do inchaço no cérebro?

Há tubos por todos os lados. No nariz, na boca, nos braços. Ao redor dela, máquinas emitem barulhinhos. A cena meio que me deixa sem ar.

— Ai, meu Deus, é você.

Me viro em direção à voz. No canto da sala, uma garota mal-humorada de uns treze anos está toda encolhida numa cadeira, o celular numa das mãos e, na outra, um copo descartável de café.

— Rayne — diz, assentindo para a Kennedy. — Meu lugar é ao lado dela. Irmã mais nova. Você é amiga da Alice Ogilvie. Já ouvi falar de você. Sugiro que se retire agora, antes que eu diga pro Boneco de Ação do lado de fora te chutar pra fora.

— Eu só quero ver ela — digo. — Só vou ficar um minutinho.

Me aproximo da cama.

— Eles vão começar a acordar ela amanhã — conta Rayne. — Tenho certeza de que ela vai ter muito a dizer quando abrir os olhos. Pelos menos, é isso o que *espero*.

— Eu também.

Rayne se levanta e para ao meu lado.

— Eu não gosto dela, óbvio, porque ela é horrível, mas ainda assim a amo. Sabe?

Olho para a garota. Não me lembro da Kennedy ou da Alice algum dia terem mencionado uma irmãzinha.

Ela sorri e joga o cabelão castanho por sobre o ombro.

— Sei no que você tá pensando. A Becks nunca fala de mim. Eu estava num internato. Sou uma criança problemática.

— Tá, né? — digo, devagar.

— Você devia ir — diz ela. — Meus pais não ficariam felizes em ver você aqui e eles vão voltar da delegacia a qualquer momento. Acho que descobriram algo novo no caso.

— Ah, é mesmo? — pergunto, tentando manter a voz tranquila. Não quero que ela perceba como estou interessada no assunto.

— Talvez — responde. — Alguma coisa sobre roubo. O colar da Beck sumiu. Minha mãe disse pra ela não o usar. É supervalioso. Mas minha irmã nunca escuta ninguém. Também acho que eles têm novas provas. Tipo, eles acham que a Park tinha um cúmplice.

— Um colar? — pergunto.

Estou tão cansada por conta da noite passada que a palavra fica ecoando na minha cabeça.

— Aham. A Becks usou aquele treco no baile e agora está desaparecido.

Volto a pensar na noite do baile Sadie Hawkins. Ela estava usando aquele colar supercaro. Durante a briga, a Park quase o arrancou do pescoço da Kennedy. Tento lembrar se a Kennedy ainda o usava enquanto a gente esteva com ela no escritório, mas como eu teria reparado nisso? Ela estava ferida e com o corpo e o rosto cobertos de sangue.

Rayne dá um gole no café e continua a falar:

— Tipo assim, se você me perguntar, não existe nenhuma chance de a Park ter feito isso. Ela é mais do tipo que puxa seu cabelo e manda mensagem pelas suas costas, e sei bem do que tô falando. Frequento uma escola onde as garotas te degolariam só por olhar torto pra elas, e a Helen Park não é assim.

Analiso a Rebecca, que está deitada na cama, imóvel. Será que o Alex Schaefer queria o *colar*? Ele de fato falou que, quando alguém pega algo que é seu, é preciso pegar de volta. E se a polícia acha que a Park tem um cúmplice, mas eu e a Alice não acreditamos que ela estava envolvida, então... quem estava trabalhando com o Alex? A menos que...

Estou *tão* cansada.

— Que agradável — comento, me afastando um pouco da Rayne e indo até o pé da cama, onde está o prontuário médico. — Você se importa?

Rayne bufa.

— Você virou médica agora? Consegue ler essas coisas?

— Só tô dando uma olhadinha — digo, pegando o prontuário e folheando as páginas.

Não consigo entender porcaria nenhuma, na verdade, mas mesmo assim tiro algumas fotos. Talvez mais tarde venham a ser úteis.

— Qual é, você e a Ogilvie também vão desvendar esse caso? — A Rayne semicerra os olhos. — Vocês sabem de algo que não sei?

— Não — digo. — Provavelmente não. Eles encontraram alguma coisa no celular da Rebecca?

Ela solta uma risadinha.

— Nada além de nudes e mensagens idiotas. A Beck não é muito inteligente, sabe?

— Então nada de interessante? É possível que ela estivesse mandando mensagem pra um cara chamado Alex Schaefer?

— Só as coisas bestas de sempre. — Ela para, pensando. — Você disse Schaefer?

— Aham.

Ela me olha de um jeito estranho.

— Acho que meus pais não falaram nada sobre mensagens de alguém chamado Alex, mas... sabe, tem todo esse lance de motel. As Ondas. O cara que é dono se chama Schaefer. Meu pai tem falado muito sobre ele. Por conta do resort.

— O... o resort? — gaguejo.

A NOITE DO CRIME

Com todas essas novas informações, meu cérebro fica parecendo uma máquina de *pinball*. Colar desaparecido, cúmplice, Alex Schaefer, resort.

— A empresa do meu pai. Ele tá transformando um monte de terreno na Rodovia 1 em algum tipo de megaresort. Esse motel... o proprietário está resistindo. O dele é o único que continua de pé. O resto da galera que morava por lá já aceitou o dinheiro. Não dá pra construir um resort de luxo do lado daquela espelunca de motel, né? Tudo o que eu sei é que ninguém deveria mexer com o meu pai. Ele sempre sai ganhando.

Ah, é mesmo. Quando a gente foi até lá dar uma olhada no Alex, o pai dele estava atrás do balcão.

Empreendimentos Berayne. Be... Rayne. Rebecca... Be... Rayne. Ahhh.

O Alex Schaefer machucou a Rebecca Kennedy como forma de se vingar pela ameaça ao motel da família dele?

Mas, então, o que mais ele tanto queria do escritório no castelo? As caixas da Mona estavam reviradas. O colar da Rebecca desapareceu.

— Tenho que ir nessa — digo, com pressa.

— Espera aí, por quê? No que você tá pensando? Não me deixa aqui curiosa.

— Não posso te contar.

Olho de volta para Kennedy e pontadas de empatia atravessam meu corpo. Ela não merece isso. Ninguém merece.

— Foi ótimo te conhecer — digo. — Espero que as coisas melhorem no internato.

— Ah — exclama Rayne, voltando a se sentar na cadeira com o café e o celular. — Eu não vou voltar para aquele inferno. Vou ficar na cidade, em Enseada do Castelo. As coisas são muito mais interessantes por aqui.

CAPÍTULO TRINTA E UM

ALICE
17 DE FEVEREIRO
12:30

"Nossa arma é o nosso conhecimento. Mas, não se esqueça, pode ser um conhecimento que talvez não saibamos que temos."
AGATHA CHRISTIE, Os crimes ABC

ASSIM QUE O SINAL anuncia o almoço, corro da aula de Biologia até a biblioteca.

A última vez que procurei um lugar aqui foi quando eu e a Íris tivemos uma briga no outono passado. Ela estava planejando deixar a cidade, se mudar para Pinheiros Uivantes e eu, bom, fiquei bem irritada porque ela nem tinha se dado ao trabalho de contar os planos para mim, sua suposta amiga.

Agora, no entanto, me arrependo de não a ter incentivado. Talvez, se tivesse ido, ela estaria na costa mais ao norte com a mãe, ainda tirando as melhores notas, trilhando uma ótima trajetória. E não sendo tirada da cadeia da cidade hoje cedo.

Pego o cantinho mais distante da mesa da bibliotecária, tomando cuidado ao tirar o diário de dentro da mochila. Mais cedo, não tive muito tempo para olhar direito. Precisei vir para a escola a tempo de entregar o trabalho da aula de Francês e então fazer uma aparição na de Biologia para que a Henderson não me enchesse o saco.

A NOITE DO CRIME

A capa do diário é de couro, rachado e gasto. Deve ter décadas de idade. Eu o reviro nas mãos, examinando-o, mas no lado de fora não há nem sinal da identidade de seu dono.

Abro-o com cautela e me dou conta de que as condições de dentro são bem piores do que as do lado de fora. As páginas estão grudadas (provavelmente por conta da idade) e reluto a tentar soltá-las. E se eu acabar rasgando? A única coisa escrita que encontro é uma letra cursiva à moda antiga, quase desaparecendo por conta do tempo, e é, basicamente, impossível de ler.

Por que foi que o Alex Schaefer acabou com esse diário no bolso?

Deixo a cabeça cair sobre as mãos. Estou cansada. Desde cedo, hoje não está sendo o meu dia, então não sei o que estava esperando. Que o diário revelasse todo seu conteúdo para mim? Que provasse a inocência da Park logo de cara ou que me desse alguma pista sobre as motivações do Alex?

Ao lado, meu celular toca sobre a mesa. Uma distração não seria nada ruim agora, então eu o pego.

É o grupo dos Pés-Rapados de novo. Estão escrevendo sem parar desde a noite de ontem, quando a Íris foi levada para a delegacia e, agora que foi solta, estão todos tentando conseguir alguma resposta dela. Eu já disse que ela está bem, que agora está com a mãe e mergulhada em apuros, o que provavelmente é o motivo de não estar respondendo, mas eles não escutam.

A última mensagem é do Neil. Leio-a sem nenhum interesse e então volto a olhar o diário. Fico pensando uma coisa enquanto tenho dificuldade para entender as palavras na página à minha frente.

Uma mensagem do Neil... o Neil... me endireito e pego o celular mais uma vez. A mãe dele tinha todos aqueles aparatos no museu. Será que...

Será que a sua mãe tem alguma coisa no museu que possa me ajudar a ler coisas antigas??, mando só para ele.

Ele responde no mesmo instante: *Tipo o quê?*

SI, algo que, tipo, pode ajudar a ler tinta desbotada?

Sim. A galera leva umas coisas assim o tempo todo pra ela. Cartas antigas. Receitas. Diários. Ela usa uma luz UV especial. Pq?

Ignoro a pergunta dele, devolvendo devagar o celular à mesa. O sinal toca no alto e um burburinho baixo começa às minhas costas enquanto todo mundo junta as coisas para ir para a aula.

Eu faço o mesmo, mas não para ir para a aula. Espero um tempo no banheiro do lado de fora da biblioteca até que os corredores fiquem quietos e, então, pego a saída lateral da escola.

Quando chego na Sociedade Histórica, só tem uma pessoa lá dentro, um senhor de idade vestindo uma calça larga e uma camisa de botões, examinando os conteúdos de um expositor de vidro. Não vejo a sra. Cetas em lugar nenhum.

Pigarreio na expectativa de chamar a atenção do homem (talvez ele saiba onde ela está), que me ignora.

— Com licença, o senhor sabe onde está a sra. Cetas? — pergunto, mas ele não me responde. — *Olá?*

Estou quase andando até ele quando a sra. Cetas aparece.

— Posso ajudar? — pergunta. Quando me vê, suas sobrancelhas se arqueiam em surpresa. — Alice?

Ela olha para o relógio na parede e depois de volta para mim.

— Ainda está no horário de aulas. O que você está fazendo aqui?

Limpo a garganta de novo.

— Bom, na verdade, estou aqui *por causa* da escola. O Neil chegou a mencionar o projeto de genealogia que a nossa turma está fazendo na aula de biologia?

Ela assente.

— Então, por conta disso eu me interessei de verdade pela história de Enseada do Castelo. Aliás, esse museu é muito legal. Tenho falado pro Neil como, qualquer hora dessas, eu iria amar passar um dia inteiro aqui. Mas, enfim, encontrei um diário antigo. Acho que é possível que tenha alguma conexão com meus parentes. Eu realmente tô aqui por motivos *educacionais*.

Dou a ela meu melhor sorriso.

— Um diário antigo? — pergunta, parecendo confusa.

— Aham! — Coloco a mochila no chão e procuro pelo diário, entregando-o à sra. Cetas. — A questão é que está praticamente impossível de ler. A tinta desbotou pra caramba e as páginas estão todas grudadas. Acho que, tipo, deve ter uns cem anos.

A sra. Cetas o revira, e então olha para mim com uma expressão curiosa no rosto.

— Onde você encontrou isso? — pergunta, depois de um momento demorado. — Alice Ogilvie, eu não consigo acreditar que você esteve zanzando pela escola com isso aqui enfiado na mochila, exposto. Pro meu escritório, agora.

Assim que chegamos lá, ela pega um par de luvas brancas e um painel de vidro, colocando-o no centro da mesa e, com cuidado, deposita o diário ali. Um segundo depois, ela parece se lembrar de que estou aqui.

— Por favor, sente-se — diz, ajustando o painel de vidro sobre o diário.

Obedeço, observando em silêncio enquanto ela examina o material. Depois de um momento, ela se levanta e vai até o outro lado da sala, então pega um objeto longo e fino.

— Primeiro... a luz. E então... — Ela vai até sua mesa e pega dois pares de óculos. — Você precisa colocar isso. A luz UV não faz bem para os olhos.

Pego um dos óculos de sua mão. Não fica bem em mim, mas acho que ser detetive não pode ser apenas glória e glamour.

— A gente precisa deixar a sala o mais escura possível. Você pode apagar as luzes?

Assinto e vou até o interruptor. A sala cai em escuridão, mas logo em seguida surge uma luz azul-esverdeada lançando sombras estranhas pelo ambiente.

A sra. Cetas pega a lâmpada e a entrega para mim.

— Pode segurar isso para que eu possa ficar com as mãos livres? Coloca sobre o diário, assim.

— Beleza.

Pego a lâmpada.

— Só me dá um minutinho, querida, e aí você pode olhar — diz ela, se inclinando sobre o diário. Com muito cuidado, seguro a lâmpada com firmeza enquanto ela folheia as páginas. — ... muita coisa aqui sobre estilistas de vestidos — murmura. Então mais um longo momento se passa e ela olha para mim, arqueando as sobrancelhas em vê. — Alice, de quem você disse que era esse diário?

— Hum... não sei direito de quem era... — Hesito, considerando quanto deveria contar. Tenho quase certeza de que ela não ficaria nada empolgada em saber que ele veio diretamente da sala de evidências da delegacia.

— Alice. — A sra. Cetas fica ereta abruptamente. — Esse diário é da Mona Moody. — Então semicerra os olhos para mim. — E, na última vez que o vi, ele estava sendo levado para o castelo em caixas que eu mesma empacotei para a retrospectiva dela. E me disseram que ele agora estava em posse da polícia. Onde foi que a senhorita conseguiu isso?

— Nossa, esse diário é da *Mona Moody*?

— É, sim. Agora, por favor, me conta: onde você conseguiu isso?

Engulo em seco e decido apostar no fato de que ela é tão legal quanto penso.

— Eu não fazia ideia de que era o diário da Mona Moody. Eu o encontrei no castelo na noite do baile antes de... você sabe, tudo aquilo acontecer. — Minto um pouquinho nessa parte. — Só fui me lembrar dele na noite passada, quando o encontrei no casaco que usei aquela noite.

— Você o *encontrou*? Alice, isso é propriedade estatal. Isso é crime.

Finjo um ar de inocência.

— É *mesmo*? — E consigo notar que ela não compra minha atuação.

— E agora você precisa de mim pra te dizer o que tem aqui dentro porque...?

— Como eu falei, coisa da escola.

Depois de um bom tempo, durante o qual devo ter envelhecido aproximadamente quatro anos, ela meneia a cabeça.

— Eu não vou mais te pressionar — diz. — Mas seja lá qual for a informação que eu acabar te dando, é melhor que você a use para o bem, não para o mal, ou então a senhorita vai ter que lidar com muitas consequências. Está me entendendo?

Minha garganta fica seca na hora.

— Estou.

— Tudo bem. Vou te dizer logo de cara que esse diário já viu dias melhores, mas acho que consigo entender algumas passagens, em especial nas últimas partes. Essas páginas foram mais preservadas dos elementos externos. Vamos começar.

Ela pigarreia.

— A primeira entrada data de dezembro... não consigo entender a data direito, mas é do ano de 1947. "Noite passada eu usei o vestido mais lindo do mundo, da Dior." A linha seguinte está desbotada demais para ser compreendida, então vou só ler o que consigo: "verde-escuro belíssimo", "quem vai mudar a minha vida", "a noite toda, então precisei sair com o Charles", "hoje de manhã eu o encontrei, enfiado na parte de dentro." Hum, me pergunto a que ela estava se referindo aqui...

Com meticulosidade, ela vira as páginas.

— Aqui tem mais uma que consigo entender, datada de 23 de abril. Não tenho certeza de que ano. "Verdadeiramente ter o tipo de fama que sempre almejei", "gravando em Palm Springs." Será que ela está fazendo o *Boom Shakalaka*? Esse foi seu primeiro papel importante em um estúdio. "Parto em uma semana", "não me dei conta de que ele também estaria lá", "É quase como se fosse coisa do destino, mas não posso escrever..."

— Quem é *ele*? — pergunto, e a sra. Cetas pestaneja para mim come se tivesse esquecido que estou aqui. — Naquela entrada — explico —, de quem você acha que ela estava falando?

A mãe do Neil franze o cenho.

— Bom, se ela está mesmo se referindo ao *Boom Shakalaka*, poderia ser o outro protagonista, o Clifford Hayes. Ao que tudo indica, os dois eram grandes amigos. Mas é difícil afirmar com certeza, já que está sem data. O filme saiu em 1949, então eles gravaram em algum momento de 1948.

De novo, ela vira mais algumas páginas tomando cuidado.

— Outra entrada. "4 de ab"... acho que podemos supor que significa quatro de abril. Mais uma vez o ano está desbotado demais "... quente hoje no set de", "a gravação demorou e ele", "uma pena terrível". A entrada seguinte é de junho, e enfim temos um ano: 1948. Então ela deve estar falando de *Boom Shakalaka* mesmo. Não consigo entender muito, só algumas frases curtas e palavras soltas. "... de novo quente", "deserto", "vindo atrás de mim", "é isso o que tive", "durante a vida toda quando eu era..."

A sra. Cetas ajeita a postura, levando a mão à lombar.

— Me dá um minutinho... Ok, vamos lá. "21 de junho, 1949." Enfim uma data que consigo ler inteira. Pelo que vejo, essa é a última entrada legível, mas é mais babadeira que as outras. "A última vez que escrevi foi há muitos meses", "presa no castelo", "quatro paredes desse quarto estão se fechando ao meu redor", "encarando as flores no papel de parede por meses a fio", "o dr. Gene é o único", "vem e se senta", "não quero tomá-los, mas ele diz que eu devo para que…"

Ela para de ler, franzindo o cenho para a página.

— Isso aqui é estranho. Acho que… — Ela caminha até a estante de livros ao lado de sua mesa e pega um livro grosso intitulado *A história de Enseada do Castelo*. — Se eu me lembro bem… Isso, está aqui. Mona Moody, pelo que sabemos, não estava em Enseada do Castelo em junho de 1949, e sim no sanatório onde tratou a tuberculose.

Então se volta para o diário e diz:

— Mas aqui… não, não estou lendo errado. Aqui claramente está escrito junho. O que ela quer dizer com "presa no castelo… encarando as flores no papel de parede por meses a fio"? Isso parece indicar que ela estava aqui, não? Em Enseada do Castelo?

Papel de parede florido. Onde foi que vi um assim por esses tempos? Penso nos últimos acontecimentos, tentando lembrar, e então de repente tudo se encaixa. Aquele quartinho bizarro no castelo. O que não tem porta. *Aquele* quarto tem um papel de parede florido.

E se… Um arrepio atravessa minha coluna.

Eita, o que estou pensando é quase péssimo demais para se considerar.

— Preciso dizer, estou feliz que este diário não esteja mofando na sala de evidências da delegacia de Enseada do Castelo, armazenado de modo impróprio — comenta a sra. Cetas. — É inestimável. Sendo honesta, a gente devia ter tido mais cuidado com ele mesmo quando estava aqui. Mandá-lo para o castelo naquelas caixas… — Ela balança a cabeça. — Não foi um de nossos melhores momentos, devo dizer. Apesar do caráter introspectivo da Moody, este diário devia ser tratado com cuidado pelas pessoas certas. Obrigada por trazê-lo de volta, Alice.

Levo um balde de água fria. Ela vai ficar com o diário. *Claro* que vai. Eu devia ter esperado isso desde o começo. Mas acho que não importa muito, levando em conta que é praticamente impossível lê-lo sem esse aparato que custa uma fortuna.

— Tem algum jeito de tirar umas fotos? Das páginas que a gente leu? Pro meu projeto — adiciono, com rapidez.

— Não tem como — diz —, mas você pode anotar as informações que quiser... eu sei, sou bem velha... ou posso escanear as páginas, se preferir, que tal?

Saio do museu um tempinho depois com as entradas do diário escaneadas e guardadas em segurança dentro da mochila, tonta de tantas perguntas.

O que aconteceu com Mona Moody em 1949? Se ela estava no castelo, e não doente num sanatório, por que eles mentiriam sobre isso? Será que foi porque a Mona estava sendo mantida naquele quartinho sem porta, como uma prisioneira dentro de sua própria casa?

E, o que é mais importante para a situação da Park, por que o Alex Schaefer e seu cúmplice passaram por todo esse perrengue para roubar um diário antigo na noite do baile?

Mesmo sabendo que deveria cuidar disso por conta própria, que deveria deixá-la fora disso, também estou me dando conta de que tem algo muito estranho mesmo nesse caso, e que a Park precisa da nossa ajuda. Então sinto um frio na barriga ao enfiar toda a minha culpa goela abaixo e pego o celular.

Preciso falar com a Íris.

CAPÍTULO TRINTA E DOIS

ÍRIS
17 DE FEVEREIRO
14:30

"Não se desespere, meu anjo. Arruma esse
rabo de cavalo, seca as lágrimas e ajeita a saia.
A gente vai resolver essa bagunça bem rápido,
vai ser mamão com açúcar."
MONA MOODY, *Problema em dose dupla*, 1946

ESTOU COM O CADERNO do caso aberto sobre a mesa no Pouso na Lua, para onde minha mãe insistiu que eu viesse depois de deixar o hospital, porque não queria que eu fosse para casa. Estou fazendo anotações das fotos que tirei do prontuário da Kennedy. Eu *não* chego a entender o que *todos* aqueles nomes e termos significam e vou ter que passar um tempo pesquisando no Google ou, tipo, perguntando para o Neil, que basicamente é uma versão de carne e osso do Google, mas, para ser sincera, não parece nada bom. Há diagramas corporais indicando a localização das quatro apunhaladas, a hemorragia cerebral, a fratura do crânio, o pulmão perfurado e o ferimento na cabeça. Acho que serve para a pessoa que troca os curativos saber exatamente onde e o que mudar, mas vai saber. Esse ferimento do golpe que a atingiu em cheio na cabeça tem dois centímetros e meio de profundidade e dez centímetros de largura. Seja lá onde o candelabro esteja, é provável que ainda contenha a pele e o cabelo dela. Sinto um calafrio.

— Que bom te ver por aqui.

Ergo o olhar e encontro Ricky Randall se ajeitando na poltrona à minha frente. Então, ela coloca sua bebida sobre a mesa.

— Sua mãe fez você vir pra cá? — pergunta. — Pra ficar de olho em você?

— Acertou em cheio — digo.

Ela vira o caderno do caso e faz uma careta.

— Coisa de louco o que aconteceu com aquela garota. Quer que eu te conte um segredo?

— O quê?

Ela se inclina sobre a mesa.

— Eles pegaram alguém. Tão interrogando a pessoa agora mesmo.

Meu coração parece que vai sair pela boca. A Rayne disse que a polícia achava que a Park tinha um cúmplice e que os pais dela estão na delegacia por conta das novas informações descobertas.

— É o Alex Schaefer?

— Não posso confirmar nem negar. Eu não devia estar te encorajando, sabe?

Só *pode* ser o Alex. Então, para variar, os policiais de fato *estão* fazendo a coisa certa.

Ela dá um longo gole na bebida.

— Pelo jeito esse é o ponto-final do caso.

Volto a olhar para o caderno do caso.

— Ou estou errada? — pergunta Ricky. — O que você e a Endinheirada estão aprontando dessa vez? Falando nisso, cadê a tampa da sua panela? No geral vocês estão sempre grudadas uma na outra.

— Não sei. Minha mãe não quer mais a gente andando juntas. Mas vou te falar — digo, me inclinando para a frente. — Tem muita coisa que a gente ainda não entendeu. Tipo, o Alex, se for ele *mesmo* que está com a polícia agora, esteve procurando pelas plantas do castelo lá na Sociedade Histórica na semana passada. Talvez olhando os quartos que poderia roubar. Mas, se for isso, em que parte dessa história entra a Kennedy? Ele roubou o colar dela? Porque a joia sumiu.

— Hum-hum — murmura Ricky. — Pra mim tá parecendo roubo interrompido. Talvez ele e a Park tivessem bolado alguma coisa. E a Kennedy deu de aparecer...

— Isso não explica o bilhete.

— Que bilhete? — pergunta Ricky.

— Tinha um bilhete pedindo pra alguém, talvez a Rebecca, ir até o escritório. Era isso o que a polícia tinha pra jogar a culpa na Park. Bom, isso e o fato de que ela estava com o abridor de cartas quando a Alice a encontrou. E as brigas que teve com a Kennedy na frente de todo mundo.

— Talvez ele soubesse, antes do baile, que ela estaria usando o colar de algum jeito. Eles se conheciam? — Ricky me bombardeia com perguntas.

— Meio que sim? — digo, dando um gole na Coca-Cola. — O pai da Rebecca quer construir um resort todo chique num terreno ao lado do motel do pai do Alex. Os Schaefer não querem vender a propriedade e parece que a coisa tá feia, então, talvez...

— Você acha que o Alex a atacou por causa disso.

— Talvez? Mas, se ele tinha um cúmplice, e a gente acredita que sim, porque, antes de entrar no escritório, a Park ouviu duas pessoas brigando, mas nenhuma das vozes era da Rebecca, e é aí que a coisa fica complicada, porque... quem é essa pessoa? Pessoa X? E o que *ela* queria?

A Ricky mexe num anel prateado no dedo, pensando. E isso está me deixando nervosa, então começo a falar:

— A questão é: se o Alex queria se vingar da Kennedy, ele podia ter feito isso a qualquer hora, em qualquer lugar, certo? Então por que foi no baile? É aí que a Pessoa X deve entrar, você não acha? Lá no escritório, havia caixas com coisas da Mona Moody que foram reviradas. A Pessoa X as queria, e então achou que a noite do baile, quando haveria tanta gente lá, seria o momento perfeito. E quem *é* a Pessoa X? Será que *ela* queria o colar...

— Vai com calma, Íris — corta Ricky, pegando minha mão. — Olha só pra você. Está tendo um siricutico.

Respiro fundo algumas vezes.

— Desculpa.

— É tudo um quebra-cabeça — aponta Ricky, com paciência. — Mas você precisa fazer uma coisa por vez. A polícia está cuidando disso. A minha vontade é dizer pra que você se acalme, seja paciente e veja o que vai sair disso, mas a advogada e a fã de mistérios que existem em mim conseguem ver que você está sedenta.

— Sedenta? — pergunto.

Do balcão, minha mãe está olhando para mim. Mas ela não tem por que ficar brava... Só estou conversando com a Ricky. Meu celular emite um barulhinho. Enquanto ela continua falando, olho para baixo.

— Você resolveu um caso. Bom, um caso e meio, porque descobriu o lance do treinador, mas isso segue não resolvido, e agora você está *sedenta*. Pra resolver mais um. Mas abre o olho, entendeu? Essas coisas... têm um preço. E você já tem muito com que lidar, não acha?

É a Alice. Alguma coisa sobre o diário...

— Íris?

Um diário? A Mona Moody sendo mantida num quarto secreto por meses a fio...

— Foi mal, o que disse? Só tô...

Levanto os olhos, piscando, e mal escuto a Ricky. Ela termina a bebida, suspira e me dá um sorriso resignado.

— Nada. Não falei nada.

MENSAGENS TROCADAS ENTRE ALICE OGILVIE E ÍRIS ADAMS

17 DE FEVEREIRO

14:40

AO: Eu não ia falar nada pra você por conta de tudo o que rolou na noite passada mas agora eu TENHO que contar pq tô surtando. O Raf me disse que tinha um diário no paletó que a gente achou no castelo, mas os policiais não acharam que era importante… entãooooo

IA: Você não ia me contar?? Qual é, Alice?

AO: A sua mãe tava tão brava, Íris, não quero arrumar mais problema pra você

IA: Sou bem grandinha já. Não preciso que você tome essas decisões por mim

AO: Eu sei

AO: Foi mal

IA: Não esconda as coisas de mim

AO: Não vou

AO: Prometo

IA: Que bom. Agora… o que rolou com esse diário?

AO: Tá, então eu fiz o Raf roubar ele da sala de evidências

IA: No fim das contas talvez eu não queira saber

AO: Relaxa. Eles não iam fazer nada com o diário! Por isso ele deu pra mim e ADIVINHA?? É da Mona Moody

IA: Da Mona Moody? Pq o Alex roubaria isso?

AO: Tenho nem ideia. Talvez ele nem soubesse que era dela, vai saber? É bem velho e pedi pra sra. Cetas me ajudar a ler

IA: A sra. Cetas? Pelo visto você andou ocupada sem mim
AO: Eu sei, já falei que sinto muito! Mas presta atenção. Acho que por algum motivo ela tava sendo mantida presa naquele quarto secreto bizarro do castelo
IA: COMO ASSIM?
AO: Pois é. Te conto mais quando a gente se encontrar pessoalmente, pode ser? De qualquer forma tenho que pegar meu carro lá no seu prédio
IA: Tô no bar
AO: OK, fica pra amanhã então
IA: Pera também tenho informações novas. Vi a Rayne
AO: A irmã da Kennedy??
IA: Aham, eu passei no hospital e vi que ela tava lá e ela me disse que o colar da Rebecca foi roubado na noite do baile
AO: Acho que lembro de ter visto. Parecia ser caro pra caramba
IA: Aham... o que pode ser uma das motivações do Alex. Ele queria o colar. Ou... foi a Pessoa X, o cúmplice
IA: Flw, minha mãe tá olhando pra mim mas a gt se fala amanhã
AO: Ok. Amanhã.

TRANSCRIÇÃO DO INTERROGARTÓRIO ENTRE DETETIVE MARK THOMPSON E ALEX SCHAEFER

17 DE FEVEREIRO
15:04

Thompson: Aqui é o detetive Mark Thompson. Antes de começarmos, sr. Schaefer, quero que saiba que esta conversa está sendo gravada.

Thompson: Pode confirmar para a gravação que o senhor leu os seus direitos?

Schaefer: Li.

Thompson: Obrigado. O senhor pode nos dizer seu nome e idade, por favor?

Schaefer: Alexander Schaefer, 18 anos.

Thompson: Na noite de 11 de fevereiro de 2023, o senhor esteve presente no Castelo Levy, trabalhando como garçom para o Esplendoroso Serviço de Bufê, correto?

Schaefer: Aham.

Thompson: O senhor reconhece isso?

Schaefer: É a folha de ponto do meu turno. A gente assina assim que chega e quando sai de um evento. Quando fazemos pausas. Essas porcarias aí.

Thompson: E também tem que assinar ao pegar o paletó a cada turno?

Schaefer: Aham. Eles fazem a gente pagar se acabar estragando ou perdendo.

Thompson: Tem um número dentro de cada paletó. O seu é o 31?

Schaefer: Sei lá. Deve ser.

Thompson: O senhor entrou às 17:30 e saiu fez um intervalo às 20:50. Aonde você foi?

Schaefer: A lugar nenhum. Em geral, fiquei na cozinha. Circulando.

Detetive Thompson: Você subiu até o segundo andar?

Schaefer: Talvez. É, foi. Eu estava entediado. Não dava pra sair, estava chovendo bem forte. Não queria ficar moscando na cozinha.

Thompson: Você passou vários meses no reformatório por conta de pequenos furtos e agressões. Você foi para o segundo andar para, sabe, dar uma olhada? Talvez passar a mão em algo? Foi aí que você esbarrou na Rebecca Kennedy?

A NOITE DO CRIME

Schaefer: Quem? Não sei quem é essa. O que tá pegando aqui, cara? Você já falou comigo uma vez no castelo. Vou ter que repetir tudo? Você é burro? É, fiz uma pausa. Fui lá pra cima. Não peguei nada. E então desci de novo e tudo virou uma zona.

Thompson: Você nunca chegou a assinar sua saída. Nem devolveu o paletó. Na verdade, você pediu as contas no dia seguinte. Por quê?

Schaefer: Eu acabei de te contar o que aconteceu. Tudo virou uma zona e eu dei no pé. Pedi as contas porque odiava o trampo. E, de qualquer forma, tenho outro emprego. É isso.

Thompson: Deixe-me ir direto ao ponto. A sua assinatura na folha de ponto mostra que você pegou o paletó de número 31, que nunca foi devolvido. O paletó de número 31 foi encontrado no terreno do Castelo Levy pouco tempo atrás, com manchas de sangue significativas que batem com o sangue de Rebecca Kennedy, que atualmente está em coma no Hospital Mercy. As digitais da sua ficha juvenil batem não apenas com as que encontramos na mesa da biblioteca quanto com as do abridor de cartas usado para apunhalar a srta. Kennedy, além de estarem na pia do banheiro do Castelo Levy e também neste bilhete. Aliás, o bilhete era para a srta. Kennedy? Você tinha algum relacionamento com ela?

Schaefer: Eu nunca me encontrei com essa garota na minha vida, cara. E talvez estive naquele cômodo. Não faço ideia.

Eu entrei em alguns quartos. Peguei umas coisas. Pensei em roubar, mas não roubei. Posso ter pegado esse treco… abridor. As pessoas pegam coisas e devolvem no lugar o tempo todo.

Thompson: Como as suas digitais foram parar no banheiro?

Schaefer: Não faço ideia. Talvez eu tenha ido lá para tirar a água do joelho.

Thompson: Como?

Schaefer: O que você quer dizer com isso? Preciso te ensinar a mijar? Se precisa que eu te ensine isso, então você tá cheio dos problemas.

Thompson: A porta que dá no quarto onde fica o banheiro e a pia em questão é aberta de um jeito especial, mas você sabia como abri-la. Como?

Schaefer: Cara, sei lá. Portas especiais, o que tá pegando? Aquela porta estava aberta quando eu entrei lá. Talvez essa tal de Kennedy possa ter aberto. Não sei.

Detetive Thompson: Tem uma pulguinha atrás da minha orelha. Como você explica o sangue no paletó que foi retirado no seu nome e que a gente encontrou no terreno do castelo?

Schaefer: Não tenho ideia. Eu pendurei o paletó lá embaixo, na cozinha, quando saí pra pausa e, quando voltei, tinha desaparecido. Talvez alguém tenha pegado. Talvez você devesse investigar isso. Talvez tenha sido a pessoa que machucou essa garota.

Thompson: Você reconhece essa foto?

Schaefer: Não.

Thompson: É você aqui?

Schaefer: A pessoa se parece comigo.

Thompson: E quem é ela?

Schaefer: Não sei.

Thompson: Você não sabe.

Schaefer: Não.

Thompson: Deixe-me refrescar essa sua cabecinha. Essa é a Helen Park. E esse? Esse é você. Com o braço ao redor dela e, bem, beijando-a no pescoço. Na cabine de fotos, na noite do crime.

Schaefer: Não sei quem ela é.

Thompson: É pra gente acreditar nisso? Aqui, nesta foto, você foi pego com ela em um ato bastante público de demonstração de afeto.

Schaefer: Sabe como é, né? Festas. Todo mundo tá entrando e saindo das cabines, tirando fotos estranhas. É todo um lance.

Thompson: Você se dá conta, meu filho, de que a gente tem o seu paletó? Seu paletó do bufê? O que você perdeu naquela noite? Eu só quero deixar isso claro, porque parece que você não está entendendo.

Schaefer: [silêncio]

Thompson: Você e a Helen Park estavam namorando? Ela te persuadiu… um garoto que não tem onde cair morto, um garoto disposto a mover mundos e fundos para a namoradinha cheia da grana… e então você se atolou na lama? Foi isso o que aconteceu? Foi para a Helen Park que você mandou aquele bilhete, para que ela te encontrasse lá em cima? Ou foi para a Rebecca, para que assim você e a Helen pudessem atacá-la e, meu Deus, me deixe pensar… roubar um colar que vale centenas de milhares de dólares?

Schaefer: [silêncio]

Thompson: Você roubou o colar da Rebecca Kennedy? Talvez para dar para a Helen Park? Ou vender?

Schaefer: Não sei do que você está falando.

Thompson: Foi você ou a Helen Park que acertou a Rebecca Kennedy com o candelabro?

A NOITE DO CRIME

Schaefer: Cande o quê? Eu não faço nem ideia do que seja isso.

Thompson: Meu filho, suas digitais estão por todos os lados no segundo andar. Inclusive em uma das armas usadas no ataque. Nós temos o paletó do seu uniforme do bufê que contém sangue da vítima.

Schaefer: [Risada.] Cara, vocês são tão burros.

Thompson: Você acha?

Schaefer: Você não tem nem ideia.

Thompson: O jogo acaba aqui para você, Alex. Já deu.

Schaefer: Ah, é mesmo?

Thompson: É, sim. Estou tentando te dar uma chance de explicar o que aconteceu. De um jeito ou de outro, eu vou descobrir, mas essa é a sua chance, garoto. Eu não a deixaria passar, porque, no fim das contas, a gente já te pegou. A questão que fica é: você vai arrastar mais alguém junto com você? Se nos contar, talvez isso te dê alguma vantagem.

Schaefer: Beleza. É. Fui eu. E… como é mesmo o nome dela? A Helen Park. Essa garota, ela me obrigou. Obrigou a fazer tudo isso. Ela planejou tudo. Me disse para passar um bilhete quando a estivesse esperando lá em cima. Achei que a gente só iria roubar algumas coisas, mas ela tinha outros planos a respeito daquela outra. Ela surtou lá no escritório, apunhalando a amiga, atingindo ela na cabeça; foi coisa de louco. Eu nunca vi nada como aquilo. Tentei impedir, mas era tarde demais e ela estava brigando comigo e eu bati no piano. Foi assim que a parede se abriu. Sei lá. Aquela merda foi estranha. Pergunta praquela garota, a Helen, sobre o colar. Eu nunca nem relei nele.

Thompson: Alex Schaefer, você está preso sob acusações de invasão de propriedade, roubo e conspiração na tentativa de assassinato de Rebecca Kennedy. Você tem o direito de permanecer calado…

CAPÍTULO TRINTA E TRÊS

ALICE
18 DE FEVEREIRO
08:33

"Nunca me deparei com um assassino que não fosse pedante... De nove entre dez casos, é a vaidade deles que os leva à ruína."
AGATHA CHRISTIE, *A casa torta*

ESTOU NO MEU QUARTO lendo Sherlock Holmes para a aula de Inglês quando meu celular vibra em minha perna.

Há uma nova mensagem, e meu estômago dá uma cambalhota no instante em que vejo quem a mandou.

Eles prenderam o Schaefer ontem, diz a mensagem do Raf.

Sorrio. Conseguimos. Nós o pegamos. A gente...

Chega uma segunda mensagem, que interrompe a minha comemoração interna.

> Ele alega que a segunda pessoa no escritório era a Helen Park. Tem uma foto dos dois mais cedo naquela noite em que eles parecem estar de romance. Além disso, diz que a Park lhe mandou dar um bilhete para a Kennedy quando ele pudesse encontrá-la

Seguro o celular com força enquanto encaro a mensagem, em choque. Aquela mensagem era da Park?

> Por que eles acham isso??
>
> **O Alex disse pra eles**
>
> **Agora a Park vai ser indiciada formalmente...**

Nem penso no que estou fazendo. Apenas me levanto, jogo a mochila no ombro e saio do meu quarto rumo às escadas. Meu coração está batendo tão alto nos meus tímpanos que nem ouço minha mãe me chamando até que já estou fora de casa.

Nos últimos quinze minutos, já mandei aproximadamente cinquenta mensagens de socorro para a Íris. Ela é a única pessoa com quem quero conversar. A única pessoa que vai entender

> **ÍRIS ADAMS TIRA ESSA BUNDA DA CAMA AGORA MESMO E ME ENCONTRA NO ESTACIONAMENTO**
>
> Você falou com o Raf??
>
> **O ALEX BOTOU A CULPA NA PARK!!!!**
>
> **SOS**
>
> **SOS**
>
> **SOS**
>
> Íris puta merda o que é tão importante assim pra vc tá me ignorando?
>
> **VOCÊ PODE DORMIR DEPOIS!**

Estou do lado de fora do prédio dela, no carro, batendo no volante com impaciência quando ela enfim responde.

ALICE AQUIETA O FACHO EU TÔ INDO.

A NOITE DO CRIME

ANDA LOGO!!!!!!!!, respondo, meus dedos tremendo.

Por fim, a porta do carro é aberta, revelando uma Íris irritada. Está digitando furiosamente no celular e ergue a mão quando começo a falar.

— Espera aí — diz, sem se dar ao trabalho de me cumprimentar.

Em seguida, desliza para o banco.

Depois de vários segundos demorados, ela deixa o braço cair ao lado do corpo e enfim encontra meus olhos.

— Quem era? — pergunto, apontando para o celular.

— O Raf — diz ela. — Ele me contou que...

Assinto.

— Aham. Contou pra mim também. E ele te contou...

— Que tem uma foto dos dois de mais cedo naquela noite parecendo estar de romance? Contou. A Park estava mentindo pra gente esse tempo todo, será?

— Não tenho ideia — digo. — Parece pouco provável, considerando o que a gente sabe sobre o Schaefer. O pai da Park não iria gostar nem um pouco se ela estivesse andando com alguém que tem uma ficha criminal. O Raf te contou a outra coisa também?

— Sobre o bilhete? Aham. — Ela começa a mexer no celular. — E ele me mandou uma foto dos fragmentos do bilhete que estão com a polícia. — Íris observa a tela e então respira o ar com força. — Ah, não.

— O quê? O que foi? — Estou bisbilhotando por sobre seu ombro, numa tentativa de ver a foto.

— Olha.

Ela me passa o celular. A tela mostra uma foto de um pedacinho de papel que claramente foi rasgado e, mais tarde, remendado com fita, com buracos irregulares no meio. Há coisas escritas dos dois lados do buraco.

— As partes que a gente tem diz "me encontra... escritório... 21:30" — relembra Íris. — Parece que elas se encaixam nesses buracos. Então, na íntegra, o bilhete dizia "R, me encontra no escritório às 21:30, H." — Ela me olha, chocada.

— Meu Deus — digo, levando um susto. — H. De Helen. Helen Park. Mas esse bilhete estava com a letra do *Alex*. O que é que está acontecendo, caramba?

Íris meneia a cabeça.

— Não sei, mas acho que a gente tem que fazer uma visitinha pra ela.

Vinte minutos depois, estamos parando em frente ao portão da Park.

— Oi? — diz uma voz grosseira pelo interfone. É o sr. Park.

Nunca o ouvi atendendo o interfone na vida. As coisas não devem estar nada legais na casa da Park neste momento.

— Oi, sr. Park — digo. — É a Alice Ogilvie e a Íris Adams. A gente precisa...

Antes mesmo de eu terminar de falar, há um barulho alto e o portão começa a se abrir devagar.

Perto da casa, somos recebidas por Frances, que acena nos mandando entrar.

— Eles estão no escritório do sr. Park — informa, nos levando através do saguão, passando pela cozinha e adentrando na ala oeste da casa.

Nunca cheguei a vir para esse lado. É onde ficam todos os cômodos dos pais da Park e, quando éramos mais novas, nunca tínhamos permissão para ir até ali.

No meio do extenso corredor, a Frances para em frente a uma porta fechada. Há vozes altas vindo dali. Vozes altas e *bravas*.

— Devo avisá-las — sussurra Frances, se inclinando para perto de mim e da Íris —, que o sr. Park está... atacado.

Antes que eu possa responder, ela bate na porta.

— *Que foi?* — grita uma voz.

Frances abre a porta.

— Senhor? Estou com...

— Bom, o que é que você está esperando? Mande-as entrar.

CAPÍTULO TRINTA E QUATRO

ÍRIS
18 DE FEVEREIRO
09:22

"Todos levamos duas vidas. A que mostramos para o mundo e a que vivemos em segredo, nas sombras."
MONA MOODY, *Sussurros sombrios*, 1948

A HELEN PARK ESTÁ sentada à nossa frente, de olhos vermelhos e ferozes. Não parece tão tímida quanto antes nem tão assustada, mas talvez deva ser porque ela sabe que foi pega no pulo.

Ao lado dela, seu pai está com a cara amarrada. Preciso admitir, ele me deixa nervosa para caramba. O homem se recusou a reconhecer minha presença quando eu e a Alice entramos. Não faço ideia do porquê disso, mas nós duas temos um trabalho a fazer, então por ora vou deixar isso passar.

— Evidência A — digo, com firmeza.

Então estendo o celular e mostro uma das fotos que o Raf me mandou. Uma foto das fotos da cabine do baile Sadie Hawkins. Essa, em específico, é da Helen Park com o Alex Schaefer perdidos na Terra da Pegação. Com uma das mãos, ele agarra a bunda dela com tudo, a boca enterrada no pescoço da garota, estrelas brilhantes no pano de fundo atrás deles. Ele está vestindo o paletó do Esplendoroso Serviço de Bufê.

A boca da Helen treme. Seu pai emite um som que faz meu estômago se contorcer. Desconfortável, a Alice se remexe ao meu lado.

— Há várias outras dessas — comento. — Mas vocês já entenderam.

— Helen, quando a gente conversou da outra vez, você não mencionou ter passado certo tempo brigando de esgrima de línguas com um garoto na cabine de fotos antes de ir lá pra cima — diz Alice, séria. — Garoto esse que acabou de confessar ter agredido a Rebecca Kennedy.

— Garoto esse que diz que você o ajudou — adiciono.

A Helen, assim como seu pai, está quieta.

— Evidência B — digo, e estendo o celular para mostrar capturas de tela dos fragmentos do bilhete que eu e a Alice temos e dos que a polícia tem.

— Esse bilhete tem a letra do Alex, Park. Ele diz pra Rebecca, o "R", que "me encontre no escritório às 21:30." E foi assinado com um "H", que seria você. O Alex diz que você pediu pra ele escrever isso e fazer ela ir até o escritório pra que vocês dois pudessem atacá-la.

— Eu nunca nem vi esse bilhete na minha vida — afirma Helen, a voz abalada, mas firme.

— Aqui tem um *H*, Helen — argumenta Alice. — H de *Helen*. E claro que a Rebecca subiria ao escritório achando que era você. A gente sabe que não existe algo que ela ama mais do que uma briga.

— Eu nunca vi esse bilhete! Juro — diz Helen, a voz vacilando. — Isso aí é *mentira*.

— Pelo visto não são poucas as mentiras por aqui — fala Alice, sem dó. Tento manter a calma.

— Quando você estava na cabine de fotos com o Alex, ele chegou a mencionar a Rebecca Kennedy pra você? Ou você a mencionou pra ele?

A Helen nega com a cabeça.

— *Não*.

— E sobre o que vocês falaram? — pergunta Alice.

— Já te falei, eu não disse nada, sério. Eu estava lá, ele se enfiou no meio, foi só estranho e meio espontâneo. Ele me beijou, disse que eu era fofa, a gente começou a se pegar, foi *divertido*. Pra ser sincera, eu não sabia o nome dele até que tudo isso começasse.

— Eu não acredito em você — diz Alice, exasperada. — A gente não vai conseguir resolver isso a menos que nos conte a verdade. E, neste momento, parece que você só está mentindo e mentindo e...

A Helen irrompe em choro. O sr. Park se levanta.

— Isso aqui não está indo pra lugar nenhum. Não vou permitir que minha filha seja tratada desse jeito. Helen, me acompanhe.

— Ela vai ser tratada bem pior quando estiver prestando depoimento — digo para ele. — Ou quando estiver na cadeia.

— Pois é, acredito que você saiba *muito bem* como é isso, srta. Adams. Venha, Helen.

Ele estende a mão e pega a Helen pelo braço.

— Tá, né? — digo, me levantando enquanto sinto a ferroada de seu comentário. — Vamos nessa, Alice.

— Íris, espera aí. Poxa — diz ela.

Pego a mochila dela do chão. No entanto, minhas mãos estão tremendo e perco a força, o que faz com que a mochila caia sobre a mesinha de centro e seu conteúdo se espalhe para todos os lados.

— Que maravilha — murmuro, tentando juntar todos os absorventes, canetas, pastas e batons.

— Espera — diz Helen, de repente, tentando dar uma olhada enquanto ainda é segurada pelo pai. — O que é isso aí? Por que essa mulher está usando o colar da Kennedy?

— Como é que é? — diz Alice.

Helen puxa o braço com tudo, se soltando, e começa a mexer na pilha de coisas sobre a mesa.

— Isso. Aqui. Esse colar é da Kennedy. *Bem aqui*. Por que vocês têm uma foto dele e *quem* é essa? Vocês sabem que a polícia acha que eu roubei esse treco, né? Eu... nem sei o que dizer.

Do meio da pilha de coisas, ela puxa a foto da Mona Moody na estreia do filme.

Eu e a Alice trocamos um olhar. A Rebecca Kennedy tinha... o *colar* da Mona Moody?

— Ela chegou a falar com você sobre a Mona Moody? — pergunto.

— A mulher que morreu no castelo? Não. É ela? — pergunta Helen, estudando a foto. — Uau, ela era linda. Mas esse é o colar da Rebecca. Tão vendo a forma de gotas? Nossa, ela não parava de falar que ia usá-lo pra ir ao baile. Esfregando na cara de todo mundo que iria usar uma surpresinha especial. Disse que era uma herança de família ou algo do tipo, e que era supercaro.

Ela revira os olhos.

— Você não lembra, Alice? Uns anos atrás, quando a gente foi dormir na casa dela, a Kennedy trouxe isso e deixou a Brooke e a Ashley experimentarem. Depois disso, a mãe dela surtou ao entrar no quarto.

Alice faz uma careta.

— Não lembro. Talvez eu não tenha sido convidada pra essa noite em particular.

— Helen, o Alex não comentou nada sobre a Mona Moody ou o colar? — pergunto, ignorando a Alice.

— *Não*. Já falei que *não* — responde ela, enfática.

— Você já mentiu pra gente antes, Helen — diz Alice. — Da outra vez, você disse que subiu ao escritório pra confrontar a Rebecca. Mas, pro seu próprio bem, deixou de lado a parte em que estava se pegando com a pessoa que agora diz que contou com sua ajuda pra atacar a Rebecca. Não sei como podemos resolver isso.

— Eu não menti — responde Helen. — Só não te contei porque o meu pai... iria ficar puto. A gente se pegou na cabine e daí ele me pediu pra encontrar ele mais tarde lá em cima, foi aí...

— Ai, meu Deus! — grita Alice. — Tá aí mais um detalhe que, pro seu próprio bem, você deixou de fora!

A NOITE DO CRIME

— Isso aí é mentir por omissão — aponto. — A gente te pediu pra que nos contasse tudo, cada detalhe, porque precisávamos dessas informações pra nos ajudar a entender o que de fato aconteceu. Nós...

O sr. Park me corta. Inclina a cabeça na direção da filha, mas não chega a olhá-la quando diz:

— Estou muito decepcionado com você, Helen. — Ele balança a cabeça devagar. — Muito decepcionado mesmo.

— Tá vendo? — De repente ela começa a chorar, a foto caindo de sua mão e voltando para a mesinha. — Foi por isso que eu não falei nada! Por sua causa! Porque eu nunca posso fazer nada. *Nada*. Não posso namorar ninguém, não posso tirar nenhuma nota abaixo de nove, não posso vestir isso, não posso vestir aquilo. Você tem ideia de como é viver desse jeito, papai?

Helen passa a soluçar.

— É um fardo horrível que tenho que carregar o tempo todo. Isso de te *decepcionar*. Eu nem sou um ser humano. Só sou mais uma coisinha que você quer que se saia *bem*. Então sinto muito por ter mentido. Eu queria beijar um garoto. Mas eu não relei um dedo sequer na Rebecca Kennedy naquele escritório, muito menos mandei que alguém escrevesse aquele... *bilhete*.

Alice olha para mim e morde o lábio. Respiro fundo, pronta para continuar, mas o sr. Park volta a falar:

— Não estou decepcionado porque você beijou alguém. E sim porque podia ter dito toda a verdade desde o começo e escolheu não nos contar. Não somos uma família de mentirosos. E agora a vida de uma garota está em risco.

Helen engole um soluço, olhando para o pai.

— Helen — chamo, em voz baixa, porque agora o cômodo está tomado por tensão e dor. — Eu vou te perguntar mais uma vez. Você e o Alex Schaefer atacaram a Rebecca Kennedy juntos? É uma pergunta simples de sim ou não.

A garota limpa as lágrimas do rosto.

— Eu fiquei com o Alex. Ele nunca me deu bilhete nenhum. Depois de sair da cabine de fotos, fui no banheiro retocar a maquiagem. Então eu saí, passei pelo Reed Gerber que estava gritando com a orientadora escolar num quarto do qual ela estava tentando persuadi-lo a sair. Depois fui lá pra cima encontrar o Alex. Eu só queria ficar com ele de novo. Ele era fofo. Foi divertido. E, assim que cheguei no segundo andar, tudo aconteceu da forma como contei. Havia duas vozes vindo daquele quarto e nenhuma delas era a da Rebecca Kennedy.

Ela se levanta.

— Eu não encostei num fio de cabelo da Rebecca Kennedy, e nunca vi aquele bilhete na minha vida, sério.

E assim ela corre para fora do escritório do pai. É então que noto a tornozeleira, um negócio sobressalente debaixo de suas leggings.

O sr. Park olha para a Alice. Qual é a desse cara? Consigo sentir minha barriga começar a fervilhar.

— Este é um momento terrível — diz. — Os advogados que contratei querem fazer um acordo. Minha filha vai para a cadeia, pelo menos por um tempo. A menos que a garota morra, porque aí...

A voz dele tremula, mas então ele se recompõe:

— Eu acredito na minha filha e espero que você também continue acreditando.

— Nós acreditamos — digo, concentrando-me nele.

No entanto, ele não responde ao meu olhar.

— Eu gostaria de te pagar — diz para a Alice. — Se puder fazer qualquer coisa que seja, se tem qualquer informaçãozinha que possa ajudar a Helen, quero te recompensar generosamente.

— A gente... — Alice começa a dizer.

— Não — digo, me levantando. — Não quero seu dinheiro. Você não consegue nem olhar na minha cara. Não sei por que me acha tão... repugnante.

— Íris! — exclama Alice.

— A gente vai fazer isso porque queremos fazer justiça pela Rebecca e para provar a inocência da sua filha, mas eu não vou aceitar um centavo de uma pessoa que acha que eu não valho nada. Você nem sequer me cumprimentou. Por que é que eu aceitaria o seu dinheiro?

Com isso, assim como a Helen, eu deixo o escritório (e a Alice) para trás.

CAPÍTULO TRINTA E CINCO

ALICE
18 DE FEVEREIRO
10:42

"O que o dinheiro pode oferecer se não é capaz de comprar felicidade?"
AGATHA CHRISTIE, *O homem do terno marrom*

ÀS COSTAS DA ÍRIS, a porta se fecha com um baque e sou deixada para trás, encarando um sr. Park soltando fumaça de tão irritado.

— A sua amiga é muito esquentadinha — diz ele depois de um longo momento. — Mas, se ela insiste em fazer esse trabalho sem receber nada, quem sou eu para impedi-la?

— Quanto a isso — começo. Olho por sobre os ombros para a porta do escritório. — A Íris... às vezes não enxerga toda a dimensão da coisa.

— E...? — Ele parece interessado.

— E, se o senhor estiver disposto a nos recompensar pelo trabalho, não vejo motivos para dizer não. Como sabe, não preciso do dinheiro, mas esse não é o caso da Íris. Ela...

— Eu sei quem ela é — diz o sr. Park, desgostoso, e por um momento pondero se estou cometendo um erro.

Talvez a Íris tenha razão, talvez este homem não seja mesmo alguém com quem devêssemos estar fazendo negócios.

Se ele fosse qualquer outra pessoa, eu deixaria bem claro que é melhor ele prestar atenção em como fala sobre a minha amiga, mas o sr. Park é imponente até mesmo quando está tudo bem. E neste momento, irritado e descontente com o estado da situação atual, ele é meio que assustador.

Então, em vez disso, me forço a ser educada.

— Posso te perguntar, o que, exatamente, o senhor tem contra a minha amiga, sr. Park?

Ele semicerra os lábios e, por um momento, me preocupo se fui longe demais.

— Acho que você sabe, srta. Ogilvie — diz ele, enfim.

Nego com a cabeça.

— Não, não sei. A Íris é uma das pessoas mais inteligentes e confiáveis que conheço. Não faço ideia do que o senhor tem contra ela.

— Você tem noção de quem é a família dela? — pergunta ele. — Sabe quem é o pai dela?

À menção do pai da Íris, sou banhada por medo. Lembro a mim mesma de que o homem está atrás das grades, na cadeia, preso num lugar onde não pode fazer mal a ela, ou à gente.

Engulo em seco e dou um jeito de responder sem que minha voz trema.

— Eu sei, sim, quem é o pai dela. Mas ninguém escolhe os pais que tem. Ela não pediu pra ser filha dele.

— Pode até ser, mas ele continua sendo um criminoso. Já lidei com o homem no passado. E, embora eu não veja problema em ter vocês duas tentando ajudar a minha filha, prefiro manter certa distância de qualquer pessoa relacionada a ele.

Minhas narinas se dilatam de raiva. Cada molécula do meu ser quer dar um chega para lá nele, mas respiro fundo. Não posso estragar isso para a Íris. Estou aqui para ajudar a Park, claro, mas a Íris e a mãe dela precisam de dinheiro para pagar a faculdade dela, para *viver*, e o dinheiro que o sr. Park está oferecendo poderia ajudá-las de verdade.

— Acho que a gente precisa debater o valor — digo, mudando de assunto.

— Quanto você acha que é justo? — pergunta ele. — Vinte mil dólares se vocês conseguirem tirar minha filha dessa bagunça? Minha única condição é que seja *você* quem vai liderar a investigação, não aquela Adams.

Vinte mil dólares até pode parecer bastante dinheiro para a maioria das pessoas, mas eu tenho um tantinho de visão a respeito da fortuna deste homem, então faço que não com a cabeça.

— Trinta mil dólares e o senhor tem um acordo.

Sem chances que eu conte para a Íris que sou eu quem vai liderar o caso, porque não é assim que nós trabalhamos, mas o sr. Park não precisa saber disso. E a Íris não precisa ficar sabendo desse acordozinho, pelo menos não até depois de ser levado a cabo. Ela está sendo cabeça-dura no momento, mas, assim que eu estiver com o dinheiro em mãos, dinheiro esse de que ela *precisa*, sei que vai ficar feliz pelo que fiz. E a sra. Adams também. Talvez acabe compensando pelos tantos problema que causei para a minha amiga.

Nesse meio-tempo, o sr. Park pode acreditar no que quiser. Quando a gente tirar a Park dessa situação, ele não vai estar nem aí para como conseguimos fazer isso, só vai se importar com o resultado.

Ele sorri.

— Estou vendo que você aprendeu uma coisa ou outra sobre negociação com o seu pai. Tudo bem, respeito pessoas que não aceitam a primeira oferta que recebem. Vamos fechar em trinta mil dólares.

Ele fica em pé e estende a mão.

— Perfeito.

Eu me levanto e nós selamos o acordo com um aperto de mãos.

CAPÍTULO TRINTA E SEIS

ÍRIS
18 DE FEVEREIRO
16:30

"As gravações de *Jane Eyre*, com Mona Moody em seu primeiro grande papel como protagonista, foram pausadas. A senhorita Moody foi mandada a um sanatório cuja localização não foi divulgada para tratar sua tuberculose. Temos certeza de que os fãs da senhorita Moody lhe desejam uma recuperação rápida! Nesse meio-tempo, Mona e Clifford Hayes estão colocando as telonas para ferverem com *Boom Shakalaka!*"
"Produção de *Jane Eyre* é interrompida",
Gazeta de Hollywood, 1949

A ALICE ESTÁ ANDANDO de um lado para o outro na minha cozinha minúscula enquanto coloco meu notebook para funcionar. Estamos no meu apartamento porque no momento estou de castigo e tenho que ser boazinha com a senhora minha mãe. Garanti à Alice que ela não chegaria em casa até mais tarde, já que pegou um turno duplo hoje.

— Ela ao menos tem ideia de como fazer isso? — pergunta Alice, preocupada. — Sem querer ofender, mas ela tem, tipo, um bilhão de anos.

— Aham. Ela sabe — digo. — Ela é a chefe de uma corporação multimilionária, Alice. Ela sabe como fazer uma chamada no Zoom. E é a única pessoa em quem consigo pensar que talvez saiba como o colar foi da Mona Moody pra Rebecca Kennedy, setenta e quatro anos depois. Tipo assim, a Mona era a namorada do pai dela. A Lilian deve saber *algo*.

Olho para a tela e tudo o que vejo é o meu reflexo me encarando de volta enquanto espero a Lilian entrar no Zoom. Tenho olheiras sob os olhos e meu cabelo parece mais bagunçado que o normal. Tento me concentrar.

Com um barulhinho, o rosto da Lilian aparece no meu computador. Ela está usando seus óculos vermelhões e está semicerrando os olhos. Sua assistente gentilmente coloca os fones na cabeça dela e desaparece da tela.

— Olá, minhas queridas — diz.

Alice arrasta uma cadeira para se sentar ao meu lado.

— Oi, Lilian — responde Alice.

— Olha, verdade seja dita. Alice Ogilvie, você fica mais linda a cada dia que passa. — Ao meu lado, sinto a Alice se animar um pouco. — Agora, a que devo essa honra? — diz Lilian, tomada por felicidade.

— Esta foto — digo, indo direto ao ponto, e seguro a foto perto da câmera do notebook. — O que você pode nos dizer sobre ela?

Lilian inclina a cabeça para a frente, o que faz com que eu tenha uma visão preocupante de suas narinas.

— Ah, bem, isso. Essa aí é bem das antigas. Me lembro dela. Ou daquela época, devo dizer. O que é que vocês estão fazendo com essa coisa antiquíssima?

De repente, ela não soa tão feliz. Sua voz vacila bem de leve.

— Você se lembra dessa gente toda? — pergunto. — Quero dizer, tô vendo o seu pai e a Mona, mas você se lembra desses dois? A gente encontrou a foto no castelo. Nós meio que estamos trabalhando um pouquinho no caso da Mona Moody.

Alice fica impaciente.

— O colar, Lilian. Você sabe alguma coisa a respeito dele? A gente precisa saber.

A NOITE DO CRIME

Lilian corre os dedos pelo cabo de seu fone de ouvido, seus olhos parecem embaçados.

— Esse período foi estranho. Conheço todos eles, claro. Ah, o meu pai. Olhem só pra *ele*. Eles estavam sempre no castelo. Festas. Estreias. Aquele ali, o homenzinho à esquerda, é o Eugene Kennedy. Sabiam que ele tratou a Mona Moody? Ela estava sempre doente, sofrendo de uma coisa e outra. Mas, quando não estava, era uma querida comigo. Minha mãe faleceu logo depois que nasci e a Mona não tinha família. Ela e a sra. Pinsky eram as únicas amigas que eu tinha de verdade no castelo.

— Calma lá — explode Alice. — Vamos com muita calma aqui, Lilian. Você disse *Kennedy*? E que ele tratou a Mona Moody?

Alice pega o meu caderno do caso e escreve "Em seu diário a Mona diz que uma pessoa chamada Gene está dando comprimidos para ela!!!!".

— Isso mesmo — diz Lilian, doce. — Dr. Eugene Kennedy. Ele cuidava de todas as atrizes naquela época. Estava sempre no castelo.

— Kennedy — digo, me inclinando para a frente. — Isso quer dizer que... ele é parente da Rebecca Kennedy?

Lilian enruga a testa.

— Acredito que seja, sim. Me deixe pensar... Isso, bisavô dela. No entanto, eu não faço ideia de como esse colar foi parar nas mãos *dele*.

Ela meneia a cabeça.

— Não me lembro de muita coisa. Meu pai deu aquele colar para a Mona pra comemorar a conquista do papel em *Jane Eyre*, papel esse que ela queria muitíssimo. Ela estava tão empolgada, era pra ser seu primeiro grande papel depois de tantos filmes de baixo orçamento e pequenas pontas. Não sei nem dizer quanto ele custou na época ou quanto vale agora, mas era peça única. Da joalheria Cartier, um fio de esmeraldas barrocas em formato de gotas. Lembro que eles fizeram o inventário quando perdemos o castelo nos anos 1950. Sabem, típico de banco e tudo mais. Eles querem saber de cada coisinha de valor que alguém tem pra poderem passar a mão nelas também. O colar estava desaparecido. Disso eu me lembro. Meu pai não ligou muito, mas eu sim. Eu amava aquele colar.

Ela levanta o queixo.

— O outro homem, o de boa aparência, era uma estrela de cinema menor, tão lindo; *apaixonante*, a gente costumava dizer. Clifford Hayes. Ele vinha visitar a Mona quando meu pai não estava no castelo. Naquela época, ela morava com a gente. Ela e o Cliff estrelaram um filme juntos, acredito, e aí... bom, ela ficou doente e eles a mandaram pra um sanatório. Tuberculose.

— Precisaram mandar ela pra longe por causa disso? — pergunto.

— Naquela época, era comum fazer isso com quem tinha tuberculose. Ela ficou longe por meses — responde Lilian. — Eu era bem novinha, então só consigo me lembrar de partes...

— Você tem certeza de que eles a mandaram pra se tratar longe? — pergunta Alice.

Lilian franze o cenho.

— Acho que sei do que estou falando, Alice. Ela não estava mais no castelo e foi isso o que o meu pai me disse. Por que você perguntaria uma coisa dessas?

Olho para Alice. Temos que ter cuidado, porque... é possível que a Lilian não saiba a respeito do quarto secreto. Ela era criança. E, quando somos criança, acreditamos nas coisas que nos contam.

— Lilian — digo, devagar. — Naquela época em que a Mona foi cuidar da doença, como... era a vida no castelo?

— Ah — exclama Lilian. — Todos nós sentimos saudade dela, claro. Todos os dias eu escrevia cartas e o meu pai as mandava pelo correio e aí a Mona respondia. Mas a vida no castelo ficou um tanto frenética. Meu pai estava reformando o segundo andar e a obra levou meses. Eu não tinha permissão de frequentar aquela ala. O meu quarto foi transferido para a ala leste.

A NOITE DO CRIME

Lilian não sabia. A Alice me lança um olhar, mas não vou dizer nada, pelo menos agora, para a avó da Brooke. Como alguém seria capaz de dizer "O seu pai fez um quarto secreto e manteve a namorada lá dentro?".

Lilian está devaneando.

— Eu pulei de alegria quando ela voltou, embora ainda estivesse bastante fraca. Abatida. Estava diferente, mais calada. As doenças fazem isso com as pessoas. E, então, apenas algumas semanas depois, ela faleceu.

"Foi um momento muito assustador pra mim. Uma coisa seguida da outra. A imprensa por todos os lados. E, logo antes da queda dela, houve um afogamento no cais."

Alice se inclina à frente.

— Cais? Afogamento?

— É. Me lembro de algumas partezinhas. Eu estava no iate do meu pai com a sra. Pinsky e a Mona. Elas eram bem amigas. E o meu pai costumava mandar a sra. Pinsky me acompanhar e ficar de babá em festas. Foi depois de uma festona. Ela me colocou pra dormir numa cabine do iate, mas eu acordei porque ouvi um trovão. Então me levantei e fui até o deque. Tinha começado uma tempestade enorme. Eu me lembro da Mona soluçando, toda encharcada no cais. Vi vislumbres de alguma coisa flutuando na água antes de a sra. Pinsky me tirar dali. Mais tarde descobri que se tratava do Clifford.

Lilian pisca os olhos sem parar.

— Eu costumava ter pesadelos com isso. Com essa noite lá no cais. Todo mundo gritava. Eu desenhava imagens disso o tempo todo. E as escondia na casa da árvore. Também coloquei lá algumas das cartas que a Mona me mandou. Ela era divertida; às vezes me escrevia usando tinta invisível.

Ela dá uma leve risada e ajusta o fone.

— Isso aqui não é nada confortável.

— Voltando ao colar — digo. — Como é possível que ele tenha ido parar com o Kennedy? Quando foi a última vez que a Mona o usou?

— Olha, Íris, eu não sou nenhuma detetive, mas eu assumiria que o Eugene o roubou, você não acha? Mas não ficaria surpresa com os Kennedy. Eles só foram ter dinheiro de verdade bem mais tarde, porém já eram um bando de persistentes. São uma família horrível... — diz Lilian, seca.

— Lil... — digo.

— Preciso ir — diz ela. — Mas tenho acompanhado as notícias. Aquela garota, a Rebecca... que bagunça. Coitadinha. Mas, como já falei pra vocês antes, a família Kennedy tem muitos inimigos. Só sinto muito que, seja lá quem está por trás disso, tenha machucado uma criança.

— Eles prenderam uma pessoa — comento. — E estão incriminando outra, mas a gente não acha que a segunda pessoa estava envolvida. Achamos que foi alguém diferente, só não conseguimos descobrir quem.

Os olhos da Lilian brilham.

— Ah, mas vocês vão... Aposto que estão mais perto do que pensam.

— Escuta, Lilian — diz Alice. Ela enfim perdeu a paciência. — Se você sabe de algo, conta pra gente. Não venha com essa de "sou apenas uma senhora".

— Você é uma pentelha, Alice — diz Lilian, com firmeza. — Se eu tivesse a resposta do responsável pela agressão de uma criança, você acha mesmo que eu a guardaria pra mim? Isso é repugnante.

Alice fica corada.

— Foi mal.

— Estou apenas dizendo — continua Lilian — que, pelo que parece, vocês duas estão em algum tipo de missão e estão considerando todas as possibilidades. As pessoas nunca são quem parecem ser. Rancores podem durar gerações. Colares vão parar na mão de estranhos. Vidas são alteradas pela mais simples das conexões. Fui.

A sessão de Zoom se encerra.

Alice bate a mão contra a mesa.

A NOITE DO CRIME

— Esta é uma perseguição de gato e rato, Íris. Parece que estamos correndo em círculos. Passamos todo esse tempo tentando encontrar provas, tentando entender quem poderia ter feito isso, já que não foi a Park, mas aí descobrimos que ela *mentiu* pra gente. E o pior de tudo é que aquele bilhete, aquele *H*, e as fotos na cabine, e a briga dela com a Rebecca, tudo isso aponta pra ela e eu não acho que a gente tem o suficiente pra provar o contrário.

Há lágrimas no canto de seus olhos. Ela respira fundo.

— E todo mundo vai pensar que a culpa é minha, *de novo*.

— Como assim? — pergunto, baixinho.

— Como no ano passado. O modo como foi minha culpa a Brooke ter saído correndo da festa. Porque eu dei as caras e deixei o clima horrível. Se ela nunca tivesse saído correndo, ainda estaria viva. E sou eu a pessoa que vai ter que ir até o tribunal pra afirmar que a Helen Park estava parada diante do corpo da Rebecca segurando a arma usada pra apunhalá-la. E aí tem *você*.

Me enrijeço.

— Eu? O que eu tenho a ver?

Ela pestaneja rapidinho.

— Tudo isso é bem ruim pra você, Íris. Você foi *presa*. Eu não... eu não quero... Meus pais podem ser péssimos, mas eles poderiam pagar qualquer fiança pra mim. Mas toda essa coisa poderia acabar com todo o seu futuro e...

Ergo a mão para fazê-la calar a boca.

— Não é como se você fosse minha chefe. Eu vou ficar bem. Não precisa me proteger. Consigo cuidar de mim mesma, muitíssimo obrigada.

— Consegue mesmo? Você já se olhou no espelho nos últimos tempos? Você está sempre cansada. Rabugenta. Você trabalha tanto. E eu só queria conseguir te ajudar de algum jeito. — Alice pausa por um segundo e, então, adiciona: — Tem uma coisa que eu deveria...

Porém eu a interrompo antes que ela consiga terminar:

— Quer saber, Alice? Eu sou bem crescidinha. Vou ficar bem. — Me levanto, abrindo espaço na mesa. — Agradeço que queira me ajudar. De verdade. Mas sabe como pode me ajudar agora? Se concentrando nisso *aqui*. Sim, nós estamos andando em círculos, e a gente precisa sentar a bunda aqui e entender algumas coisas. Então para de agir como criança, limpa esse rosto e se *concentra*.

No canto do cômodo, pego algumas folhas grandes de desenho do meu material de arte. Não vão ser tão chiques quanto o quadro branco da Alice no jardim de inverno, mas vão ter que servir.

— Uma estrela e um magnata, uma grande história de amor hollywoodiana. Então a estrela cai do castelo em direção à morte. Setenta e quatro anos depois, uma garota vai pra um baile no castelo usando o colar da estrela e acaba sendo atacada. Por quê?

Jogo um lápis para ela.

— Pensa, Alice. *Pensa*.

CAPÍTULO TRINTA E SETE

ÍRIS
18 DE FEVEREIRO
17:15

"Para tentar entender qualquer coisa, é preciso começar do começo. Dá para assar um bolo sem ter manteiga, Ruth!"
MONA MOODY, *Uma combinação do acaso*, 1947

COMEÇAMOS DO COMEÇO. COM a Mona Moody. Ela nasceu em 1929 e morreu em 10 de outubro de 1949. Localização: Enseada do Castelo. Causa declarada: morte acidental ao cair da sacada do Castelo Levy. E, em algum momento entre os acontecimentos, uma história de amor se espalhou nas revistas e jornais. Uma jovem linda, órfã, percorre a trajetória de balconista até se tornar uma estrela, e então vai viver numa mansão saída de um conto de fadas cujo dono é um viúvo endinheirado lindo e poderoso. No entanto, ela fica doente e é mandada para um sanatório e, quando volta, ainda enfraquecida por conta da doença, tropeça e encontra a morte na sacada. O viúvo endinheirado cai em desespero e começa a desviar dinheiro da própria empresa. Anos depois, vem a morrer na prisão.

— Mas não foi exatamente assim que aconteceu, né? — diz Alice, mordendo o lápis.

— Não — confirmo. — Porque as datas no diário dela, no qual ela menciona permanecer em um quarto com papel de parede florido por meses a fio, são as mesmas de quanto ela deveria estar no sanatório. E o cômodo, o quarto secreto no Castelo Levy, tem papel de parede de flores.

Alice está escrevendo na folha grande, então pausa e olha para mim.

— Por que Charles Levy a colocaria naquele quarto? Porque é nisso que nós duas estamos pensando, certo?

— Certo — digo.

Me levanto, vasculho o armário e volto para a mesa com um saco de batatinhas. Mordisco uma e a Alice pega outra. Nós nos encaramos. Estou aliviada que ela não esteja mais chorando.

— O Levy era, o quê, uns quinze anos mais velho que ela?

— Por aí — diz Alice. — Quer dizer, era comum naquela época. Ainda é, eu sei.

— Mas eles não eram... — Não sei o que estou tentando dizer. — Semelhantes? Tipo assim, pelo que sei, ela veio do nada. Abandonada ao nascer, orfanato, não estudou muito. Já ele era de uma família rica. E a Lilian disse que ele costumava ficar fora da cidade. Talvez fosse solitário pra ela?

Olho para a fotografia entre a gente. A Mona acompanhada por três homens, sendo um deles bem jovem e muito bonito. Clifford Hayes.

Alice também olha para a imagem.

— A Lilian disse que ele sempre aparecia quando o Charles não estava.

— Humm — murmuro, mastigando uma batatinha.

— Você não acha que... quero dizer... que o Charles Levy teria emparedado um quarto para manter ela prisioneira de propósito, acha? Porque no diário ela diz estar presa no quarto, mas você acha que ele fez isso deliberadamente, supondo que ela...

— Se apaixonou por uma outra pessoa? — Dou de ombros. — Vai saber por que as pessoas fazem o que fazem. Talvez ele tenha surtado. O ciúme, como a gente bem aprendeu com a Westmacott, meio que faz com que as pessoas cometam atos horríveis.

— Beleza — diz Alice. — Mas ele claramente deixou ela sair em algum momento, porque a Lilian diz que ela estava naquela festa na qual o Clifford se afogou. Então o que mudou?

Ela anota isso.

— Na qual o Clifford se afogou — repito, pensando. — E logo depois disso a Mona caiu e morreu. Lilian foi mandada para uma escola distante e o pai dela despirocou. E, anos mais tarde, a gente descobre esta fotografia particular num lugar estranho: enfiada nas molas da cama do quarto secreto. Esse parece ser um lugar bizarro pra guardar uma foto e, por sinal, apenas uma foto. E não era como se estivesse caída no chão: estava enfiada nas molas do colchão.

Alice anota *Clifford Hayes* e *Eugene Kennedy* e, em seguida, limpa a garganta.

— Quem é Clifford Hayes? — pergunta ao celular.

A voz feminina e robótica, estranhamente cativante, responde:

— Clifford Hayes foi um ator dos anos 1940. Ele atuou em filmes como *A balada de Santa Fé* e *O incidente Farrington* e se afogou em Enseada do Castelo, na Califórnia, em 5 de outubro de 1949. Clifford Hayes, cujo nome verdadeiro era Reginald Kennedy, nasceu em 13 de abril de 1927, em...

— Eita, lelê! — digo. — Espera aí. Como é que é? Reginald Kennedy?

Alice franze o cenho e abre a mochila.

— A Lilian disse que o Eugene Kennedy era o médico das estrelas, e da Mona também. Espera...

— Eles eram irmãos? — gaguejo.

Volto a olhar para a foto. Eugene Kennedy é baixinho e tem feições comuns. Já Clifford Hayes (Reginald Kennedy?) é o epítome de alto, misterioso e lindo.

Alice está estudando as páginas digitalizadas do diário da Mona.

— Aqui, olha. A Mona cita a visita do dr. Gene no quarto, levando os comprimidos pra fazê-la dormir. Então ele sabia. Ele esteve dentro do quarto. E estava ajudando a manter ela lá.

— Isso aí é nojento.

— Ai, nem me fala — diz Alice. — Isso tudo tá ficando bem asqueroso.

Nos olhamos mais uma vez.

— Gosto disso — comento, com cautela. — Sinto que faz um tempo que a gente não fica juntas, só nós duas. A gente sempre...

— Eu sei — diz Alice, tirando fios de cabelo da bochecha. — Eu gosto do Spike, do Neil e, bom, até mesmo da Zora, mas... às vezes é uma barulheira danada.

— Sinto muito — digo, baixinho — que sua família esteja de volta e as coisas... estejam estranhas por lá. Mas talvez também seja legal, não?

Alice olha para baixo, mirando a folha de papel.

— Eles só querem falar do meu "futuro". E não tenho certeza se o que eu imagino é o mesmo que eles imaginam.

— Me deixa adivinhar — digo. — Faculdade, dinheiro, sucesso e a Alice boazinha estão em jogo?

— Aham — responde ela. — E eu não... quer dizer... eu acho que imagino essas coisas também, mas, na minha cabeça, elas são diferentes. Na minha cabeça, imagino isso. Eu gosto disso.

Ela aponta a cabeça para o papel e eu assinto.

— A Rebecca algum dia chegou a falar deles? Tipo, que ela era parente de uma estrela de cinema que morreu e de um médico de pessoas famosas? — pergunto, voltando ao tópico em questão.

— Na verdade, não — diz Alice. — Ela era meio sorrateira quanto a isso. Como a Lilian falou, os Kennedy ficaram ricos do nada. Eles não tinham dinheiro de família, como os Levy. Eles são um pouco mais espalhafatosos. Eu meio que me lembro do meu pai tirando sarro deles em algum momento. Tipo, eles podem comprar o que quiserem, mas a única coisa que não podem comprar é respeito.

Tiro a folha de papel de perto dela e começo uma nova coluna.

"ALEX SCHAEFER", escrevo no topo.

A NOITE DO CRIME

— A Lilian disse que a família Kennedy tem muitos inimigos. A família Schaefer seria um deles. Estavam tentando comprar o As Ondas, uma espelunca de motel onde mora um monte de gente sem dinheiro, pra construir um resort de luxo pra ricaços, que, é claro, não iriam querer ficar perto de pobretões. O terreno do As Ondas é uma propriedade nobre, porque fica do outro lado da rua da praia.

— E por que os Schaefer simplesmente não venderam? — pergunta Alice. — Tipo assim, deve valer uma grana.

— Às vezes o que uma pessoa tem, mesmo que seja algo simbólico, vale mais do que dinheiro pra ela — digo. — A Rayne disse que o pai dela sempre vence. Talvez ele esteja usando algumas táticas horríveis ou os ameaçando, mas os Schaefer são mais persistentes do que o sr. Kennedy pensava, pelo menos enquanto conseguirem resistir. Eu imagino que em algum momento, já que isso é algo que vai trazer dinheiro de turismo pra Enseada do Castelo, a cidade vai fazer com que vendam...

— Eu não dispensaria o ódio pelos Kennedy como uma motivação pro Alex — diz Alice. — Ainda mais se considerarmos que ele está numa posição em que vai acabar perdendo de qualquer jeito. Lutar até a morte, certo?

Eu assinto.

— O Alex foi até a Sociedade Histórica — continua Alice — pra olhar as plantas do castelo. Roubo, certo?

— Acho que sim.

— Mas então ele ataca a Kennedy. Com sangue nos olhos. Mas não tinha como saber que ela usaria o colar no baile, certo? Como saberia?

Ela pausa. Em maiúsculas, escrevo: "Pessoa X".

— A Park disse que a Kennedy se gabou pra todo mundo dizendo que iria usá-lo no baile.

Alice assente.

— Talvez a Pessoa X soubesse. Mas, ainda assim, se ele queria machucar a Kennedy, poderia ter feito isso a qualquer momento, certo?

Mordo o lábio.

— Eu acho que era a Pessoa X quem queria as coisas da Mona, e o colar, e o Alex concordou em ajudar por metade do colar, caso fossem vendê-lo, e o fato de que a Kennedy estava envolvida foi uma boa forma de atraí-lo, porque o lance com a Kennedy é pessoal pro Alex.

Alice meneia a cabeça para mim.

— A cereja no topo do bolo da vingança — explico. — Ele concorda em cometer um roubo e, por acaso, a pessoa que está arruinando a vida dele está bem ali. Uma garota rica e mimada que tem tudo o que quer, inclusive a casa dele.

— Mas... a Park — diz Alice, baixinho, chacoalhando a cabeça. — Tudo o que ela diz parece fazer sentido, embora tenha mesmo mentido sobre o Alex e... — Ela suspira. — Íris, a Park falou pra gente sobre o colar hoje mais cedo. Sobre saber que a Kennedy o usaria no baile. Você acha que a Pessoa X talvez soubesse de antemão? Há um montão de setas apontando pra Park neste momento. O *H* no bilhete, a conexão com o Alex, o fato de ela estar no escritório, o abridor de cartas...

O H no bilhete. Pestanejo, pensando. A Alice acabou de chamá-la de Helen *Park* e...

— Alice...

— Que foi? — Ela está abatida, olhando para as anotações.

— O *H* no bilhete. Ele não faz sentido, não acha? Por que você... quero dizer, as Tops... vocês não usam o primeiro nome.

Alice levanta os olhos. A ficha está caindo.

— A Park teria assinado com um *P* — diz ela, devagar. — E endereçado para *K*.

— Exatamente — digo. — O Alex escreveu o bilhete, fingindo ser a Park, mas ele não tinha como saber dessa coisa do sobrenome. Nem a polícia.

Alice fecha os olhos.

— Por que a gente é tão idiota?

— Não somos idiotas — respondo. — É só que... é um caso bastante complicado, só isso.

— Isso tá literalmente acabando com o meu cérebro — murmura Alice.

— Bom, mete uma aspirina garganta abaixo porque ainda não acabei — digo. — Quando passei no hospital, tirei umas fotos do prontuário médico da Kennedy. Ele estava no pé da cama dela. E as imprimi. Veja.

Puxo a pasta da minha mochila e espalho os papéis sobre nossa folha investigativa.

— Tá vendo? — digo para Alice, apontando para a imagem no papel. — As pessoas precisam ir lá e dar uma olhada nos ferimentos dela. Cuidadores diferentes, turnos diferentes, mas todo mundo precisa saber onde os ferimentos estão *et cetera*. A Kennedy tem uns bons dez centímetros a mais do que a Park e é mais pesada...

— Não deixa a Kennedy te ouvir falando isso — murmura Alice.

— Pra começar, não acho que a Park seria capaz de atacar a Kennedy. Ela não passa de uma coisinha pequena, sem falar que a gente não acha que isso faz a linha do jeito endiabrado dela de sempre. A Kennedy não teria dificuldade em resistir, tenho certeza.

— Por outro lado, a Park poderia ter sido quem a acertou na cabeça e daí o Alex a apunhalou. Ou ele bateu na cabeça e a Park apunhalou.

Nego com a cabeça.

— Seja lá quem a acertou na cabeça, foi pelas costas. O ferimento está aqui. — Aponto para o desenho do crânio no papel, onde há um X bem no meio.

— Se a Park a acertou com o candelabro pelas costas, e ela não é alta o bastante pra isso, o ferimento provavelmente estaria mais pra parte de trás do crânio. A pessoa que fez isso na cabeça da Kennedy é da mesma altura, se não for mais alta, e realmente foi com tudo. E o que eu acho, ou pelo menos é o que *penso* que acho, é que a Kennedy provavelmente começou a gritar, ou berrar, quando se deu conta do que estava acontecendo, seja lá o que fosse e, pra calar a boca dela, a Pessoa X a golpeou pelas costas e ela caiu na direção do Alex, que talvez estivesse segurando o abridor de cartas e a apunhalou. Depois disso, ele a empurrou pra longe de si, e a Kennedy caiu.

Alice estuda a imagem no prontuário.

— Porque se a Park estivesse segurando o abridor de cartas e a Kennedy caísse na direção dela, os ferimentos das apunhaladas estariam mais abaixo no corpo?

— Acho que sim — digo. — Mas a Park não tinha sangue na roupa. E o paletó tem o sangue da Kennedy porque ela caiu contra o Alex, que continuou apunhalando. Então ele a empurrou e ela caiu pra trás, de costas, que foi como a Park a encontrou, e você também.

— Então você acha que a Pessoa X teria sangue nas roupas?

— Talvez não — respondo. — É provável que um ataque certeiro na cabeça não cause tanto respingo de sangue quanto uma apunhalada. Não sei dizer. Não sou especialista, só estou teorizando.

— Isso ainda não explica o bilhete — diz Alice. — O bilhete está mesmo me matando. Vamos falar sobre isso.

— Sou toda ouvidos.

Alice pega uma batatinha e a mastiga, reflexiva.

— Beleza. Eu sou a Pessoa X e quero aquele colar e, além disso, vi uma garota chamada Helen brigando com a Kennedy mais cedo naquela noite. E talvez eu diga pro meu amigo Alex dar em cima da Helen na cabine de fotos, porque ela é um alvo fácil...

— E eu faço o Alex escrever um bilhete que faz parecer que a Helen tentou levar a Kennedy lá pra cima pra continuar a briga...

— Então a gente tenta incriminá-la. E, pra nossa sorte, a coitada da Helen Park pega o abridor de cartas — completa Alice.

— Certo — digo, devagar. — Mas o Alex esteve na cabine com a Helen. Isso gera uma foto como prova. Quão idiota ele tem que ser pra fazer isso? Porque obviamente, mesmo que ele incrimine a Helen, ainda assim continua sendo ele na foto ao lado dela.

— Talvez ele só não se importasse — argumenta Alice. — Ele não vai ganhar essa disputa contra o sr. Kennedy. Vai perder aquele motel independentemente do que aconteça. Pessoas ricas e cidades sempre vencem quando há grana envolvida. O que ele tem a perder? Ele não era uma pessoa bacana, Íris. Na verdade, era bem assustador. Talvez tudo o que queria era, literalmente, roubar o que conseguisse e matar a Rebecca Kennedy, e isso lhe bastaria. Quer dizer, ele teve tempo de sobra pra voltar lá e pegar aquele paletó ensanguentado, mas nem sequer *tentou*.

Ficamos em silêncio.

Por fim, Alice diz:

— Pra dizer a verdade, não sei nem dizer se estamos um pouco mais perto, Íris.

A luz do lado de fora da cozinha está esmaecendo, assim como o ânimo da Alice.

— Não — digo. — Estamos mais perto, sim. A gente sabe que, seja lá quem for a Pessoa X, ela tem alguma conexão com a Mona Moody e o colar.

O celular da Alice emite um barulho.

— *Merde* — diz ela, baixinho. — Tenho que ir. É a Brenda. Preciso estar de volta pro jantar. Você quer ir comigo, e a gente continua trabalhando?

Hesito.

— Acho melhor não.

O rosto da Alice desmorona de tristeza.

— Por causa da sua mãe? Ela não quer a gente passando tanto tempo juntas, né?

Assinto.

— Isso vai passar. Tipo assim, eu estou morrendo de vontade de conhecer seus pais e tudo, mas tenho que bancar a boazinha com a mãe que tenho, sabe?

Alice pega as coisas dela.

— Eu entendo. Me manda mensagem mais tarde, tá bom?

Ela começa a ir até a porta, de ombros caídos e curvados.

— Alice — chamo. — A gente está, *sim*, mais perto. Eu sei que estamos.

— Eu sei — diz ela ao abrir a porta do apartamento. — Eu só quero que tudo isso valha a pena.

Tranco a porta depois que ela sai e fico sentada por um bom tempo depois disso, pensando no que a Lilian disse. *As pessoas nunca são quem parecem ser. Vidas são alteradas pela mais simples das conexões.* Sei que a gente consegue resolver esse caso. Sei que, de algum jeito, a gente consegue conectar os pontos entre a Mona Moody e o que aconteceu com a Rebecca Kennedy.

CAPÍTULO TRINTA E OITO

ALICE
18 DE FEVEREIRO
17:49

"Como é verdadeiro o dito de que o homem foi forçado a inventar o trabalho a fim de escapar da pressão de ter que pensar."
AGATHA CHRISTIE, *Morte no Nilo*

EU O PEGO SOB os faróis do meu carro conforme me aproximo da casa: meu pai, parado ao lado do porta-malas de seu Tesla, carregando uma mala.

Parece que está de saída de novo. Afinal de contas, já se *passaram* seis dias. Estou surpresa que tenha sido capaz de ficar por aqui por tanto tempo.

— Alice — diz à medida que saio do carro. Ele fecha o porta-malas.

A casa às nossas costas está praticamente escura, a não ser por algumas poucas luzes acesas no andar de cima, no quarto da Brenda. É provável que ela esteja assistindo ao noticiário, me esperando chegar em casa. E torcendo para que eu não arrume mais problemas do que já tenho.

— Pai — respondo, sem inflexão na voz. — De saída? — Chuto o cascalho sob os pés, sem encontrar de fato seus olhos.

Ele assente.

— Tenho uma reunião importante em Tóquio no fim dessa semana, então...

— Ah, sim — interrompo-o. Não é como se eu esperasse que ele fosse ficar por aqui. — Que ótimo. Até mais.

Começo a andar em direção à casa.

— Alice... — A menção ao meu nome me faz parar. Me viro parcialmente de volta para ele.

— Que foi?

Ele hesita. Alguma coisa atravessa-lhe o rosto, mas não pode ser o que penso que é (culpa), e desaparece antes que eu consiga entender.

— Não esqueça o que conversamos. Seu futuro. É importante que você faça seu trabalho, para que garanta seu...

— Aham. Beleza. Certo. Tchau. — Eu o interrompo. Não aguento ouvir isso mais uma vez.

Me apresso para dentro da casa enorme e escura antes que ele possa responder.

No meu quarto, jogo a mochila no chão, fazendo barulho, e me lanço atravessada na cama, enfiando a cabeça no travesseiro por um longo momento.

Minha mente está cheia. A Park, a Lilian, o fato de que a Mona Moody estava, segundo o conhecimento geral, num sanatório exatamente no período em que seu diário diz que estava presa em um quarto bizarro com papel de parede. A foto escondida dos ancestrais da Kennedy. O Alex e a Pessoa X roubando o diário de uma antiga estrela do cinema e o colar da Kennedy. O bilhete que os policiais acham que era da Park, mas que na verdade foi escrito pelo Alex, que, junto com a Pessoa X, estava tentando incriminar a Park.

Volto a pensar na conversa que tivemos com a Lilian mais cedo. Não pode ser uma coincidência como os nomes que vivem aparecendo em suas histórias sejam os mesmos dos quais estamos falando hoje. Sei que está tudo conectado, mas sinto que ainda nos falta a peça final, *aquela* que uniria todas as pontas soltas. A peça central desse quebra-cabeça.

A NOITE DO CRIME

Me pergunto o que havia nos desenhos que a Lilian mencionou, aqueles que ela fez depois da noite no cais.

Pego o celular e mando uma mensagem para Íris.

> Acho que eu devia ir até a casa da árvore.
> Encontrar os desenhos da Lilian e as cartas da
> Mona Moody. Talvez tenha algo lá que possa nos
> ajudar a conectar o passado ao presente

Íris responde no mesmo instante.

> **Não vai sem mim.**
>
> Sem chance. Você não pode ir junto. A sua mãe te
> mataria
>
> **Eu vou dar uma escapadinha. Você não pode ir sem mim**

Pauso. Eu também não iria querer perder isso, então não posso culpá-la.

> Tá bom. Esteja pronta em 15
>
> **Já estou**

Eu e a Íris abrimos caminho através da área florestada ao redor do castelo e então passamos pelo mato, indo em direção ao gramado no qual fica a casa da árvore. Nuvens acobertam a lua e a noite está escura, uma mancha preta que tira meu fôlego, sem ser atravessada pelas luzes do centrinho de Enseada do Castelo.

— Talvez a gente devesse esperar até amanhecer — murmuro enquanto tropeço em mais outro galho.

— Alice, eu juro por Deus, é melhor você tomar coragem — diz Íris, entre dentes. — Olha, pelo menos dessa vez a gente não está tentando invadir o castelo, certo? Consegue imaginar como seria entrar lá agora?

A gente para no limiar do mato, encarando o castelo por um bom momento. Daqui, vejo as moitas onde a polícia encontrou o paletó do Alex, agora marcadas com fita amarela, e próximo a elas há uma árvore antiga e gigante. Meus olhos viajam até o tronco, subindo para o segundo andar do castelo, para a janela do banheiro escuro por onde o Alex e a Pessoa X escaparam naquela noite.

Pego a Íris pelo braço.

— Espera. Calma. Íris. Olha. — Aponto para a janela, a árvore. — Deve ter sido por ali que o Alex desceu naquela noite, não acha?

— Aham, foi assim que ele desceu.

— Você acha que no passado aquela árvore já estava ali? Ela parece ser velha. Mas, se estava, por que a Mona não escapou por ali, se estava sendo mantida naquele quarto emparedado?

— Vai ver ela tinha medo de altura?

— Talvez... — Olho para a árvore por um longo momento.

Ao longe, um cachorro dá um latido alto, o que faz com que arrepios de ansiedade percorram a minha coluna.

— Beleza, vamos sair desse descampado. Você sabe onde a casa da árvore fica, né?

Ela assente.

— Deste lado.

Eu a sigo, nós duas dando o nosso melhor para continuarmos fora de vista, nos abaixando entre as moitas e as árvores grossas.

— É por aqui.

Íris aponta para alguns metros adiante. Projeto minha lanterna nessa direção e encontro uma estrutura de madeira escondida entre os galhos de uma árvore. Deve ser pré-histórica, se esse treco já existia quando a Lilian era criança.

A gente para na base da escada torta.

— Esse troço é seguro?

Íris dá de ombros.

— Aguentou o meu peso e o do Cole.

— Que nojo. — Pego um dos degraus. — Então. A gente vai subir mesmo?

Há um estalido acima de mim e dou um pulo, pronta para correr de volta para o carro, até que percebo que era só um esquilo.

— Deixa comigo, eu vou primeiro.

Íris me empurra para o lado e começa a escalar a escada sem nem olhar para baixo. Depois de um momento, eu a sigo de perto.

CAPÍTULO TRINTA E NOVE

ÍRIS
18 DE FEVEREIRO
20:00

"Uma peça central e tocante da magnífica propriedade
de Levy é a casa da árvore, construída com esmero
pelo proprietário em pessoa para sua filha amada, Lilian.
'Garotinhas precisam de seus lugares secretos', explica ele.
'Lugares para o extraordinário e a imaginação. No
entanto, sem dúvida alguma fiquei cheio de farpas'."
Gazeta de Enseada do Castelo, 1946

O LUAR ENTRA ATRAVÉS da janela da casa na árvore, iluminando teias de aranha.

Alice belisca minha perna, o que me faz urrar e então levar a mão até a boca.

— Me ajuda — sussurra. — É provável que a gente não tenha muito tempo. Se formos pegas, desta vez com certeza vamos ser processadas, e a sua mãe não vai querer me ver nem pintada de ouro.

Eu a puxo para cima do último degrau e ela chega à plataforma cercada.

Olho ao redor do interior da casa na árvore. Ainda cheira a umidade, mesmo depois de alguns dias desde a tempestade. As tábuas de madeira do chão parecem macias e elásticas quando piso. Caminho com cautela.

Se fosse uma criança, onde eu esconderia coisas numa casa da árvore? Alice está tateando as paredes com cuidado, apertando-as, como se também fosse haver uma porta secreta ali, assim como no castelo. Olho para o alto.

Eu esconderia alguma coisa num lugar que ninguém fosse ver. Mas, se sou uma criança, também sou pequena, então não consigo alcançar o teto da casa. Só posso ir para onde é possível, ou seja... para baixo.

Fico de joelhos e tateio ao redor, sentindo as tábuas soltas. Talvez Lilian tenha escondido coisas aqui embaixo, sob as tábuas.

Acima de mim, Alice ainda está trabalhando nas paredes.

— Não estou curtindo toda essa poeira — sussurra.

Sinto uma tábua se mexer ao meu toque. Deslizo os dedos por debaixo de uma das pontas e tento puxá-la para cima. Há um rangido estranho e alguma coisa que, de modo suspeito, soa como um estalo, mas não desisto. Os pregos estão velhos e molengas, mas não chegam a ceder.

— Espera — diz Alice. — Me deixa ajudar.

Mas, assim que começa a se agachar, alguma coisa escura e esvoaçante cruza a casa na árvore. Alice se encolhe e abana as mãos, caindo com tudo de bunda no chão de madeira macia, o que resulta em uma série de estalidos e rangidos. Alice está golpeando algo vivo em seu cabelo.

De repente, a tábua que estou puxando se solta do chão e me acerta no queixo, me fazendo cair para trás.

E então eu continuo caindo.

Quando abro os olhos, sinto que perdi a capacidade de respirar, cada osso dói e a Alice está a alguns metros à minha frente, com o lábio sangrando e penas no cabelo. Farpas de madeira poluem o terreno ao nosso redor. Olhamos para cima ao mesmo tempo, para a ferida aberta que costumava ser o chão da casa da árvore.

— Meu pai... — diz Alice, tremendo.

Levo um dedo aos lábios.

Para tudo quanto é lado há madeiras partidas, pregos enferrujados, mas também… coisas. Apesar de estar com a visão embaçada, olho com mais atenção.

Será que estou vendo uma caixa plana e o que parece ser um porta--joias pequeno? Um livro-razão. Um lápis. Um livro infantil. Lacinhos de cabelo. Um macaquinho de madeira.

Do nada, o gramado está banhado em luz. Os holofotes do lado de fora do castelo foram acesos.

— Pega tudo — digo para Alice enquanto me levanto. — Pega tudo e corre que nem o diabo fugindo da cruz.

Eu e a Alice pegamos tudo e saímos correndo de volta em direção à escuridão das árvores além do gramado do castelo, enquanto ouvimos um som cristalino dos *walkie-talkies* dos seguranças que ainda estão bem longe da gente.

A Alice… não leva jeito para correr.

Ela está ofegante, as penas de seja lá o que adentrou voando a casa da árvore ainda estão em seu cabelo.

Olhando para trás, vejo a sombra de dois guardas cobrindo o terreno, perscrutando o entorno. De repente, um raio de luz me cega e uma voz grita:

— Parada!

Giro 180 graus, pegando a Alice pelas mãos, e nos conduzo para um amontoado de arbustos. Estou ofegando.

Nós duas ficamos à espera, ouvindo. O barulho dos radinhos está ficando mais alto.

Tento ajustar a visão depois da cegueira causada pela lanterna do guarda. Pisco e aos poucos me dou conta de que a gente está numa longa fileira de cercas vivas que repentinamente muda de direção numa das extremidades.

— Hum, Íris — sussurra Alice. — Onde foi que a gente…

— Psiu — digo. — A gente tá no labirinto.

— Eita, bom, beleza, isso é simplesmente perfeito. Como é que vamos sair daqui? E se eles vierem pra cá?

— Estou pensando — ralho.

Não podemos voltar por onde viemos, porque acho que é bem lá que eles estão. Temos que continuar em movimento.

— Regra número um — sussurra Alice, de repente. — Eu li em algum lugar. A mão direita é a dominante. Caminhe com ela na fileira que começou e, mais cedo ou mais tarde, isso vai te levar para fora.

Com a Alice na liderança, sua mão direita roçando a parede de cerca viva enquanto eu me seguro às costas de sua jaqueta, começamos a avançar rapidamente.

— Alice — digo, e olho para a parede do castelo.

Consigo ver a janela do banheiro do quarto secreto para a qual a Alice apontou mais cedo. A árvore ao lado da janela com certeza é velha e robusta, perfeita para uma descida, como o Alex Schaefer provou; não sem oferecer riscos, no entanto.

— Alice, talvez a Mona não tenha tentado fugir pela janela por conta dos remédios que o dr. Gene estava dando para ela. Talvez eles a deixassem lenta e com medo.

— Pode ser — sussurra Alice em resposta. — Mas então por que ela não fugiu ou contou pra alguém o que tinha acontecido assim que a soltaram?

Fazemos uma curva. Escuto passos do outro lado de uma fileira. Alice olha para mim, logo atrás. Consigo sentir nós duas prendendo a respiração. Minhas bochechas estão geladas.

— Quem tá aí? — pergunta uma voz. — Você está invadindo uma propriedade estatal.

— Malditas crianças — diz outra voz. — Devem estar chapadas. Não sou pago o suficiente pra isso.

Alice acelera o passo. Aperto sua jaqueta com mais força e, com a outra mão, seguro firme as coisas que pegamos. Se formos pegas aqui, esse provavelmente vai ser o fim da picada para minha mãe. Meu peito se comprime.

Alice ainda está seguindo a cerca viva com a mão, virando à esquerda de novo e depois à direita. Estou começando a ficar zonza. De repente, ela vira mais uma vez, e estamos fora do labirinto, com a floresta diante da gente. Assim, começamos a correr de volta para o terreno onde estacionamos. Ela enfia tudo nas minhas mãos e aponta a chave para o carro. Com um bipe, as portas se destrancam.

Saímos do terreno com os faróis desligados e continuamos assim até chegarmos à Rodovia 1.

Na estrada, a uma distância segura dos guardas, a Alice dá uma checada em seu lábio ensanguentado pelo retrovisor.

— Eu tô tenebrosa — geme.

Olho para as coisas no meu colo. O livro-razão está cheio de desenhos infantis. Sóis, lua, pássaros, gatos, paisagens montanhosas. Mas no meio disso há outros desenhos mais interessantes.

Desenhos de linhas onduladas, pessoas com olhos esbugalhados, corpos distorcidos. As páginas são tão velhas e danificadas que as viro com cuidado, com medo de rasgá-las. Os traços estão esmaecidos, mas é possível distinguir os desenhos de várias folhas. Ligo a lanterna do celular e olho com mais cuidado.

Há três homens num cais. Uma lua no céu. A água ondula. Um dos homens tem dedos compridos estranhos, bem parecidos com algo que uma criancinha desenharia. Há sete dedos em uma das mãos, angulados de um jeito torto.

— Ah, Lilian. Não podemos dizer que você é uma artista — digo, entregando o livro-razão para Alice.

Ela dá uma olhada rápida e então sai da rua, parando no estacionamento do Donuts da Dotty.

— Nossa, esses dedos são bem estranhos — diz. — Qual deles você acha que é esse? O Levy, o Hayes ou o dr. Gene?

— Você ainda tá com aquela foto na mochila? — pergunto.

Ela se debruça sobre o banco de trás, pega a mochila e a vasculha. Em seguida, tira a foto de lá e a segura ao lado do desenho da Lilian.

Há três homens em um círculo estranho. Um deles está de costas para a ponta do cais e, atrás dele, há ondas grosseiramente desenhadas; marcas de riscos feitas a lápis que suponho ser a chuva atravessando toda a cena. O cabelo dele é escuro, assim como o cabelo preto que Clifford Hayes exibe na foto da estreia do filme.

Trocamos olhares e voltamos a mirar a foto e o desenho. Todos os homens estão carrancudos.

— Então, se o Clifford Hayes se afogou e, em seguida, mais ou menos uma semana depois, a Mona morreu, foi tudo meio perto demais, não acha? — pergunto.

Por um minuto, a Alice não abre a boca. Então diz:

— Você acha que a morte do Hayes... Acha que não foi um acidente?

— E que a queda da Mona também não foi um acidente? — digo. É tudo bastante confuso. — Acho possível. Quero dizer, ela estava trancafiada num quarto. O dr. Gene estava dando remédio pra ela, certo? Então, de repente, o suposto amante dela se afoga e aí...

— *Merde* — murmura Alice.

Ela vasculha o resto da pilha de coisas no meu colo, abre a tampa da caixa e tira dali o que parecem ser fitas cassete, talvez... Não, elas são grandes demais e redondas.

— São fitas de gravador de rolo — digo.

Abro o porta-joias. Dentro, estão as cartas que a Lilian disse que a Mona lhe escreveu quando supostamente estava longe.

— Alice — digo. — Primeiro, parece que temos duas mortes pra investigar, além de tentarmos ajudar a Park. Segundo, a gente precisa escutar essas fitas de rolo, e só há duas pessoas no mundo que provavelmente sabem como fazer isso.

MENSAGENS EM GRUPO
ALICE OGILVIE, ÍRIS ADAMS, ZORA JOHNSON,
SPIKE FLICK, NEIL CETAS E ANGELIK PATTERSON
18 DE FEVEREIRO
21:32

AO: EMERGÊNCIA!!! Onde vocês estão?? A gente precisa se encontrar agora mesmo
IA: Aqui.
AP: quem são vcs
SF: sinto que não vou gostar disso, né
ZJ: Aqui... mas não posso sair hj pq tô de babá. Falando na ratinha da minha irmã ela acabou de me morder, peraí
NC: Presente
AO: Gente, vocês não vão acreditar no que encontramos hoje à noite!!
NC: O que rolou??
AO: Beleza então vocês lembram que a gente mandou mensagem mais cedo pra atualizar vocês sobre a nossa chamada com a Lilian e que ela mencionou ter escondido umas coisas na velha casa da árvore atrás do castelo? Então eu e a Íris decidimos ir até lá dar uma olhada... e a gente achou uns trecos de fita de rolo, e achamos que pode ser da Mona Moody
IA: A gente atualiza melhor vocês pessoalmente mas em resumo precisamos de ajuda com as fitas
NC: Deixa comigo. Amanhã a escola abre, mesmo sendo domingo. Pra encontros dos clubes e coisas assim.

A NOITE DO CRIME

AJ: É, a gente pode ir até o escritório do jornal, de boa. Acho que o clube de audiovisual da escola tem um monte de equipamentos velhos. Eu pego.
AO: Amanhã. Sala de audiovisual. 07:30. Não se atrasem.

MENSAGENS TROCADAS ENTRE
ÍRIS ADAMS E RAFAEL RAMIREZ
18 DE FEVEREIRO
23:02

IA: Tá aí?
RR: Sabe, Íris, tem gente que gosta de dormir
IA: Que vidas maravilhosas essas pessoas devem ter
RR: Eu queria ser uma delas
IA: Enfim. A Mona Moody morreu em 10 de outubro de 1949. Encontrei algumas matérias a respeito, mas todas dizem que ela caiu da sacada do castelo devido a complicações da tuberculose.
RR: Só me diga logo o que você precisa. Tô cansado.
IA: Tenho uma fonte que diz que houve uma morte no Iate Clube em 5 outubro de 1949. Clifford Hayes. A polícia teria sido chamada, certo?
RR: Claro. Investigação de praxe. Como ele morreu?
IA: Os arquivos da *Gazeta de Enseada do Castelo* dizem que foi um afogamento acidental.
RR: Me deixa adivinhar. Você acha que não foi isso o que aconteceu de verdade.
IA: Eu acho que duas pessoas que poderiam ser amantes terem mortes por causas acidentais com apenas alguns dias de distância é um tanto estranho, não acha?
RR: Hum, sei nem o que dizer sobre isso.
IA: Só estou trabalhando com todas as possibilidades.
RR: Tá. O que é que você quer?

A NOITE DO CRIME

IA: Você pode dar uma olhada na delegacia, tipo, nas fichas antigas ou algo assim, pra ver se a polícia foi chamada pro cais naquela noite? Se há algum parecer sobre o afogamento?
RR: Ok. Os documentos antigos não estão digitalizados. Pode ser que leve um tempo.
IA: De boa. Valeu.
RR: Íris?
IA: Que foi?
RR: Você não pareceu estar bem. Na cadeia
IA: Porque eu estava na cadeia, Raf.
RR: Só… vai com calma, beleza? Tô preocupado com você.
IA: Tenho que ir.

CAPÍTULO QUARENTA

ALICE
19 DE FEVEREIRO
07:31

"Ora, não existe assassinato sem uma motivação."
AGATHA CHRISTIE, *O misterioso caso de Styles*

— ONDE TÁ? O negócio lá de que a gente precisa?

— Bom dia, Alice, é *tão* bom te ver. Como você passou a noite? — diz Zora, virando-se só um pouquinho na cadeira para fazer uma careta para mim.

Angelik coloca a mão em seu braço. Elas estão sentadas em uma das mesas centrais da sala do jornal, em frente a uma máquina que parece centenária.

Ignoro a Zora.

— Onde a Íris tá? E o Neil e o Spike? É só isso? O tocador de fitas?

— A gente ainda não viu ninguém — aponta Angelik. — E, sim, este é o equipamento. Esses botões controlam a velocidade do áudio — explica, indicando alguma coisa no aparelho.

Faço um barulho de descontentamento (como eles ousam estar atrasados?) e coloco a mochila num espaço vazio da mesa, tomando cuidado ao pegar a grande caixa que comporta as fitas.

— E aí, gente? Foi mal, me atrasei. — Íris entra na sala toda esbaforida, as bochechas vermelhas como se tivesse corrido no caminho até aqui. Ela para ao meu lado e puxa o ar. — Onde estão o Neil e o Spike?

— Essa parece ser a pergunta que não quer calar — diz Angelik.

— Ah, nossa, esse aí é o gravador de fitas? — Íris se apressa para ficar ao lado da Angelik e da Zora, olhando para o equipamento com admiração. — Isso aí é tão maneiro. Parece algo saído de um filme em preto e branco. Vocês têm ideia de como funciona?

— Acho que a gente entendeu em parte — responde Angelik.

Ando até elas e coloco a caixa ao lado do equipamento, dando uma boa observada nele pela primeira vez.

— Então a gente coloca as fitas nessas coisas? — pergunta Íris, apontando para os dois círculos pretos perto do topo. — E aí elas vão tocar?

Angelik faz que sim.

— Definitivamente é aí que as fitas vão. A gente tá tentando entender todos esses botões. Tipo, como fazer as fitas tocarem e…

— Temos que tomar cuidado. — Pego a caixa, embalando-a. — A gente só tem um conjunto. Se acabar estragando…

— Não temas, o Neil chegou! — canta Neil ao entrar na sala.

— Ai, *nossa*, nada de cantoria, Neil! — ralha Zora. — A gente já teve essa conversa vezes demais pra ser possível contar. Você está proibido de cantar. Pra sempre.

Ele revira os olhos.

— Hoje eu acordei com o pé direito, Z. Por que você tem que acabar com a minha onda? — Depois de um tempo, ele caminha até o aparelho, o acaricia como se fosse um gato e diz: — O que temos aqui? Ela é lindona. A eemec tinha isso aqui dando bobeira no depósito?

Angelik assente.

— Duvido muito que tenha sido usado em décadas.

— Uma pena. As pessoas não têm mais respeito pela história. Você se importa? — Ele aponta para Angelik, que desliza a cadeira para o lado. Neil se agacha em frente ao aparelho, xereta por um minuto e então pergunta: — Quem está com as fitas?

— Estão comigo. — Estou segurando a caixa contra o corpo. — Tem certeza de que sabe o que está fazendo? Essas fitas são superantigas e frágeis, e se a gente estragar...

Neil meneia a cabeça com uma expressão séria no rosto.

— Vou tomar cuidado. Já usei fitas de rolo um monte de vezes. Minha mãe me ensinou a usar. Eu sei o que estou fazendo, juro.

Respiro fundo. Eu confio na sra. Cetas; só queria que ela estivesse aqui para ajudar. Depois de um momento, entrego a caixa para ele.

— Beleza, mas se alguma coisa acontecer com elas...

— Você vai arrancar meu fígado, eu sei, eu sei. — O Neil sorri, se virando para o aparelho e abrindo a caixa. — Beleza, então a gente...

Ele é interrompido por uma voz vindo da porta:

— Foi mal, me desculpa. Eu só... bom, pelo jeito, estou dez minutos atrasado, foi mal. — O Spike corre para dentro da sala, o tempo todo falando: — No caminho até aqui, fiquei preso atrás de um ônibus circular que, eu juro, parou em cada ponto possível entre a minha casa e a escola. Não entendo por que essa cidade tem tantas ruas de mão única.

— Tá de boa — diz Íris, sorrindo para o Spike de um jeito que chama a minha atenção.

Faço uma nota mental para questioná-la a respeito disso mais tarde, quando tiver capacidade mental de pensar nisso.

— Enfim. — Eu me viro para o Neil. — Vamos direto ao ponto, por favor? As fitas.

Durante a entrada dramática do Spike, o Neil conseguiu colocar as fitas no equipamento. Ele ainda está mexendo em algo, mas depois de um tempo ele se agacha.

— Acho que estamos prontos. Podemos? — ele pergunta a mim e à Íris, que assentimos. — Show.

Ele aperta o botão e as fitas começam a girar.

No começo não há nada. Apenas murmúrios ininteligíveis, o som sibilante do ruído estático. Um minuto inteiro se passa e esses são os únicos sons emitidos, e começo a me sentir decepcionada. Talvez a gente tenha se empolgado por nada. Talvez as fitas estejam velhas e danificadas demais para servirem de alguma coisa.

Meus pensamentos são interrompidos por um *triturar* alto.

— O que foi isso?

Íris me pega pelo braço.

— Você ouviu aquela voz?

— *Voz*? — Me aproximo do Neil, colocando as mãos em concha ao redor da orelha e me inclinando para o alto-falante do equipamento. — Não consigo...

E então ouço. É fraca, quase como se tivesse sido engolida pelo barulho de fundo, mas está ali.

— Tem algum jeito de mexer nos níveis da gravação? — pergunta Íris ao Neil.

— Humm... deixe-me ver... — Ele mexe nos botões e, após um momento, o volume da estática diminui.

Do equipamento, ouvimos:

— ... (estática)... o cais... (estática)... eu vi tudo. — É a voz de uma mulher, alta e tremida, falando num sussurro alto. — Ele não se afogou... (estática)... meu amor. Eu estou... (estática)... com medo.

— Essa pessoa acabou de falar que está *com medo*? — sussurra Zora. — De quem é essa voz?

— Fica quieta. — Me esforço para entender as palavras da gravação, com a orelha tão perto do alto-falante que está quase encostada nele.

— ... se você encontrar (estática) ... aconteceu uma coisa horrível. — Por um momento, a voz fica clara e forte. — Eu acho... Acho que ele está tentando...

Uma explosão de estática explode do alto-falante e dou um pulo para longe, trombando com o Neil. Enquanto observamos em choque, a fita de rolo velha e quebradiça se parte ao meio.

CAPÍTULO QUARENTA E UM

ÍRIS
19 DE FEVEREIRO
07:50

> "Eu não gosto de joguinhos bobos. Nunca gostei.
> E também não gosto das pessoas que os praticam.
> Pois elas sempre escondem o jogo."
> MONA MOODY, *Sussurros sombrios*, 1948

TENTEI CONVENCER A ALICE a ficar na biblioteca comigo e trabalhar no projeto dela, já que já estamos na escola, de qualquer forma, mas ela saiu correndo da sala de audiovisual assim que a fita se partiu. Ela realmente vai levar bomba este semestre se não tomar cuidado. Para mim, na maior parte do tempo, a Alice só está fazendo o suficiente para continuar sem problemas, em termos de notas, mas sem dúvida alguma ela vai reprovar na matéria do McAllister se não começar a trabalhar no projeto de ancestralidade. Sendo bem sincera, é provável que trabalhar com a Henderson esteja acabando com ela. Eu não tive problemas com o meu projeto. É uma caça ao tesouro interessante, tentando descobrir parentes distantes e há muito tempo mortos através da lista de passageiros em navios; de pontas soltas nas complicadas árvores genealógicas de outras pessoas; de um título de eleitor registrado com o endereço de um apartamento acima de um açougue que, quando joguei no Google, apareceu que não existe mais, substituído por condomínios sofisticados e restaurantes pitorescos.

A NOITE DO CRIME

Cheguei bem longe com os parentes da minha mãe, mas não posso dizer o mesmo sobre o lado do meu pai. O McAllister o aceitou pela metade, sério. No geral ele é um babaca, mas sei que os professores falam pelos cotovelos e tenho ciência de que ele sabe de tudo o que aconteceu com o Coisa no outono. Sem chance alguma querer descobrir de onde aquele cara vem. Pelo menos, por ora.

O clube do livro da sra. Shelby está tendo um encontro a algumas mesas de distância. Queria ter me inscrito. Neste exato momento, eu iria gostar de me perder dentro de um livro para parar de pensar nas coisas.

Só queria que aquela fita não estivesse tão ruim. Que não tivesse se quebrado. O que a Mona Moody nos teria dito? O que tem em seu diário que a gente não consegue decifrar?

Mona Moody, digito na barra de busca do iPad.

No mesmo instante, aparecem imagens dela. Pele sedosa. O cabelo volumoso caindo sobre os ombros. Primeiras participaçõezinhas em filmes grandes, maior faturamento em filmes pequenos, uma garota se destacando da multidão em uma cena, seu rosto reluzindo. Vestindo um maiô modesto, as bochechas rosadas, saudáveis e radiantes, descansando na areia. Retratos de estúdios totalmente iluminados, sobrancelhas desenhadas por artistas com lápis marrom, cílios grossos e escuros, a boca parecendo uma ameixa escura reluzente em preto em branco.

Depois de mergulhar fundo no YouTube, encontro uma filmagem antiga dela nos braços do Levy, uma pele branca de doninha em seus ombros aparentes, à medida que abrem caminho por jornalistas na estreia de um filme. Coloco os fones de ouvido, conecto-os ao notebook e aumento o som. Uma repórter está bem na cara dela, lápis e bloco de notas nas mãos.

"Está feliz por estar aqui esta noite, Mona? O que pode nos contar sobre seu vestido?"

Ela dá uma risadinha. "Esse trapo aqui? Ah, só estou brincando, bobinha. Este vestido foi feito especialmente para mim pela senhorita

Edith Head! Não é um sonho? Toda esta noite é um sonho. Não consigo acreditar..."

Aumento o volume no máximo.

"Ele é um ator maravilhoso. A gente se divertiu tanto nas gravações. Sou uma garota de sorte."

É ela. Era ela na fita. Aqui parece ensaiada, como se tivesse recebido um roteiro, e talvez tivesse mesmo. Mas a voz é a mesma: gutural, exuberante. A questão é que a que estou ouvindo agora não está... apavorada.

Pego as páginas escaneadas de seu diário que a Alice me deu. Mesmo estando digitalizadas, a letra tem falhas e é difícil de ler. A Mona Moody não está dando nenhuma pista para a gente.

Meu celular vibra. É o Raf.

> **Então, sobre aquele afogamento que você me perguntou. Aquele no cais em 1949?**
>
>   Q q tem?
>
> **É estranho. Encontrei um telefonema registrado para a polícia sobre uma morte em Enseada do Castelo nessa data e se trata de um acidente de carro em Guadalupe. Nada sobre afogamento e nada no cais do Iate Clube.**

Ah, digito, desanimada.

> **O que é estranho é que o cara... Clifford Hayes? O atestado de óbito diz ter sido uma morte acidental por afogamento, mas foi assinado pelo dr. Eugene Kennedy e não existe nenhuma autópsia. E o nome de verdade do Hayes, de acordo com o relatório, é Reginald Kennedy.**

A NOITE DO CRIME

> Eles eram irmãos...
> Íris, mesmo naquela época as pessoas ligariam por conta de uma suspeita de afogamento, só para ninguém acabar levando a culpa ou algo assim, e quase sempre havia uma autópsia. Também tenho quase certeza de que membros imediatos da família, mesmo se fossem médicos, não seriam os responsáveis por assinar o atestado de óbito. É tudo suspeito pra kct. Pelo menos pra mim.

Olho para a mensagem.

Valeu, Raf, respondo, com pressa.

Dou um olhar sorrateiro para a sra. Shelby, que está ocupada com o computador à sua mesa.

Alice, digito. *Foi o Eugene Kennedy que assinou o atestado de óbito do irmão dele. Nada de autópsia. O Raf diz que a delegacia deveria ter recebido um telefonema por conta de um possível afogamento, mas não há nenhum registro.*

> Como assim??

Acho que o único jeito de descobrir por que a Pessoa X queria o colar e quem É A Pessoa X seria tentando encontrar o Eugene Kennedy. Tipo assim, como o colar foi parar com ELE? A não ser que o tenha roubado? Isso se ele ainda estiver vivo, digito.

Penso um pouco. Droga, quantos anos ele teria hoje?

Não tem como ele ainda estar vivo, mando para Alice.

> Ah, eu acho que está vivinho da silva, Íris. Acabei de achar o endereço dele.

CAPÍTULO QUARENTA E DOIS

ALICE
19 DE FEVEREIRO
09:03

"O assassinato, como tenho notado com frequência,
é um ótimo casamenteiro."
AGATHA CHRISTIE, *Os crimes ABC*

ENTRO NA COZINHA CARREGANDO minha bolsa para passar a noite e encontro a Brenda sentada ao balcão, com uma caneca de café entre as mãos. Surpresa, suas sobrancelhas se arqueiam para cima quando me vê.

— *Alice?* — Ela leva a mão até o coração. — Não são nem nove da manhã. Você sabe que hoje é domingo, né? Está se sentindo bem? E você está carregando... isso aí é uma *mala*?

Semicerro os lábios e deixo a bolsa cair ao chão com um baque.

— Aham, estou ciente de que dia é hoje, muitíssimo obrigada. Eu e a Íris vamos fazer uma pequena viagem de carro.

Ela fica quieta e me observa enquanto despejo o café da jarra em um copo térmico para mim, então a Brenda diz:

— Sua mãe está sabendo disso?

Por algum motivo tenebroso, minha mãe continua nesta casa. Pensei que a essa altura ela estaria bem longe, que teria partido logo depois do meu pai, mas não. Ainda está aqui, trabalhando de seu escritório e fazendo tentativas extremamente constrangedoras de conversar comigo quando nos esbarramos pelo corredor.

Franzo o cenho.

— E por que ela deveria saber?

— Alice. — Brenda suspira. — Você sabe que ela está tentando, né? É por isso que continua aqui. Ela quer garantir que você está bem. Depois do último ano, depois da Brooke...

Bufo.

— Que ótima maneira de mostrar que se importa, aparecendo quatro meses depois do acontecido pra me dar um sermão sobre trabalhos escolares. Tipo, ela espera que eu demonstre gratidão? Ela... — Paro de falar e mordo minha língua.

Não me importo. Não estou nem aí. Penso no Hercule Poirot, em como ele sempre retoma o controle de suas emoções, não importa a situação com a qual esteja lidando. Eu simplesmente não vou permitir que minha mãe me afete, não mais.

— Deixa pra lá. Isso é importante, Brenda. A gente precisa ir conversar com um homem pra... um projeto da escola.

Prontinho, isso deve deixar a minha mãe feliz.

— A gente tá fazendo um projeto de genealogia na escola e a Íris achou uma pista lá em Los Angeles. Alguém que talvez a conecte com... com um dos parentes dela por parte de pai, com quem ela perdeu contato porque... — gesticulo com a mão — ... você sabe. Todo aquele lance com o pai dela. A gente tem que entregar o projeto na semana que vem, então temos que ir agora. Hoje. Pra falar com eles. É *importante*. Este é um final de semana prolongado, por conta do Dia do Presidente, então é o momento certo.

Quem diria que esse projeto de genealogia idiota me seria útil como uma desculpinha? Talvez, afinal de contas, a escola sirva para algo.

Conforme eu falava, os olhos da Brenda ficaram úmidos.

— Ah, coitadinha da Íris. Ela é tão querida, e tenho certeza de que isso não tem sido nada fácil pra ela. Você é uma boa amiga por estar indo junto. Estou orgulhosa. — Ela sorri para mim e algo se revira na minha barriga, uma pontada afiada e forte. Seria culpa? — Vou avisar sua mãe sobre o seu paradeiro, mas, por favor, mande uma mensagem também. Ela vai ficar feliz.

— Humm... claro — digo. Minha culpa momentânea por ter mentido para a Brenda some diante de outra menção à minha mãe.

Dou um abraço de lado na Brenda e saio sem nem sequer dar uma olhadinha para trás.

Depois de três horas percorrendo a Rodovia 1, a gente enfim chega à 101 e aproveito a oportunidade para testar de fato a potência do meu carro. Nunca tenho essa chance, pelo menos não nos arredores da nossa cidade, onde o limite de velocidade é de no máximo quarenta por hora, a não ser que, sabe como é, alguém queira atravessar penhascos e cair no mar. O que acontece com mais frequência do que se pensa.

Piso com força no acelerador, e o carro dá um solavanco para a frente.

Íris me lança um olhar desaprovador. Esteve lendo alguma coisa no celular durante a última meia hora, então foi mal se fiquei entendiada.

— Eu sou uma motorista excelente, Íris — digo, virando os olhos. — Passei um tempo na Toscana...

— É, é, eu sei, você passou um tempo na Toscana e andava de lambreta naqueles morros cheios de declives, *et cetera, et cetera*. Eu *sei*. Esse não é o problema, mas quando os policiais nos fizerem encostar, eu não acho que eles vão dar a mínima pra como você é habilidosa numa lambreta. Pra mim, acho que eles vão se importar com o fato de que você está indo... — ela dá uma espiada sobre o meu braço. — Alice, você está cinquenta quilômetros por hora acima do limite de velocidade. *Dá uma segurada.*

Ela é tão estraga-prazeres.

A NOITE DO CRIME

— Beleza. — Libero a faixa da esquerda e dou um tchauzinho silencioso para o Tesla à nossa frente que estive seguindo pela última hora. — Tá melhor assim, vovó?

Íris assente.

— Aliás, o que você disse pra sua mãe? — pergunto, tomando cuidado para manter o tom de voz neutro. — Sobre pra onde estava indo?

Ela pressiona os lábios até virarem uma linha fina.

— Não quero falar sobre a minha mãe.

Minha barriga queima de irritação.

— Tá, né?

Nós duas ficamos em silêncio enquanto viro o volante e sigo pela pista da direita.

— Olha aquela placa! — Íris está dando pulinhos de felicidade no banco. — Quinze quilômetros até o Sunset Boulevard! Tipo assim, isso é *Hollywood*. Bem no centro de Los Angeles! Ai, meu Deus!

— Pois é — digo baixinho, e penso na última vez que estive aqui.

Foi uns meses antes de o Steve terminar comigo (passamos uma noite aqui com a Brooke e a Kennedy). Naquela época, eu pensava que éramos todos amigos, que o Steve e a Brooke se davam tão bem porque os dois *me* amavam, não porque estavam começando a se apaixonar um pelo outro. Jamais teria imaginado como as coisas estariam diferentes um ano depois.

— Eu reservei um quarto pra gente no Pináculo do Pôr do Sol, que fica pertinho da casa do dr. Kennedy, em Hancock Park. A gente pode parar lá primeiro, fazer o check-in e então…

— Mal posso esperar pra ver! — diz ela, guinchando e ainda dando pulinhos no banco. — Não acredito que estrelas como o Marlon Brando costumavam se hospedar lá! Você acha que vai ter algum famoso? A Zora iria adorar isso. Ela gosta daquela cantora Courtney Ray. E… o

Sean Powell. Ela o ama. Até hoje ela e o Neil falam do programa dele na Nickelodeon.

— Eu amava aquele programa — comento, voltando no tempo. — Eu e a Brooke costumávamos assistir juntas o tempo todo.

Íris fica quieta por um tempo e então limpa a garganta.

— Sabe... se algum dia você quiser conversar sobre ela...

Estou ponderando como responder quando meu celular vibra com a chegada de uma mensagem.

— Pode ler isso pra mim? — pergunto, apontando para o aparelho no console central.

Íris o pega e lê:

— *A Brenda me contou que você foi para Los Angeles. Espero que esteja empenhada no seu trabalho escolar, como a gente discutiu. Por favor, esteja de volta em casa amanhã em um horário razoável.* É da sua mãe — adiciona Íris, sem necessidade.

— Pois é.

— Ela ainda tá na sua casa?

— Aham.

À medida que o tráfego diminui, presto atenção na pista da direita.

— Então, como eu estava falando... — retoma Íris, e dessa vez é o meu momento de cortá-la.

— Qual saída a gente pega?

Ela para e lê as direções no celular.

— Saída catorze. No Laurel Canyon Boulevard. É lá que todos os músicos viviam nos anos 1970. Isso é tão maneiro.

— Então, esse cara, o dr. Kennedy, é velho, né? Tipo, velho, *velho*. Ele deve ter, sei lá, pelo menos noventa anos?

A boca da Íris se curva para cima.

— Hum, Alice, você sabe que estamos em 2023 e que a Mona Moody morreu quando tinha vinte anos, em 1949, certo? Isso significa que ela teria... — Ela espera que eu termine a frase.

— Foi mal. Matemática não é o meu forte.

— Ela teria noventa e quatro anos. Isso significa que o Eugene Kennedy tem cento e um anos. Em 1949, ele tinha vinte e sete.

Uma coisa me passa pela cabeça.

— Espera aí, vinte e sete? Como é que ele trabalhava como médico particular? Achei que se levava literalmente a vida toda pra sair do curso de medicina. A maioria dos médicos não estão, tipo, na casa dos trinta?

— Aham! Então, depois que a gente conversou na noite passada, eu fiz a mesma pergunta. Depois de pesquisar um pouco, descobri que, pelo que parece, durante a guerra muitos médicos saíram do país, a ponto de haver uma falta de médicos aqui nos Estados Unidos. O governo ofereceu incentivos pras faculdades de medicina acelerarem as coisas e o programa passou a durar entre dois e três anos, apenas. Foi isso o que o dr. Kennedy fez. Ele era um médico generalista, o que significa que, na época, fazia de tudo um pouco. E, pelo jeito, isso também significava atender as estrelas de Hollywood.

— Nossa. — Estou impressionada que a Íris tenha prestado atenção nisso, porque eu com certeza não tinha somado uma coisa à outra. Sabia que ele era velho, mas não tinha me dado conta de que era um dinossauro. — Bom, se tem cento e um anos, ele não pode morar sozinho, né? Provavelmente vai ter mais alguém por lá, ao menos uma enfermeira ou algo assim? Ah, aqui é a saída.

Viro na rampa que sai da 101 e entra em Los Angeles. Em breve, vamos passar pelo anfiteatro Hollywood Bowl e entrar em Hollywood propriamente dita, passando pelas ruas onde pessoas como a Mona Moody deixaram suas pegadas na calçada.

Íris assente.

— Eu presumiria que sim.

— Bom — digo enquanto piso no freio para parar no sinal vermelho. — A gente devia bolar um plano. Talvez devêssemos dar uma de Poirot? Tipo o plano dele em *Assassinato no Expresso do Oriente*, no qual ninguém o leva a sério por que estão pensando que ele é só um "homenzinho de aparência ridícula"? Acho que a gente conseguiria usar essa cartada. Estamos por aqui apenas tentando encontrar respostas pro nosso projetinho de genealogia idiota, não temos nem ideia do que estamos fazendo. Não mesmo. Somos apenas duas adolescentes estabanadas.

 Íris sorri.

 — E, como todo mundo bem sabe, adolescentes são *burrinhas*.

 Dou risada enquanto percorremos o Cahuenga Boulevard até a cidade.

 — É, somos burrinhas. Não sabemos nadinha de nada.

CAPÍTULO QUARENTA E TRÊS

ÍRIS
19 DE FEVEREIRO
12:45

*"Essa situação é bem das complicadas, não acha?
Não sei se algum dia a gente vai entender
os dois lados dessa moeda, Betty."*
MONA MOODY, *Uma viagem até a costa!*, 1947

HOLLYWOOD. ESTÚDIOS DE CINEMA, restaurantes famosos e baladas. Me pergunto em que lugar fica o Mocambo, o lugar onde o Levy conheceu a Mona enquanto ela trabalhava como a garota da chapelaria. Eu devia dar uma olhada na Sociedade e Residência de Órfãos de Los Angeles. Foi para lá que ela foi levada quando era bebê, pois seus pais não tinham condição de criá-la. Mas, aos dezesseis anos, saiu de lá por conta própria e se mudou para uma pensão. Estou tentando pesquisar no celular a respeito dessa pensão, mas a Alice está dirigindo feito louca de novo e não consigo me concentrar.

Meu celular está no silencioso, mas o vejo piscar.

É o Cole. *Oi, foi mal mesmo. Podemos conversar qualquer hora? Sobre o que aconteceu?*

Alice vê a mensagem e faz um barulhinho de reprovação. Eu viro a tela do celular para baixo no meu colo.

— Então, me conta, Íris! O Cole. Devem ter rolado muitos beijos naquela casa da árvore. É por isso que ultimamente você anda com uma cara de cansada? Está ficando acordada até tarde com o Cole?

Ela dá uma risadinha, mas parece forçada e fraca.

Suas palavras me alfinetam, me deixando desconfortável.

— Não teve beijo nenhum, Alice. Não aconteceu nada. E provavelmente nunca vai acontecer — digo. — Tá feliz agora?

Alice franze o cenho.

— Eu não quis...

— Falando nisso, o que você tem contra o garoto? Ele literalmente nunca te fez nada.

— Bom, ele com certeza fez poucas e boas com *outras* pessoas — ela responde, bufando.

— E quem se importa? — pergunto. — Se eu saísse pegando todo mundo, você iria me chamar de vadia?

— Não! — responde ela, me olhando surpresa. — Porque... bom, você *não* faria isso, além disso...

— Além disso o quê? Eu não o vi se aproveitando de ninguém, Alice. Na verdade, sabe todas aquelas garotas? Elas usaram *ele*. O Cole estava apaixonado pela Brooke e a menina não queria nada assim.

Alice está encarando a rua à frente. Ao falar, tenta suavizar a voz:

— Além disso, eu sinto que você e o Spike... quero dizer, ele é meio tontão, mas consigo ver um clima.

— Alice, a menos que você ache que gentileza é algo de tontões, não é isso o que o Spike é. — Sei que estou pegando pesado, mas às vezes as palavras da Alice machucam.

— Não sei por que você está sendo tão grossinha, Íris — diz ela, com neutralidade. — Tanto faz. Só vamos fazer isso, ok?

Ela estaciona o carro no meio-fio e o desliga abruptamente.

— É aqui — diz, e em seguida solta o cinto de segurança.

Do lado de fora da janela, as ruas de Hancock Park são gramadas e cheias de árvores, com casas antigas enfileiradinhas, amáveis e lindas. Verifico o endereço para garantir que estamos no lugar certo.

A NOITE DO CRIME

Alice pega a mochila e sai do carro, e eu faço a mesma coisa logo em seguida.

Na calçada, a atmosfera entre nós está pesada.

— Alice — começo a dizer, mas ela me corta.

— Você precisa colocar sua birrinha de lado, Íris, pra que a gente possa fazer nosso trabalho.

Engulo uma resposta atravessada e a sigo até a fachada do endereço, onde a calçada está forrada de flores coloridas e cheirosas.

A porta da frente é escura, arqueada e parece bem sólida. A Alice pega a aldraba mas, antes que possa bater, a porta é aberta.

— Ah — exclama o homem à porta. — Eu só estava pegando a correspondência. Posso ajudá-la? Você parece velha demais para estar vendendo biscoitos.

Ele ri e coça a barriga. Está vestindo jeans e camiseta. Seu rosto é sombreado e sua barba está por fazer. O cabelo, metido sob um boné de basebol virado para trás, está desgrenhado, e ele usa óculos de armação grossa. Não chega a ser velho, talvez esteja na casa dos trinta ou quarenta anos. Na verdade, é difícil chutar quando a pessoa tem mais de vinte.

— Oi — digo. — O dr. Eugene Kennedy mora aqui? A gente queria conversar com ele sobre a época em que morou em Enseada do Castelo.

O cara olha de mim para a Alice, que sorri de orelha a orelha.

— Alice Osterman — mente ela. — É um prazer te conhecer. Eu estou fazendo um relatório de genealogia para a escola, sabe? E, ah, um turbilhão de descobertas me trouxeram até aqui. Até você. E quem é você?

Ele semicerra os olhos ligeiramente.

— Eu sou o Theo. Theo Kennedy. O médico é o meu avô. Tem muitos Kennedy em Enseada do Castelo. Vocês já não falaram com eles? É provável que possam contar tudo o que você precisa saber.

— Nós falamos! — responde Alice, ansiosa. — E foi isso o que nos trouxe aqui. Acho que a gente pode ser parente. Bem distantes! É um prazer te conhecer.

Ela sorri com vivacidade e estende a mão.

O homem a pega com hesitação e então olha além da gente, para a vizinhança.

— Talvez vocês devessem entrar. Não pega muito bem eu ficar parado aqui fora com duas adolescentes, se é que vocês me entendem.

À medida que entramos, ele dá uma risadinha.

— Vocês não estão preparando o terreno pra roubar eu e meu avô, estão? Me apagar e pegar as coisas de valor?

— Haha — digo. — Como aquelas garotas lá em Auburn com aquela senhora?

— Exatamente! — diz ele. — Pediram um copo d'água, entraram e...

Ao meu lado, a Alice está branca.

Ele ri.

— Desculpa. Não me deem moral. Meu cérebro sempre dá uma pirada com as possibilidades. Eu sou roteirista.

— Ah, que maravilhoso — murmura Alice.

O interior da casa é atulhado de um modo aconchegante. Tem livros por todas as partes, arte, muitos sofás fofos.

Theo coça o pescoço.

— Então, você, tipo, fez aquele negócio de teste genético ou...

— Sabe aquele site Linhagem.com? E também um bocado de investigação — responde Alice. — E aí eu cheguei no nome do seu avô e descobri que ele ainda está vivo. A história dele é tão interessante! Em especial, as coisas de Hollywood. Na verdade, acho que talvez eu seja prima de vocês, e só queria fazer umas perguntas pra ele pro meu projeto. Sabe como é, dar um toque especial.

Por um momento, o Theo pensa e, então, diz:

— Eu nunca nem ouvi sobre qualquer Osterman na nossa família. De onde...

— Ela tá quase reprovando na matéria — deixo escapar, tentando distraí-lo. — Ela precisa mesmo de uma nota boa. Então, será que a gente, sabe, pode falar com ele? Prometo que não somos perigosas!

— Acho que não seria um problema. No entanto, vocês devem saber que ele… ele vai e volta. Tem ficado em asilos, mas sempre acaba saindo e vagando por aí. Por algum motivo, fica falando que precisa voltar pra água. De qualquer modo, talvez seja melhor que fique aqui, comigo, do que num asilo. Eu o levo até o mar, mas ele fica chateado e diz que não é a mesma água que precisa ver. Idosos, sabem como é.

Troco um olhar com a Alice. Estamos pensando a mesma coisa. *Não é a mesma água que precisa ver.* O cais. Ele quer ver o oceano em Enseada do Castelo. Onde seu irmão supostamente se afogou e, talvez, o Eugene Kennedy tenha acobertado.

Theo nos leva por um corredor longo e estreito, as paredes com fotos em lindas molduras alinhadas, as quais quero mais do que tudo parar para ver, porque são antigas, a maioria em preto e branco. O dr. Kennedy com a Elizabeth Taylor. O dr. Kennedy com a Jane Russell. Uma foto do Cary Grant autografada. Nenhuma com a Mona Moody, o que me parece estranho. Nenhuma de seu irmão, Clifford, batizado como Reginald Kennedy e então transformado em galã de maxilar proeminente. Algumas poucas fotos de uma Rebecca Kennedy criança e duas pessoas bem aparentadas que devem ser os pais dela.

Theo bate na porta ao fim do corredor.

— Gene? Vô? Você tem visitas.

Em seguida abre a porta devagar.

Acomodado em uma poltrona de couro marrom rechonchudo está um senhorzinho vestindo uma camisa branca de botões, gravata-borboleta de bolinhas azuis e rosa e cardigã cor de canela. Seu rosto se ilumina com a luz do sol entrando através da janela ao lado. Ele sorri e se vira para a gente.

— Ah — exclama ele, baixinho. — Que adorável. Você voltou.

Você voltou? Olho para a Alice. Ela gesticula com a boca um "Idosos" e, com delicadeza, se senta ao pé de uma cama de dossel grande demais para o quarto. O lugar está lotado de caixas, algumas meio abertas, e há pastas de arquivos sobre a cama.

Theo balança a cabeça.

— Ele tem revirado suas coisas à procura de algo. Foi mal pela bagunça. Como falei, ele vai e vem. Já volto. Tenho um prazo pra cumprir. Se quiserem algo, estou no fim do corredor.

— Olá, dr. Kennedy. Eu me chamo Alice — começa ela — e esta é minha amiga Íris.

Ele estende a mão tremelicando e nós o cumprimentamos. Sua pele é seca e fina como papel.

— A gente... — Olho ao redor, procurando um espaço para me sentar, mas o único lugar é um cantinho perto da Alice, na cama. Me sento com cuidado ao lado dela. Uma confusão de frascos de medicamentos e cremes atulham a mesinha de cabeceira. — A gente queria fazer umas perguntas pro senhor. A Alice... *nós* somos de Enseada do Castelo. A Alice está fazendo uma árvore genealógica pra um projeto da escola.

Os olhos lacrimosos do dr. Kennedy piscam rapidamente e ele murmura:

— Enseada do Castelo. — Não se trata de uma pergunta, mas de uma afirmação.

— Isso — diz Alice. — O senhor está na minha árvore, sabe? Já ouviu falar disso? Do Linhagem? É um site. Sabe a internet? Começamos a preencher a árvore com parentes conhecidos e então recebemos informações sobre os dados de censo ou de cartórios, e às vezes da árvore de outras pessoas, sabe? Se elas tiverem conexões com a gente e...

O dr. Kennedy desvia o olhar da Alice e encara a janela. Acho que ele deve ser um pouco velho demais para todo esse papo de internet. Dou um cutucão na Alice, que pigarreia.

A NOITE DO CRIME

— Enfim, achei o nome do senhor na minha pesquisa, mas, tirando isso, fiquei muito fascinada pela sua vida, sério.

Ele volta a olhar para ela, a testa se enrugando em confusão.

— Eu te contei tudo da última vez — disse. — Não me lembro de tudo... o tempo todo. Fragmentos aqui e ali.

— Eu... — Alice olha para mim. — Eu não estive aqui antes, dr. Kennedy.

— Esteve, sim — contesta ele, com gentileza. — Você estava tão chateada. Eu te dei um doce. Mas você não gostou.

Ele aponta para a tigela com balinhas de caramelo no peitoril da janela.

— Você ficou chateada porque eu não conseguia me lembrar de tudo — continuou. — Mas eu sou um velho. Não sei por que continuo vivo quando outros já morreram. A vida não é justa. Eu deveria ter... — Sua voz desaparece.

O velho volta a olhar para a janela, perdido em pensamentos.

Alice me lança um olhar que diz "O que fazemos agora?".

— Quem esteve aqui? — indago com firmeza.

Ele se volta para a gente.

— Ela.

— Quem? — reitero.

Ele meneia a cabeça.

— Parece que foi ontem, mas temo não ser muito bom com datas. Talvez tenha sido há bastante tempo, não? Sinto muito por você ter ficado chateada.

— Eu também — oferece Alice, endireitando os ombros e tentando mudar de abordagem. — Eu precisava que o senhor me contasse a verdade sobre o colar, mas você não contou. Talvez agora consiga.

Eu gosto dessa Alice. Entrando no jogo. Dando uma de Poirot.

O dr. Kennedy cerra as mãos sobre o colo e abaixa o olhar.

— Eu não sei qual é a verdade.

— A Mona tinha um belo colar, dr. Kennedy. — Tento fazer minha voz sair firme, mas gentil. — O que aconteceu com ele?

O homem olha para as próprias mãos, que estão tremendo. Por conta da idade ou... por medo?

— Eu nunca tinha segurado nada tão lindo antes — murmura. — Era meu direito tê-lo. Por tudo o que fiz. Por tê-lo ajudado.

"O colar?", a Alice gesticula com a boca. Meio que assinto, incerta.

— Ele caiu direitinho dela — murmura o velho. — A gente já falou disso antes, lembra? Ela estava tão magoada. Iria acabar falando. Aquilo nos arruinaria. E quando ela caiu... ele permaneceu nas minhas mãos.

Meu coração para. Caiu? Mona Moody? Será que ela estava usando o colar na sacada do castelo quando ele... a empurrou? E nisso o colar caiu nas suas mãos?

— Você ficou com ele? Pra sua família? — pergunta Alice, a voz tremendo.

Ele não responde, apenas entrelaça os dedos sobre o colo.

Olho ao redor, para as pastas de arquivo sobre a cama, para as caixas abertas, procurando algo para fazer, porque... será que a gente está sentada aqui com um assassino?

— O seu neto disse que o senhor estava procurando algo, sr. Kennedy. O que seria?

Ele olha para mim.

— Um segredo. Um segredo prateado. Do meu irmão.

— Vou te ajudar — digo. — Posso?

— Pode, sim — diz ele, doce.

Alice muda de postura.

— O seu irmão te deu algo? Sinto muito que ele tenha morrido. Deve ser solitário.

Estou vasculhando as caixas, que estão cheias de livros velhos, gravatas-borboleta, caixas de madeira contendo caixas de fósforos, abotoaduras e botões sobressalentes.

Quando volta a falar, a voz do médico sai rouca e firme, o que me assusta:

— Não havia nada que eu pudesse fazer além de seguir com a vida, entende? — diz ele. — O que está feito, está feito. Eu o odiei a vida toda. Tão bonito. Todos o amavam. Eu era uma criança doente, uma inconveniência.

— O Reginald? — digo, em voz baixa, parando diante de uma caixa. — O seu irmão, Reginald? O senhor está falando dele? O que aconteceu no cais, dr. Eugene?

O dr. Kennedy levanta os olhos para Alice. Estão tomados por lágrimas.

— Eu te contei o que sei sobre a sua família, as coisinhas que mantive pra mim. Mas as pessoas estão mortas. É um passado tão distante, e agora não posso mais te ajudar. Às vezes, depois de tanto tempo, as coisas só precisam ser... varridas pra debaixo do tapete.

Por que ele disse "sua" família para a Alice em vez de "nossa família", se ela falou que estava ali porque pensava que tinha um parentesco com ele?

Ele está olhando para Alice, que o observa de volta.

— Dr. Kennedy, o que aconteceu com o seu irmão naquela noite no cais do Iate Clube? — pergunto de novo.

Então começo a vasculhar as caixas com mais rapidez, à procura do "segredo prateado", seja lá o que isso for. Consigo ouvir o Theo ao telefone do outro lado do corredor, dizendo que precisa sair em breve.

— Se desprenda disso — diz Alice, baixo. — Ninguém pode machucar o senhor agora. Como disse, já faz muito tempo.

Os ombros do velho tremem. Ele volta a abaixar a cabeça e, quando fala, sua voz sai abafada:

— Por que você quer revirar o passado? Já passou. Eles já se foram. Eu... não devia ter feito o que fiz, mas eu os odiava tan... e ele era frágil.

Não quero que volte mais. Na última vez que esteve aqui, você não achou o que queria?

Há lágrimas molhando suas mãos.

— A coitada da Mona... Mas ela teria acabado com a vida da gente.

— Como? — pergunto, com gentileza. — Como ela teria acabado com a vida de vocês, dr. Kennedy?

— Quando estive aqui da última vez? O senhor me deu algo? — indaga Alice.

Ao olhar para ela, sua cabeça está trêmula.

— Não consigo me lembrar. Mas era você. Eu te falei que poderia dar uma olhada, mas de que importaria? As respostas não estão aqui.

Alice vai até ele e toca uma de suas mãos úmidas. Com bastante cuidado, ele entrelaça um de seus dedos no dela como uma criancinha sonolenta na hora de ir para a cama.

— Ela estava perdendo a cabeça, todos eles estavam. Eu era o único que sabia o que fazer. Sempre sou eu que conserto as coisas. E a Leitha era uma boa mulher. Fiel.

Quem é *Leitha*? Alice me lança uma olhadela.

O dedo do homem continua entrelaçado no da Alice.

— A gente teve que mandar a criança pra longe. Era o único jeito. E isso partiu o coração dela.

Faço cara de dúvida.

— A Lilian? Pro internato? Mas a Mona já estava... morta. O que o senhor...

— Me desculpa — diz ele, choramingando. — Eu sinto muito mesmo. Eu... não estou me sentindo bem. Posso descansar agora? Preciso... Onde o Theo está? Por favor, não volte aqui. Já te contei o que sei. Disse tudo o que tinha pra falar. Falei mesmo. Por favor. Deixe-me em paz.

— Quem esteve aqui? O que aconteceu no cais? — pressiona Alice.

— Alice — sussurro. — Ele já está chorando.

Revistas de cinema antigas, exemplares da *Harper's*, lenços, cartões-postais. Meu Deus, este velho tem muita quinquilharia.

— Íris — repreende Alice. — A gente precisa da verdade.

O dr. Kennedy estende a mão e pega uma balinha de caramelo do vasilhame no peitoril da janela. Ele tem dificuldade para desembrulhá-la, então a Alice o ajuda. O homem leva o doce até a boca e o chupa pouco a pouco.

— Eu gostaria de morrer na água, como o Reggie. Não acha que seria apropriado? A Mona sempre me falou que eu merecia morrer pelo que tinha feito.

A voz do Theo soa da soleira da porta:

— Ah, nossa. Eu bem pensei que isso pudesse acontecer. Em geral acontece por essas horas. Ele está perdendo as forças.

Meu coração dá um salto. Enfio a mão dentro de uma caixa e encontro alguma coisa dura envolvida em tecido. Um véu de casamento amarelado? Desembrulho-o e encontro uma caixa prateada, então a enfio dentro do meu casaco de lã no momento em que o Theo entra no quarto.

Ele se agacha ao lado do dr. Kennedy e acaricia seu ombro.

— Vocês provavelmente deveriam ir agora. Ele não gosta de falar sobre a família. Ainda não tive coragem de contar pra ele sobre a Rebecca. Coitadinha.

— Pois é — diz Alice. — É tão triste. Embora não tenha certeza, acho que ela é minha prima de segundo grau. Sinto muito pelo que aconteceu.

Faço sinal para que ela se levante.

— Muito obrigada — diz ela, ficando em pé. — Desculpa se a gente incomodou vocês.

Theo também se levanta.

— Vou preparar os remédios dele — diz. — Vocês sabem como sair?

— Aham — confirma Alice. — Mas só uma coisa. Ele disse que eu estive aqui antes. Mas eu não estive. Então quem era?

Ele dá de ombros e suspira.

— Às vezes eu tenho que sair por uma hora ou duas, por conta do trabalho. Ele atende à porta. Eu realmente preciso arrumar alguém pra ajudar aqui em casa. Não tenho certeza do que ele está falando. Pode ser verdade, mas também pode ser coisa da cabeça dele.

Alice assente, passa pela porta e entra no corredor.

— Quando mais se chega perto da verdade, mais longe ela fica — diz o dr. Kennedy.

O velho acena para mim e eu inclino a cabeça para baixo. Consigo sentir a doçura da bala de caramelo em sua respiração.

— O segredo está nos pinheiros — ele sussurra.

CAPÍTULO QUARENTA E QUATRO

ALICE
19 DE FEVEREIRO
13:45

"A verdade deve ser bem clara, caso alguém
pudesse ao menos aparar as arestas."
AGATHA CHRISTIE, *Um mistério no Caribe*

— PEGUEI UM NEGÓCIO — diz Íris em voz baixa assim que estamos quase chegando no carro.

Começo a olhar para a porta da frente por sobre o ombro, mas ela me impede.

— A gente precisa ir. Para de agir como suspeita.

Entramos no carro e eu dou partida, virando e costurando as ruas de Hancock Park até estarmos longe o bastante da casa do dr. Kennedy a ponto de parecer seguro estacionar. Então encosto no meio-fio.

— Agora, pera lá. Você *pegou* um negócio? — pergunto.

Íris puxa uma caixa prateada do casaco de lã e a segura diante de si, inspecionando.

— Peguei. Peguei isso aqui. Parece... importante, você não acha? — Ela puxa a tranca e franze o cenho. — Mas tá trancada.

— Eu tenho um pé de cabra no porta-malas. Vamos abrir esse treco.

Solto meu cinto de segurança e abro a porta. Íris me segue.

Em seguida, abro o porta-malas e pego o pé de cabra.

— Tenta não estragar a caixa — avisa Íris. — Ela é bem bonitinha.

Reviro os olhos.

— Acho que a gente tem coisas mais importantes com as quais nos preocupar neste momento.

Coloco a caixa no chão e dou um passo para trás. Treino a mira no cadeado algumas vezes, tentando encontrar o ângulo certo para não macetar a coisa em pedacinhos. Então levanto o pé de cabra sobre a cabeça e o abaixo com força.

A caixa solta lascas e o cadeado se abre.

Íris se agacha e recolhe as lascas de madeira, abrindo o fecho em ruínas.

A primeira coisa que vejo é um envelope selado. Eu o pego e o abro.

Já a Íris joga o resto das coisas no chão: alguns documentos amarelados, cartões-postais e um objeto embrulhado num pedaço de tecido. Ela começa a desenrolar o pano, mas para quando arquejo.

Nas minhas mãos está uma certidão de nascimento antiga e uma fotinho em preto e branco de um recém-nascido enrolado num cobertor branco com uma touquinha na cabeça.

— É um bebê — digo. — Um bebê. — Leio a certidão de nascimento em voz alta. — *Cópia Certificada do Registro de Nascimento. Nome da criança: Jane Kennedy. Nome de solteira da mãe: Doris Monahan. Nome do pai: Reginald Kennedy.* — Meu estômago se embrulha. — Ai, meu Deus. Doris Monahan é o nome de nascença da Mona Moody.

— E Reginald Kennedy é o Clifford Hayes. Alice... você acha...

— Que o Charles Levy prendeu a Mona Moody naquele quarto bizarro e horrível enquanto ela estava grávida, à espera de um filho de outro homem?

Íris assente.

— E foi por isso que ela não podia descer pela árvore que o Alex e a Pessoa X desceram na noite do baile. Ela não queria machucar o bebê. — Sua voz vacila e eu olho em sua direção. Há lágrimas no canto de seus olhos. — Isso é horrível.

A NOITE DO CRIME

Sinto o corpo estremecer e tento apagar a imagem da minha cabeça.

— Nossa senhora. Isso aí é ainda mais perverso do que eu esperava. O que mais temos aqui? — Pego um amontoado de documentos antigos e os desdobro com cuidado.

São tão velhos que o papel se rasga de leve entre os meus dedos.

Leio o cabeçalho do primeiro deles e então passo o olho pelo resto da página.

— Esses aqui parecem ser documentos de adoção do bebê da Mona. Ela foi colocada para adoção apenas alguns poucos dias depois do nascimento... pra Frederick e Leitha Pinsky. Foi chamada de Susan Pinsky.

— Espera aí, você disse Pinsky? — pergunta Íris. — Leitha? O dr. Kennedy falou dela e... Posso dar uma olhada nisso?

— Claro.

Entrego-os para Íris, que analisa as páginas e faz uma cara de interrogação.

Quando termina, ela olha para mim.

— Você lembra se a Lilian falou de algum Pinsky? Ela disse que a sra. Pinsky trabalhava na cozinha. Que a mulher não podia ter filhos? Minha nossa, Alice, o Levy deu a criança da Mona Moody pra cozinheira dele? — Enquanto fala, acaba puxando o tecido branco, sem prestar atenção, que se solta e cai.

Nós duas estamos olhando para uma pistola prateada.

Sugo o ar com força.

— Isso aí é...

Íris dá um pulo e corre para o carro. Ela pega sua mochila e tira o livro-razão com os desenhos da Lilian, passando pelas páginas feito uma louca conforme volta a se aproximar de mim. Então para ao meu lado e aponta para o desenho dos homens no cais.

— Não são sete dedos desenhados com grosseria por uma criancinha,

Alice. São cinco dedos, mais dois tipo assim. — Ela estende o dedo indicador e o dedão, fazendo uma arminha.

— Hayes não se afogou. Atiraram nele. E foi o Charles Levy.

— Porque o Hayes teve um filho com a namorada do Levy.

— Imagino que sim.

— Meu Deus. — Coloco a mão na testa. Estou zonza. — Isso é loucura. Então a gente tem uma traição amorosa, uma gravidez, um bebê, um quarto secreto, uma adoção, um assassinato e então...

— E então a Mona Moody morreu, caindo da sacada. E, pelo que parece, não foi um acidente — termina Íris.

— Pois é, não me diga. E, praquele médico caquético ter pegado o colar do pescoço da Mona quando ela "caiu", ele deveria estar super, *super*perto dela. Se quer saber, é bem mais do que só um pouco suspeito.

— Concordo — diz Íris, assentindo. — Então ele acabou ficando com aquele colar, que passou para a bisneta, Rebecca Kennedy... que o usou no baile Sadie Hawkins.

Faço que sim com a cabeça.

— Mas como diabos isso tem relação com o que aconteceu naquela noite? Com a Kennedy sendo apunhalada? Com a Park?

— Não faço ideia. — Íris meneia a cabeça, intrigada. —Mas sinto que a gente precisa encontrar a família Pinsky de algum jeito. Temos que falar com eles sobre tudo isso.

— Não sei como isso vai ajudar a Park — comento, suspirando.

— No mínimo, se a gente falar com eles, talvez consigamos respostas a respeito de um dos casos que viemos circundando. Acho que seria legal conseguir encerrar *algum* deles, não acha? — Então ela mexe na caixa. — Talvez outro papel daqui nos diga onde eles estão. Algumas fotos velhas... um cartão-postal de São Francisco... Espera aí, o que é isso?

Íris pega um pedaço de papel que está muito mais preservado do que os outros que encontramos e o desdobra. Depois de um segundo, ela me pega pelo braço e diz:

— *O segredo está nos pinheiros.*

— Íris. — Solto um gemido. — Já chega de charadas, por favor.

Ela sorri.

— Chega de charadas. Olha só isso aqui.

E enfia o papel na minha mão.

Diário de Pinheiros Uivantes
15 DE JANEIRO DE 1997

Frederick Pinsky, 72 anos de idade, morreu na segunda-feira, 13 de janeiro de 1997. "Fred" nasceu em 1925, em Enseada do Castelo, na Califórnia. Quando menino, amava o oceano e adorava acompanhar as aventuras das tirinhas *Gasoline Alley* e de *Os sobrinhos do capitão* nos jornais dominicais. Frederick conheceu sua amada esposa, Leitha, quando começou a trabalhar no Castelo Levy em meados da década de 1940, onde trabalhava como um dos zeladores. Leitha era assistente de cozinha. Fred e Leitha se mudaram para Pinheiros Uivantes em 1949, onde se tornaram proprietários do Acampamento Luar, um empreendimento de verão para crianças.

A morte de Frederick foi precedida pela de sua esposa, Leitha (1986), e de sua querida filha, Susan (1992) Miller (Jonathan). Ele deixa uma sobrinha-neta (Helen Hahn, de Pinheiros Uivantes), um sobrinho-neto (Louis Hahn, na cidade de Albany, em Nova York) e muitos outros familiares e amigos. Frederick será lembrado por seu excelente senso de humor, por sua voz de cantor e por suas muitas histórias de encontros com estrelas do cinema enquanto trabalhava no Castelo Levy.

O velório será na quarta-feira, 15 de janeiro, às 17 horas, no Mortuário da Família Hofstadt, em Pinheiros Uivantes, na Rua do Céu Estrelado, nº 1. Em vez de flores, a família aceita doações para o Acampamento Luar para ajudar nos reparos e na restauração deste refúgio maravilhoso para crianças.

CAPÍTULO QUARENTA E CINCO

ALICE
19 DE FEVEREIRO
17:30

"Essas mocinhas têm o gênio para se meterem em vários tipos de encrenca e dificuldade."
AGATHA CHRISTIE, *A terceira moça*

ESTAMOS A TRÊS HORAS de Pinheiros Uivantes quando a Íris solta um gritinho do banco do passageiro.

Que quase me faz sair da pista.

— O que foi? O que aconteceu?

— Ai, meu Deus — diz ela. Dou uma olhada rápida e vejo que ela está encarando o celular, chocada.

— Íris. O que foi?

— Então, ontem eu criei um alerta no Google pra Eugene Kennedy, só pra ver se alguma coisa nova que pudesse ser útil aparecia a respeito dele e... — Ela perde o fio da meada.

— Diz logo!

— Parece que ele morreu, Alice. O velho bateu as botas logo depois que a gente saiu da casa dele. E estão à nossa procura.

— Ele morreu? E quem está procurando a gente? Do que você tá falando?

Piso com tudo no freio e o carro atrás de nós enfia o dedo na buzina, com raiva.

Pego a Íris pelo braço.

— Alice, toma cuidado!

Prendo o ar e dou um jeito de nos levar para o acostamento. Então desligo o carro, ofegante por conta do desespero.

— Beleza, por favor, me diz do que é que você está falando, caramba.

— Olha isso.

Ela estende o celular para mim. Na tela há um vídeo do neto do Kennedy falando, histérico, com um repórter.

— E uma das garotas, a baixinha, falou especificamente de um caso de assassinato real no qual duas garotas mataram uma senhora na casa dela. Naquele momento, elas pareceram inofensivas o bastante...

A manchete da postagem dizia *Duas Adolescentes Procuradas Para Interrogatório a Respeito da Morte de um Médico Idoso*, e, abaixo, havia retratos falados que supostamente eram para ser de mim e da Íris.

— Que nojo. Eu tô pavorosa nisso aqui.

— Dizem que ele caiu da cadeira — diz Íris. — O neto foi pegar o jantar e, quando voltou, o Eugene estava no chão, cercado por todos aqueles frascos de remédio que estavam na mesinha de cabeceira.

— Tá, mas e daí? — Franzo o cenho. — Eles acham que a gente voltou lá e enfiou os comprimidos goela abaixo dele? Talvez ele tenha tomado os remédios errados. A gente não o matou.

— Eu sei disso. Mas eles, não.

Deixo minha cabeça cair sobre o volante e solto um grito que ecoa o da Íris.

— Meu Deus. Nós somos criminosas procuradas, Íris.

— Eu sei.

— O que a gente vai fazer?

— Não faço ideia. Pelo menos agora estamos a quatro horas de Los Angeles. A gente precisa desvendar esse caso pra que os policiais percebam que nós não fomos atrás dele por motivos nefastos.

—Você tem razão. — Levanto a cabeça. — A gente precisa desvendar isso.
— Uhum, e Alice?
— Quê?
— Você tem que dirigir com mais cuidado. Eles tão procurando a gente, sem falar que temos uma arma no carro. Se formos paradas pela polícia...
— Ai, meu Deus. — Sinto como se fosse um soco no estômago. — Vamos passar a vida na cadeia.

Volto para a pista com o máximo de cuidado possível e, pela faixa da direita, continuamos a jornada até Pinheiros Uivantes.

Pinheiros Uivantes mal pode ser chamada de cidade, ou é o que parece à primeira vista. Escondida num vale arborizado com uma rua principal composta, basicamente, de um bar, um armazém que vende de tudo e algumas poucas lojas, o lugar tem um tráfego bem escasso e quase ninguém a pé. Vejo uma placa tombada e desbotada à frente que diz *Acampamento Luar*, com uma flecha apontada para uma estrada em ruínas que desaparece floresta adentro. À distância, a sombra do que parece ser um grande hotel antigo se estica para o alto, por trás das árvores.

Abaixo o vidro da janela. Do lado de fora, faz um silêncio assombroso. Onde estão as pessoas?

— Ali — aponta Íris. — Temos que virar à direita ali.

Ela pesquisou o endereço da Helen Hahn enquanto adentrávamos a cidade.

Sou tomada por um medo inesperado.

— E se ela não estiver aqui?

— Não tinha nenhum número de telefone nos dados da Helen Hahn, só um endereço, então... acho que a gente fica esperando? — responde ela, dando de ombros.

— Não tem nada aqui — digo, de cenho franzido. — Por que alguém viveria nesse lugar?

— É um bom lugar pra sumir do mapa — diz Íris. — Presumo que o Levy pensou que isso o tornava perfeito como destino pra despachar seu segredinho horroroso.

Há uma casa ao longe, pequena, que parece uma cabana, com uma varanda e um carro cinza à frente. Ficamos em silêncio ao dirigirmos em sua direção e ao pararmos ao lado do outro carro.

— Lá vamos nós — comento, respirando fundo.

Na varanda há uma pilha de lenha organizada, uma cadeira de metal azul e uma vassoura.

Íris bate na porta telada.

Um momento depois, a porta é aberta, revelando uma mulher que não pode ser muito mais velha que a Ricky. Está vestindo uma camisa de flanela e tem um olhar de desaprovação.

Ela semicerra os olhos para a gente.

— O que vocês querem? Quem são vocês? — diz, e então me dou conta de como deve estar minha aparência, exausta depois de quase doze horas dentro do carro.

Mostro o meu melhor sorriso.

— Nós acabamos de visitar o Eugene Kennedy — respondo. — E estamos aqui pra falar com você sobre a Mona Moody.

CAPÍTULO QUARENTA E SEIS

ÍRIS
19 DE FEVEREIRO
20:49

"Não é possível enterrar a verdade. Pois ela tem uma forma de ganhar tempo e depois começar a revirar toda a sujeira."
MONA MOODY, *Sussurros sombrios*, 1948

A MULHER LANÇA UM rápido olhar atento para Alice e então parece desacreditada.

— Ultimamente muitas pessoas parecem interessadas na vida da Mona Moody — murmura. — Podem entrar, mas não faço ideia do que posso te contar.

— Você é a Helen Hahn, certo? — pergunto, sem perder tempo. — A sobrinha-neta do Frederick Pinsky?

Ela abre a porta de tela para a gente.

— Na verdade, vocês estão procurando pela minha mãe, mas ela faleceu. Eu sou a Rachel.

— Então você não sabe de nada? — pergunta Alice, desanimada.

Rachel nos olha por um tempo, então suspira.

— Eu tô fazendo chá. Acho que pra deixar isso aqui mais amigável eu deveria oferecer pra vocês duas, mas crianças da idade de vocês bebem chá? É só isso o que tenho, além de água e uísque — diz, dando meia-volta e caminhando em direção à cozinha.

— Eu, pessoalmente, adoraria uma xícara de chá — diz Alice, seguindo-a. — E então acho que a gente deveria ir direto ao assunto, caso você possa nos ajudar de alguma forma.

O interior da casa está escuro, com apenas uma luz acesa. Há um fogo estalando na lareira. As janelas estão fechadas; as cortinas são grossas e pesadas. Por todos os lados há pilhas de jornais e revistas e, num sofá apoiado em tijolos, um gato malhado repousa sobre um cobertor de crochê.

— E você? — pergunta Rachel, a contragosto, me olhando de cima a baixo. — Quer um pouco também? Vocês duas são uma duplinha estranha, hein?

Troco um olhar com a Alice.

— Aceito — digo.

Pelo jeito, é isso o que devo fazer. Afinal de contas, é algo bem do feitio da Miss Marple. Ela bebeu chá para caramba em *Uma porção de centeio*, que foi o último livro da Agatha que li. Então me lembro de que o Rex Fortescue morre depois de beber seu chá matinal e a Adele acaba com uma boa dose de cianeto no dela e, por isso, fico de olho nessa tal de Rachel enquanto ela despeja o chá em xícaras delicadas. Quem *é* ela?

Ela gesticula para que eu a ajude a levar as xícaras para a mesinha em frente ao sofá. A Alice se aninha numa poltrona do outro lado, dá uma bebericada e deposita a xícara de volta no pires.

— É pro nosso projeto de genealogia da escola.

— Tendi — diz Rachel. — Foi isso que a outra falou também. "Árvore genealógica". Também não acreditei no papo dela.

— Outra pessoa?

— Uhum. Umas semanas atrás.

Alice olha para mim, frustrada. Eu entendo. Seria essa pessoa a "Outra Alice"? *O que é que tá pegando?*

O gato malhado se espreguiça e sobe no colo da Alice, se deitando ali. Ela parece confusa.

A NOITE DO CRIME

— Seria bacana ter alguns nomes, sabe — diz Rachel, se inclinando num travesseiro no encosto do sofá. — Só de bobeira.

— Me desculpa — digo. — Eu sou a Íris e essa é a Alice. E você tem razão. Não existe isso de projeto. Quero dizer, *existe*, mas... Uma garota lá em Enseada do Castelo foi agredida e é uma longa história, mas uma outra garota está sendo incriminada e, pra dizer a verdade, a situação está conectada com a Mona Moody.

Rachel cruza as mãos sobre o colo.

— Você quer dizer com a Doris Monahan. Isso aí me parece um salto e tanto.

— Acontecimentos estranhos — diz Alice. — A gente só está procurando respostas. Pra uma amiga que talvez seja presa por algo que não fez.

Rachel olha para nós duas e então faz que não com a cabeça.

— Nem me passa pela cabeça o que eu poderia dizer que possivelmente ajudaria a sua amiga. Eu só sei coisinhas aqui e ali, coisas que me contaram. A minha mãe estava trabalhando numa coisa, lembrando o que lhe falaram e tentando registrar tudo antes de morrer, mas muita coisa é só diz que me diz, sabe?

Pego minha mochila e tiro a caixa prateada dali, colocando-a no sofá entre a gente.

— Abre — incentivo. — Tem algumas provas aqui.

— Mas toma cuidado — diz Alice. — Tem uma arma aí.

— Eu não tenho medo dessas coisas — rebate Rachel, sorrindo.

E então aponta a cabeça na direção de um rifle no canto da sala.

Meu estômago se revira. Uma casa isolada na floresta? Uma pessoa que a gente nunca viu na vida? Tento dispensar o pensamento enquanto a Rachel ergue a tampa prateada amassada. Em seguida, pega a certidão de nascimento e os papéis de adoção e olha para a gente. Ela deixa a pistola na caixa.

Quando termina de olhar a papelada, volta a dobrá-la com cuidado e devolve à caixa, fechando a tampa com delicadeza.

— Burgueses safados... — diz, devagar. — Eles levam vidas diferentes. Quero dizer, pessoas que *nadam* em dinheiro, como o Charles Levy. Sabe? A Leitha e o Frederick amavam a Susan. Vocês precisam saber disso. Tenho fotos e cartas num depósito. Eles não podiam ter filhos. A Leitha tentou. E ela também amava aquela outra garotinha, apesar de eu não lembrar o nome dela agora.

— Lilian? — sugiro.

— Isso mesmo. — Rachel assente. — Vocês deveriam saber que, por muito tempo, todo mundo jurou segredo. Foi isso o que a minha mãe disse. O Frederick e a Leitha morriam de medo daquele Levy e também tinham medo daquele outro lá... o médico?

— Eugene Kennedy.

— A minha mãe descobriu a maior parte das coisas pelo Frederick quando ele estava bem velhinho. Ela cuidou dele. Ele tinha muita coisa pra pôr pra fora, e a minha mãe começou a anotar algumas delas. Acho que depois de tanto tempo ele chegou à conclusão de que, com todo mundo estando tão velho, e até pela Susan já ter morrido, contar não faria mais diferença.

Alice se inclina para a frente e devolve a xícara, fazendo barulho e deixando o gato em pé, que pula para o chão e mia em resposta.

— Isso aqui tá ótimo e tal — diz ela. — E eu estou adorando, de verdade. Mas a gente meio que tá com pressa e precisa saber... Íris, o que é *exatamente* que precisamos saber?

As duas olham para mim.

— Bom, acho que só pensei... O que exatamente aconteceu com a Mona na noite em que ela morreu? O que aconteceu no cais do Iate Clube? Você sabe, Rachel?

A mulher respira fundo.

— O Frederick e a Leitha pegaram o bebê. A Mona assinou os papéis de adoção, ou, pelo menos, eu espero que aquela seja a assinatura dela.

A NOITE DO CRIME

Do resto só sei o que minha mãe anotou das coisas do Frederick. Àquela altura eles já estavam por aqui; o Charles tinha dado um monte de dinheiro, a casa... que não fica longe daqui... e o acampamento. Mas eles ainda tinham contato com pessoas que trabalhavam no castelo... aliás, não consigo aceitar que é assim que chamam aquele troço...

— É uma casa e tanto — argumenta Alice.

— É o que dizem — responde Rachel. — E, pelo que entendo, a Doris... a Mona... mudou de ideia. Ela queria a Susan... ou Jane, como a chamava... de volta. Estava ameaçando o Charles, dizendo que contaria pra polícia, acho. O médico a mantinha dopada.

— Eles a mantiveram trancafiada num quarto durante a gravidez — conto. — Você sabia disso? Provavelmente a Leitha e o Frederick sabiam.

Rachel parece triste.

— Não sabia dessa parte. Isso é horrível. O Frederick ouviu de um funcionário do castelo que a Mona tinha mandado um telegrama pro Clifford Hayes... ele estava gravando um filme na Europa... e, enfim, contou pra ele sobre a gravidez e a criança. Acho que alguém que trabalhava lá ficou com pena dela e mandou a mensagem. Não tenho certeza. Ele voltou imediatamente, claro, e foi aí que — ela olha para a caixa no sofá — acredito que essa pistola foi usada. Ele encontrou o Charles no cais e o ricaço atirou nele.

— O dr. Kennedy encobriu tudo — digo. — O assassinato do próprio irmão.

— Acredito que sim — concorda Rachel, assentindo.

Alice mexe a cabeça, desacreditada.

— Se os funcionários do castelo sabiam, por que não falaram nada?

— Por medo, provavelmente — sugere Rachel. — Dinheiro. Talvez tenha entrado uma graninha. Eles estavam apavorados. Afinal de contas, o chefe tinha acabado de matar uma pessoa. Enfim, a vida da Mona foi só ladeira abaixo a partir daí. O amigo do Frederick disse que ela estava fraca por conta dos remédios, falando feito louca, jurando que iria contar sobre o bebê, sobre o que aconteceu com o Clifford, e então ela e o médico entraram num arranca-rabo e ele a empurrou da sacada.

— Então ele a empurrou *mesmo* — diz Alice.

Volto a pensar em quando ele disse "caiu direitinho dela".

— Você sabe alguma coisa sobre o colar? — pergunto à Rachel.

— Você, também, com essa de colar? — Ela suspira. — A outra não parava de falar disso.

Eu e a Alice trocamos um olhar. Alice parece intrigada.

— A outra ficou me mandando mensagens — conta Rachel. — E, nossa, não gostei dela. Tipo, que energia pesada. Era com isso que ela realmente estava preocupada. Com um colar. Matraqueava sobre isso o tempo todo. Legado de família roubado dela. Ela queria documentos de família, todo um negócio. Sendo bem sincera, fez com que eu me arrependesse de um dia ter respondido à primeira mensagem.

— Espera — digo. — Essa é a Pessoa X! É essa a pessoa que a gente acha que machucou a nossa amiga de Enseada do Castelo!

Rachel parece confusa.

— Se você diz... Escuta aqui, a coisa toda começou quando a minha mãe adoeceu. Eu queria saber, entende, esses negócios de família, de onde a gente vem, quem somos, esse tipo de coisa. Então criei uma conta no Linhagem. Sabe, aquele si...

— Estou ciente, obrigada — interrompe Alice, grosseira.

— Minha mãe soltou uns nomes, me disse o que o Frederick tinha contado, e eu digitei as coisas no computador pra ela. Foi um pouco confuso, mas consegui alguns detalhes. O suficiente pra começar uma árvore. Foi divertido. Dá pra pegar umas pistas ótimas por meio das informações de outras pessoas, certo? As pessoas entram em contato! Se você tem uma conta, eles te mandam um e-mail. Eu encontrei uns primos na Polô...

— Qual o nome dela? — implora Alice.

A NOITE DO CRIME

— Vai com calma, garota — repreende Rachel. — Sinto em dizer, mas sei lá. Ela tinha uma conta privada, mas a minha é aberta, então ela podia ver tudo. E tenho quase certeza de que, pelo menos depois do ocorrido, ela entrou em contato comigo usando uma conta falsa. Mas ela tinha uns detalhes que faziam tudo parecer ser de verdade e queria me ver, vir pra cá e descobrir mais. Isso meio que me deixou de orelha em pé, então neguei. Uma coisa é querer se conectar com familiares, mas outra bem diferente é quando as pessoas começam a encher o saco sobre *coisas*, tipo colares. Depois disso, tornei minha conta privada.

— E que nome tinha a conta falsa? — pergunto.

— Brooke Donovan.

Alice solta uma gargalhada e apoia a cabeça nas mãos.

— O que foi? Falei algo errado? — pergunta Rachel.

— A Brooke Donovan morreu ano passado em Enseada do Castelo — explico. — Era a melhor amiga da Alice.

— Ah, nossa, eu sinto muito mesmo — diz Rachel. — Bom, seja lá quem for a Garota Misteriosa, ela não estava nem aí pra encontrar a família e conectar histórias. Ela só queria saber sobre os Kennedy, os Levy e o colar e se eu tinha um certificado de autenticidade do colar e sabe Deus o que mais. Eu não sei. Pouco me importava com ela, por isso tranquei a conta.

De repente a Alice fica em pé.

— Quer saber? Tô cansada. Estive dirigindo pelo que parece ter sido um dia e meio direto e preciso ir pra cama. Tudo isso aqui foi uma furada, Íris. Vamos atrás de um hotel.

— Se quiserem, podem ficar aqui — sugere Rachel. — Eu tenho um quarto de hóspedes. Não é chique nem nada do tipo. Tem uma cama de casal. De qualquer modo, é provável que você não devesse dirigir. Levando em conta que a polícia está atrás de vocês duas.

Ela sorri.

Alice fica boquiaberta.

— Você...

Rachel pega o celular do bolso da camisa e o sacode.

— Eu amo alertas criminais, vocês não?

— Só pra constar — digo, desesperada —, a gente *não*...

— Matou aquele médico caquético — completa Alice.

— Acho que não parariam aqui se estivessem fugindo depois de cometer um assassinato, então acredito em vocês — diz Rachel, plena. — Por que você não deixa seu carro na parte de trás da casa, só pra garantir? E então eu vou arrumar umas toalhas e lençóis pra vocês.

Alice pega as chaves do carro e vai para fora.

Troco um olhar com a Rachel.

— Obrigada — digo. — Sei que a Alice acha que não serviu pra nada, mas serviu, sim. É uma história triste e horrível.

— Ninguém acreditaria — diz Rachel. — Espero que vocês consigam ajudar suas amigas lá em Enseada do Castelo.

— Você disse que digitou as coisas que sua mãe te contou?

Ela dá de ombros.

— Digitei. Comecei escrevendo à mão, em blocos de nota, e digitei algumas partes no notebook, mas alguns dias atrás alguém invadiu minha casa... estou me perguntando se foi coisa da Garota Misteriosa, que resolveu fazer uma viagenzinha até aqui, vai saber... e muitos dos meus papéis e pertences foram roubados. Acho que ela estava atrás daquela certidão ou talvez só estivesse mesmo procurando informação da família e dos acontecimentos. Não tenho como ter certeza. E não me importo. O que eu sei, eu sei, mas isso faz diferença? É uma história triste e louca. Aquela pobre coitada. A Mona Moody. Já vi alguns filmes dela.

— Ela merecia um fim melhor — digo. — Acho que as pessoas se importariam. — Pego minha mochila e puxo um cartão. — Fica com isso.

Então entrego à Rachel.

— Talvez essa pessoa queira ouvir a história que você tem pra contar.

MENSAGENS EM GRUPO
ALICE OGILVIE, ÍRIS ADAMS, ZORA JOHNSON, SPIKE FLICK,
NEIL CETAS E ANGELIK PATTERSON
20 DE FEVEREIRO
11:47

ZJ: Ficaram sabendo??
SF: Sabendo do quê?
ZJ: A KENNEDY
SF: Não! Ela tá bem?
AP: Muito que bem. De acordo com minhas fontes eles começaram a tirar ela do coma induzido
NC: Ah, que notícia ótima
ZJ: AHAM. Sem falar que agora finalmente vai poder falar quem atacou ela. Pelo que parece até de noite ela pode já estar acordada
ZJ: A não ser é claro que a Alice e Íris tenham desvendado o caso, né? Elas saíram em missão lá pro sul.
SF: Como é que é? Eu fui até a casa dela e a mãe dela disse que ela tava dormindo na sua casa hoje.
ZJ: Oops. Fica quieto, Spike. Não tá mais aqui quem falou.
NC: Ah, a Íris mentiu pra mãe?
ZJ: Você não ouviu nada, Neil. NADA. TÁ ME ENTENDENDO?
SF: Tô com um pressentimento bem ruim sobre isso, Z.

CAPÍTULO QUARENTA E SETE

ALICE
20 DE FEVEREIRO
12:02

"Existe um ditado que minha avó costumava repetir: pecados antigos têm sombras duradouras."
AGATHA CHRISTIE, *Os elefantes não esquecem*

PASSAMOS A NOITE NA casa da Rachel. Ela foi generosa o bastante para nos oferecer o quarto de hóspedes depois de eu ter surtado só de pensar em voltar para o carro. Mal preguei os olhos, me revirando e remexendo ao pensar no caso, na Park indo parar na cadeia se a gente não desvendar isso logo, no fato de que eu e a Íris sermos procuradas por suspeita de relação com a morte do Eugene.

Desde que deixamos Pinheiros Uivantes, duas horas atrás, eu e a Íris mal conversamos. Estou exausta e frustrada (mais do que frustrada). Esse caso é uma zona completa. Fomos ver o Eugene e, então, logo em seguida, o velho morreu e a polícia está querendo falar com a gente. Claro, conseguimos respostas para nossas perguntas sobre a Mona Moody, sobre aquele quarto bizarro e sobre sua relação com o Reginald Kennedy/Clifford Hayes, mas isso não nos serve de nada para ajudar a Park. Além disso, quem é essa pessoa que entrou em contato com a Rachel através do Linhagem.com e que visitou o dr. Kennedy? Realmente queria que a Rachel tivesse visto-a pessoalmente, porque eu é que não vou depender da memória de um velho confuso que morreu logo depois que a gente falou com ele.

Solto um suspiro alto.

De canto de olho, vejo a Íris me observando. Há olheiras escuras ao redor de seus olhos; ela parece tão cansada quanto eu.

— Você tá bem? — pergunta.

— Não! Isso é tudo... — Cerro os dentes. — É como se eu estivesse enfrentando uma noite escura ou algo do tipo. Como se tudo o que pensei sobre a direção que estávamos tomando simplesmente estivesse vindo abaixo. Achei que... achei que talvez a gente fosse descobrir algo em Pinheiros Uivantes, que talvez lá a gente magicamente descobrisse um jeito de ajudar a Park, mas, em vez disso, não estamos nem um pouco mais perto de limpar o nome dela do que estávamos quando saímos de Enseada do Castelo.

Íris balança a cabeça, concordando.

— Olha, andei pensando nisso. A Rachel colocou as informações no Linhagem.com, né? Pra tentar corrigir os erros do passado. Logo em seguida, alguém com uma conta anônima entrou em contato por meio do site e perguntou sobre a Mona Moody, o colar e a conexão dos Kennedy com isso tudo. Você não acha que...

— Que o quê? — Viro na rampa de saída da rodovia, seguindo as placas até o posto de gasolina mais próximo. Preciso fazer xixi.

— Então, a gente tem aquele projeto na aula de Biologia, como você bem sabe. O de ancestralidade. Não acha que talvez essas coisas tenham relação? Tipo, talvez um dos nossos colegas estivesse fazendo o projeto e, *pá*, do nada a pessoa se dá conta de que, dentre todas as pessoas, ela é parente da fodona da *Mona Moody*? Parece uma bela de uma coincidência, não acha?

— Meu Deus. — Paro no estacionamento do posto de gasolina e desligo o carro. — Parece ser o caso mesmo. Mas... quem poderia ser?

Ela pressiona os lábios.

— Não tenho certeza. O médico disse que a pessoa se parecia com você.

Solto o ar com força.

— Aham. Mas eu não acho que a gente pode confiar nele, você acha? Eu já volto, daí a gente discute isso.

— Beleza.

Sem dizer mais nada, pego o celular e vou até o posto de gasolina. Desde que saímos da casa da Rachel, não tive a oportunidade de dar uma olhada nele, e tenho várias mensagens não lidas do grupo dos Pés-Rapados.

Meu estômago se embrulha à medida que leio as mensagens no banheiro. A mãe da Íris acha que ela está passando o fim de semana com a *Zora*? Como assim, agora ela tem que mentir para a mãe a respeito de andar comigo?

Acho que eu sabia que a mãe dela provavelmente não ficaria nada animada com a ida até Los Angeles em busca de informação, mas achei mais fácil apenas não pensar nisso.

Se a mãe dela descobrir tudo, vai me odiar ainda mais.

Mas está na cara que a Íris pouco se importa com isso.

Ao voltar para o carro, estou puta da vida. Não apenas com o fato de que a Íris mentiu para a mãe, mas pelo fato de que ela *precisou* mentir para a mãe e, sendo mais específica, de que precisou mentir para a mãe sobre mim; que voltei a ser aquela amiga que os pais acham que cheira a dor de cabeça. Somado a todo o resto, isso é demais para mim.

Entro no carro batendo a porta com força.

— Qual é, Alice?

— *Nada* — digo, curta e grossa, girando a ignição.

Enquanto conduzo o carro de volta à rodovia, ficamos em silêncio.

— Mas que diacho? — diz ela, seu rosto sendo tomado por confusão. — Quando você foi ao banheiro estava tudo bem. O que rolou?

A NOITE DO CRIME

— Nada.

Caímos em silêncio.

Depois de vinte minutos em que fico remoendo tudo, a Íris enfim volta a falar:

— Alice, eu tô cansada demais pra aguentar isso. Se você tem algo pra falar, poderia, por favor, desembuchar de uma vez?

Exalo o ar com força.

— *Tá bom*. Vou te falar. Sei que você mentiu pra sua mãe sobre mim.

— Menti sobre você?

— Aham. Sobre aonde estávamos indo. Sobre andar comigo.

— Você acha que a minha mãe daria pulinhos de felicidade ao saber que eu ia sair da cidade em busca de informações a respeito do mesmo caso que me botou na cadeia?

— Então por que não falou pra ela que estava comigo, na minha casa? Em vez disso, você falou que estava indo na Zora.

A placa à frente diz Enseada do Castelo a 16 km, e quero chegar o mais rápido possível. Enfio o pé no acelerador e a gente deslancha.

— Pois é, então... — balbucia ela.

— A sua mãe não quer que você ande mais comigo — digo, sem rodeios.

Por um momento, a Íris não fala nada.

— Não é isso...

— Eu sei que é verdade, nem se dê ao trabalho de desmentir — intervenho, interrompendo-a. — Ela me deu um sermão daqueles sobre o porquê. E o que ela disse faz sentido, sério.

Vou para a faixa da esquerda, para ultrapassar um carro particularmente lento à nossa frente.

— Você está sendo patética. Eu menti porque... porque ela me disse que eu tinha que parar de fazer tudo isso aqui. Eu menti pra ela *por* você. Por este caso. Pela gente. Às vezes parece que você não enxerga nada nem ninguém ao seu redor, a menos que essa coisa ou pessoa façam exatamente o que você quer que elas façam, que façam a sua vontade. A não ser que elas se encaixem no seu propósito exato no momento. Como na escola. Você vai reprovar se não tomar cuidado... os seus pais voltaram pra tentar colocar um pouco de noção na sua cabeça e...

— Os meus pais? Você tá defendendo os meus *pais*? — Sinto que meu coração parou de bater. — Você só pode estar de sacanagem comigo. Você sabe como eles são. Aqueles dois não têm direito algum de voltar pra minha vida e tentar me dizer o que tenho que fazer. Não consigo acreditar que você...

— Então como vai ser? Você vai reprovar só pra irritar os seus pais? É isso aí, quem cospe pra cima na testa lhe cai.

Faço uma cara de confusão.

— Mas que merda isso aí significa?

— Nada. Deixa pra lá — diz Íris, suspirando.

— Não, eu não vou deixar pra lá.

— Significa que, se pensa que reprovar na escola pra ser detetive é uma boa ideia, então você é mais ingênua do que eu pensava.

— Ingênua? — Explodo em risada. — Eu que sou ingênua? Não fui eu quem tentou recusar o dinheiro do sr. Park por *orgulho* — digo, cuspindo a última palavra.

Por um segundo a Íris não fala nada. Depois, ela diz devagar:

— Você acabou de falar *tentou*?

— Ahn? — Saio da rodovia, indo em direção a Enseada do Castelo.

— Você acabou de falar que eu *tentei* recusar o dinheiro do sr. Park. Mas eu não *tentei* recusar, Alice. Eu *recusei*. A não ser que...

Meu Deus, tô de saco cheio desse teatro de ego inflado.

— É, você tentou, mas pra sua sorte eu estava lá. Eu intervim, como *sempre* faço, e consertei o problema. Você precisa daquele dinheiro, Íris, você sabe disso. E, quando solucionarmos este caso, trinta mil dólares vão direto pra...

— *Trinta mil dólares?* Você aceitou pegar o dinheiro daquele homem? Ele nem quis me cumprimentar.

— Ele me disse que a questão não é você, é seu pai e... — Paro de falar.

Assim que a palavra *pai* sai da minha boca, sei que foi um erro. Íris fecha a cara.

Depois de um bom tempo, ela fala:

— Quer saber? Pode me deixar aqui mesmo.

Olho ao redor. Estamos na entrada do centro, que ainda fica bem longe do apartamento da Íris. Se descer aqui, ela vai ter uma boa subida pela frente.

— *Aqui?*

— É, aqui. Para o carro! — grita Íris, e perco a paciência.

— Então tá. — Paro o carro na beira da estrada. — Quer ir andando pra casa? Se joga.

— Perfeito. É o que farei.

Ela pega a mochila no banco de trás e bate a porta com tudo.

Em seguida, passa a mochila pelo ombro e começa a andar. Por um breve momento, hesito, mas está óbvio que ela não quer mais conversar comigo. Não é como se a gente estivesse onde Judas perdeu as botas. A cidade está logo à frente, a menos de um quilômetro de distância. Ela vai ficar bem.

Volto com o carro para a pista e dirijo sem olhar para trás.

CAPÍTULO QUARENTA E OITO

ÍRIS
20 DE FEVEREIRO
12:55

"Todo mundo precisa de uma melhor amiga. Quem não tem alguém para quem contar seus sonhos e expectativas, será que de fato tem alguma coisa?"
MONA MOODY, *Uma combinação do acaso*, 1947

VOU PERDOAR A ALICE Ogilvie. Vou perdoar a Alice Ogilvie. Ela está passando por um momento difícil. Luto. A Brooke. A Kennedy. Seus pais. A escola. Vou perdoar a Alice Ogilvie.

Continuo repetindo isso mentalmente como se fosse um tipo de mantra enquanto ando pela rua e ajusto a mochila, onde estão não apenas trechos de um livro de memórias de pirar o cabeção, mas também, ah, uma arma. Olho para os prédios ao redor. Vou levar uma vida inteira para chegar no meu apartamento.

Vou perdoar a Alice Ogilvie. Até mesmo pela história de aceitar-dinheiro-do-pai-da-Park. Tipo, não sou uma ONG e estou bem pistola por ela ter mentido sobre isso, e, não, não quero o dinheiro dele, mas como eu poderia deixar de perdoá-la? Somos amigas. E parceiras. Como a Ricky Randall me falou: nunca abandone sua parceira. Mas é mais do que isso. Agora eu e a Alice somos unha e carne.

A NOITE DO CRIME

Talvez ela esteja brava porque a gente não consegue conectar os casos. Mas pelo menos a gente solucionou *alguma coisa*. Quero dizer, não sei muito bem o que podemos fazer com isso. A Helen Hahn está morta e seu livro de memórias se foi. O dr. Kennedy morreu e nós somos as suspeitas. O que eles vão fazer para exumar o corpo do Clifford Hayes e verificar se há ferimento de bala? A Alice estava tão ocupada ficando puta no carro, quando a gente devia estar discutindo o fato de a Pessoa X ser, de algum jeito, parente da Mona Moody, e foi essa informação que causou tudo isso, um tipo de vingança desenfreada por acontecimentos de anos atrás, certo? Mas não... E...

Lilian. Sinto uma dor no peito. Será que vou ter que contar para ela que seu pai era um assassino?

Meu celular toca. É a Zora. Mas por que está me ligando em vez de mandando mensagem?

Atendo e digo:

— Oi?

Uma pausa.

— Só queria dizer que sinto muito, de verdade, Íris. Eu tentei, tentei mesmo. Disse que você foi na loja comprar batata, mas ela insistiu em esperar e aí a minha irmãzinha...

— *Do que* você tá falando, Zora?

— Da sua mãe. Ela veio mais cedo e trouxe pizza. Pra dar uma olhada nas coisas. E...

Ai. Meu. Deus.

Meu corpo é tomado por uma onda de frio.

— Ela...

Desligo na cara da Zora. Minha mãe foi lá. Ela sabe. Minha mãe sabe e nem sequer me mandou mensagem. Ou me ligou, nervosa, enquanto eu estava no carro com a Alice. Isso significa que a coisa vai ser feia.

Um sonzinho fraco do qual não gosto sai da minha garganta. Um carro passa voando ao meu lado, rápido demais. Recuo.

De repente, me sinto muito, muito cansada. Tudo foi em vão. A gente não vai conseguir ajudar a Helen Park. Ou a Rebecca Kennedy.

Mordo o lábio. Não consigo me controlar. Então ligo para minha mãe.

— Você mentiu pra mim — diz ela. Sua voz está estável, articulada.

— Me desculpa. Eu queria...

— Você mentiu na cara dura. Eu não sei o que está acontecendo com você, Íris. Eu confiei em você. E se alguma coisa tivesse acontecido com você e a Alice? Acha que isso é um joguinho e que não tem como se machucar? A Zora não parava de falar de um assassinato! Isso não é *seguro*, Íris. Tem pessoas no mundo que...

— Me desculpa. — É tudo o que consigo pensar em dizer.

— Só chego em casa à meia-noite. A Clara tá de atestado. Eu estou muito brava. Nunca quis ficar brava assim com a minha filha, nem decepcionada, mas estou. As coisas vão ter que mudar. Essa dinâmica entre você e a Alice parece...

— Ela é minha *amiga* — interrompo.

Há uma pausa.

— A gente conversa quando eu chegar — diz, com calma. — Nem pense em zanzar por aí, tá me entendendo?

Ela desliga e eu devolvo o celular ao bolso do casaco, sentindo um aperto no estômago. Estou com fome e cansada e brava e triste, tudo de uma só vez. E não estou em casa.

Continuo andando. Eu queria ajudar a Helen Park e a Rebecca, mas por quê, exatamente? Elas me ajudariam se fosse o contrário? É muito provável que não. Mas ainda assim: são garotas que foram machucadas. Eu não me arrependo do que eu e a Alice tentamos fazer. A gente não pode apenas esquecer das pessoas e fingir que elas não existem, mesmo se não as admiramos como seres humanos.

Minha mente devaneia até a Remy Jackson, outra garota que fingem que não existe. Alguém a viu naquele dia. Alguém *tem* que ter visto.

A NOITE DO CRIME

Será que ela foi puxada para dentro de um carro? E aí o que aconteceu? Como foi parar numa lixeira? Aconteceu alguma coisa entre ela estar caminhando na calçada, virar num beco e, então, acabar numa lixeira. Nas anotações que eu e o Raf reunimos, quatro garotas do time de softbol viram-na deixar o campo.

É a verdade nua e crua, a mais horrível delas: às vezes pessoas ruins fazem coisas ruins só porque sim. Tipo o Alex Schaefer. Ele poderia ter pegado a parte dele do dinheiro do colar, se é que foi para isso que o roubaram, e comprado uma casa para o pai dele viver. Mas, em vez disso, ajudou a ferir uma garota. E por que eu pareço me importar tanto com pessoas ruins que não têm nada a ver comigo? Tipo o Eugene Kennedy? Ou a Pessoa X?

Os Pinsky mantiveram um segredo por anos a fio porque temiam que alguém descobrisse e que acabassem arrumando problema. Alguém está mantendo um segredo sobre a Remy. *Alguém* sabe de algo. Se serve de alguma coisa, o caso da Mona Moody me ensinou que isso sempre é verdade. Faço uma nota mental para me encontrar com o Raf em breve para conversarmos.

A Alice deveria estar feliz: descobrimos o que aconteceu no cais naquela noite. *Como* a Mona Moody veio a cair da sacada do castelo. A gente conseguiu essas respostas. A verdade a respeito do que aconteceu com ao menos *uma* jovem. Isso não deveria importar?

Lá em cima, o letreiro vermelho néon do hospital. Meu estômago ronca. Minhas bochechas estão congelando com esse vento e o céu está ficando escuro por conta da chuva que se aproxima. Talvez eu possa parar e pegar alguma coisa para comer numa máquina. Talvez possa ligar para o Spike vir me buscar e me dar uma carona até em casa.

Alguma coisa me incomoda enquanto ando e penso naquela palavra: *casa*. A Mona não tinha uma casa. Ela tinha o orfanato, e então a pensão e depois o castelo. A bem da verdade, não tinha ninguém até o Charles e a Lilian e a Leitha e o Clifford e então... sua filha.

Eu tenho uma mãe. E os Pés-Rapados. E a Alice. Isso não é pouco. Isso é uma família. A Helen Park tem o pai, que faria qualquer coisa por ela, inclusive nos contratar. Eu não quero o dinheiro dele, mas de fato quero ajudá-la. Precisamos terminar o que começamos.

Mando uma mensagem para Alice, embora saiba que ela não vai responder. *A gente ainda não terminou. Quando se cansar de ficar brava, me avisa. A gente precisa encontrar a Pessoa X. A Outra Alice. Esse caso não acabou.*

Esqueci minhas luvas e meus dedos estão anestesiados. Talvez eu ligue para o Spike e a gente possa ir tomar um chocolate quente na Dotty depois que ele me buscar. Talvez amanhã eu devesse ir ao Penhasco Patinação e enfim conversar com o Cole sobre o que aconteceu naquela noite do baile, o porquê de eu ter ficado tão assustada quando ele ficou nervoso. Mas como se explica isso? Todo mundo tem o direito de ficar nervoso, mas eu sempre vou me perguntar se, quando alguém fica assim, vai acabar batendo em mim…

De repente, sinto como se pesasse uma tonelada. Nunca vou superar o meu pai.

Vou perder a Alice e, provavelmente, o Spike, a Zora e o Neil, e aqui estou eu mentindo mais uma vez para minha mãe. Qual é o meu *problema*?

Lá no alto, surge o Hospital Mercy. A Kennedy. Pelo que parece, em breve ela vai começar a sair do coma, de acordo com o nosso grupo de mensagem. Eu não respondi, já que a Alice e eu estávamos discutindo no carro.

Será que alguém foi visitá-la além da família e de mim, que estive lá daquela vez? Eu me pergunto se ela sabe algo sobre a própria família e o papel que eles desempenharam na vida de tantas pessoas. Sobre a história do colar que ela exibiu com tanto orgulho no baile Sadie Hawkins.

Viro à direita, no estacionamento do hospital, e entro no saguão bem iluminado no térreo do edifício. Ela está no quarto andar. O hospital não é enorme, mas parece quieto até demais, mesmo para uma segunda-feira à tarde.

A NOITE DO CRIME

Quando saio do elevador, está tudo um pandemônio. Enfermeiras e médicos e funcionários estão correndo na mesma direção pelo corredor, e as luzes estão piscando. É a Kennedy? Corro com a multidão.

Mas eles passam direto pelo quarto dela e viram à direita no fim do corredor. Não tem mais nenhum guarda plantado à porta. Devagar e sem fazer barulho, abro a porta do quarto.

O recinto está na penumbra, e eu pestanejo. Há uma enfermeira parada ao lado da cama da Kennedy, de costas para mim. Seu cabelo loiro está solto. Ela não deveria estar com ele preso ou sei lá? Parece meio insalubre.

Vejo o reflexo de algo no chão e me agacho para pegar. É algo incrustado com joias que chama a atenção. Não me parece estranho.

Seria o celular da Rayne?

Há um som abafado no banheiro do quarto.

A enfermeira parece não notar, dobrando-se concentrada sobre a Kennedy.

É só então que noto os pés da garota. Tremendo. Tipo, seus dedos estão para fora do cobertor, flexionados e tensos, trêmulos.

Todos os pelos da minha nuca se arrepiam.

— Ei, o que você...

A enfermeira se vira, segurando um travesseiro na mão.

Só que não é uma enfermeira.

— Íris Adams — diz, com uma voz que me causa arrepios na espinha. — Eu deveria saber que você daria as caras.

CAPÍTULO QUARENTA E NOVE

ALICE
20 DE FEVEREIRO
13:06

"Uma pessoa nunca pode voltar, nem nunca deveria sequer tentar retroceder... porque a essência da vida é seguir adiante. A vida de fato é uma via de mão única."
AGATHA CHRISTIE, *O caso do Hotel Bertram*

ESTOU NA COZINHA PREPARANDO um lanchinho quando ela me encontra.

— Você acabou de chegar em casa, Alice? — Está parada à porta, os braços cruzados, me observando enquanto como um pedaço de queijo.

Um mistério no Caribe, a primeira edição da Miss Marple que a minha mãe comprou para mim em Vancouver, está à minha frente, e eu logo o fecho e o enfio debaixo do pano de prato.

— Aham.

Não me dou ao trabalho de olhá-la nos olhos. Estou cansada demais para isso. Desde que cheguei em casa, não consigo parar de pensar (na conexão em potencial que o caso tem com a nossa aula de Biologia idiota, no olhar no rosto do médico caquético ao falar do irmão, na Íris mentindo para a mãe a meu respeito). Andei tentando clarear a mente para me concentrar, para que pudesse pensar em qual dos nossos colegas pode acabar indo parar na lista de principais suspeitos, e a presença da minha mãe não está me ajudando.

— Hoje é segunda. Amanhã você tem aula. Já terminou as tarefas? Estou esquartejando esse bloco de queijo com a faca.

— Aham — minto.

— Tudo bem, ótimo. Você sabe como a escola é importante, e que eu e o seu pai estamos preocupados. Não sei se a Brenda já te contou, mas tenho que viajar amanhã cedo. Tenho uma reunião na locação em Vancouver.

Ela continua enquanto esfaqueio o queijo:

— Você cresceu com todos os privilégios do mundo, Alice, e seria conveniente se entendesse que isso não é algo garantido. As suas notas ao final deste semestre são importantes não apenas para a faculdade, mas também para provar a mim e ao seu pai que você está se esforçando. A gente conversou a respeito disso, e certos privilégios lhe serão tomados, caso sua média não volte para um nível aceitável.

Solto a faca no balcão, o que causa um tinido. Estou tão de saco cheio de pessoas me dizendo o que eu devia fazer e como devia me comportar e o modo como devia me sentir. Todo mundo me aporrinhando sobre a escola. Pondero se devo dizer alguma coisa, mandá-la ir ver se estou na esquina, mas estou cansada demais. E que sentido teria? Seria um desperdício de fôlego, palavras ao vento.

Em vez disso, pego meu livro e saio da cozinha, deixando minha mãe, o queijo e a faca para trás. Subo para o quarto em busca de paz e silêncio, me jogando na cama, mas com cuidado, para não acabar amassando o livro, mesmo que tenha sido algo que minha mãe me deu. Afinal de contas, é da Agatha.

Estou quase no fim, e o corpo da esposa do gerente do hotel acabou de aparecer na praia do prédio caribenho no qual a Miss Marple está hospedada. Presumivelmente, todo mundo está perturbado, até que a Miss Marple nota algo e eles viram o corpo para cima.

Solto uma arfada breve. Não era nem a esposa do gerente... era outra mulher com o cabelo igualzinho ao dela.

Faço uma pausa. As duas foram confundidas por conta do cabelo.

Uma ideia começa a se formar na minha mente. Talvez o velho não estivesse tão caduco assim.

No saguão de entrada, pego chave e mochila e vou até a porta. Devo estar me agarrando a qualquer coisa ao pensar que um livro da Agatha Christie pode conter a resposta para toda essa bagunça, mas ao menos estou fazendo algo.

Mesmo se estiver errada, pelo menos isso vai me fazer parar de pensar no fim da minha amizade com a Íris Adams.

Dez minutos depois, estou batendo numa porta conhecida.

Fico de costas para a casa e observo as nuvens se aproximando da cidade enquanto tento me manter calma.

Alguém abre a porta atrás de mim.

— Ashley? — diz a voz de um homem.

Dou meia-volta.

— Ah — exclama o sr. Henderson, colocando a mão no coração.

Ele é um homem alto e magro com um narigão pontudo (o mesmo nariz que a Henderson tinha até ano passado, quando obrigou os pais a bancarem uma rinoplastia). A mãe dela amou a ideia, já que, desde que éramos crianças, tem sido a força motora por trás da carreira de atriz não-tão-promissora da filha, mas agora me pergunto o que o pai pensou sobre isso. Os Henderson nunca tiveram tanto dinheiro quanto minhas outras amigas, e rinoplastias não têm nada de barato.

— Desculpe, Alice. Pensei que você fosse... — Ele meneia a cabeça. — Alguém já te falou que, de costas, você e a Ashley poderiam se passar por gêmeas?

Meu coração dá um salto. Ergo a mochila e o interrompo:

— Tô aqui pra trabalhar num projeto da escola. Com a Ashley.

Ele parece intrigado.

A NOITE DO CRIME

— Ela sabia que você viria? Ela saiu faz uns vinte minutos. Foi pro hospital visitar a Rebecca. Depois vai com a mãe dela para Los Angeles. Vai passar a noite. De novo. Terceira vez só este mês. — Ele parece cansado.

— Ah. — Penso rápido. Preciso entrar no quarto dela para confirmar minha teoria. Quando em dúvida, minta. — O senhor sabe quando ela vai voltar? Ela vai pra aula amanhã? A gente precisa mesmo terminar esse projeto e... ela me disse pra vir pra cá. Hoje de tarde.

— Ah, bom, sinto muito por decepcioná-la — ele diz, começando a fechar a porta.

Enfio o pé no meio para bloquear.

— Posso só subir rapidinho no quarto dela? Pra dar uma olhadinha no trabalho?

Ele coça a cabeça.

— Não sei se... — Então olha para trás, para o pequeno saguão vazio, o que me diz que talvez esteja a ponto de ceder.

— *Por favor?* Vai ser só uns minutinhos. Vou estar de volta aqui antes que o senhor se dê conta. Vai ser nosso segredinho. — Bato os cílios para ele e entro na casa, forçando-o a recuar um pouco no corredor.

— Acredito que... Mas não tenho certeza de que você consegue acessar o computador dela. Acho que tem senha.

Balanço os dedos no ar.

— Sem problema. Eu dou um jeito.

Então, sem esperar por uma resposta, passo por ele e subo as escadas até o quarto da Henderson.

As paredes do cômodo estão cobertas por cartazes de filmes e fotos em preto e branco de atores e atrizes da Velha Hollywood. Pregada acima de sua escrivaninha está uma foto que reconheço: a Mona Moody e o Charles W. Levy na estreia do último filme dela.

E, no colo da Mona, está um colar de joias em forma de gotas. O mesmo que a Kennedy estava usando na noite do baile.

A Ashley, que tem o cabelo parecido o bastante com o meu a ponto de isso confundir seu próprio pai, ela, que sempre quis ser atriz, que sempre gritou aos quatro ventos que isso estava em seu *sangue*, tem *esta* foto da Mona Moody exposta em destaque em seu quarto.

Sua escrivaninha está limpa. Nada de computador. Talvez tenha levado junto?

Paro no meio do quarto, tentando organizar os pensamentos. Se o que estou pensando é verdade, então a Ashley Henderson é a pessoa que visitou o dr. Kennedy e estava em contato com a Rachel. A pessoa que recentemente descobriu, por causa desse projeto idiota de Biologia, ser parente da Mona Moody.

Abro as gavetas da escrivaninha. Em uma delas encontro algumas pastas cheias de provas antigas, mas nada além disso. Fecho-a com força e vasculho a seguinte. Trabalhos escolares, provas com notas dez e então meus dedos pousam num pedaço de papel menorzinho. Um recibo de uma casa de penhores na cidadezinha montanhosa e minúscula de Matlock, um lugar que conheço dos cinco dias que passei desaparecida no ano passado. Não é o tipo de lugar em que se vai para passar férias nem por qualquer outro motivo. Por que a Henderson foi até lá?

Leio o recibo.

Um minuto depois, estou correndo pela escada dos Henderson em direção à porta. Ignorando as perguntas do pai dela, vou direto para o carro.

CAPÍTULO CINQUENTA

ÍRIS
20 DE FEVEREIRO
13:24

"Eu não relaria naquela mulher com uma vara de três metros. Ela é maldade pura e se delicia com isso."
MONA MOODY, *A vida solitária*, 1947

ASHLEY HENDERSON ESTÁ PARADA à minha frente vestindo um avental de enfermeira e segurando um travesseiro. Seu rosto tem uma frieza assustadora e, ainda assim… parece sereno.

Na cama atrás dela, os dedos dos pés da Rebecca Kennedy se acalmaram. Há um choramingo. Ela deve estar consciente. Mas não tem ninguém como testemunha. Está todo mundo em outro lugar, onde está a comoção.

Ashley olha para mim, um sorriso surgindo em seu rosto. Ela dá um passo na minha direção e é quando consigo ver a cara da Rebecca Kennedy, o cabelo espalhado pelo travesseiro, com dificuldade de formar palavras com a boca, com dificuldade de respirar, os olhos piscando rápido, tomados por medo.

— Ai, meu Deus — digo. — É você.

A garota deixa o travesseiro cair no chão.

Em minha mente, parece haver uma fileira de peças de dominó caindo uma sobre a outra, uma série de estalidos enquanto os fatos ficam cada vez mais perto de se encaixarem, mas…

Com certeza vai aparecer alguém aqui em breve. Do banheiro, escuto sons de arranhões e gritos roucos. A Rayne? Eu poderia gritar. Deveria gritar. Eu vou...

Ashley leva um dedo aos lábios.

— Psiu. Você é uma garota inteligente, Íris. Não é? Não quer se machucar, quer? Eu sei que você não quer se machucar. Todo mundo sabe sobre o seu *paizinho*. Agora, seja uma boa garota.

Seja uma boa garota. Algo me atinge, trazendo uma lembrança antiga da primeira vez que ele me machucou. O braço estava deslocado. A dor tomava conta do meu corpo. Ele sussurrando para mim no pronto-socorro antes de o médico aparecer. *Não conta nada. Você caiu. Seja uma boa garota.*

Aqui. Aqui neste mesmíssimo hospital. Todas as mentiras daquela época acumuladas dentro de mim.

— Íris. — Ashley mantém o rosto empático enquanto caminha na minha direção e tira alguma coisa de dentro do bolso do uniforme.

Uma corda? Uma abraçadeira?

Atrás dela, a Kennedy choraminga. "Por favor."

Usando cada gota de velocidade e força que consigo reunir em meu corpo trêmulo, ataco a Ashley. Pego um chumaço de cabelo e meto o joelho na virilha dela. Suas unhas perfeitas se cravam no meu rosto num ritmo demorado e doloroso enquanto ela geme de dor. Seguro o pescoço dela com as mãos e tento derrubá-la, mas a garota é forte, xinga e me mete uma rasteira, me fazendo atingir o chão com um estalo. Bato a cabeça no piso e pontinhos feito estrelas aparecem diante dos meus olhos.

Perto de mim, a Ashley está procurando alguma coisa embaixo da maca do hospital. Uma bolsa. Ela vasculha seu interior, tomada por desespero. Pego-a pela camisa, tonta por causa da queda. Então tento chutar, mas a garota retribui o golpe e sou lançada para longe, sem conseguir respirar, de olhos fechados e com a cabeça latejando.

A NOITE DO CRIME

Abro os olhos e tento inspirar, porque a Ashley está sentada sobre mim, com todo o seu peso no meu peito, um candelabro virado para baixo em suas mãos erguidas. Um candelabro. Um candelabro.

— Eu disse pra você ser boazinha — murmura. — Mas você não quis me ouvir.

CAPÍTULO CINQUENTA E UM

ALICE
20 DE FEVEREIRO
13:54

"Porque com o tempo, seja por meio de uma mentira, seja por meio de uma verdade, as pessoas sempre acabam se entregando..."
AGATHA CHRISTIE, *Depois do funeral*

CANTO PNEU AO ENTRAR no estacionamento do hospital, o que me rende um olhar bastante reprovador de uma senhora num carro que mais parecia um barco gigante, que, olhando melhor, percebo ser ninguém mais ninguém menos do que a Dotty, do Donuts da Dotty. Só me resta torcer para a Henderson continuar por aqui, para que não tenha mentido para o pai sobre onde iria. Não posso deixá-la arredar o pé da cidade.

— Saia da frente! É uma emergência! — grito pela janela do carro para Dotty.

Ela mostra o dedo do meio, o que acho um tanto desnecessário.

Estou prestes a estalar minha língua de chicote quando alguma coisa chama minha atenção para o outro lado do estacionamento, movendo-se para a saída. Um Nissan Cube de um azul brilhante desagradável; um carro que eu reconheceria em qualquer lugar, porque é uma monstruosidade para os olhos.

Ashley Henderson.

E ela está fugindo.

A NOITE DO CRIME

Engato a ré do carro e me lanço para trás, me virando para ter certeza de que não vou trombar por acidente na perua da Dotty, porque, de coração, o café dela é muito bom e eu não quero ser banida da loja de donuts. Ela senta o dedo na buzina e grita alguma coisa que não entendo direito, mas que parece ser composta de um grupo bastante específico de palavras.

— Foi mal! — grito.

Duvido que me ouça, mas tanto faz. Tenho coisas mais importantes para lidar neste momento.

Uma vez que passo por ela, dou meia-volta e entro mais uma vez na Rodovia 1 sem diminuir a velocidade. À frente está a monstruosidade que a Henderson chama de carro.

Um bilhão de perguntas começam a surgir na minha cabeça: "Se a Herderson estava no hospital, a Kennedy está bem? Se ela é bisneta da Mona Moody e a atriz teve um caso com um Kennedy, seriam a Henderson e a Kennedy, sabe... parentes? A Henderson roubou o colar da Kennedy depois de tentar matá-la? Será que tudo aconteceu naquela noite do baile porque a Kennedy tinha que usar aquele colar para esfregar na cara de todo mundo como é rica? E a Henderson tinha mesmo que escolher um carro com uma cor tão horrorosa?".

Eu a sigo a certa distância, torcendo mentalmente ao universo para que ela ainda não tenha reparado em mim. O tráfego está tranquilo a essas horas; é feriado, então Enseada do Castelo está adormecida e tudo que há entre nós duas é um espaço vazio.

Sempre soube que a Henderson era a escória da humanidade. Eu e a Brooke costumávamos brigar sobre convidá-la ou não para ir aos lugares. A Brooke, sempre boazinha demais, me dizia que eu não estava dando, exatamente, uma chance para ela. Que ela tinha um bom coração, apesar de toda a faceta de maldade, de todo o falatório sobre frequentar eventos idiotas em Hollywood nos quais ela entrava fazendo sabe-se lá o quê, de sua obsessão por ser atriz.

"Sinto muito, Brookie, mas você errou de novo."

Depois de vários minutos demorados, ela dá seta para a esquerda e o carro diminui a velocidade. Ela está indo para o Iate Clube. Estranho, levando em consideração que, no inverno, o lugar não abre durante a semana.

Debato acerca do que fazer conforme me aproximo da entrada com minha BMW. Só há o carro da Henderson no estacionamento, então se eu entrar lá, corro o risco de afugentá-la. Em vez disso, passo direto pela entrada e estaciono na lateral da Rodovia 1. Está começando a chover.

Enquanto bisbilhoto através dos arbustos bem-cuidados que cercam o perímetro do clube, volto a pegar o celular no bolso de trás da calça. Que se dane a nossa briga: a Íris precisa saber o que está rolando.

No Iate Clube, digito. *É A HENDERSON!!!!! CORRE PRA CÁ.*

Por um segundo ou dois, observo a tela, mas não chega resposta alguma. Beleza. Se a Íris quer continuar bravinha, que seja. Devolvo o celular para o bolso.

Consigo dar conta disso sozinha.

CAPÍTULO CINQUENTA E DOIS

ÍRIS
20 DE FEVEREIRO
14:03

"Bom, a abóbora me acertou em cheio na cabeça e me apaguei bonito. Quando acordei, lá estava ele, sorrindo debruçado sobre mim, e, meu Deus, eu nunca me senti tão grata por uma abóbora na minha vida."
MONA MOODY, *As garotas do 3B*, 1947

ESTOU NUM TÚNEL E não consigo sair. Eu resisto, batendo as pernas e braços, mas não saio do lugar. Não consigo respirar. Tem alguém sussurrando meu nome. *Íii-ris. Íii-ris.* Seria o Cole? É sempre muito legal o modo como ele arrasta meu nome: *Íiiiiris...* talvez agora a gente consiga conversar.

Sinto meu rosto molhado, meus olhos também. Estou na água? Estou me afogando? Mas como pode uma coisa dessas? Eu estava agorinha mesmo com a Ashley no quarto do hospital.

Alice. Ela precisa saber. Precisa saber sobre a Ashley. Tenho que tentar me mexer de novo, mas me sinto tão pesada e está tão escuro.

"Preciso de ajuda, a gente precisa de ajuda aqui, por favor. Íii-ris, tá me ouvindo?"

Cole. Ele veio em meu resgate. Devia saber que alguma coisa estava acontecendo, que algo estava errado. Queria conseguir me levantar, abraçá-lo, beijá-lo. Não quero morrer sem ter a oportunidade de beijar um menino.

Há um guincho de borracha contra o piso, muitas pessoas correndo, e eu ainda não consigo ver muita coisa. É como se um véu estivesse sendo levantado do meu rosto, um véu bem pesado e escuro, e o peso está sendo tirado de mim. Consigo respirar.

"Íii-ris, ai, meu Deus. Achei que..."

Não é o Cole.

É o Spike, ajoelhado ao meu lado, segurando minha mão e acariciando minha testa úmida. Enfermeiras e médicas se amontoam ao redor dele, se movendo com rapidez para ajudar a Kennedy, que está sussurrando, rouca:

— Ela, ela, foi ela. A Ash. A Ash.

O rosto severo de uma enfermeira entra no meu campo de visão. Ela passa alguma coisa que faz meu braço formigar, seca minha cabeça, semicerra os olhos, diz muitas coisas diferentes rápido demais e, de repente, escuto um barulho tremendo e batidas e então há rodas perto de mim. O chão é um lugar gelado.

— Spike — digo, pronunciando as palavras com lufadas de ar. — O que...

Ele meneia a cabeça.

— Não sei. Isso aqui tá parecendo desenho animado neste momento. Eu vim ver a minha avó. Alguma coisa aconteceu com um monte de pacientes e pensei em talvez dar um oi pra Kennedy, sabe? E achei você aqui. Que patacoada é essa, Íris? O que *aconteceu*?

Estou sendo levantada até uma maca. A enfermeira murmura *tomografia*, *radiografia* e *mãe* para o Spike.

— É a Ashley — digo, e cada palavra dói. Pontinhos brilham nos meus olhos. Tremendo, levanto a mão e os seco, e ela volta suja de sangue. — Ela... ela tentou sufocar a Kennedy. A gente brigou. Eu tentei impedir. Ela bateu em mim com o... Encontra o candelabro, Spike. Deve ser o mesmo de... quando ela bateu na Kennedy. No Castelo. Não foi a Park. Foi a Ashley. Ela o pegou. Tá aqui. Só pode estar por aqui ainda, mas...

Olho ao redor, desesperada. O Spike coloca a mão no meu ombro.

A NOITE DO CRIME

— Cadê ela? — Estou surtando.

— Ela... sei lá — diz Spike. — Quando entrei, só havia você e a Kennedy.

— Liga pra ela! Liga pra Alice! Conta que é a Ashley. Por favor, Spike, eu sei que ela vai saber o que fazer. Por favor, Spike, não deixa ela...

— Tá, tá, vou ligar. Juro.

E então há um grito vindo do banheiro.

— Tem como alguém, *pelo amor de Deus*, me tirar daqui?

O grito faz meus ouvidos doerem. A porta do banheiro é arrombada por uma enfermeira particularmente corpulenta.

A Rayne aparece à porta, de mãos atadas e com um pano amassado ao redor do pescoço. Ela deve ter sido amordaçada e enfim conseguiu tirar o tecido da boca. Uma enfermeira logo corta as amarras.

— Eu vou literalmente matar ela. Tipo, com a porra das minhas próprias...

— E aí, pirralha? — A voz da Kennedy sai suave.

Quando vê a irmã, a Rayne para.

— Ai, meu Deus. Ai, meu Deus.

Ela corre até a cama e coloca a cabeça no ombro da irmã, que acaricia seu cabelo com carinho.

— Caramba, Íris. — O Spike estica a mão e me toca na bochecha. — A Ashley te deu uma bela de uma surra.

Pois então. Aquelas unhas pelas quais a Ashley pagou uma nota na manicure furaram todo o meu rosto.

Gosto da sensação das mãos do Spike na minha bochecha. Ele me deu chocolate no Dia de São Valentim.

— Eu dei uns socos bem bons, Spike — digo. E sorriria, mas é provável que doa. Na verdade, acho que talvez tenha perdido um dente. — Dei alguns socos na cabeça dela.

O rosto do Spike se abre num sorriso.

— Daooooora.

CAPÍTULO CINQUENTA E TRÊS

ALICE
20 DE FEVEREIRO
14:06

"O passado é o pai do presente."
AGATHA CHRISTIE, *A noite das bruxas*

O INTERIOR DO CLUBE está escuro. À medida que me aproximo do prédio, vejo a Henderson deslizar por uma porta lateral, por onde a sigo, tomando cuidado para não ficar perto demais. Não sei muito bem como ela conseguiu entrar com tanta facilidade, mas, se tivesse que chutar, diria que ela roubou uma chave dos Kennedy, que têm acesso irrestrito ao lugar.

A essa altura, o céu é o limite para ela.

Mais à frente ouço uma trombada, seguida por uma série de palavrões abafados. Pelo que parece, ela está indo para os fundos, para o restaurante onde, no ano anterior, a Kennedy deu sua festa de dezesseis anos. A Henderson esteve presente, claro, além da Brooke e da Park.

Foi uma das últimas vezes que estivemos todas juntas, aquelas poucas semanas breves depois de o Steve ter terminado comigo, mas antes de ele e a Brooke começarem a namorar, quando as coisas entre nós cinco de fato começaram a ruir.

Passo os dedos pela parede e vou tateando adiante na escuridão. O corredor não possui janelas e não quero ligar a lanterna do celular para não alertar a Henderson. Preciso que o elemento surpresa esteja a meu favor.

Corro os dedos pelas fotos penduradas nas paredes, imagens de membros do presente e do passado, gerações da família Kennedy. Estou tentando me lembrar da história do clube, que tive de ouvir vezes até demais da Rebecca Kennedy ao longo dos anos. A questão é: eu nunca prestei atenção. Não tem nada mais entediante do que alguém que não consegue parar de falar sobre a própria relevância.

Mas o que me lembro é: uma vez que o Charles W. Levy foi para a cadeia por peculato, a Lilian deixou a cidade e o bisavô da Kennedy assumiu a herança como o herdeiro aparente. Agora o pai da Kennedy gerencia o clube de modo não oficial, junto com todas as outras coisas da cidade que têm um dedo dele. Sinto um arrepio. O que mais os Kennedy fizeram no decorrer dos anos para as pessoas de Enseada do Castelo?

Chego à entrada do restaurante e me dou conta, um instante depois do que deveria, de que o lugar está bem mais iluminado do que o corredor. A parede de trás é um longo painel de vidro, polido com todo o suor de algum trabalhador para que os membros do Iate Clube não se sujeitassem aos horrores de manchas de gordura de dedo. Através dele, consigo ver que a chuva engrossou. Henderson está parada perto das janelas, de costas para mim, encarando o mar.

Merde. Cambaleio de volta às sombras do corredor, mas em vez disso bato em um dos arcos de entrada que tem por ali.

Henderson se vira.

— *Quem tá...* Ah. Alice Ogilvie. — Ela não parece nem um pouco feliz. — Eu deveria saber que era você. Quem mais seria chata o bastante pra me seguir até aqui?

Vou ficar com um roxo enorme do lado do corpo por conta dessa parede idiota, mas ignoro.

— Eu sei que foi você.

— *O que* fui eu? — ela diz, debochada.

— A pessoa que agrediu a Kennedy. Quem tentou matar ela, caramba! — Aponto o dedo no ar. — Aposto que você não pensou que eu iria descobrir isso lendo um livro da Agatha Christie...

— A gata triste de quem? Você está bem, Alice? — indaga ela, com as sobrancelhas arqueadas.

Ignoro o comentário.

— E eu e a Íris fomos pra Los Angeles... pra Pinheiros Uivantes. E não consigo acreditar em você. Você armou pra Park levar a culpa por tudo isso? Afinal, que tipo de amiga você é?

— Que tipo de amiga *eu* sou? — Ela solta uma gargalhada alta. — Olha só quem tá falando.

— Como assim?

— Ah, tenha paciência — ela responde, zombeteira. — Todo mundo sabe que a Brooke não teria morrido naquela noite se não fosse por você. Aparecendo na festa, deixando um climão entre ela e o Steve pra que a garota fosse embora sozinha. Isso, sim, é ser uma *péssima amiga*.

Cerro os dentes. Não vou me deixar ser afetada.

— Isso tudo é por causa da Mona Moody? Você é parente dela, né? Descobriu isso fazendo aquele projeto fracassado de Biologia. Ser a sua parceira na verdade até que também se mostrou um pouco útil, já que apareci na sua casa fingindo que a gente precisava trabalhar nele e o seu pai me confundiu com você...

— O meu pai sempre estraga tudo — resmunga Henderson.

Eu a ignoro.

— O velhote do Kennedy também me confundiu com você várias vezes quando a gente estava na casa dele. No começo, pensei que só estava confuso, mas não era isso, né? Depois vi a foto da Mona Moody colada na parede do seu quarto, aquela em que ela está usando o colar que você roubou da Rebecca na noite do baile. Então, a filha que a Mona Moody teve com o...

— Clifford Hayes. — Henderson termina por mim.

— É, também conhecido como Reginald Kennedy. A bebê que o Charles Levy a fez dar pros funcionários. Que, por quase um século, ninguém nem fazia ideia de que existia... era a sua avó, não era?

Seu rosto se fecha.

— O Charles Levy era um homem horrível, horroroso. Sim, ela era a mãe da minha mãe, Susan Miller. A gente sabia que ela era adotada, mas ninguém imaginava quem eram seus pais biológicos. Charles Levy pensou que podia controlar tudo, mas aposto que não pensou que pesquisas sobre antepassados se tornariam tão populares e fáceis.

Ela faz uma cara feia.

— Pois é, imagina a minha surpresa quando o nome de nascença da Mona Moody apareceu listado como um dos meus ancestrais. Eu realmente vou ficar devendo uma praquela tal de Rachel. Já tinha passado da hora de *alguém* enfim corrigir os erros do passado.

Aos poucos começo a avançar, na esperança de que ela esteja distraída demais pela história para perceber. Preciso fazê-la continuar falando.

— A parte que não entendo é: quem é esse Alex? Você sabe que ele tá na cadeia levando a culpa, certo? Por que ele faria isso?

Ela parece surpresa.

— Alex? Eles já tinham bastante provas pra prender ele, não importava o que ele dissesse. Desse jeito, pelo menos os Kennedy vão se lembrar do rosto da pessoa que tentou matar a filhinha preciosa deles. O Alex odeia aquela família... o pai da Kennedy quer comprar o terreno onde fica o motel do pai dele, mas o cara não quer vender. A coisa tá ficando feia, com advogados e tudo. Sei que você não pensa nessas coisas, já que fica sentada numa mansão à beira-mar, mas existem pessoas de verdade vivendo nesta cidade... pessoas que trabalham duro... que não merecem perder seu sustento por capricho de um cara rico. A gente se conheceu na fila do Lanches EC e logo de cara entendemos que tínhamos interesses em comum.

— Então vocês dois invadiram o escritório do Levy pra tentar matar a Kennedy e, imagino, roubar o colar?

Ela me observa. Estaco no lugar, cruzando os dedos para que não perceba que agora estou um bom metro mais perto dela do que antes.

— Aham, e o que é que tem? Só tô pegando de volta o que é meu. Se os Kennedy não tivessem arruinado tudo pra mim há tantos anos, ele teria pertencido à *minha* família. Vale uma nota e, pelo que fizeram com minha bisa, ele é meu.

"Quando a Kennedy chegou no escritório, começou a papaguear sobre como esperava que a Helen Park estive lá, *et cetera*. Você sabe como ela é. Nunca cala a boca. Então, é, foi isso. Eu bati na cabeça dela com aquele negócio de segurar vela. E, depois, bom, o Alex já tinha o abridor de cartas em mãos e só... você sabe. Apunhalou. A Kennedy é uma vaca. Aposto que você também teria esfaqueado ela se tivesse a oportunidade."

A Henderson funga. Ela claramente planejou desaparecer até amanhã cedo. Será que vai se encontrar com alguém aqui? Se vai, preciso ganhar tempo.

— E a Park? — pergunto em voz alta, desviando sua atenção da janela.

— A Park? — Ela sorri. — Como ela está? Imagino que você a tenha visto não faz muito tempo, não?

— Ela estava prestes a ser presa pelo que você fez, sabe? Pensei que vocês fossem amigas.

— Ah, pode ir tirando o cavalinho da chuva, Ogilvie. A Park é a pior. Sempre fazendo mimimi pro papai resolver todos os problemas dela. Você sabia que, no sexto ano, eu devia ter ficado com o papel principal na produção de *Nossa cidade* que montamos na aula de teatro, mas a Park ficou toda chateadinha porque pensou que *ela mesma* ficaria com o papel, então o pai dela ligou na escola, reclamou e, simples assim, eu perdi o protagonismo? — Seu rosto fica sombrio. — Ela merecia levar a culpa por isso. E a briguinha de dar vergonha que ela teve com a Kennedy mais cedo naquela noite? Era a motivação perfeita. Eu não podia deixar passar a oportunidade de enfiar ela no meio de tudo, podia? Agora, se me dá licença, Ogilvie, preciso ir.

Com isso, ela se vira e começa a atravessar o ambiente.

Se ela acha que eu só vou deixá-la ir embora, está muitíssimo enganada. Me lanço adiante, cobrindo os quase cem metros que nos separam, e pulo nas costas dela.

— Mas que porra? — ela grita, agitando os braços numa vã tentativa de se soltar.

Eu me agarro aos ombros dela e passo as pernas por sua cintura. Imaginei que, assim que relasse nela, ela fosse cair no chão, e então eu a dominaria e a amarraria, assim como fiz com a srta. Westmacott no outono, mas de algum jeito a garota continua de pé.

Ela joga o corpo para o lado, me desequilibrando. Solto o aperto e ela mete uma cotovelada nas minhas costelas.

— *Ai!* — Caio de cima dela, de joelhos, segurando a barriga nas mãos. — Isso doeu! Por que você é tão forte?

Me encolho para trás quando ela coloca o pé sobre o meu peito.

— Porque, diferente de *você*, que é deprimente, eu sei que estar nas melhores condições físicas é uma exigência quando se entra numa vida de crime.

Ela faz força com o salto do sapato, com intensidade, me fazendo ficar contra o chão.

Henderson me olha de cima e não consigo me controlar: solto uma bufada. Ela é tão patética, sempre fazendo essas declarações dramáticas, como se pensasse que sua vida toda é uma audição para alguma novela de merda. Faz sentindo, considerando que ela quer ser atriz desde que a entendo por gente.

Espera.

— Esse é o motivo? — Dou um jeito de contornar a dor crescente no peito.

— Esse é *que* motivo? — ela pergunta, meneando a cabeça.

Tusso.

— O motivo de você ter ficado tão brava quando descobriu que a Mona Moody era, na verdade, sua bisavó. É por que você acha que o que aconteceu tantos anos atrás arruinou sua chance de ser atriz?

Ela semicerra os olhos e a pressão no meu peito diminui. Tiro proveito disso e a pego pelo tornozelo, apertando com o máximo de força que consigo.

— *Ai!*

Ela se afasta e eu a solto. Mas, como ela se afastou o bastante, consigo me apoiar sobre os cotovelos.

— Você tá de sacanagem comigo. Acha que você seria famosa se a Mona Moody tivesse ficado com a filha e a sua avó tivesse crescido na realeza hollywoodiana?

— Eu... — Ela balbucia, dando um passo para trás, e seu rosto fica vermelho. — *Acredito*, sim. Mas não estou errada. Você ao menos estudou a indústria do entretenimento? Todos aqueles atores e atrizes que só conseguem papéis por conta dos pais? É um clubinho. Tô há anos falando pro meu pai que ele precisa crescer na carreira, tentar produzir ou dirigir ou fazer *alguma coisa* interessante, mas ele diz amar ser maquinista de cinema. Ele não tem vontade alguma de ser nada além. Você acha mesmo que se minha mãe soubesse que a avó era uma estrela de cinema incrível, acabaria se casando com um... um fracassado desses? Jamais! E aí eu teria tido todas as oportunidades do mundo. Estaria em todos os *outdoors* de Los Angeles! Eu seria...

Já ouvi o suficiente dessa loucura toda.

— Já parou pra pensar que talvez o que estragou as suas chances de virar atriz é o fato de *você simplesmente não levar jeito pra coisa*?

Eu me estico e a pego pelas pernas, puxando-a com todas as forças, e a derrubo no chão.

— Sério que você tentou mesmo matar uma das suas amigas mais antigas por conta da sua carreira de *atriz*? De todas as coisas idiotas que ouvi na vida, eu juro por Deus. — Rastejo até ela e me sento em seu peito. — Você é...

Mas antes que eu me dê conta, a Ashley deu um jeito de se contorcer e escapar. Ela fica em pé e se lança sobre mim com aquela expressão nojenta estampada no rosto.

— Você é tão franguinha — ela diz, antes de me chutar com força no lado já machucado. — Você se acha tão inteligente, Alice Ogilvie. Acha que pode aprender a brincar de detetive com um monte de livros velhos? Tenha paciência. Todo mundo sabe que os livros já eram. Ninguém mais lê...

Como ela *ousa*.

Ignorando a dor lancinante que sinto na barriga, me jogo de lado e lanço as pernas para o alto com tudo. Atinjo a canela dela e a Henderson grita de dor.

— Não ouse ser desrespeitosa com os livros da Agatha Christie! — grito. — Eu solucionei isso daqui por causa dela!

— Ai, meu Deus, Alice, vai cuidar da sua vida — diz, suspirando. — Desde que o Steve terminou com você, você ficou toda esqui... Ai! — Chuto a canela dela de novo, que me olha de cima.

— Você simplesmente não sabe quando parar, né? Ainda vou te ver por aí, Alice. A minha carona tá me esperando.

Ela dá mais um chute forte no meu estômago. Começo a ver pontos pretos e fecho os olhos por conta da dor.

MENSAGENS TROCADAS ENTRE
ALICE OGILVIE E RAFAEL RAMIREZ
20 DE FEVEREIRO

14:25

RR: Alice, onde você tá? Vc tá bem?

RR: A Íris tá ferida. Você tá no Iate Clube?

RR: Vc está bem?? Pfvr, responde LOGO.

RR: Tô indo aí.

CAPÍTULO CINQUENTA E QUATRO

ALICE
20 DE FEVEREIRO
14:29

"Pessoas que têm um rancor contra o mundo são sempre perigosas. Elas parecem pensar que a vida lhes deve alguma coisa."
AGATHA CHRISTIE, *Convite para um homicídio*

VÁRIOS LONGOS MINUTOS MAIS tarde, minha cabeça para de latejar o suficiente para eu abrir meus olhos.

A Ashley não está mais aqui. O ambiente está quieto, como se ela nunca tivesse pisado no lugar.

Me forço a levantar e ir até a parede envidraçada bem a tempo de ver a figura de cabelo loiro comprido correndo para fora do prédio em direção ao cais.

Ashley.

Me arrastando pelo restaurante, consigo chegar até a cozinha. Por ali deve haver alguma porta que leva para o lado de fora, para o cais.

Encontro a porta e me jogo contra ela, tropeçando na tarde chuvosa do lado de fora.

Ashley está na ponta do cais, desfazendo o laço que prende um barquinho a uma estaca próxima. A garota está fugindo.

Onde foi que a Íris se meteu?

— Para! — grito.

Ao ouvir minha voz, a Ashley olha por sobre o ombro e começa a desenrolar a corda com ainda mais rapidez.

Segurando meu estômago latejante, corro o mais rápido que consigo forçar meu corpo dolorido a ir, além do deque, descendo por um morrinho gramado abaixo e adentrando o longo cais de madeira.

— Pare aí! — diz Ashley, segurando um objeto no ar.

Ela o balança sobre a cabeça e eu prendo a respiração.

— Isso aí é uma *arma*? — Ela realmente perdeu o senso do ridículo.

Ela olha para cima e depois volta a me encarar.

— Não, idiota. É um *sinalizador*.

Dou um passo à frente.

— Hum, e tem diferença?

— Na verdade, tem uma diferença enor… — Ela para de falar. — Deixa pra lá, não tenho tempo pra isso. Só fica aí, beleza?

Henderson volta a acenar a arma para mim, que congelo no lugar. Ela pode afirmar que isso é diferente de uma arma de fogo, mas eu, pessoalmente, não tenho o menor interesse em descobrir se é verdade.

— Isso, não sai daí.

Ela coloca a arma no topo de uma das estacas de madeira e solta o restante da corda do barco. Aproveito a oportunidade para avançar mais pelo cais e me aproximar dela. Ela nota a aproximação e pega a arma, afastando seu cabelo molhado dos olhos.

— Eu *disse* pra você ficar *lá*. Você tá tentando morrer? — Há fúria em meio a suas palavras, e me dou conta de que ela realmente faria isso. Atiraria em mim. — Nossa, você e a Kennedy, é como se vocês duas não soubessem a hora de parar. Vocês são bem parecidas dos piores jeitos; não faço ideia de como a Brooke te suportou por tanto tempo. — Ela entra no barco. — Tanto faz. Já me cansei dessa cidadezinha de merda e de todos vocês, um bando de fracassados. Vou atrás de coisas melhores. Mas logo te vejo, Ogilvie.

E, assim, ela acelera o barquinho e começa a se afastar.

Bem devagar.

Pelo tanto que falou sobre se preparar para uma vida de crime, ela claramente não pensou que talvez precisasse de um veículo de fuga mais rápido.

Corro até a ponta, mas já é tarde demais. Ela se foi, partindo em direção ao mar aberto. Onde essa doida pensa que está indo naquele barquinho? Ela nem vai conseguir chegar em Los Angeles naquela porcaria. A gasolina vai acabar antes.

Não posso deixá-la fugir. Dou algumas voltas, desesperada, procurando por algo que possa segui-la.

Pouso o olhar numa cabaninha no meio do cais. Dentro, há chaves extras de todos os barcos atracados aqui, um fato de que me lembro das férias de verão quando a gente navegava no iate do pai da Kennedy.

Corro até a cabana e puxo a porta, mas está trancada. Para minha sorte, estou carregando meu kit forense. Vasculho a pochete, pego a gazua e começo a trabalhar. Depois de um breve instante, a porta se abre.

Dentro da cabana há molhos de chaves pendurados em ganchos numerados. Pelo que me lembro, cada número corresponde à estaca individual de um barco, então pego algumas e volto para fora.

A Ashley praticamente sumiu do mapa. Se quero ter alguma chance de alcançá-la, preciso me apressar.

O primeiro molho de chaves é de um barquinho a vela que parece ter sido feito para uma criancinha. Valeu, mas vou passar. A segunda opção é melhor, um botezinho motorizado. Pondero se devo olhar a terceira opção, mas decido que não. Não tenho tempo.

Subo no bote, dou partida no motor e começo a manobrá-lo pelas estacas do cais. As ondas balançam o barco com vigor, mas dou um jeito tirá-lo dali sem acidentes. Estou prestes a acionar o acelerador quando escuto o meu nome.

— Alice! Mas que *merda* você tá fazendo?

Me viro. O Raf está parado na ponta do cais, acenando feito um louco para mim enquanto protege o rosto da chuva.

— Aonde você tá indo? — grita.

— Tenho que ir atrás da Ashley!

— Por que você tá num barco?

— Eu... Raf, não posso explicar agora. Volto logo.

Com isso, pressiono o acelerador e o bote se lança para frente.

O Raf grita mais alguma coisa, mas é engolido pelo barulho do motor e o retumbar das ondas contra o casco do bote. O vento chicoteia meu cabelo, erguendo-o no ar e o jogando contra meu rosto. Eu o tiro da frente dos olhos.

Estou indo na direção em que a Henderson desapareceu, mas, conforme a terra firme sai de vista, começo a me preocupar.

Onde é que ela foi parar, caramba?

E, falando nisso, onde *eu* estou?

Minha barriga se revira de enjoo.

O que estou fazendo? Será que todo mundo tem razão a meu respeito? A Íris, a Kennedy, os meus pais? Será que sou completamente incapaz de ser uma detetive de verdade sem a Íris ao meu lado, me levando na direção certa? Quando estou por conta própria me torno inútil?

Lágrimas vêm aos meus olhos e, com raiva, eu as seco. "Puta merda, Alice, se recomponha. O que a Agatha Christie faria?", me pergunto, mas o questionamento não me ajuda a me concentrar como de costume.

Tiro o celular da pochete. Na tela há, aproximadamente, mil notificações de mensagens e chamadas perdidas. Ooops. Estou prestes a mandar uma mensagem de SOS para o Raf quando algo chama a minha atenção.

Um reluzir branco a alguns quilômetros.

Devolvo o celular para o bolso e reteso o queixo. É ela. Tem que ser.

A NOITE DO CRIME

O borrão fica maior, mais nítido, ganhando a forma de um barco. Um iate, na verdade. E é um dos *bons*. Do tipo que celebridades alugam quando tiram férias nas costas do Mediterrâneo.

Que decepção. Não é a Ashley. Ela se foi...

Espera.

À esquerda, vejo: o barquinho da Henderson, agora flutuando à deriva na água. E então: a Henderson subindo pela escada de metal do iate, um vislumbre de cabelo loiro enquanto alguém no deque se curva para ajudá-la a subir.

Semicerro os olhos e tento reconhecer a pessoa à distância.

Meu pai amado, aquela é a sra. Henderson? Ela e a filha estão fugindo juntas? Deixando o coitado do sr. Henderson e seu trabalho de chefe dos maquinistas para trás?

A Ashley *bem* que falou que a mãe nunca teria se casado com ele se soubesse quem era sua avó. As duas devem ter usado o dinheiro do colar penhorado para comprar aquele iate e planejar a fuga.

Desligo meu bote e tento decidir o que farei em seguida. Não existe a mínima chance de eu perseguir as duas naquele iate gigante, não nesse bote de merda. O estrondo de um trovão no céu parece concordar.

A sra. Henderson sai de vista, mas a filha se vira e segura o guarda-corpo do iate, me pegando observando-a à distância no meu barquinho.

Mesmo ao longe, consigo vê-la sorrir.

— Tarde demais, Ogilvie! — grita.

Então levanta a mão até a altura da cabeça, acena uma vez e, em seguida, juro por Deus, ela me mostra o dedo do meio.

Com isso, se vira e desaparece.

Um momento depois, o iate ganha vida e começa a se mover. Meu barquinho balança nas ondas que ele produz.

Volto a ligar o motor, fazendo uma grande meia-volta para desviar das ondas, e então me dou conta de que não estou sozinha.

Tem um barco se aproximando rapidamente, uma lancha, com um rapaz que parece muito irritado mesmo atrás do volante. Ele para a alguns metros de mim e desliga o motor.

É o Raf.

E ele não parece feliz.

— Alice Ogilvie — ele grita em meio ao mar que nos separa. — Eu juro por Deus, você vai acabar me matando.

CAPÍTULO CINQUENTA E CINCO

ÍRIS
20 DE FEVEREIRO
18:45

"Bom, conseguimos, Hodges! Resolvemos o caso. A gente descobriu quem, quando e porquê. O que fazemos agora?"
MONA MOODY, *A casa no fim da rua*, 1946

NÃO ESTOU MAIS SENTINDO dor. Na verdade, estou ótima. Estou viajando num tipo de brisa de remédio que é estranho e maravilhoso enquanto um médico muito bonito está tomando todo o cuidado do mundo ao dar pontos no meu rosto.

— É provável que em algum momento você queira pensar em uma reconstrução — murmura ele. — Isso aqui foi feio. Nenhuma garota vai querer passar a vida com uma cicatriz como essa, isso é fato.

Estou tão feliz e chapada que não consigo nem sequer pensar em algo para retrucar esse comentário bastante machista.

— Onde a minha mãe tá? E os meus amigos? — Não lembro direito o que aconteceu com o Spike. E me lembro de minha mãe chegando e se assomando sobre mim, seu rosto todo contraído de medo.

Meu Deus, esses remédios são *insanos*.

— A sua mãe foi pegar café e o seu amigo está do lado de fora, com a polícia. Eles querem falar contigo. Você é uma garota popular. Não é todo dia que a gente recebe pessoas que desvendam crimes de verdade por aqui. Ou, pelo menos, que impedem crimes.

Beleza, o Spike. Mas onde está a Alice?

Ouço um pequeno corte de suturas.

— Hum-humm — murmura o médico. — Assim que eu acabar, a polícia quer falar com você. Posso atrasá-los, mas, para ser sincero, eu também queria saber o que foi que aconteceu aqui. Quatro dos nossos pacientes entraram em convulsão quase ao mesmo tempo e, se eu acreditar no seu amigo magricela lá fora, outra paciente quase foi asfixiada com um travesseiro. E então tem você, que entrou em uma briga com uma garota se passando por enfermeira. Aliás, quem é *você*?

— Ninguém — digo, baixo. — Não sou ninguém.

— Ah, eu acho que você deveria se dar mais crédito, Íris Adams. — A voz cadenciada me é estranhamente familiar.

Ah, meu Deus, é a Tessa Hopkins. Parada ao lado da minha maca no hospital, vestindo um agasalho de veludo e segurando um copo de café; sua maquiagem para ir ao ar está impecável, como sempre.

— Oi, amiguinha — ela diz, feliz. — Recebi uma ligação mais cedo de uma jovem mulher muito interessante que mora na floresta e diz ter algum tipo de livro de memórias não finalizado? Ela tinha umas histórias *muito* fascinantes para contar, que envolvem Charles Levy e Mona Moody e assassinato. Nós vamos nos encontrar em breve para conversar. Eu... tenho a sensação de que o que ela vai dizer pode estar conectado com o que aconteceu aqui, esta noite. Você poderia me esclarecer de antemão? Vou fazer uma coberturazinha disso amanhã depois de bater um papo com ela.

Meu coração está em frangalhos.

— Não, não, Tessa. Por favor, não faça isso. Você não pode fazer isso. Ainda não. Eu tenho que conversar com a Lil...

Paro de falar. O rosto da Tessa fica lívido.

— Lilian Levy? Eu deixei uma mensagem pra ela. Me pergunto o que ela sabe sobre o pai ser um assassino e sequestrador de crianças. Ela deve ter muito a dizer sobre isso.

A NOITE DO CRIME

Sou tomada por tristeza. A Lilian não pode descobrir desse jeito. Isso vai acabar com ela. Preciso contar cada detalhe primeiro, antes que esteja tudo nos jornais.

O celular da Tessa toca. Ela olha para o aparelho, intrigada, e depois para mim.

— Por acaso você não sabe nada sobre um barco roubado lá no Iate Clube, sabe, Íris? Parece que a sua amiga Alice Ogilvie está atrás de problema.

Iate Clube? Alice? Barco roubado?

A tesoura faz barulho ao lado do meu rosto.

A porta do quarto do hospital se abre de novo. Por trás da Tessa e do médico surgem a minha mãe e a Ricky Randall. A advogada faz uma careta ao ver a repórter.

— Acho que você pode ir agora, Tessa — diz ela, com firmeza. — A Íris precisa descansar.

A repórter dá de ombros.

— Fique à vontade. Ei, Ricky, você tem alguma informação daquele criminoso que invadiu a Dotty e roubou todos os donuts de gelatina? Preciso encher linguiça amanhã às seis.

— Ah! O Dente Podre é meu cliente favorito, mas faça seu próprio trabalho, mana. *Mete o pé.*

Tessa acaricia minha mão, e eu a afasto.

— Nos falamos em breve, Íris? — ela pergunta, mas não está à espera de uma resposta.

A repórter me lança um sorriso rápido e depois sai do quarto enquanto minha mãe se senta na cadeira ao lado da cama.

— Não sei o que vou fazer com você, Íris — diz ela, tocando meu cabelo emaranhado. — Estava preocupada que algo assim fosse acontecer.

Seus olhos estão tomados por tristeza.

— Me desculpa — digo, baixo. — Mas a gente tinha que saber. Eu precisava...

A Ricky se inclina para perto de mim e dá uma olhada nos pontos do meu rosto.

— Curti — ela fala, com delicadeza. — O médico sabe o que faz, mas você ainda vai ficar com uma cicatriz aqui. Vai te dar um ar de mistério.

— *Onde* a Alice tá? — pergunto, exausta. — O que está acontecendo com a Ashley Henderson? Não era a Park. Era a Henderson. O candelabro...

Ela faz um som de desaprovação.

— O Spike deu o candelabro pros policiais. Eles já verificaram as gravações das câmeras de segurança e, nossa, menina, aquela Ashley é fogo, viu. Sabia que ela tentou apagar quatro pessoas de uma vez, só pra causar uma distração? Impressionante. A última imagem mostra ela disparando do estacionamento com o carro, perseguida pelo que eu *imagino* ser o carro da Alice toda veloz e furiosa atrás dela.

— A Tessa disse que a Alice roubou um barco no Iate Clube — digo. — Era a Ashley esse tempo todo. Com o Alex. Ela é a Pessoa X. Tinha um bebê, e um velho em Los Angeles, o pai da Lilian, atirou em uma pessoa e a Mona foi empurrada...

— Calminha aí — diz minha mãe. — Você não tá falando nada com nada. Está cansada e ferida. O que é tudo isso? Parece *loucura*. Um bebê? Um tiro? Você precisa descansar e aquietar o facho.

— Não preciso descansar nem aquietar o facho. Preciso da Alice.

Afasto as mãos da minha mãe do meu cabelo e tento me sentar, mas, apesar dos remédios, uma onda de dor me atravessa e me deixa sem ar.

— Pois é — diz Ricky, assentindo. — Isso aí é uma costela quebrada. Talvez você devesse deixar essa de lado, Íris. Você já fez hora extra.

Volto a deitar e fecho os olhos.

Quando os abro, o Spike está aqui com um chocolate quente nas mãos, que entrega para mim.

CAPÍTULO CINQUENTA E SEIS

ALICE
20 DE FEVEREIRO
21:23

"Ah! Madame, eu guardo as explicações
para o último capítulo."
AGATHA CHRISTIE, *Morte na praia*

— NÃO ACREDITO QUE estou enfrentando essa patifaria de novo — digo ao Thompson, sentado do outro lado da mesa vestindo uma camisa branca manchada.

Um sorriso esnobe brinca em seus lábios. No canto da sala montada no alto, há uma câmera gravando a nossa conversa.

Depois que o Raf me acompanhou de volta à terra firme, fomos rodeados por um grupo de policiais. Ao que parece, o Raf tinha ligado para eles no caminho até o clube.

Para minha grande infelicidade, o Thompson estava no grupo, e logo de cara me enfiou na parte de trás da viatura e me levou até a delegacia. Eles me colocaram numa sala de interrogatório com cadeiras de metal nada confortáveis, me deram um copo de água quente e um saquinho de chá meia boca. Depois me deixaram mofando aqui por duas horas.

E, para piorar as coisas, eles pegaram o meu celular.

É uma grosseira sem tamanho: eu solucionei um caso para eles (de novo), e ele ainda têm a audácia de me manter aqui porque peguei um barco emprestado? Pelo amor de Deus, nem era um barco bom.

— Alice, você está aqui porque roubou o barco do Dan Gerber e o levou pra dar uma voltinha — diz Thompson. — Ele ligou pra delegacia logo depois de receber um alerta da empresa de segurança que...

Já ouvi o bastante.

— Meu Deus. Eu estava perseguindo a...

Ele ergue a mão, me fazendo parar de falar.

— Por favor, me deixe terminar. Como você sabe, quando o Dan... hum, o sr. Gerber... me ligou, nós já estávamos a caminho do Iate Clube porque o Rafael Ramirez tinha telefonado para nos avisar o que estava acontecendo lá. Nós estávamos no Hospital Mercy e, de acordo com as câmeras de segurança, a srta. Henderson adulterou a medicação de vários pacientes, ao que parece, numa tentativa de provocar distração para que se aproximar de Rebecca Kennedy despercebida. Infelizmente para a srta. Henderson, a Íris Adams entrou no quarto antes que ela pudesse terminar o trabalho e, em vez disso, ela atacou a srta. Adams...

— A Íris foi atacada? — Me afasto da mesa. — Por que só estou sabendo disso agora? Onde ela tá?

— Por favor, sente-se, srta. Ogilvie. — Ele aponta para a cadeira e, depois de um bom tempo, obedeço. — A sua amiga está bem. Está no hospital, sob observação, mas, pelo que entendi, o quadro dela é estável.

Thomspon consulta seu caderno e continua:

— Quando a gente chegou na cena, o Spike Flick nos entregou um candelabro, o que suponho ser a arma usada no ataque à srta. Kennedy. O objeto está sob análise forense neste momento e acho que nós seremos capazes de conectá-lo tanto à srta. Kennedy quanto à srta. Henderson sem grandes problemas.

— Espera. Calma, volta um pouco — digo, com dificuldade de assimilar toda essa informação. — Vocês encontraram o candelabro? Por que estava com o Spike?

A NOITE DO CRIME

Pelo que parece, perdi algumas coisas enquanto estava no mar.

— O sr.... hum, o Spike estava visitando uma parente quando ouviu uma comoção no corredor. Ele entrou no quarto da srta. Kennedy e encontrou a srta. Adams inconsciente com o candelabro caído ao lado. Nós achamos que a srta. Henderson o deixou lá e fugiu. — Então continua: — Estamos gratos por... — ele fala, sem de fato parecer nem um pouquinho grato — você e sua amiga Íris Adam terem sido capazes de... nos ajudar a solucionar isso. — Uma expressão de aflição cintila em seu rosto. — Por descobrir que a srta. Henderson teve... participação no que aconteceu com a Rebecca Kennedy. Mas isso nos leva ao meu último ponto. Está ficando claro para mim que, considerando o caso da Brooke Donovan e este aqui, vocês duas pensam ser um tipo de duplinha investigativa, mas espero que o ferimento da Íris sirva para lembrá-las de que, na verdade, nenhuma de vocês é detetive. Vocês são adolescentes, que ainda têm muito a viver, e precisam deixar o trabalho investigativo para os profissionais. Vocês...

— Você tá tirando uma com a minha cara — interrompo-o, me recostando na cadeira. — A gente acabou de solucionar outro caso pra vocês e tudo que consegue dizer é que não façamos isso de novo? Eu sei que deve ser constrangedor pra você ser envergonhado por adolescentes. E, neste caso, duas garotas — adiciono. — Mas não é nossa culpa que vocês fazem um trabalho medíocre. Hercule Poirot ficaria envergonhado por vocês se chamarem de detetives.

— Hercule... — Ele balança a cabeça. — Devo lembrá-la de que, neste momento, você está falando com um oficial da lei, srta. Ogilvie. Peço que maneire no tom.

Há uma batida à porta e o Thompson se levanta.

— Com licença.

Ele anda até a porta, abre-a e conversa baixinho com a pessoa do outro lado antes de se voltar para mim.

— Parece que a sua carona chegou — diz, sem tentar disfarçar o descontentamento. — Mas, antes que eu a deixe ir, preciso, de fato, repassar os fatos ocorridos hoje à noite no Iate Clube.

Ah. Até que enfim. A minha carona pode esperar.

— Bom — começo, cruzando os braços em frente ao peito —, pra fazer isso, vou ter que começar do começo...

Depois de quarenta e cinco minutos e um Thompson fulo da vida, saio da sala de interrogatório. Suponho que não precisava contar *cada detalhe* de como eu e a Íris solucionamos esse caso, mas ele mereceu ouvir, em especial depois daquele discursinho sobre a gente *ter muito a viver*.

Uma policial me leva para a saída da delegacia, onde encontro outro agente que devolve meus pertences, incluindo meu celular. Eu os pego de imediato. Tenho que me certificar de que a Íris está bem.

Estou tão distraída com a tela que não noto a pessoa no saguão da delegacia até quase trombar com ela.

— Alice — diz ela.

Não é nem a Brenda nem o Raf.

— Oi, mãe — respondo.

A gente vai até o carro sem soltar um pio, e digito furiosamente no celular com a minha mãe soltando fumaça de raiva.

O que aconteceu com você?, mando para Íris, que me responde em segundos.

> **Você está bem. Graças a Deus**
>> Eu tô mas e VOCÊ?
>
> **Também. Assim, tipo, me acertaram na cabeça e pelo jeito vou ficar com uma cicatriz, mas falaram que ela vai me fazer parecer durona.**
>> Não entra na minha cabeça que a Ashley fez tudo isso

A NOITE DO CRIME

Inclusive ela envenenou um monte de gente no hospital!!! Ela é doida

Não me diga

Tô feliz que vc tá bem

Tô feliz que VOCÊ tá bem

Devo sair do hospital em breve. te ligo quando sair daqui

— Alice — diz minha mãe quando chegamos ao carro. — Temos que conversar.

Por um breve instante, penso em virar as costas e sair correndo pela rua, para longe dela, em vez de entrar no carro, mas, sendo sincera, não tenho certeza se chegaria muito longe. Estou com as pernas cansadas. Juro por Deus, vou começar a malhar imediatamente. A Ashley pode não bater bem das ideias, mas provavelmente estava certa sobre eu precisar melhorar meu sistema cardiovascular, se quero continuar nessa vida de detetive.

— O que foi agora? — digo, sentando no banco do passageiro na Mercedes da minha mãe.

Ela entra no carro, mas não dá partida; em vez disso, fecha as mãos ao redor do volante. Em silêncio, encara o para-brisa. É perturbador. Estou acostumada a receber sermões dos meus pais, mas silêncio é novidade.

— Hum, olá?

Minha mãe meneia a cabeça e deixa as mãos caírem sobre o colo.

— Eu cancelei minha viagem. Desde a morte da Brooke você tem tido dificuldades, e seu pai e eu concordamos que é melhor que um de nós fique por aqui por um tempo.

Torço os lábios.

— Você não precisava cancelar a viagem. Eu estou bem. Estive bem durante *todo* esse tempo. A Brenda tá por perto.

— Eu acabei de te pegar na delegacia.

— Sim, sei disso, muito obrigada — falo, cruzando os braços com força sobre o peito.

— E você não enxerga que isso é um problema? — pergunta ela, suspirando. — Você ignora as lições de casa, suas notas estão... bom, vamos apenas ser sinceras. Elas estão péssimas. Nós pensamos que ter uma tutora no semestre passado iria ajudar, mas acabei descobrindo que ela está apenas te *ajudando* a cometer contravenções. Eu sei que você acha que vai ser adolescente pra sempre, Alice, mas, acredite em mim, isso não dura tanto quanto você acha. Você precisa pensar no seu futuro e...

— Você já parou pra pensar que talvez este *seja* o meu futuro? — explodo. — Estou de saco cheio de todo mundo agindo como se eu fosse uma idiota que só está tentando se enfiar em problema. Eu sou *boa* nisso. E gosto. Gosto de ler Agatha Christie, de pensar nas tramas dela, nas reviravoltas e nos motivos, em como essas coisas podem ser aplicadas na vida real. Lembra quando a gente foi ao Egito? Mas você trabalhou o tempo todo e eu basicamente fiquei andando pelo hotel?

Ela tem a decência de se encolher.

— Eu sei que você gosta dessa autora, Alice, mas...

— Será que eu posso, por favor, terminar? — digo, com calma, sem ser venenosa, e ela assente. — Bom, eu li toda a coleção da biblioteca do hotel. Aí, no ano passado, depois... depois que a Brooke morreu... — Por fim, me forço a dizer isso. — Eu não achava que tinha sido o Steve. Eu tinha *certeza* de que não tinha sido ele, e pensei que se os policiais não iriam nos ouvir porque achavam que não passávamos de adolescentes idiotas, bem, que talvez a gente devesse assumir as rédeas. Miss Marple faz isso o tempo todo. E ninguém nunca deu os créditos pra ela também. Mas ainda assim ela solucionava os crimes, assim como eu e a Íris. — Olho para ela. — Você se dá conta de que este é o *segundo* caso que desvendamos em menos de seis meses?

Ela franze as sobrancelhas.

— Até pode ser, mas...

— E todas aquelas jovens atrizes com quem você trabalha, que entenderam desde novas o que queriam fazer da vida? Você diria pra *elas* irem pra escola? Duvido muito.

— Alice, ser atriz não é tão perigoso quanto...

— Atuar quando se é criança é bem perigoso, mãe, e você sabe muito bem disso — zombo.

— Bom — ela diz, comprimindo os lábios —, aquelas crianças também têm professores particulares nos sets. Não é como se elas apenas saíssem da escola.

— Então me arruma um professor particular, oras!

— Isso não vai acontecer — ela fala, negando com a cabeça.

— Isso é... — começo, mas ela me interrompe.

— Me dê um minutinho para pensar, está bem? Antes que você comece a me apedrejar.

Então ela fica quieta por um bom tempo antes de pigarrear e voltar a falar:

— Não sei se você se dá conta disso, mas eu também cresci lendo Agatha Christie. Eu amo os livros dela. Então entendo. E está ficando claro que o Departamento de Polícia dessa cidade precisa de uma inspeção séria. Mas isso não significa que eu acho que você e seus amigos deveriam ficar indo pra lá e pra cá, pra acabar feridos... ou pior. Não posso tolerar isso.

— Mãe...

— Mas também você encontrou uma paixão, e não quero te privar disso. Você tem razão, eu não faria isso com as atrizes com as quais trabalho, então não deveria fazê-lo com minha própria filha. Dito isso, a escola é importante.

Começo a protestar, mas ela segue falando:

— Me deixe terminar, por favor. A escola *é* importante, não importa o que você possa pensar agora, Alice. Você tem uma longa vida pela frente, e a faculdade precisa fazer parte disso. Eu apostaria dinheiro no fato de que o seu Hercule Poirot concordaria comigo. Você tem talento pra coisa, então pense fora da caixinha. Pense no que conseguiria conquistar se começasse a levar a escola mais a sério. Um dia, talvez possa mesmo ter uma carreira no FBI.

Sinto um arrepio na nuca.

— No FBI? — Isso é algo que nunca considerei antes, mas me parece *incrível*.

— Com certeza, mas você precisa continuar estudando. — Ela digita algo no celular e o passa para mim. — Leia isso. Os agentes do FBI precisam ter um diploma universitário. É bom que saibam pelo menos duas línguas. São coisas que você pode fazer, Alice, mas é preciso ter foco. Você tem dezessete anos, ainda é uma criança. Pense a longo prazo.

Leio a tela de novo e de novo, enquanto minha empolgação cresce. FBI. Parece incrível. Depois de um tempo, digo:

— Você tem razão.

As sobrancelhas dela saltam para cima de surpresa.

— Acho que nunca te ouvi dizendo isso.

— Não vai se acostumando — digo, mas sorrio para que ela saiba que em grande parte estou brincando. — Mas, mãe, se eu vou fazer isso... — Engulo em seco, tentando manter o fiapo de esperança fora da minha voz. Esta é a melhor conversa que já tive com minha mãe em anos, mas ainda assim... Não consigo acreditar no que estou prestes a dizer. — Eu preciso que você faça algo.

Na calça, seco minhas mãos, que ficaram suadas de súbito.

— E o que seria?

— Será que talvez você... pudesse trabalhar de casa com mais frequência? Eu amo a Brenda, mas... — Perco o fio da meada. Me preparo para a resposta negativa, mas ela está quieta.

Estou prestes a voltar atrás, a dizer que só estava brincando, que não me importo, quando ela enfim diz:

— Claro, Alice. Acho que posso fazer isso. Aliás, isso chegou pra você.

Ela se inclina para pegar a bolsa, que está ao lado dos meus pés, e puxa um envelope pardo com os dizeres *Indústrias Park* gravado em relevo na parte da frente.

Minha mãe parece curiosa.

— O que é isso exatamente, Alice? Eu não bisbilhotei, porque respeito sua privacidade, mas, preciso te dizer, o sr. Park... não é um homem com o qual você gostaria de se meter.

Fico corada, me lembrando da briga com a Íris.

— Eu sei. Eu pensei... Pensei que estava fazendo uma coisa boa por uma amiga ao fechar um acordo com o sr. Park, mas acho que talvez tenha sido errado, né?

Ela me observa por um bom tempo.

— Estou orgulhosa de você, Alice. E, se quiser, a gente pode passar na residência dos Park no caminho de casa, o que acha?

— Tudo bem — digo, mordendo as bochechas por dentro para segurar as lágrimas que surgiram nos cantos dos olhos. — Por mim, tudo bem.

Minha mãe aperta minha mão e então liga o carro. Está prestes a sair da vaga quando para e olha para mim.

— Aliás, Alice? Antes que eu me esqueça: a gente acabou adotando um gato?

KWB, CANAL 10

BOLETIM URGENTE
21 DE FEVEREIRO
11:02

Tessa Hopkins: Aqui é a Tessa Hopkins, ao vivo direto do Departamento de Polícia de Enseada do Castelo, onde o detetive Thompson está prestes a dar uma atualização a respeito da agressão a Rebecca Kennedy no Castelo Levy. Quem esteve acompanhando as notícias sabe que Kennedy é a adolescente atacada no castelo semana passada. Ela estava em coma induzido e recobrou a consciência na noite passada. O jovem Alex Schaefer, um morador da cidade, foi preso, confessou o ataque e foi acusado de tentativa de homicídio. Por outro lado, ele acusou outra adolescente, Helen Park. No entanto, em uma série de reviravoltas que com certeza vão abalar Enseada do Castelo, a história ainda tomou *mais um outro* rumo. Poderia este ser um caso relacionado a não uma, mas *duas* mortes que ocorreram anos atrás em nossa pacata cidade? Fiquem ligados. O detetive Thompson está começando a coletiva de imprensa neste momento.

Detetive Mark Thompson: Bom dia. Ontem à noite, depois de novas provas serem descobertas a respeito da agressão no Castelo Levy, todas as acusações contra Helen Park foram retiradas. Atualmente, estamos procurando

A NOITE DO CRIME

informações a respeito do paradeiro de Ashley Henderson,
de dezessete anos, moradora de Enseada do Castelo,
que acreditamos ter ligação com a agressão no Castelo
Levy. A srta. Henderson foi vista pela última vez em um
iate que partiu do Iate Clube de Enseada do Castelo.
Acredita-se que ela contou com a ajuda da mãe, Jennifer
Henderson. Quaisquer informações acerca do paradeiro das
duas devem ser repassadas diretamente para nós. Baseado
nas provas que reunimos até o momento, a srta. Henderson
não apenas esteve envolvida na tentativa de homicídio
de Rebecca Kennedy, mas também em quatro envenenamentos
no Hospital Mercy na noite passada. Além de ter tido
participação em outro ataque brutal no mesmo hospital.
A srta. Henderson e a mãe devem ser consideradas
perigosas e podem estar armadas. No momento, as duas são
consideradas fugitivas internacionais.

 Alex Schaefer, o suposto comparsa de Ashely Henderson
no ataque que aconteceu no castelo, continua preso, à
espera de julgamento. Ainda não posso comentar coisas
específicas a respeito do caso, mas, por favor, estejam
tranquilos sabendo que estamos fazendo tudo o que está ao
nosso alcance. Este é um caso extremamente complicado e
pode estar conectado a duas mortes que aconteceram em nossa
honesta cidade em 1949. Por favor, guardem suas perguntas
para o fim. Eu gostaria de agradecer aos meus detetives
e à força policial pelo tremendo cuidado e trabalho que
empregaram neste caso. Um crime cruel foi cometido contra
uma adolescente, e uma coisa dessas jamais pode ser
permitida. Por favor, neste momento peço que respeitem
a privacidade da vítima e, de novo, se tiverem alguma

informação a respeito do paradeiro de Ashley e Jennifer Henderson, entrem em contato conosco ou com o FBI.

Repórter: É verdade que a agressão está conectada ao afogamento de Clifford Hayes em 1949, no Iate Clube?

Detetive Mark Thompson: No momento, tenho poucos detalhes a respeito desse assunto. Isso foi um tempão atrás, meu camarada, entende?

Repórter: Vocês consideraram a Ashley Henderson uma suspeita desde o início da investigação? Ela chegou a ser interrogada? Que papel a mãe dela desempenha nisso?

Detetive Mark Thompson: Todos os presentes no baile que acontecia no castelo na noite do ataque foram…

Tessa Hopkins: Há rumores de que a Ashley Henderson é uma descendente de Mona Moody e Clifford Hayes. O que o senhor pode nos dizer sobre essa conexão, detetive Thompson? Isso contribuiu para a agressão à Rebecca Kennedy? A mãe da agressora esteve envolvida esse tempo todo?

Detetive Mark Thompson: De novo, este é um caso muitíssimo complicado e eu não posso entrar em detalhes. Nós estamos falando de coisas que aconteceram muito tempo atrás…

Tessa Hopkins: Os atestados de óbito de Mona Moody e Clifford Hayes foram forjados? Vocês vão exumar o corpo de

A NOITE DO CRIME

Clifford Hayes? A queda da Mona da sacada no Castelo Levy foi, de fato, um acidente? Tenho fontes que…

Detetive Mark Thompson: Senhorita, com todo o respeito, não vamos fazer dessa coletiva um circo, tudo bem?

Tessa Hopkins: O senhor falou com Robert Kennedy sobre o possível papel de sua família naquelas mortes? Ele vai prestar depoimento?

Repórter: Há várias postagens nas redes sociais dizendo que este caso foi solucionado por duas adolescentes da cidade, e não pelo Departamento de Polícia. O senhor pode…

Detetive Mark Thompson: Ultimamente, todo mundo é detetive, não acham? Mas eu gostaria de lembrar a todos que essas coisas são reais, e perigosas, e ficar metendo o bedelho onde não é chamado pode te deixar gravemente ferido.

Tessa Hopkins: Como o fato de que membros da população tiveram que colocar a mão na massa neste caso vai afetar a atual investigação a respeito das práticas do Departamento de Polí…

Detetive Mark Thompson: Muito obrigado. Nosso tempo por hoje terminou.

EPÍLOGO

ÍRIS
22 DE FEVEREIRO
17:30

"Será que alguma coisa de fato chega ao fim?
Às vezes parece que o passado é um cavalo veloz que
nunca serei capaz de ultrapassar."
MONA MOODY, *A vida solitária*, 1947

O CHEIRO DE PIPOCA, de *nachos*, da máquina de refrigerante adocicado demais e de suor do Penhasco Patinação é familiar e relaxante. Mesmo que doa quando me abaixo para amarrar o cadarço, por conta da costela ainda em recuperação, estou feliz de estar aqui. Ao meu lado, a Alice está amarrando seus patins a contragosto.

— Não gosto disso — murmura ela.

— Você nunca gosta.

— E era de se esperar que o Thompson fosse nos agradecer.

— Ele não vai agradecer — digo, dando de ombros. — Mas a gente precisa disso? Nós sabemos o que fizemos.

A Zora, a Angelik e o Neil se sentam nos bancos à nossa frente e começam a calçar os patins.

— Mas eu ainda não entendo o lance do Alex — diz Neil. — Tipo, ele estava nessa com a Ashley?

— Eles descobriram que tinham um interesse em comum: a família da Rebecca Kennedy tinha ferrado com os dois, então por que não se unirem? — diz Alice.

— Mas ele tá na cadeia e ela... em algum lugar — aponta Zora. — Por que eles chegaram a culpar a Park?

— Ela era conveniente pros dois — digo. — Mas de fato acho que o Alex não se importava se iria ou não ser preso. Ele só queria machucar a Rebecca porque a família dela estava fazendo mal pra família dele. Sem falar que talvez esteja no sangue dele, se vocês se lembrarem de como ele, hum, assustou a gente quando o vimos no As Ondas.

Termino de amarrar os patins.

— De qualquer forma, os Kennedy saíram ganhando. De algum jeito, parece que é sempre assim.

Estava nos jornais. O pai do Alex enfim vendeu o As Ondas. Três quartos pegaram fogo em um incêndio suspeito. Taxas advocatícias. Muita pressão. Alex na cadeia. Agora, aquilo que um dia foi um lar para pessoas que realmente precisavam vai desaparecer, e aquelas que não precisavam do lugar um dia vão bebericar champanhe enquanto colocam pepinos nos olhos, o mar ondulando não muito longe dali, sem saber nada sobre as pessoas que viveram lá.

— As pessoas fazem coisas estranhas por amor ou vingança, isso com certeza — diz Neil. — Não que eu saiba por experiência própria. Mas assisto à tevê e este parece ser o caso.

— Crianças. — É a Ricky Randall, se curvando sobre a gente com um copo de cerveja na mão. — A Ashley com certeza fez ele de gato e sapato. Essa história é mais velha que o tempo. Seduza o cara e ele vai fazer qualquer coisa por você, tipo te ajudar a zanzar por um castelo procurando por pistas e roubando um colar e, sabem como é, te ajudar a apagar alguém a ponto de deixar a pessoa em coma. Tem gente que até leva a culpa pelo crime se a pessoa prometer que será todinha dela quando sair da cadeia.

— Não gosto disso — diz Alice, amarga. — Não gosto que a Ashley Henderson *tenha fugido*. E com a mãe junto. Eu nunca confiei naquela mulher.

— Às vezes gente ruim sai impune. É esse o nome do jogo — murmura Ricky.

— Então, o bilhete era pra Kennedy ou pra Park? — pergunta Zora, suspirando.

Coloco o cabelo atrás da orelha.

— O Alex escreveu pra que parecesse que a Park queria que a Kennedy fosse ao escritório, pra que eles pudessem roubar o colar. Ele atiçou a Park, deixou ela toda ansiosa, sem pensar direito, e falou pra ela o encontrar lá em cima no escritório também. Porque assim, quando estivesse tudo feito, iria parecer que foi tudo a Park. Mas, primeiro, a letra do Alex obviamente não é igual à da Park, por conta daqueles *és* estranhos. E, segundo, o Alex endereçou o bilhete a "R" e assinou como "H", o que...

— Ah — exclama Zora. — As Tops têm o hábito irritante de usar o sobrenome. Ótima maneira de incriminar a Helen, mas é de se pensar que a Ashley teria olhado o bilhete de antemão pra garantir que fosse "K", e não "P". E nem a Rebecca percebeu isso?

— Bom, ela teve certa perda de memória por conta do ataque — digo. — Diz que não se lembra de muita coisa depois da briga com a Park no salão de festas. E, sinceramente? Mesmo que o bilhete a tivesse deixado com a pulga atrás da orelha, acho que ainda assim ela teria subido pra descobrir do que se tratava. Infelizmente, não sei se ela vai querer falar a respeito se e quando conseguir se lembrar de algo. A gente basicamente manchou a imagem da família dela pro resto da vida.

— Não importa — diz Ricky. — Eles sempre vão ficar bem. Com a quantidade de dinheiro que eles têm, a vida dela vai ser um grande passeio no parque.

A NOITE DO CRIME

— Beleza — fala Zora. — Mas, por eu ser meio perdidona, vamos ver se entendi direito: a Ashley Henderson descobriu algumas coisas enquanto fazia o projeto de genealogia do McAllister, que a fizeram pensar que ela era parente da Mona Moody, certo? E então foi xeretar por aí procurando informações a respeito disso e acabou trombando com a bebê-que-foi-dada-pra-adoção e, depois, meio que despirocou? E a mãe dela é cúmplice de fuga?

— Basicamente, sim — confirma Alice, assentindo.

Estou observando o Spike patinar no rinque sozinho, com as mãos enfiadas nos bolsos. Ele patina com tanta facilidade.

— Bom — digo —, quanto ao lance da Mona Moody e do Clifford Hayes, a gente solucionou *mesmo* aquilo. E a Park está livre, embora todo mundo provavelmente continue se perguntando se ela é de fato inocente.

— Você... teve notícias da Lilian? — pergunta Alice, com gentileza.

Estremeço. Mandei mensagem para Lilian e deixei mensagens de voz, mas ela ainda não me respondeu. Ontem a Tessa Hopkins colocou no ar o primeiro episódio de uma série de entrevistas com a Rachel. Trechos foram ao ar para todo o país, e eu sei que a Lilian ficou sabendo ou assistiu. Há muitas reportagens nos jornais sobre as ações do pai dela no cais do Iate Clube. Eu dei ao Thompson a arma, mas que digitais sobraram para contar a história? O Raf diz que eles talvez exumem o corpo do Clifford Hayes para ver se o ferimento bate com uma bala de pistola. E enquanto eu e a Alice estamos convencidas de que a Ashley é responsável pela morte do Eugene Kennedy, não faço a menor ideia se os policiais pensam o mesmo.

— Não — respondo, enfim. — Também não sei o que fazer quanto a isso. Descobrir que seu pai é um assassino é meio que uma pancada do caramba.

— Ela já é bem grandinha — diz Ricky. — Ela não é inocente. Vai entender a situação. É isso o que acontece quando alguém começa a remexer a história. Os ossos começam a sair da cova.

Levanto, e a Alice, o Neil e a Zora me acompanham.

— Você vem, Ricky? — pergunto.

— De jeito nenhum — diz ela. — Eu não bebo e patino. Isso aí é perigoso.

Ela se levanta e vai em direção ao fliperama. O resto do grupo vai para o rinque. No meu bolso, meu celular vibra.

É o Raf.

> Foi mal por não poder estar aí. Tô estudando pra uma prova. Diz pra todo mundo que mandei oi.
>
> De boa.
>
> **Como você está?**

Bem, digito, embora não seja toda a verdade. O ferimento no meu rosto pinica e, às vezes, se me levanto rápido demais, fico zonza. E, ah, sim, ainda tem a costela quebrada. E o fato de que o Cole Fielding se recusa a me olhar toda vez que dou uma espiadinha no balcão de patins. Acho que é isso que recebo por tê-lo ignorado tantas vezes. No entanto, de fato me pergunto sobre o que a Ricky me contou quando eu estava na sala de interrogatório da delegacia; aquela partezinha sobre ficar de olhos abertos com o Cole por conta da família dele. É a mesma coisa que o sr. Park pensa a meu respeito. Mas nós não somos responsáveis pelo lugar do qual viemos, certo? Não é uma escolha. Não foi isso o que todo aquele projeto de ancestralidade nos ensinou?

Olho para baixo. O Raf está com tudo, digitando sem parar.

> **Maravilha. Porque eu tenho algumas pistas novas sobre a Remy. Acho que a gente conseguiu umas pistas ótimas. Tem uma mulher que costumava trabalhar em lavanderias em Guadalupe que afirmou...**

A NOITE DO CRIME

Devolvo o celular ao bolso, porque o Spike veio patinando até mim, as luzes coloridas e lindas do rinque banhando seu rosto. O restante da turma está na pista, e a Alice os segue cambaleando.

Spike me vê olhando para ela.

— Você já contou pra ela?

— Não – digo. – Eu vou. E, só pra você saber, a culpa é sua.

Ele dá de ombros e levanta as mãos.

— O que posso dizer? Eu precisava de um trabalho de verão, a sua mãe esbarrou no meu pai, que ainda estava triste com a invasão ao castelo, e aqui estamos.

Ainda não contei para Alice que vou passar o verão em Pinheiros Uivantes, trabalhando duro nas canoas e dormindo dentro de um saco na floresta do Acampamento Luar, o mesmíssimo acampamento que o Charles Levy deu para os Pinsky. Atualmente, o lugar é para crianças que têm "problemas", seja lá o que isso queira dizer. Tipo, *eu* tenho problemas. Acho que lá é o meu lugar. Mas minha mãe diz que eu e a Alice precisamos de um tempo longe uma da outra e que eu preciso compensá-la pelas coisas. No entanto, eu com certeza vou levar meus arquivos sobre a Remy.

— Pelos menos a gente vai estar junto – comenta Spike.

— Isso vai ser legal.

Meu rosto cora. *Apaga esse fogo, Adams.*

E então eu... não apago.

— Spike, quer ir ao cinema comigo? – cuspo. – Talvez naquele lance de retrospectiva da Mona Moody?

— Ah, claro, Íris – diz ele. – Você sabe que eu vou. Eu chamo o Neil e a Zo...

— Não – digo. – Só, tipo... nós dois.

Alguma coisa muda em seus olhos. De um jeito bom.

— Só eu?

— Aham. Só você.

Ele assente enquanto pensa.

— Com certeza. Beleza. Claro.

Então sorri.

— Daora — digo.

Estou prestes a deslizar para o rinque com o Spike quando escuto uma voz suave atrás de mim dizer meu nome.

— Íris?

Dou meia-volta. É a Lilian Levy, piscando nas luzes giratórias.

— Meu Deus, minha filha, me ajuda aqui.

Então noto que ela está de patins.

— Lilian, que loucura é essa? — Corro até seu lado e a pego pelo cotovelo.

— Eu não aguentava mais. Ficar escondida no meu apartamento em Nova York. O telefone fora do gancho. A imprensa lá na frente. O medo de falar com qualquer um porque vai saber quem vai acabar vendendo o que eu disser para quem oferecer mais dinheiro? Sinceramente, Íris, o que devo fazer?

Atrás dos óculos vermelhos, seus olhos estão brilhantes e angustiados.

— Minha vida é uma mentira — ela diz, triste.

— Não é — contesto.

— É, sim — rebate ela, com firmeza. — É, sim. Tantas coisas voltaram pra puxar o meu pé, coisas que eu nem sei como falar a respeito. Aquele homem era tão amoroso comigo e ainda assim... como ele pôde fazer o que fez?

— Não sei, Lilian — digo, balançando a cabeça em negativa. — Não sei mesmo.

— Mas eu estava certa, não estava? — diz. — O feitiço dos Kennedy se voltou contra os feiticeiros.

— Estava mesmo.

A NOITE DO CRIME

— Aquelas pessoas, aquele *homem*... eles tiraram tudo de mim — comenta com amargura. — Estão realizando uma auditoria neste momento nos registros contábeis antigos do meu pai. Pelo que parece, o Eugene Kennedy o chantageou. Aposto que era pra lá que ia o dinheiro. Meu pai roubou da empresa pra impedir que um homem horrível contasse seus segredos horríveis.

— Eu... — Isso tudo é bem complicado e não tenho certeza se estou a fim de mais complicações esta noite.

— Bom, aqui estou — diz Lilian. — Aqui estou. De patins. E provavelmente vou cair e quebrar os quadris que operei no outono passado e suponho que isso seria uma piada, não acha? Me ajude, Íris. Eu só quero me divertir um pouco. A sua mãe disse que você estava aqui.

Tomando cuidado e sem pressa, levo-a até a beira do rinque.

— Tem certeza? — pergunto, antes de entrarmos.

— Na minha idade, acho que, se tenho que morrer, pode muito bem ser fazendo algo tão claramente insano quanto isso.

Tomando cuidado, ela coloca um dos pés no rinque. A Alice anda fazendo uma algazarra, jogando o corpo para a frente e para trás, e pega Lilian pelo braço.

— Vamos lá, velhota — diz. — Se eu consigo, você também consegue.

Pego a Lilian pelo outro cotovelo e, juntas, nós três começamos a serpentear pela pista devagar, bem devagar mesmo. As pessoas se afastam da gente sem *nem* disfarçar.

— Até que não é tão ruim — comenta Lilian.

— Não mesmo — digo. — Você só precisa pegar o jeito. Certo, Alice?

— Me deixa fora dessa, Íris. — Ela inclina a cabeça para a Lilian e acrescenta: — Tô aqui porque é o único momento em que consigo ver a Íris. Além desse lugar, a sra. Adams permite que ela vá pra escola e agora também pra Sociedade Histórica, onde ela tá de castigo, sei lá, olhando caixas velhas. A gente mal se vê.

— É interessante, Alice — argumento. — Eu gosto. Se ao menos você fechasse a matraca...

— Não briguem por coisa besta — repreende Lilian, séria. — A gente consegue passar pela vida sem viver um grande amor e até mesmo sem nossos pais, por mais triste que isso seja, mas não sem amigos. Para o bem ou para o mal, vocês duas são minhas amigas. E se isso significa rodar aos tropeções em um rinque de patinação podre de fedido e arriscar minha vida, que assim seja.

E é exatamente isso o que fazemos, agarrando-nos uma à outra.

ONDE CONSEGUIR AJUDA

Apesar de *A noite do crime* ser um livro divertido sobre duas adolescentes detetives, ele aborda alguns assuntos muito sérios.

Íris Adams é uma criança vítima de violência doméstica. A história dela pode ser a sua história ou a de alguém que você conhece. Se você ou algum conhecido está sofrendo violência doméstica, ou você suspeita que possa estar, aqui vão alguns recursos que podem ajudar:

DISQUE DIREITOS HUMANOS
disque 100

CENTRAL DE ATENDIMENTO À MULHER EM SITUAÇÃO DE VIOLÊNCIA
ligue 180

Nenhuma pessoa merece passar por qualquer tipo de abuso, sob nenhuma circunstância. Os sinais de alerta da violência doméstica ou de relacionamentos abusivos nem sempre são evidentes no início de uma relação. É o caso da história de Mona Moody e Charles W. Levy. Caso não sinta segurança em um relacionamento, você pode pedir ajuda.

KATHLEEN GLASGOW & LIZ LAWSON

CANAL DE AJUDA EM SAÚDE MENTAL PARA ADOLESCENTES E JOVENS

podefalar.org.br, ou pelo WhatsApp: +55 (61) 99660-8843

AGRADECIMENTOS

Kathleen: Bom, Liz, aqui estamos de novo. Agathas 2.

Liz: Oi, Kathleen. Estou tão feliz por termos conseguido escrever um segundo livro juntas!

Kathleen: Para começar, gostaria de destacar que, como Liz e eu vivemos em lados diferentes do país, a gente tem que escrever esses livros usando o Facetime e, a essa altura, ela já me viu sem maquiagem mais vezes do que qualquer outra pessoa na vida, e ainda assim continua sendo minha amiga e coescritora. Obrigada, Liz, por não rejeitar minha cara matinal!

Liz: Kathleen, você é *linda* com ou sem maquiagem. Obrigada por escrever comigo mais uma vez. E obrigada a todos os leitores do primeiro livro por amarem tanto nossas meninas e nos mandarem mensagens contando como estão empolgados para o segundo livro!

Kathleen: (Tecnicamente, a Liz está sendo paga para dizer que sou linda, mas vou aceitar.) *Sim*, nós somos tão sortudas por poder escrever *A noite do crime* e permitir que a Alice e a Íris se envolvessem em outro mistério. E isso se deve aos leitores de *Agathas* e também, sabe, à galera boa-pinta da nossa editora, como...

Liz: Nossas ilustres editoras, Krista Marino e Lydia Gregovic, que nos ajudaram tanto com esse livro capcioso e que estão sempre dispostas a nos apoiar. Também gostaríamos de agradecer a nossa *publisher*, Beverly Horowits, que nos ofereceu encorajamentos sem-fim, e a toda a equipe de publicidade e marketing, incluindo Mary McCue, Kelly McGauley e Jenn Inzetta, cuja empolgação a respeito da série tem sido estimulante. A Barbara Marcus, Casey Moses, Tamar Schwartz, Colleen Fellingham e Ken Crossland.

Kathleen: Nós conseguimos escrever livros, mas é necessária toda uma equipe para moldá-los, estilizá-los, alimentá-los e mandá-los para o mundo. E somos sortudas por termos pessoas incríveis cuidando da Alice e da Íris. Agora vamos falar das nossas brigas. Porque é isso que as pessoas de fato querem saber. *Do babado forte.*

Liz: Eu jamais brigaria com você, Kathleen! [Corta para a página em que a Alice joga um celular na cabeça da Íris.]

Kathleen: NÃO VAMOS NOS ESQUECER DO INCIDENTE COM O POST-IT, LIZ (só quem viveu sabe).

Liz: Bom, Kathleen, você deu um jeito de se vingar de mim ao quase MATAR A ALICE. (Brincadeirinha, mas ela de fato caiu de uma casa na árvore, o que... como diria a Alice, foi uma grosseria.)

Kathleen: Eu acho que é importante resolver dilemas da vida real por meio da ficção. É meio que o meu lance.

Liz: Ah, eu sei bem. O que me leva à próxima rodada de agradecimentos... aos nossos agentes maravilhosos. Andrea, obrigada por sempre estar por perto para me acalmar quando começo a ficar superestressada sobre qualquer coisa relacionada à publicação e por ser tão paciente e sensata. Sou tão sortuda por ter você na equipe!

Kathleen: Andrea é incrível! Eu sou sortuda por ter Julie Stevenson, que me faz rir e sempre me diz as coisas diretas e retas. Ela é um tesouro, sério.

Kathleen: Aliás, Liz, que prazer foi escrever mais um mistério da série Agathas com você. Nós começamos a cozinhar essa ideia dois anos atrás, combinando nosso amor por mistério, romance policial e a Velha Hollywood num bolo magnífico, glamoroso e complicado. A Mona Moody!

Liz: Eu amo a Mona Moody. Estou tão feliz que conseguimos mergulhar um pouquinho na vida dela.

Kathleen: Eu tenho tantas biografias de estrelas da Velha Hollywood, como Marilyn Monroe e Jean Harlow (quando era adolescente, tinha um pôster de quase dois metros da Marilyn no meu quarto), e, nossa, como eu amei desenvolver e pesquisar sobre a Mona ao seu lado.

Liz: Ah, sim, a gente com certeza se divertiu pesquisando cada detalhezinho relacionado a ela (exceto, talvez, na parte dos anos. Eu não sou, nem nunca serei, uma pessoa das exatas). *A noite do crime* é, sem sombra de dúvida, o livro mais complicado que já escrevi, então também quero agradecer ao meu marido e ao meu filho por terem aguentado arrancando os cabelos enquanto a gente estava rascunhando esta história. Eu amo demais vocês dois.

Kathleen: Matemática é complicada! Quando se trata de personagens tentando desvendar dois mistérios separados por setenta e quatro anos em que há muitos, devemos dizer, suspeitos idosos ainda vivos, a matemática dá as caras. Me desculpa. Enquanto estava escrevendo este livro, meus filhos nem queriam chegar perto de mim, mas eu ainda os amo. Eles são os meus heróis.

Liz: Passar mais tempo com a Alice Ogilvie é algo pelo qual sempre serei grata. Foi uma delícia escrever sobre seu processo de amadurecimento de uma (devo dizer?) pirralha mimada e egoísta no começo do primeiro livro para alguém que realmente se preocupa com os outros. Os pais dela aparecem em cena mais vezes em *A noite do crime*, e desenvolver seu relacionamento com eles (para o bem ou para o mal) me fez amar ainda mais essa personagem.

Kathleen: A Alice cresceu! A Íris, não muito, haha. Ainda amo a dinâmica de detetive boazinha e detetive durona das duas e amo que elas sabem jogar usando a personalidade uma da outra. Essa é minha parte favorita de escrever esses livros com você, porque às vezes as amizades ficam estremecidas. Nem sempre é uma jornada tranquila. Falando em amizades, uma das pessoas que a gente consultou a respeito de dilemas médicos durante o desenvolvimento dos dois livros faleceu no verão passado. Meu amigo, o dr. Justin Cetas, um neurocirurgião extraordinário com uma alma excepcional, sempre tinha tempo para responder às nossas perguntas sobre traumas contundentes e comas induzidos; e, a certa altura, até sugeriu que trocássemos uma arma de [cortado] para [cortado] porque ficava com mais cara de "mistério antigo", e ele tinha razão. Sinto falta dele e acho que ele teria ficado bem feliz por termos nomeado a sra. Cetas, a historiadora de Enseada do Castelo, em sua homenagem.

Liz: Eu amo o fato de o Neil e a mãe dele terem esse sobrenome. Obrigada também (e de novo) a Amy Salley, por seu conhecimento inestimável sobre o sistema judiciário e toda a ajuda que nos deu ao longo desses livros (afinal, a gente precisa saber pelo que essas pessoas seriam acusadas na vida real!).

Kathleen: Assim como a matemática, a legislação também é complicada. Fico feliz que outras pessoas possam resolver essas coisas por nós.

Liz: Tenho que concordar. Aliás, obrigada a nossos amigos escritores (JEFF BISHOP... pronto, tá feliz??), que sempre estão presentes quando queremos reclamar e nos queixar sobre como é difícil escrever um livro (é difícil para CARAMBA, acredite em mim). E à minha família, por tudo.

Kathleen: Tenho um grupo de pessoas espirituosas e comprometidas que fala comigo, com certa frequência, sobre escrita e filmes e livros e me faz andar na linha, como Jeff Giles, Karen McManus, Erin Hahn, Lygia Day Penaflor e Holly Vanderhaar. Obrigada também à pessoa que passa pela minha casa todos os dias, me vê regando o gramado e sempre diz "Você não deveria estar escrevendo seu livro, parceira?". Você sabe que estou falando de você! Obrigada, pessoa da calçada.

Liz: Chegou a minha vez? Foi mal, estava fazendo um TikTok...

Kathleen: Nunca deixe de ser assim, Liz. Nunca.

Liz: Se alguém quiser me seguir no TikTok, estou por lá como @LzLwsn... fica a dica. E agora o agradecimento mais importante: obrigada aos meus gatinhos. Vocês me inspiraram a adicionar o novo gato da Alice, que, sem dúvida, ela ama em segredo.

Kathleen: LIZ, VOCÊ SE ESQUECEU DE DAR UM NOME PRO GATO DA ALICE.

Liz: Claramente o nome (dela?) é Jane. Em homenagem à Miss Marple. A Alice iria concordar.

Kathleen: Fica pro livro 3, Liz.

Liz: Para finalizar, como Agatha Christie já disse, "Nada acaba saindo exatamente do jeito que você pensou que seria quando se está rascunhando apontamentos para o primeiro capítulo, ou andando por aí enquanto sussurra para si vendo a história tomar forma". Isso se aplica a este livro e estou muitíssimo feliz que a gente se dedicou a essa história e compreendeu o que ela de fato precisava. Esperamos que os leitores do mundo todo a amem tanto quanto nós.

SUA OPINIÃO É MUITO IMPORTANTE

Mande um e-mail para **opiniao@vreditoras.com.br**
com o título deste livro no campo **"Assunto"**.

1ª edição, jan. 2024
FONTES Spectrum MT Pro 12/16,3pt; Sofia Pro 11/16,3pt
PAPEL Lux Cream 60 g/m²
IMPRESSÃO Geográfica
LOTE GEO291123